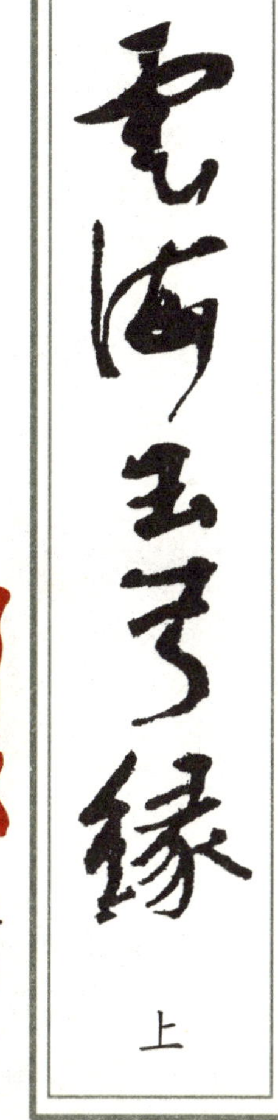

梁羽生 著

图书在版编目(CIP)数据

云海玉弓缘 / 梁羽生著 .— 广州：中山大学出版社，2014.7
(梁羽生精品集)
ISBN 978-7-306-04896-7

Ⅰ.①云… Ⅱ.①梁… Ⅲ.①侠义小说—中国—当代 Ⅳ.①I247.5

中国版本图书馆CIP数据核字(2014)第101533号

广东省版权局版权合同登记图字：19-2012-069号

朗聲圖書

云海玉弓缘 *Yun Hai Yu Gong Yuan*

封面题字：黄苗子 书名篆刻：张贻来

出 版 人 徐 劲
总 策 划 欧阳群
责任编辑 何 娴 曾育林
责任校对 林春光
内文插画 卢延光
封面设计 张 帆 广州壹品牌策划有限公司
出 版 社 中山大学出版社
电 话 编辑部020-84111996，84111997，84113349，84110779 传真020-84036565
地 址 广州市新港西路135号（邮政编码：510275）
网 址 http://www.zsup.com.cn E-mail:zdcbs@mail.sysu.edu.cn
发 行 广州市朗声图书有限公司（电话：020-34297719）
印 刷 广州市恒远彩印有限公司
规 格 720mm×1020mm 1/16 57.5印张 827千字 插图40幅
版次印次 2014年7月第1版 2017年4月第2次印刷
总 定 价 148.00元（全三册）

目　录

第一回　抱恨冰弹御强敌
忏情毒箭插酥胸

三月艳阳天，莺声呖溜圆。
问赏心乐事谁家院？
沉醉江南烟景里，
浑忘了那塞北苍茫大草原，
羡五陵公子自翩翩，
可记得那佯狂疯丐尚颠连？
灵云缥缈海凝光，
疑有疑无在哪边？
且听那吴市箫声再唱玉弓缘。

——曲谱《滴滴金》

暮春三月，江南草长，杂花生树，群莺乱飞。这江南三月的阳春烟景，古往今来，不知曾迷倒了多少骚人墨客、公子王孙？何况是从未到过江南的人，在这“沾衣欲湿杏花雨，吹面不寒杨柳风”的醉人季节里，自然是要更着迷的了。

这一位从未到过江南的人，是个二十岁左右的少年，有着一副孩子气的脸孔，也有着一股孩子气的心情，此际正在山坡上游目四顾，手舞足蹈地嚷道：“怪不得老爷在萨迦的时候，日日都想回家，原来江南真是个好地方，江南真好，江南真好啊！”

有一群孩子嘻嘻哈哈地跟在他的后面，领头的一个大孩子忽然指挥他的同伴唱道：“不识羞，不识羞！老鼠跌落天秤里，自称自赞没来由!”那带着稚气的少年人向孩子们扮了一个鬼脸，装作发怒的样子叫道：“岂有此理，你们这几个小鬼头为什么骂我做老鼠?”那群孩子嚷道：“你不是自称自赞么?我们明明听见你叫江南真好，江南真好!还说不是老鼠跌落天秤?”那少年人大笑道：“我是说你们这个江南的地方呀，不过，我这个江南也不见得坏吧?”

原来这个从未到过江南的少年，他的名字就叫做“江南”。他本来是西藏萨迦宣慰使陈定基的儿子陈天宇的书童，陈定基被贬到西藏十多年，后来因为迎接金本巴瓶有功，得一位在朝为官的亲家求皇上特赦，准他回京官复御史原职，他见官场险恶，回京做了两年御史，便告老回乡。他的家在离苏州五六十里的一处名叫“木渎”的乡下，面临太湖，风景极美。江南因为那次替主人带信入京，奔跑有功，陈定基认他做义子，早已不是书童了。不过因为他是书童出身，毫无架子，跟主人回乡，至今不过两月，便和乡下的孩子混得挺熟。

这时江南一面笑，一面把大把的糖果分给孩子，问道：“怎么样，我这个江南也不错吧?”孩子们不再嘲笑他了，欢呼道：“江南真好!江南真好!”江南忽道：“喂，你们这村子里，有没有一个欢喜吹胡笳的姑娘?”

江南这一问又把孩子们逗得乐了，几个较大的孩子伸手指刮脸孔羞他道：“嘻嘻，江南哥在想大姑娘!”江南道：“胡说八道，喂，喂，我是说正经的，谁告诉我，我明儿到苏州去买一个铜陀螺送给他。”孩子们垂涎欲滴，但他们对江南的问题显然是十分迷惑，纷纷问道：“什么叫做胡笳，胡笳是怎么样子的?”江南用手比划道：“是用很长很长的芦叶卷成的吹管，吹起来可以发出很尖锐的声音。”孩子们又纷纷问道：“那芦叶是怎么样子的?”“吹起来好玩吗?”“哈，哈，这怪东西我们可没有见过。”

胡笳是塞外胡人的一种乐器，江南的孩子哪里见过，江南怎样说他们也不明白，不过喜欢吹笛的、喜欢吹箫的姑娘，他们倒数出一大堆，把江南弄得又好气，又好笑，心道：“奇怪，就算我听错了，公子也不会听错，昨夜里我们明明听得那酷似胡笳的乐声!”

江南这一问又把孩子们逗得乐了，几个较大的孩子伸手指刮脸孔羞他道：“嘻嘻，江南哥在想大姑娘！”

忽然一阵呜咽的乐声远远飘来，有如三峡猿啼，鲛人夜泣，声音尖锐而又凄厉，连孩子们也听得清清楚楚了。江南心头一震，他自小在塞外听惯了那胡笳的声音，绝不会错，急忙摆脱了孩子们的纠缠，向胡笳声来处的那一面山坡奔去，只见山坡下两骑快马奔来。孩子们在他背后叫道："江南哥，别去惹他们，他们是王老虎的打手。"

江南到此将近两月，知道这个王老虎乃是吴县一霸，还是一个什么帮会的香主，但江南正是一个喜欢闹事的人，他根本就未曾把王老虎放在眼内，更何惧他的两个打手，即算毫不相干，若给他知道是王老虎的打手，他大约也要去撩拨一下子的，何况他现在已瞧见了这两个打手骑马去追的正是那个吹胡笳的姑娘。

苏州一带的山丘在江南眼中不过是同土馒头一般，他提一口气，疾奔而下，转瞬便到山脚，但他这时想的却不是怎样去对付那两个打手，而是在奇怪哪里来的一个吹胡笳的姑娘？他想起昨晚三更时分，陈天宇和他谈起萨迦的往事，谈兴正浓，大家都没有睡意，他们正谈到疯丐金世遗的时候，忽然隐隐约约听到一阵笳声，仅仅片刻，便消失了。当时江南疑神疑鬼，还以为是金世遗来了，但陈天宇精于音律，他说这胡笳之声凄厉怨郁，吹这胡笳的十九是个女子，不会是金世遗。江南当时便要跑出去看，陈天宇因为怕惊动父亲，将他劝止。因此江南今日一清早便出来打听，如今见着了，果然是个姑娘。

可是这姑娘的面上罩着黑纱，江南看不见她的面容，越想越觉奇怪。江南跑到山脚的时候，那两骑马正巧追上了这个姑娘，就在江南面前掠过，马上一个打手，忽然发出狞笑，飞出一条钢爪，呼的一声，向那个面罩黑纱的姑娘抓去！

那名打手飞出钢爪，满以为一抓便可以将这少女抓翻，就在这一瞬间，忽听得有人嘻嘻一笑，那名打手正自用力一扯，忽然手掌痛如刀割，一跤跌下马来，原来是江南以灵巧的身法，接过了他的钢爪，却将钢索缠到树上去了。

另一名打手见状大惊，急忙下马，将同伴扶起，跌倒的那名打手哇哇大叫，江南笑道："你自跌倒，关我屁事，谁叫你抓那大树，大树跟你有什么仇？哼，哼，你骂谁啊！”

另一名打手较为慎重，止住了同伴，问江南道：“喂，你是哪条线上的朋友？”江南摇头晃脑地说道：“我从不认识你们，谁跟你有钱银往来？怎么说我和你们是钱银上的朋友？”他装呆扮傻，故意将“线上”念为“钱上”，胡缠一气，扯到钱银上来了。

那打手沉声喝道：“你这小子是真糊涂还是假糊涂？你知不知道我们是海洋帮王香主的手下？”江南道：“不知道啊！”那打手道：“那你懂不懂江湖规矩？这外路女子来历不明，王香主要拿她审问，你为什么拦阻？”江南道：“这倒奇了，香主是什么东西？是和知府一样大的大官么？我可见过不少官儿，就没听说有香主这样的官，更没听说过因为来历不明，就可以将人抓来审问的。”那打手“哼”了一声，道：“你是哪里来的混账东西？”江南道：“我也是外路来的，你们的香主要不要审问？”刚才跌倒的那个打手勃然大怒，招呼他的同伴道：“这小子分明是有意戏弄咱们，不给他吃点苦头，他也不知道厉害，别和他多说废话了，并肩子上啊！”

江南叫道：“你一来就骂我混账，再来又骂我小子，大丈夫一忍不能再忍，看——巴——掌！”“看巴掌”三字，他用京戏的道白念出，身体随之晃动，摇曳生姿，逗得在山坡上看热闹的孩子都哈哈笑了。那两名大汉可是气得七窍生烟，一个挥拳击他面门，一个伸手抓他臂膊，两个人都没有沾着，但听得那“掌”字一出，紧接着噼啪两声，清脆之极，两个打手果然都挨了江南的一记耳光。

那两个打手敢情是被打得昏了，到了此刻，本来他们已应该知道江南的本领比他们高出何止十倍，他们兀是不知进退，一左一右，冲着江南的影子又是双拳齐发。江南轻轻将他们的衣角一扯，但听得“卜通”“卜通”的重拳击肉之声，响了好几下，原来是各自打在同伴身上，昏头昏脑，都把对方当作敌人，打了七八下才知道。

江南嘻嘻笑道：“你们自己打伤自己，诸位小朋友都是见证，可怪不得我！”那两条大汉给打得面青唇肿，腰酸骨痛，目定口呆。江南道：“你们还竖眉毛、瞪眼睛做什么？敢情是打得未过瘾，还要和我再打一场么？”蓦然他睁眼一瞪，两名打手吓得屁滚尿流，慌忙逃走。就在这时，忽听得一阵哈哈的笑声！

江南回头一看，只见路口一大堆人，个个带着兵器，江南方自一愣，只道是那个什么海洋帮的救兵来了，却见那为首的汉子跨上一步，拱手说道："少年英侠，可佩可羡！"

江南从未曾被人这样捧过，听他那么一叫，乐得心花大开，嘻嘻笑道："我算得什么侠客，像我们的公子和他的那几位朋友才是当世的大侠呢！"那汉子侧一侧头，好像想什么事情似的，忽地又对江南拱手说道："失敬，失敬！你先别说，且待我猜猜你的公子是谁？哈，我猜着了，一定是陈天宇！你的名字叫做江南！"江南乐道："一点不错，你怎么知道的？"那汉子道："我和你们的公子乃是多年的老朋友了，怎能不知？"顿了一顿，又道："陈公子那几位朋友和我们也相识的，其中一位和我们交情最深的叫唐经天。"江南道："对，对！唐大侠和我们的公子是最要好的了，简直比兄弟还亲，哈，想不到他也是你们的好朋友，喂，还有一个金世遗你们知道吗？"那个汉子道："嗯，金世遗？呀，不错，不错，见过几次面的。"江南急忙问道："你们最后那次见面是在什么时候？"那汉子道："就在念青唐古拉山的山脚，我们去拜会唐经天，刚好在那里碰到他，后来我们就到江南来了，大约是半年以前的事吧。"江南大喜道："那么说，金世遗没有死呀？"那汉子道："金世遗年纪虽大了一点，精神还是很好呀，我看他最少还可以再活十年，怎么会死？"

江南怔了一怔，心道："金世遗和我们的公子差不了几岁，怎么说他年纪大了？"但他毕竟心地纯真，疑云一起，便即自己开解道："是了，金世遗最喜变容易貌；他还假扮过大麻风呢，装作一个老头儿的模样出现，也不稀奇。可是这一班人自称是公子的朋友，我却怎么一个也不认得？"那汉子似是知道他的心思，唠唠叨叨地说道："那年，陈公子去迎接金本巴瓶，我们曾助他一臂之力，算来有六七年啦！"江南道："那次可惜公子没有带我去，听说热闹极了，四方的奇人异士到了不知多少。原来你们是这样和我们的公子结交的，怪不得我不认识你们。"仔细一看，那一班人高高矮矮，共有十三个之多，个个都是满面风尘，瞧那服饰，也像是塞外来的。

江南的疑心去了一半，那为首的汉子说道：“你不认识我们，我们却早已听到你的大名了。”江南乐得嘻嘻笑道：“是么？那一定是我们的公子提起的了，他就爱夸赞我。”那汉子道：“不错，陈公子说你是他最得力的书童，又聪明，又伶俐，又懂得办事，真是十全十美！”江南吃他一捧，好像饮了一壶美酒，飘飘然的醉倒云端，说道：“你们还有未知道的哩，我现在不是书童了，承蒙公子看得起我，和我结为兄弟！”那汉子连忙拱手说道：“陈二公子，失敬，失敬！”江南乐不可支，道：“你们远道而来，可有要我效劳之处么？”他见别人称他“公子”，他便也学主人的口气，文绉绉地客套一番。

那汉子道：“正想请你带路，陈大公子想必在家。”江南道：“在，在，一定在家，我们是前两个月才随老爷辞官归里的，你们的消息倒很灵通呀！”行在前头带路，刚刚跨出一步，忽地想起一事，叫道：“你们且等一等，咦，吹胡笳的女子哪里去了？”那些人听江南一嚷，四下一望，果然不见了那个女子，那汉子笑道：“这个女子想必是被吓破了胆，所以急急忙忙地逃走了。陈二公子要找她么？这事一点不难，待我们见了大公子之后，替你分头寻找便是。”江南可觉得有点奇怪，这里地势平坦，有一座小山却在后面，若是那女子逃上小山，这一大群人塞在路口，断无不见之理，若是往前面奔逃，那么自己目力所及，也该发现，如今竟是踪影不见了，那就除非是这女子也懂得轻功，趁自己讲话这一小段时间，便跑出数里之外，要不然那就难解释了。

那班人簇拥着江南往村子里走，江南本来有点不安，但听得那班人你一句我一句地夸奖他，又乐开了，说道：“你们曾上过念青唐古拉山，见过唐大侠夫妇，那你们知不知道我家公子和唐大侠还是亲戚呢！”为首的那汉子道：“是么？”江南道：“怎么不是？公子的夫人正是外号冰川天女的唐夫人的侍女。哈，你们可别看轻了侍女，冰川天女是公主身份，她的这位侍女呀也是国中大臣的女儿呢！她不但知书识墨，精通剑术，还有她主人所赐的、冰宫独有、世上无双的冰魄神弹呢！”江南自小便有爱说话的习惯，在萨迦之时，衙门的厮役送他一个绰号，叫做“多嘴的江南”，如今他虽已成年，多嘴的脾气仍然未改。

那为首的汉子与同伴们交换了一个眼色，微微笑道："是么，那妙极了！"江南一怔，正想问他怎么是"妙极了"？但一看已到了家门，看门的王公公见江南带了一大群人来了，好生惊诧，上前来问他，江南嚷道："快去通报公子，说他在塞外的一群好朋友来了。"他兴高采烈，不待陈天宇出来迎接，便自作主张，将那群人带进家门内院，正跨上台阶，忽见陈天宇站在上面，脸上神色，非常奇异！

那为首的汉子哈哈笑道："陈公子，你再也想不到咱们会这样快地来拜访你吧？"陈天宇怒道："赵灵君，你意欲何为？"那为首的汉子道："你有唐经天撑腰，我们敢怎么样，只不过想请你也尝尝刺穿琵琶骨的滋味罢了！"江南大惊喝道："原来你们是我家公子的仇人！"飞身跃起，叉那汉子的咽喉，那汉子腾地飞起一脚，江南叫道："好厉害！"在半空中一个转身，只听得"蓬"的一声，江南的屁股给他结结实实地踢个正着，幸而他刚才转身得快，要不然给他踢中当胸，焉有命在。

原来这个赵灵君乃是崆峒派的掌门人，六年之前，他们在西藏的扎伦城外，围攻武当派的雷震子，恰巧被陈天宇与幽萍碰见，陈天宇仗义拔刀，幽萍用冰魄神弹打伤了赵灵君的眼睛，后来唐经天也来相助，一手连发十三支天山神芒，将赵灵君和他的十二个师弟全部打伤，神芒穿过了他们的琵琶骨，将他们的武功废掉，逐出西藏。

本来琵琶骨被穿，纵有良医，也非得有十年以上的苦功，不得恢复，他们却机缘凑巧，在一个波斯胡商之处买得千年续断，又得本派一个功力极高的长老给他们续筋驳骨，并助他们练功还原，不到五年功夫，他们竟已痊愈，武功更胜从前。这一役乃是崆峒派的奇耻大辱，他们自是不能忘怀。伤好之后，便欲报仇，只因唐经天夫妇武功实在太高，他们不敢轻易招惹，于是便拣个较软的先来欺负，由北而南，找了一年，终于得江南替他们带路，找到了陈天宇。

江南爬了起来，陈天宇已经和那一大群人交上了手，但见剑气纵横，白刃耀眼，金铁交鸣之声，震耳欲聋，陈天宇苦守台阶，不让他们攻进。激战中但听得“嚓”的一声，陈天宇刺伤了一个崆峒弟子，紧接着“嗤”的一响，赵灵君也撕裂了陈天宇的上衣。江南悔恨交集，连忙绕过后院，去请救兵。

陈天宇剑法虽然精妙，但双拳难敌四手，何况是被十三个崆峒高手围攻，片刻之间，他又被赵灵君打了一掌，陈天宇勃然大怒，一剑横披，赵灵君一闪闪开，这一剑却削掉了他身后那个师弟的手指，赵灵君趁此时机，进掌一推，陈天宇立足不稳，另一名崆峒弟子立刻补上一刀，正正砍中他的肩头，血如泉涌。

忽听得一个苍老的声音骂道：“你们这班狗、狗强盗……”话未说完，便咕咚倒地，原来是陈天宇的父亲陈定基闻声出现，刚好见着儿子受伤，又急又气，骂了一声，精神便支持不住了。

赵灵君哈哈笑道：“你敢骂我，活该报应。好，将这老贼的琵琶骨也一并穿了!”陈天宇浴血苦战，遮拦不住，业已有好几个人从他身边绕过，奔上台阶，陈天宇气得大骂，那几个人正是要他生气，越发放声大笑。

忽听得一声斥道：“谁敢伤害我的公公!”陡然间寒光耀眼，冷气弥空，那几个人嘴巴未曾合拢，笑声忽然好似凝结一般，原来幽萍来得太快，他们虽然早有防备，但一时之间，措手不及，口中还是各被射进了一颗冰魄神弹，舌头冷僵，哪里还笑得出。

幽萍“砰”的一声，关上大门，一扬手又是几枚冰魄神弹，这回赵灵君亦已及时发动，但听得嗤嗤不绝的暗器破空之声，接着是炒豆碎裂般的几声轻响，但见一团团的寒光冷气，发散开来，好像撒下了一张雾网。原来赵灵君为了抵御这种冰宫独有、世上无双的冰魄神弹，几年来精练梅花针暗器，不待这冰魄神弹打到身上，便用梅花针将它挑破了。以赵灵君他们的功力，若被冰弹打中穴道，冷气攻心，那自是难以抵御，但若早早将它挑破，虽然那股奇寒之气，亦足以刺体侵肤，但他们内功已有相当火候，却可以熬得住了。

赵灵君一举奏功，又哈哈笑道：“你还有多少冰弹？要不要向冰川天女讨救?”这冰魄神弹乃是冰川天女从冰宫下面的千丈冰窟之中，撷取冰魄精英，凝炼而成，幽萍下山之时，带有百颗，经过了这么多年，只剩下二十八颗，刚才又耗了十颗，而今所剩的不到二十颗了。但敌人却有十三个之多，幽萍心中一凛，想把剩下的冰弹留作最后防身之用，略一迟疑，立即被敌人围住。

幽萍娇叱一声，早已拔出一把寒光闪闪的长剑，此剑非金非铁，乃是万年寒玉浸在幽谷寒泉之中所淬炼的寒玉剑，虽然比不上冰川天女那把冰魄寒光剑，但挥动之际，也有一股寒光冷气，随之而出，若是未练过内功的人，自亦禁受不住。

幽萍冰剑一展，倏地便是一招“万里飞霜”，再紧接一招“千山落叶”，这两招威力奇大，端的好似霜雪纷飞，充满隆冬肃杀之气，令人肌肤起粟！赵灵君急忙抢步上前，大袖一拂，荡开了幽萍的冰剑，但陈天宇乘机反攻，亦已与幽萍会合一处了。

两夫妻并肩一立，勇气倍增，展开了冰川剑法，联剑拒敌，赵灵君这一伙人在迫切之间，竟是攻不上去。但幽萍到底功力尚浅，所倚仗的只是冰魄玉剑，而今冰弹不敢使用，寒玉剑的威力在围攻之下又不能尽量发挥，时间一久，便渐渐感到有点难于应付。

陈天宇功力稍深，只是他受伤在先，苦战多时，亦早已气喘吁吁，汗如雨下，崆峒派弟子一轮急攻，迫他们退上了两级石阶，幽萍觑准一剑刺出，只差半寸，没有刺着赵灵君，却被另一名崆峒弟子乘机扫了一掌。幸而幽萍闪避得快，仅仅给他的掌锋在肩头沾了一下，但却因此又被他们攻上了两级石阶。

赵灵君冷冷说道：“你们愿被刺穿琵琶骨还是愿被割掉首级?”陈天宇与幽萍对望一眼，两夫妻心意相通，一瞥之间，便各自从对方的眼光中体会出来，两人均是想道：“死为连理，又有何惧?”心中坦然，拼死拒敌，霎时间，但见寒光匝地，剑气如虹，竟然把赵灵君这一伙人迫下一级石阶。

两夫妻虽然同心合力，鼓勇反攻，可惜已是到了强弩之末，没多久，又被赵灵君他们连连迫退，而且一连便退了三级石阶。

就在此时，陈天宇忽觉空气中有缕缕异香，沁人如酒。陈天宇心中一动：“哪里来的魔鬼花香?”他在西藏时，曾听得一位武术异士龙灵矫说过，在喜马拉雅山的冰谷之中，有一种花名叫阿修罗花，“阿修罗”即是梵语中的“魔鬼”之意，故此又名魔鬼花。寻常人嗅到魔鬼花的香气，立即昏迷不醒。即算内功有根底的人，久闻花香，也会筋酥骨软，如醉如痴，多好的武功，也发挥不出来了。龙灵矫就曾有一次为此花所迷，被尼泊尔武士擒去。

这时赵灵君他们亦已发觉异状，冷笑道：“原来陈公子还懂得用江湖上下三流的迷香！但你可看错人了，我们岂是惧迷香之辈！”

话犹未了，忽听得陈天宇一声叫道：“快发冰魄神弹！”幽萍反身一跃，跳上三级石阶，一抖手将满握冰弹用天女散花的手法，反射各人的穴道，赵灵君仍然用梅花针去打冰弹，可是冰弹虽然破裂，那寒气却陡然间加浓了数倍，赵灵君功力最高，亦自牙关打战，皮肤如割，几个功力稍弱的竟自被冻得昏迷地上，赵灵君大吃一惊，不懂他的功力怎的忽然大减。原来他们吸进了魔鬼花香，真气运转受阻，此消彼长，自是感到冰弹的寒气加浓了。

陈天宇和幽萍曾得冰川天女传授心法，不畏奇寒之气，而且他们早有准备，冰弹一发，立即闭了呼吸，抢下石阶，运剑急攻。这时赵灵君他们筋麻骨软，冷得抖个不停，哪里还能抵挡，霎时间有四五个人中剑倒地，赵灵君亦被削去了两只手指。赵灵君急忙指挥撤退，未受伤的和轻伤的各自背起重伤倒地的人，越墙逃跑，陈天宇与幽萍大获全胜，可是却胜得糊里糊涂，莫名其妙！

幽萍插剑归鞘，挥袖生风，拂散了那阴寒之气，撕下了一幅衣襟，替丈夫裹伤，说道：“不知是哪位高人，暗中助了咱们一臂之力？嗯，你痛不痛？”陈天宇道：“幸好没伤着骨头。咦，那阿修罗花的花香来得真是奇怪！”幽萍正想问什么是阿修罗花，忽见江南一拐一拐地跳跃出来，满脸惶恐之色，叫道：“公子，我误引你的仇人到家，请公子处罚。”陈天宇眉头一皱，道：“以后小心一些！快叫家人来打扫庭院，洗干净地下的血迹。刚才的事，不要向外面乱说。”

江南应了一声，忽然好像僵了一般，定了眼神向着院子的一角望去，这时那股由冰魄神弹发散出来的冷雾已随风而散，幽萍跟着江南的眼光望去，只见墙角一棵槐树之下，坐着一个罩着面纱的少女，手上拈着一朵枯萎了的花朵，花朵红白两色相间，十分奇特，幽萍从前所住的冰宫之中，什么奇花异草都有，可就没有见过这样的奇花！幽萍心中一动：“莫非这就是阿修罗花？”但见那少女垂首胸臆，头发散乱，抖个不停，花瓣一片片地落在地上，似是禁不住那股余寒，看来快要冻得僵硬了。

江南呆了一呆，失声叫道："就是她，她！吹胡笳的那位姑娘！"陈天宇噫了一声，幽萍急忙跑去，掏出一颗可以御冰雪奇寒之气的阳和丸，走到那少女的身边，柔声说道："多谢姐姐帮我们打退了敌人。"心中充满感激之情，将阳和丸送到她的口边，正想揭开她的面纱，教她服食。那少女忽然一跃而起，发出一声裂人心魄的怪笑，蓦然间只听得幽萍惨叫一声，倒在地上，胸口插着一枝黑漆发亮的短箭，箭尾兀自颤动不休！

这霎时间，陈天宇惊得呆了，只听得那少女狂笑道："我得不到的东西你也永远得不到了！"陈天宇飞身一掠，一招"飞鹰扑兔"，凌空扑下，抓着那少女的肩膊，颤声喝道："你，你是谁？为什么下此毒手？"他恶战之后，又吸了魔鬼花的香气，本来就已神疲力倦，这么用力地一扑，登时肩上的伤口裂开，立足不稳，掩着那个少女一同跌在地上。

那少女倏地将面纱撕下，一双水汪汪的眼睛，似哭非哭，似笑非笑，凝视着陈天宇不作一声，陈天宇如遇鬼魅，失声叫道："你，你是桑璧伊！"那少女忽地狂笑，半晌说道："不错，你认得我了，你未婚的妻子来找你了，咱们一同去吧！"蓦然间又拔出一枝短箭，向陈天宇的咽喉一插，江南大叫一声，哪来得及？

陈天宇面如死灰，心中叹道："冤孽，冤孽！"瞑目以待，忽听得"波"的一声，陈天宇睁眼看时，只见那枝短箭并非插在自己的咽喉，而是插在那少女的胸口！

只听得那少女叹了一口气，嘶声说道："天宇，你好！你不愿与我同走，是也不是？好，反正我已把她杀了，就让你独自在世上伤心吧。嗯，天宇啊，你让我再替你结一结鞋带。"声音越说越弱，身躯好似一根芦苇般的折了下来，伏在陈天宇的膝下，双手按着他的长靴。

这罩着面纱的少女，正是以前萨迦土司的女儿桑璧伊。陈天宇的父亲陈定基以前做萨迦宣慰使的时候，被土司威迫，替儿子定下了土司的女儿。这门亲事，陈天宇一向是不承认的，他并曾为此逃婚。后来土司给一个藏族少女芝娜刺死，婚事就不了了之。想不到在陈天宇南归之后，桑壁伊竟万里迢迢地来寻觅他。她本来是要将陈天宇也一齐刺死的，临到下手之际，忽然不忍，又让他活下来了。

陈天宇轻轻将桑壁伊的尸体搬开，一看鞋带已经松乱，原来西藏的风俗，少女替男子结鞋带，就是以身相许的意思，以前桑壁伊在土司衙门，曾经替陈天宇结过一次鞋带，那时陈天宇还未知道这个风俗。桑壁伊对婚约念念不忘，至死也要做他的妻子，在临死之前，她仍然要再替他结一次鞋带。

陈天宇抽出脚来，伸手一探，桑壁伊早已气绝。在这样阴惨惨的气氛中，血液都冷得好似要凝结了，他急急忙忙地跑到妻子身边，但见幽萍双目紧闭，面上没有半点血色。她肩上的衣裳早已被桑壁伊撕裂，肌肉瘀黑一片，陈天宇一看，那枝毒箭正插在胸口，试想连肩膊手臂都已僵硬，那胸口是人身致命所在，被毒箭插入，焉能不死。陈天宇呆若木鸡，忽地拔出剑来，回转剑锋，向自己的咽喉便是一剑，他经历了两番情劫，真是不愿在这世上独自伤心了。

江南正在他的身边，手急眼快，一脚飞起，将陈天宇的长剑踢飞，叫道："公子，你看，少奶的头还会动呢！"陈天宇一看，幽萍的头发在地上随风微拂，神志稍清，心中想道："不错，我还应该尽力而为。"于是叫江南进内把解毒的膏丹丸散都拿出来，他不敢拔起这枝毒箭，只有紧紧地握着妻子双手，但觉妻子脉如抽丝，虽然微弱之极，好在还未完全断绝。

过了一会，江南将各种各样解毒的药都拿出来，陈天宇选了两种幽萍从冰宫之中带来的丹散，给她内服外敷，再给她轻轻推拿，阻遏那毒气的发散。过了好久，幽萍双眼微启，口唇开阖，陈天宇将耳朵凑近她的口边，只听她低声说道："不要难为她！"指的当然是桑壁伊。陈天宇一阵难过，道："她已死了！"幽萍道："不要恨她，用妻子之礼将她埋葬了吧。我若死了，便请你将我埋在她的墓边！"

陈天宇咽泪说道："不，萍妹你不会死的。"这时屋内人声如沸，陈天宇心乱如麻，问江南道："老爷怎么样了？"江南道："被吓得病倒了。"陈天宇抱起妻子，将她送回卧房，再去探视老父，忙个不了。幸而陈定基只是因为年老体弱，受惊成病，并无大碍。

陈天宇一连数日，衣不解带，在病榻旁边服侍妻子，桑璧伊的毒箭不知是用什么毒药淬炼的，其毒无比，虽有冰宫灵药，也只能阻止伤势不再扩大，幸好陈天宇得唐经天指点过正宗的内功心法，每日早午晚三个时辰，都以上乘的内功配合冰宫灵药，为她疗伤，而幽萍的武功根底又甚坚实，这才一天捱过一天，到了第四天她才能够略进流体食物，脉息也较前粗了一些，但病情仍是极为危险。

陈天宇一边照料父亲，一边要看护妻子，当真是累得心力交疲。这一日幽萍神智稍稍清醒，见陈天宇面色憔悴，幽幽叹道："累得你这个样子，真不如我死了还好。冰宫的灵药也不能解毒，想来不会有哪个医生医得好了。这几年我享尽了福，即使早死也是瞑目的了。"陈天宇道："别胡思乱想，你死不了！"他虽然说得似有把握，其实乃是安慰病人，心中实无良法。幽萍忽道："桑璧伊的墓你给她造好了没有？"陈天宇道："前两天我已经叫江南督工修好了。"幽萍道："她虽然狠毒，却是一片痴情。你不可亏待她。"陈天宇道："我已依照你的吩咐，礼葬她了。"幽萍道："很好，那么将来我在泉下与她相见，亦可安心。"陈天宇道："你为了我，不要再说这些令人心碎的话好吗？有冰宫灵药，加上你我本身的功力，纵然一时之间不能痊愈，总还可以保得住性命。"幽萍惨笑道："那你天天对着一个僵卧的病人，你不心烦，我也心烦了！"歇了一歇，又道："我有没有和你说过这件事情？昔年唐经天初上冰宫的时候，替我们的公主和几个贴身侍女都做了一副嵌名的对联，他给我作的嵌名联是：'幽谷荒山，月色洗清颜色；萍梗莲叶，雨声滴碎荷声。'想来我当真是只合住在幽谷荒山的，给你带到这繁华的尘世，反而要累得你他日听雨碎荷声，为我伤心一世！"

陈天宇伤心欲绝，忽地瞿然一省，破涕为笑，叫道："对啦，我怎没有想起？江南，江南！"幽萍道："你想起什么？"陈天宇道："唐经天，天山雪莲！幸亏你提起他！天山雪莲能解百毒，还怕什么？"幽萍苦笑道："天山离这儿多远？"陈天宇道："快马来回，最多不过半年。在这半年我悉心替你调治，病情最少不会恶化！"这时江南已经匆匆跑来，在病榻之前垂首侍立，神情惶恐之极。

陈天宇道："江南，我求你两件事情。"江南"哎哟"叫道："公子你这样说，当真是要折杀我了。你待我这样好，有什么事但管吩咐，水里火里，江南决不皱眉！"陈天宇道："有劳你到冰宫一次，向唐大侠讨一朵天山雪莲回来。"江南因为这次的贼人是他引来的，公子虽然没有责怪，他却是内疚于心，无刻安宁，此时听得陈天宇要他去求取天山雪莲，知道定是给少奶解毒疗伤，不禁大喜道："公子放心，江南定能给你办到。"陈天宇道："山长水远，一路上你须得小心才好。"江南道："这个自然，路上若碰见响马截劫，我避得开便避，避不开和他们拼命便是。"陈天宇道："这个我倒并不担心。虽说路途不靖，盗贼甚多，但一来你身上没有值钱的东西；二来你的武功这几年甚有进境，虽然未足与江湖上的一流高手抗衡，二三流的人物与一般的响马贼料想你自己也可以应付了。最要紧的是不可惹事。"江南道："好啦，我就装作一点不懂武功，别人打我骂我，我也不还手便是。除非他真的打得我禁受不起。"陈天宇皱皱眉头，说道："别人也没有无缘无故打你骂你的道理。你发愿不肯惹事，这个很好。"歇了一歇郑重说道："我还要求你一件事情。"江南道："你吩咐吧，江南无有不依。"陈天宇道："你要紧记着这两句话——"顿了一顿，江南急不及待地问道："什么话？"陈天宇道："逢人但说三分话，未可全抛一片心。江湖上什么奸险的小人都有，你爱说话的老毛病可得要改一改。"江南面上一红，尴尬说道："到了路上，别人问我两句，我答一句。别人问我十句，我答两双。若然他的道路不对，我就装聋作哑，决不敢坏了公子的大事。"幽萍听他一口气说了这么一大串，也禁不住在病榻上噗嗤一笑。江南道："现在尚在家中，我多说几句无妨。少夫人你放心，到了路上，我便变了个锯嘴的葫芦！"陈天宇微笑道："你对我一片忠诚，我很感激。你早已不是我的书童，以后不必再叫我做公子了。"江南道："待我取得天山雪莲之后，再改称呼吧。公子，你还有什么吩咐？"陈天宇道："只有一件事情，我可以容你在路上打听，那就是金世遗的消息。"说罢取出了三百两银子给他做路费，并且将自己从西藏骑回来的大宛名马给他做坐骑，送他出了村子，一再叮咛，这才挥手告别。

江南一路上紧记着陈天宇的吩咐，果然不敢多说半句闲话。他快马加鞭，每日一清早便动身，天黑了才投宿，五天的时光，便赶了一千多里的路程，心中盘算道：“像这样的赶法，用不了半年时光，最多四个月便可以回来了。”哪知在第六天便碰到一件意外之事，几乎令他送了性命。正是：

江湖向是多风浪，哪可人前强出头？

欲知后事如何？请听下回分解。

第二回　天旋地转不知处
柳暗花明遇故人

这一日江南仍是照往常一样，一大清早露水未干便即跨马登程，马不停蹄，跑了半天，已是中午时分，烈日当空，他的坐骑虽是大宛良驹，口中亦已吐出白沫，江南也感到焦渴不堪，正想找一处阴凉的地方歇歇，路边恰好有一座凉亭，凉亭里还有人卖茶，江南心道："人纵不累，马亦累了。我且歇歇再走。"将马系好，便进凉亭喝茶。

这座凉亭乃是砖石建筑，甚为宽敞，两边还有两条石柱，红木栏杆，江南心道："中原之地到底不同，这座凉亭就要比西藏有钱人家的屋子还好。"卖茶的老头儿给他泡了一壶香片，江南一喝，啧啧赞好，问道："这是什么地方?"那老头道："这是东平县的平湖乡。"江南道："啊，原来是山东境了，附近有个平湖，是吗?"那老头儿道："这位小哥，你敢情是到过这里的?"

江南心头一动，想道："原来我已到了她的家乡。"脑海里浮出一个少女的影子，那是杨柳青的女儿邹绛霞。杨柳青那一年带女儿到回疆和西藏去找唐晓澜，江南在路上和她结识的，一算已经有五个年头啦。江南想道："黄毛丫头十八变，几年不见，这小丫头大约已经长成了一个会怕羞的妞妞了。"邹绛霞比江南小两岁，和他相识时还是个顽皮的小姑娘，和他很谈得来，临别之时还曾将她家乡的地址告诉他。

江南想道："要不是我身上有事，真该去看一看她。"想向那卖茶的老人探问，但立即又记起了陈天宇的嘱咐，不敢多问，支支吾吾地和那老头搭讪了几句，便自顾自地低头喝茶。

江南爱说闲话已成习惯，忍着不说，十分难受。啜了一口茶，抬起头来，只见那匹马还在喘气，只好无无聊聊地四面张望，打发时光。眼光一瞥，忽见东边的石柱上有一道刀痕，再一瞧西边石柱上又有一个掌印，江南奇怪极了，好几次话到口边，想问那个卖茶老人究竟是怎么一回事，每一次都强行忍住，嘴唇开阖，有如患病一般。

那老头儿瞧着他的神情，笑嘻嘻地走过来道：“客官，你瞧着这刀痕掌印定然奇怪得很，嗯，那一天呀，真是吓死我了！”江南心道：“这是他自己要向我说的，可算不得我多嘴嚼舌。”于是睁大眼睛看他，静待他往下续说，却不料那老头儿又不说这件事了，却道：“客官你的茶凉了，要不要我给你再泡一壶？”江南道：“也好。”那老头儿道：“我就是有个爱说话的老毛病，不管客人爱不爱听，我一扯就扯开了。不过这两天来的确有许多人问我这件事。”江南忍不住道：“到底是什么事？你快说呀！”那老头儿又嘻嘻地笑道：“客官，你的茶凉了！”江南蓦然一醒，掏出了一把铜钱道：“茶资先付，慢点再泡不妨。你先说那桩事情！”

那卖茶的老头儿道声“多谢”，将钱收了，这才慢吞吞地说道：“客官，我看你像是在江湖上行走的人——”江南记起了陈天宇的吩咐，心中一凛，忙道：“你看错了，我只是个做小买卖的生意人。”那老头儿侧着颈项瞧了江南一眼，笑道：“那么算是我走了眼了，好吧，从这条路来往过的人，不管是走江湖的也好，做小买卖的也好，一定听过这个名字，那是在三十年前咱们东平县第一位鼎鼎大名的人物。”江南噗嗤笑道：“三十年前，我还未出世哩！”猛然想起，不可太多说话，连忙嘘了一声道：“喂，闲话少说，你说那桩事情。”那老头儿笑道：“这不是闲话，我说给你听，三十年前咱们县里有个鼎鼎大名的人物，这个人他做过北五省的武林盟主，名叫、名叫……”江南忍不住接口道：“铁掌神弹杨仲英。”那老头儿笑道：“对啦！所以我说你一定听过这个名字，果然不错！”手中的大蒲扇摇了一摇，甚为得意。

江南忍不住又道：“杨仲英早已死了多年，这桩事难道还与他有甚相干?”话说出口，这才想起不妥，自己刚刚说过不是走江湖的人，却怎会对江湖上的事情这样熟悉?那老头儿却并不挑剔他，往下续道：“就是和铁掌神弹有关，铁掌神弹虽然死了，他还有个女儿叫做、叫做——”这回江南拼命忍着，不再抢着说了，那老头儿想了一想，道：“她叫做杨柳青，可是咱们当然不敢叫她这个名字，她喜欢人家叫她做大小姐，她嫁了人做了妈妈，县里的人个个还是叫她做杨大小姐。”

江南心道：“这个老头儿啰里啰唆，说了半天还未说到正题。”他埋怨别人，却想不起自己也有这个毛病。那老头儿歇了一歇，继续说道：“那一天杨大小姐和她的女儿上坟回来，在这凉亭里喝茶，嗯，我忘记告诉你，这个凉亭就是杨仲英生前捐钱起的。你看用的青砖碧瓦，都是上等材料呢。老汉现在得以在凉亭里卖茶为生，饮水思源，还真该感谢他。”

江南听到杨柳青和她的女儿前几天在这里坐过，心头一跳，催那老头儿说道：“后来怎么样?”那老头儿道：“她两母女在这里和我闲谈，说起杨仲英生前的事，杨大小姐还答应再捐一笔钱给我做修整费用。”江南皱眉道：“就是说闲话吗?”那老头儿道：“说呀说的，有一个大和尚走了进来，我谈得高兴，还没瞧见他是几时来的呢。后来看到杨大小姐神情不对，这才发现。原来那大和尚就坐在她的面前，贼忒忒的一对眼睛尽瞧着杨大小姐。她女儿道：‘妈，这个和尚邪门，你看他那对眼睛。’杨大小姐忽然站了起来，道：‘王老头，我给你这个凉亭留下一点记号!’呼的便是一柄飞刀!”

那老头儿说得有声有色，江南吓了一跳，紧张问道：“杨柳青一柄飞刀就把那和尚杀了?”那老头儿道：“不，她一柄飞刀就在这柱上留下了这一道刀痕。”江南松了口气，心道：“这杨柳青的脾气真得人惊，谁人若是要了她的女儿，有这样一位外母，可够他受的了。”又想道：“她这样飞刀扬威，当然是给那大和尚瞧瞧厉害的了。”于是再问那老头儿道：“那大和尚又怎么样呢?”

那老头儿道：“那大和尚一声不响，也站了起来，忽然向这面的石柱一掌击下……”江南叫道：“啊，原来这个掌印就是那和尚留下的!”那老头儿道：“和尚一掌击下，这才冷冷向我说道：‘我也给你这凉亭添一点记号。'说罢就走。杨大小姐将他喝住……"江南道："打起来了？"那老头儿道："吵起来了。"江南道："吵些什么？"那老头儿道："他们的话好像连珠炮一样，好些字眼我听到了都不晓得是什么意思。像什么梁子呀、瓢儿呀、青子呀……不过揣摸那个意思嘛，好像两人本来就是有仇的。后来杨大小姐说了一句：'我准定依期在家候教便是！'这句话我可听得清清楚楚。"江南忙道："你可听得她说的是什么时候吗？"那老头儿道："这个可没有听清楚。"

江南心中一动，想道："照这样说来，那和尚定是与她约好日期，要登门挑衅了。糟糕，这和尚的掌印入石三分，看来和尚功力要比杨柳青高得多。呀，我去不去助她们母女一臂之力呢？可惜不知道日期。"

心中正在七上八落，一时想起陈天宇的吩咐，一时又想起邹绛霞和他的交情，正自踌躇莫决，忽听得脚步声响，又来了两个过路的客人，那老头儿虽然正是说得高兴，也只得抛下话头，去招呼客人。

这两个客人腰挂佩刀，一进来就大喇喇地将两吊铜钱搁下来道："老头儿，这是赏给你的茶钱。"出手比江南更为豪阔。那老汉笑得咧开了嘴，说道："谢大爷厚赏，这怎么敢当？"先踏进凉亭的那个客人道："别多话，快收下。我问你，这两天有什么陌生人经过没有？"那老头儿道："有一个和尚。"正想再说一遍那桩事情，那客人却紧接着又问道："除了和尚还有什么人？"老头儿眼睛一眨，道："没有什么人。"那客人道："可有什么人打听到杨家去的路没有？"老头儿笑道："咱们县里的人谁都知道杨家，何须打听道路？"那客人"唔"了一声，道："泡一壶雨前茶来。"

这两人就在江南对面坐下，其中一个道："我真不明白，咱们的舵主何必这样小题大做。"江南心中一动，只见那两个人的眼光也正向着他溜过来，江南忙端起茶碗喝茶。那两个人见江南只是个毛头小伙子，而且傻里傻气的，放下了心，改用江湖切口谈话。

江南对江湖上的切口也懂得一些，但听得那个胖的说道："一个妇道人家，所仗的不过是父亲遗下的威名，有何难以对付？咱们的舵主，却看得那么严重。”那瘦的道：“就因为她父亲以前是北五省的武林盟主，到处都有渊源，这几天来，那婆娘岂有不邀人来助拳之理？老实说，我还替咱们的舵主担心呢，何必趁这趟浑水？若是给那大和尚连累了，反而是偷鸡不着蚀把米呢！”那胖的道：“这你就不知道了，若是打倒了杨家，山东道上，就是咱们的舵主唯我独尊啦。你知道那大和尚是什么人吗？”那瘦的道：“不知道，正想问你。”那胖的道：“我也不知道他的法号，不过听舵主说，这个和尚连唐晓澜也要忌惮他几分，想必是个大有来头的人物。你看他在这柱上留下的掌印，功力多深！”那瘦的道：“虽然如此，要对付铁掌神弹的后人，可绝不能有丝毫轻敌之心，咱们还是分头邀人去吧！”

那两个汉子，匆匆忙忙地喝了茶，便跨马走了，一个向东，一个向西。江南这时心意已决，自思自想道：“公子常说，咱们学了武功的人，便该行侠仗义，何况是我的老朋友遇到危难，我江南虽然未必对付得了那个大和尚，但最少也可以助她们一臂之力。”于是也便匆匆地将茶喝了，向卖茶的老头儿打听去杨家的路。

那老头儿笑道：“我早猜着了，原来你果然是要到杨家助拳去的。”江南道：“你怎能知道？”那老头儿道：“我看的人也看得多了，一看就知道你不是坏人，不是坏人，哪还有不帮忙铁掌神弹的后人之理？老实说，这两天来已经有不少人向我问路，准备到杨家去助拳呢。我瞧着那两个家伙不是好东西，刚才我故意不说。”江南给他一捧，又乐开了，于是给了他一把茶钱，问清楚了道路，便即跨马登程。

道路平坦，江南东张西望，那两个汉子的背影尚隐约可见。江南跨上马背，心中想道：“那瘦的好像机灵些，我且去追那胖的。”嚓的一鞭，打得那匹大宛良驹扬蹄疾走，不过一盏茶的时刻，就追到了那个胖的背后，江南大声叫道：“喂，你刚才在茶亭里，丢失了东西啦！”

那汉子勒住了马，满面怀疑地道：“我丢失了什么东西？”江南道：“你瞧，这不是你丢失的荷包？”双马并辔，江南握着的拳头突然张开，倏地向他胁下一抓，这一手“大擒拿手法”是唐经天有一天高兴亲自教他的，厉害非常。江南见那汉子毫不在意，满心欢喜，但听得“嗤”的一声，江南一抓撕下了那汉子的一幅衣襟，却未曾将他抓下马来，说时迟，那时快，那汉子反手一点，江南却“咕咚”一声，翻下马背。那汉子哈哈笑道：“你这小鬼头在我面前卖弄手脚，当真是鲁班门前弄大斧，孔子面前卖文章了！”

江南躺在地上，两眼翻白，哼哼唧唧，那汉子冷笑道：“如此脓包，还居然敢暗算大爷，哼，真是丢人现世！快说实话，是谁派遣你来打探消息的?”江南说话有如蚊叫，那汉子道：“你不过给我点了你的穴道，又不是拆了你的骨，剥了你的皮，怎的便痛得说不出话来？你再装蒜，我就当真把你弄哑，叫你一世不能说话？说大声点！”江南仍是哼哼唧唧，说话含糊不清。那汉子大怒，跳下马背，走近江南，便待一手将他抓起。

哪料就在这电光石火的刹那之间，江南突然一跃而起，双指一弹，那汉子做梦也料不到，江南中了他的重手法点穴之后，居然能够反击，未曾叫得出声，便倒下地了。江南大笑道：“你的点穴法比我的差得远呢！”

原来江南以前曾被崆峒派奇士黄石道人强迫为徒，在他门下学过七天，只学得一样颠倒穴道的功夫，那汉子的武功本来比江南略胜一筹，偏偏他用到点穴功夫，恰好被江南施展所长，一下子就将他制住。

江南睨着他笑道：“你说过的话要不要我给你重复一遍？是谁差遣你去请人的？快说实话，若有半句不实，我拆你的骨、剥你的皮！”说到后来，声色俱厉，完全是学那汉子刚才的口吻。

那汉子气得发昏，闭嘴不答。江南道：“好，就让你先尝尝我点穴的滋味。待你尝到够了，我再给你拆骨剥皮！”那汉子忽觉体内似有无数小蛇乱咬，痛得他死去活来，当真是拆骨剥皮亦不过如是。原来江南这一手点穴法却是金世遗以前教他的，金世遗的点穴法传自毒龙尊者，独创一家，在各派点穴手法之中，最为古怪，也最为厉害，共有七种不同的手法，功效各各不同，江南这一手乃是最易学的一种，学的人不必有深湛的功力，可是却已叫那汉子禁受不起。

江南看那汉子在地上滚来滚去，甚为不忍，心道："这厮倒是条硬汉子，他若不说，我只好将他放了。莫不成我还真会拆他的骨剥他的皮么？"心念方动，忽听得那汉子叫道："我愿说啦。"江南大喜，冲口说道："真是脓包!"说出之后又怕他再硬下去，急忙改口说道："虽是脓包，能屈能伸，也算个大丈夫!"说话前后矛盾，给旁人听到，定然笑甩牙齿，但那汉子痛得厉害，哪里还会去取笑他，赶忙说道："小爷，你快问吧，你问一句，我答一句。"江南道："谁差遣你去请人的？"那汉子道："我们的舵主。"江南道："呸，谁识得你们的舵主？到底姓甚名谁？"那汉子道："郝达三。"江南"哦"了一声道："原来是泰山派的掌门人，那是山东道上二流的角色。"

其实江南根本就不知道有一个"泰山派"，更不知道郝达三的武功底细。不过，他以前曾听得陈天宇与萧青峰谈论，说是武林中派别虽多，却以少林武当两派人才最多，声望最高，其次则是峨嵋、青城两派，除了这四大派之外，天山派弟子虽然不多，但每一代都有杰出的人物，隐隐然有领袖群伦之概，不过因为天山派僻处西陲，对中原武林的纠纷极少参与，故此天山派可说是独树一帜，不在四大宗派之列。江南一听这个泰山派并无名气，为了表示自己是个熟悉武林情况的大行家，便信口胡诌，骂郝达三是山东道上的二流角色。其实郝达三虽然远远不足与少林武当等派的掌门人相比，在山东道上却的确是个数一数二的人物。

那汉子见江南如此蔑视他的舵主，当真是气得七窍生烟，可是被他的点穴法所制，却是敢怒而不敢言。只听得江南又道："你们邀请了些什么人？"那汉子道："我们的舵主交游广阔，邀请的人多着哩，我也不全都知道。"江南道："就你知道的说。"那汉子道："有白马杜平、金刀邓茂、盘龙拐许大猷、震山帮帮主赵铁汉等等。"这些名字，江南一个都未听过，"哼"了一声，道："全是三四流的角色!"那汉子道："你所问的，我都说了，哎哟，你，你……"金世遗教江南的这一手点穴法，被点了穴道之后，时间愈久，便痛得愈为厉害，那汉子禁受不起，额上的汗珠，好像黄豆般大小，一颗颗淌了出来。江南瞧着不忍，说道："好，最后再问你一件事情，你们与杨家的约会，定在何时？”那汉子道：“就在今晚！”江南嘻嘻一笑，伸手在他背上一拍，那汉子的痛楚立时消失，可是仍然不能动弹，而且连话也说不出了。原来江南只是将那独门的点穴法解了，却另外用一般的点穴手法，点了他的麻穴和哑穴。江南将他摆布得服服帖帖之后，龇牙咧齿地笑道：“你好好的睡一觉，待我查清楚了你所说的都是实话之后，再回来放你。”将他提起，一把抛入草堆，还怕给人发现，再取了一堆干草，将他盖得密密实实，这才走了。

江南一路走一路想道：“好在便是今天晚上，那么我就为杨柳青母女耽搁一天，也误不了公子的大事。”他可没有考虑到若是打败了又怎么样，心中所想的只是那个俏皮的小姑娘。傍晚时分，他到了杨家庄外，但见好大的一座庄院，在山坡上依着山势建筑。杨家背山面湖，山峦起伏，湖平如镜，风景甚佳，江南心道：“怪不得绛霞这小姑娘长得那么秀气。”山路崎岖，不便策马登山，好在江南的坐骑乃是久经训练的大宛良驹，便即将它放了。那马自在湖滨吃草，江南则在暮色苍茫之中，悄悄的从侧面僻静之处登山，心中想道：“这小妮子一定想不到我会来给她助拳，哈哈，患难之时，始见朋友，我江南本就是一条汉子！”想到得意之处，自言自语，几乎要笑出声来。

山岗秀草没胫，江南正在行走，忽听得背后有沉重的脚步声，江南在草堆中一伏，侧耳细听，但听得一个阴阳怪气的声音说道：“三哥，你怎的会着了人家的道儿，被埋到草堆里面去了？我真不相信那小子居然有这等功夫。”江南一听，似是今日在茶亭上所遇的那个瘦长汉子，便在草堆里偷偷张望出来，只见来的共是三人，一个铁塔般的大汉走在前头，刚才被他拷问的那个胖汉走在中间，他的同伴——那个瘦长的汉子走在最后。那胖汉满面通红，身上还黏着许多草屑，听他们所说，原来是那个瘦汉子听到他在草堆里的呻吟之声，将他救出来的。至于那个铁塔般的汉子，大约是瘦汉请来助拳的。

那胖汉给他的同伴嘲笑，甚是尴尬，半晌说道：“你别看轻了那个小子，那小子是身怀绝技，点穴功夫的神妙，世上只怕再找不到第二个人!”他将江南的武功大大夸张，用意不外替自己解窘。江南一听可乐开了，心道：“这家伙还算识货，我刚才实是不该将他那样折磨。”那瘦汉道：“这么说，你竟是心服口服了?”那胖汉道：“技不如人，岂容不服?据我看呀，不但你我不是他的对手，就是咱们的帮主出手，也未必准赢!他口气好大，说咱们的帮主也不过是二流角色呢!”那铁塔般的汉子乃是震山帮的帮主赵铁汉，他和泰山帮主郝达三是最要好的朋友，听得勃然火起，“哼”了一声道：“那小子问你邀请什么人，你提到我的名字没有?”那胖汉道：“第一个就提你老，他说——呀，我可不敢转述。”赵铁汉道：“大约是在骂我吧?是他骂的，与你无关，说吧!”那胖汉道：“骂倒没有骂，不过他说你们都仅不过是三四流的角色!”赵铁汉大怒道：“哼，我若遇见了他，拆他的骨，剥他的皮!”

忽听得草丛中有人“咭”的一笑，原来江南听得那胖汉对他大捧特捧，终于忍耐不住，从心底里笑出来。那胖汉叫道：“呀，就是这个小子!”

赵铁汉大喝道：“好，我且看你是几流角色?”别看他身体魁梧，跳跃却是甚为灵活，声到人到，呼的一拳，便向江南痛击，江南一个转身绕步，反手一点，嘻嘻笑道：“你怕不怕我世上无双的点穴功夫?”笑到一半，便已笑不出来，原来赵铁汉的外家功夫在北五省数一数二，拳似铁锤，掌如利斧，哪容得江南近身，江南点不中他的穴道，反而给他的掌缘削了一下，痛得有如刀割。那瘦汉子看得阴阳怪气地笑个不停，那胖汉道：“人家的绝技还未出呢，你看人家能够和赵帮主拼到三十招，这点能耐，就比你强!”

江南的武功其实与赵铁汉相去颇远，不过，唐经天、金世遗、陈天宇等人，都曾零零碎碎地指点过他一些功夫，虽然不能整套地运用出来，但他所学的都是上乘武功，一鳞半爪，已足以骇人耳目。赵铁汉初初和他交手，未知他的深浅，又听得郝帮主的手下人说得他的点穴法那么神奇，心中亦有点惧意，但恐为他所败，落不下台。故此在开头的十余廿招，还真不敢和江南抢攻，只仗着刚猛的掌力来防备江南欺身偷袭。

待到三十招过后，赵铁汉已试出江南的功力，大为奇怪，心中想道："这小子的功力只配做我的徒弟，但他那精奇的手法，却比我的师父还强，这是什么道理？"这时他已自知立于不败之地，但也还有点忌惮江南那些古怪而又每招不同的武功，待到再过了三十招，但见江南来来去去都是那么几手，不禁哑然失笑，想道："敢情这小子是从各处偷学来的？"虽然觉得他的来历奇怪，但已是毫无惧意，当下掌法一变，左手用摔碑手，右手使金刚拳，掌如巨斧开山，拳似铁锤凿石，手脚起处，全带劲风！

江南给他迫得透不过气来，心中暗道："糟糕，糟糕，这回可泄底了！"心念未已，赵铁汉忽地双臂箕张，向外一展，江南双掌被封，百忙中用了陈天宇所教的一招"弯弓射虎"，招数是用对了，但功力不够，哪搬得动赵铁汉的手臂，只听得赵铁汉哈哈一笑："叫你看我这三流角色的本领！"左臂一压，登时将江南的双手圈住，右手一下子便叉住江南的咽喉。那瘦汉取笑他的同伴道："喂，怎么不见他使绝技了？"

江南头筋毕露，被他叉住咽喉，连叫也叫不出声。赵铁汉冷笑道："你给我磕三个响头，叫我一声老子，我便放你。答不答应？"江南心道："我只有一个老子，若再叫他老子，这是辱及亲娘的事情，万万不能答应。"主意打定，一味摇头，赵铁汉越叉越紧，江南险险就要气绝，连摇头也没有气力了，但仍然是满脸倔强的神色。

正在性命危急之际，忽见赵铁汉怪叫一声，长长的舌头伸了出来，右手虽然仍叉着江南的咽喉，却已是松弛无力。江南深深吸了口气，奇怪之极，但见赵铁汉的舌头越伸越长，连头发也散乱了，好像不是他叉着江南的咽喉，反而是江南叉他的咽喉一样，那形状就像个吊死鬼，江南叫道："喂，你干什么，你吓我我就怕了你么？"他口说不怕，其实心中十分害怕。那瘦汉只道江南真的使出了绝招，吓得魂不附体，慌忙和那胖汉一道，拔脚飞奔！

忽听得赵铁汉又是一声厉叫，双手一松，仆地不起，七窍流血，面如死人！江南叫道："我的妈呀！"竟然也给吓得晕倒了！

江南好像做了一个怪梦，迷迷糊糊中但觉身子轻飘飘的似是悬在半空，眼前出现无数牛头马面的幻影，江南想叫却叫不出声，心中想道："糟糕糟糕，一定是吊死鬼勾去了我的魂魄了！"忽然那些幻影又不见了，有一个好似很熟悉的声音在耳边说道："别慌，别慌，今天我叫你做一个名扬四海的英雄！"耳畔风声呼呼，俨若腾云驾雾，忽然间又好像从半空中落了下来，一切归于寂静。

江南试试睁开眼睛，"咦，这是什么地方？"但觉身子好似被夹在两块木板之间，不能转动，却又有耀眼的灯光从两面射来。江南定了定神，渐渐清醒，奇怪极了，他发现自己竟是蜷曲在一块匾额的后面，而且似是被人点了麻穴，无法动弹。

下面是一个宽大的厅堂，摆了几十张方桌，每张桌子上有两个酒壶，江南几乎疑心还在梦中，想道："难道是阎王爷爷请我赴宴么？"忽听得一个清脆的声音说道："妈，今晚的场面可真热闹了，有那么多的人要来吗？"江南怔了一怔，但见两个女人走了出来，竟然是杨柳青和她的女儿邹绛霞。

江南咬了咬舌头，很痛，分明不是梦了。那是谁将自己弄到这里呢？他想呀想的，越想越是糊涂。

只听得杨柳青叹口气道："你这孩子端的不知天高地厚，今晚乃是鸿门夜宴，你当是去喝喜酒么？"邹绛霞问道："爹爹请了多少人来助拳？"杨柳青道："请的不少，到的只有十位。"邹绛霞道："他们那边呢？"杨柳青道："共收到了三十四份拜帖，照江湖上的规矩，来的当是三十四人了。嗯，你点一点席数，是二十四席么？"邹绛霞道："不错，是二十四席，每席二人，你和爹爹另外一席，那么不是还空出两席么？"杨柳青道："这两席是准备有不速之客到来的。"邹绛霞道："他们的人数岂不是比咱们多了两倍有多么？"杨柳青又叹口气道："人情冷暖，世态炎凉，若是你外公在世，各路豪杰，即算咱们没发请帖，只怕他们也会赶来。你瞧那块匾额！"江南心头一跳，只当是杨柳青发现了他，只听得杨柳青续道："那块匾额我还记得是你外公六十大寿那天，北五省的一百二十四位英雄联名给他送的，上面题的是'武林硕望'四个金漆大字，距今刚好是三十年。难道真是如俗话所云，卅年风水轮流转么？"原来她是有所感慨，并非发现江南。

邹绛霞秀眉一扬，说道："咱们虽然人寡势弱，也不应失了外公在世的威名。"杨柳青道："这个当然，你妈平生几曾向人认过输了？”邹绛霞道：“那个向咱们挑战的和尚是什么人？”

杨柳青道：“那个野和尚，我只知道他的俗家名字叫做郝浩昌，是大力神魔萨天都的徒弟。”邹绛霞道：“大力神魔？这名字好熟，嗯，我听爹爹说过，他是与外公同一辈的大魔头，不是早已死了么？”杨柳青道：“不错，连他的徒弟，也只死剩了郝浩昌一人了。大力神魔萨天都有一个孪生的哥哥名叫八臂神魔萨天刺，现在也只剩下一个弟子了。”邹绛霞道：“就是那个也做了和尚的董太清吗？三十多年之前，他曾被外公打折一条臂膊，那一年咱们去天山找唐叔叔的时候，曾碰见过他。嗯，我明白啦，郝浩昌是为了他的师兄报仇来的。”杨柳青道：“那一年要不是冯琳劝解，我早已把他的眼珠打瞎，哼，董太清自己不敢向我寻仇，郝浩昌却反而替他向我寻仇来了，真是笑话。”江南心中暗笑：“这位杨姑姑比我还会吹牛！”原来那次杨柳青与董太清在路旁的酒肆相逢，董太清以一条铁臂斗杨柳青的神弹，江南也曾在场目击，要不是冯琳及时来到，杨柳青当场就得大大吃亏。江南又想道：“董太清还怎能向你寻仇，除非他从棺材里爬起来，不，他死时连棺材也没有，除非他能从冰川里爬起来。”原来董太清与另一个大魔头赤神子上喜马拉雅山的珠穆朗玛峰找寻仙草，还未望见珠峰，已在冰川里冻毙了（事见《冰川天女传》）。这件事情是陈天宇告诉江南的，因为那一次上珠峰探险，唐经天与金世遗也曾参与，而且金世遗就是在那一次失踪的。

杨柳青母女却似乎还未知道这件事情，邹绛霞道：“妈，你忘记啦，冯阿姨当时不是说过，不准董太清再向你寻仇吗？奇怪，他的师弟怎能不知道冯阿姨的禁令，难道他的师兄没告诉他？妈，咱们不用怕了，就是这次打输，冯姨也定会给咱们报仇。”杨柳青道：“霞儿，就算我这次给人家打死，也不许你去求告冯琳。咱们杨家的人，从来不要人怜悯，也从不去哀求人家。”原来杨柳青与冯琳素来不和，冯琳也曾不止一次地拿她开过玩笑，这些事情，杨柳青当然不会说给女儿知道。（三十多年之前，杨柳青曾经是唐晓澜的未婚妻，唐晓澜却爱上了冯琳的姐姐冯瑛。故此冯琳常常为了姐姐的缘故，将杨柳青捉弄。）

说到这里，有一个家丁进来报道：“他们来啦！”杨柳青道：

“你请老爷出来迎接客人。”过了一会，只见一个浓眉大眼阔肩膊年约五十左右的汉子和一大群人走了出来，这人正是杨柳青的丈夫邹锡九，那些人则是来杨家助拳的。邹锡九赘入杨家为婿，最怕老婆，人虽粗豪，却是沉默寡言，他只吩咐了家人两句话：“打开大门，以礼相迎。”一点也不像他的妻子那样愤愤然见于辞色。大门打开，但见一个大和尚哈哈大笑地踏进门来。

邹锡九只说了一个“请”字，杨柳青却冷冷说道：“多谢大师捧场，今日群贤毕集，端的令蓬荜生辉。”郝浩昌哈哈笑道：“你们北五省的头面人物，也差不多都来齐了呀，幸会，幸会！”两人未曾交手，便先斗口，杨柳青讥刺他带来的人多，郝浩昌还了一句，并乘机捧一捧杨柳青这边的人物，用意是不想和这些人结仇。原来郝浩昌这次生事，怀有两个目的，第一个当然是向杨柳青寻仇，第二个却是想捧他的堂侄——泰山帮的帮主郝达三做北五省的武林领袖。给杨柳青助拳的这十个人，武功真个高强的并不多，但每一个在武林中都很有声望，郝达三想做武林领袖，这些人自是不便得罪。

和郝浩昌同来的这班人中，有一个披着大红袈裟的西藏僧人，身材魁伟，足足比普通人高出一个头有多，郝浩昌向杨柳青夫妇特别介绍道：“这位是西藏的藏灵上人。”藏灵上人合十说道：“久闻贤梁孟大名，今日有缘幸会。”杨柳青和邹锡九但觉一股大力迫来，紧紧将他们束住，登时头昏眼黑，连呼吸也几乎透不过来，就在这刹那间，忽听得有一声古怪的笑声传来，声音不高，却是极其冷峭，尤其在藏灵上人听来，更为刺耳，只见他面色倏变，那股压力登时松了。这时两方面相熟识的人正在纷纷招呼，有说有笑，藏灵上人与郝浩昌举目向人群搜索，却不知发笑的究竟是谁，藏灵上人不由得想起了一个武林怪杰，心中大是怀疑。

江南也听到这个刺耳的笑声，他的诧异更在众人之上，这笑声竟似刚才在迷迷糊糊之中听到的那个笑声，又好像以前也曾听见过的，这是谁呢？蓦然间他想起了一个人来，“莫非是金世遗？不错，金世遗在发怪笑之时，也是像这么刺耳的！”可是江南居高临下，看得清清楚楚，座中哪里有金世遗？

宾主坐定，邹锡九以主人身份向郝浩昌道：“大师此次光临寒舍，不知有何见教？”郝浩昌站了起来，却向杨柳青说：“杨大小姐，我师兄是谁杀的，请你直白说来。”杨柳青只道他是要为师兄报那三十年前的断臂之仇，并不知道董太清已经死了，闻言一愕，道：“我没有杀你的师兄。”郝浩昌笑道：“凭你的能耐，谅也不能杀我的师兄。我问你的是你请谁将他杀死的？”杨柳青怒道：“我若要请人杀他，第一次在西藏见面时便可以将他杀了。”郝浩昌道：“我知道你识得人多，你忌惮我的师兄，若非你诡计相害，就定是你请人杀他，好，不管是谁，总之是你主使，你不招供，这条命债我只有向你索偿！”杨柳青拍案怒道：“你要赖我杀人，好吧，你就来吧，谁还怕你不成？”邹锡九急忙劝道：“有话慢慢好说，宾主初会，咱们且先喝酒三杯！”话犹未了，只听得有人叫道：“好，我就先敬女主人三杯！”

说话的是泰山帮的帮主郝达三，他是本地人，在座的人过半数是他邀请来的，故此他的身份属于宾中之主，由他先出面敬女主人的酒确也应当，不过他敬酒的手法可特别得很，只见他将三杯斟得满满的酒，双指在杯边一旋，三只酒杯便接连飞出，成了一个品字形，直向杨柳青面前飞去，杯中的酒半点不溢。要知杨家以“铁掌神弹”出名，暗器的功夫自有独特的造诣，郝达三用这种发暗器的手法敬酒，暗中实藏有要和她较量一下的意思。

杨柳青不慌不忙，也满满地斟了三杯，待到郝达三所发的那三只酒杯，飞到席前数尺之遥，她把三杯酒都摆在掌心，淡淡说道：“我酒量甚浅，三杯酒是决喝不了的，借来还敬了吧！”手掌一翻，三只斟满了酒的酒杯倏地飞出，刚好与郝达三飞来的那三杯酒碰个正着，玉杯相击，发出一阵悦耳的声音。但见那六只酒杯分开两组，每组三只，三只飞回郝达三的席上，另外三只却飞到大和尚的面前，方向不同，来势均疾，杯中的酒也是半点不溢。这手法比郝达三的高明多了，他请来助拳的朋友，有好些也禁不住喝起彩来！

郝达三只好施展接暗器的手法，将三杯酒接过来喝了，那大和尚却伸出一只蒲扇般的大手，向空中一招，随即把手板摊开，但见那三只斟满了酒的酒杯，一只跟着一只，向他的掌心飞下，就好像他的掌心有一股无形的吸力一般。行家们都看得出来，那三只酒杯本来是从三个不同的方向，奔向他的左右太阳穴和正中的鼻梁的，给他这么一招，三只酒杯一只挨着一只，刚好在他的掌心摆成了一个品字形，这手功夫与杨柳青的比较，实是各有千秋，杨柳青以发暗器的手法见长，而这大和尚的内功，却要比杨柳青深得多了！

郝浩昌将掌心的三杯酒放下，说道："我的意思与邹施主的刚好两样，把账算清楚了，这酒才能喝得痛快。女施主，请问我师兄这条命债如何交代？"他这话是冲着杨柳青说的。杨柳青被他苦苦相迫，柳眉一竖，怒道："我说过不是我杀的，我也不知道是谁杀的，你一定要把你师兄的命债算在我的身上，那还有什么说的？只有依照江湖的规矩，我先来请教你这位大和尚的功夫。"邹锡九邀来的一位老英雄邓乾元说道："请问大和尚，你师兄被人杀死，这可是确实的么？是你发现了他的尸体还是别人给你通风报讯的？要知江湖之上，误传死讯的事情也是常常有的。"郝浩昌道："我师兄那年去找杨柳青算账，给她邀了天山派的人打败，后来就不知所终了。我师兄的死讯则是黄石道人传出来的，黄石道人是崆峒名宿，他的话还有假的吗？我不向她问个明白还问谁人？"江南在匾额后面听得急极了，他不止一次地在心中嚷道："你为什么不去问金世遗？"可惜他嚷不出来。

邓乾元只想息事宁人，向那大和尚摆了摆手，继续说道："既然你师兄那年曾给天山派的人打败，那么你似乎应该先问天山派的掌门人唐晓澜才对呀！"要知唐晓澜如今已是武林中数一数二的人物，所住的天山南高峰更不是普通人所能上的，邓乾元这么说分明是看准他不敢上天山去问唐晓澜。郝浩昌看了邓乾元一眼，道："这位是——"郝达三道："这位是邓乾元邓老英雄。"郝浩昌道："邓老英雄，多谢你苦心相劝。可惜你的说话却似乎有点本末倒置了。江湖上寻仇索命的事在所常有，照规矩是追究主使的人，哪有不问主人却先去找他助拳的朋友之理？何况我们这位杨大小姐和唐晓澜的交情人人知道，又何必舍近就远，上天山去问唐晓澜？即算是天山派的人干的，问这位杨大小姐也是一样。"杨柳青当年想嫁唐晓澜而嫁不成，她最忌讳的就是别人提起这件事情，不由得面上通红，勃然怒道：“你这秃驴胡说八道，无中生有，谁知道你的师兄是怎么死的？好，你既要来讹诈，就算是我杀的吧！霞儿，取我的弹弓来！”郝浩昌霍然起立，道：“女施主，你嘴里干净一些，咱们斗技不斗口！”其实分明是他先讥刺杨柳青的隐秘，如今却反过来骂杨柳青的嘴不干净，气得杨柳青七窍生烟，接过弹弓，便待离席。

正在剑拔弩张之际，忽有一个家丁跑来禀道：“有人要见主母，他还带了一件礼物，说是要请主母转交给一位叫做海若大师的。”杨柳青与郝浩昌均是一怔，原来郝浩昌削发为僧之后，所取的法号便叫做“海若”，他在师父大力神魔死了之后，隐居了将近三十年，最近得了师兄的死讯才下山寻仇，他做和尚的事情已是少人知道，“海若”这个法号知道的更是少之又少了。两人都以为是对方邀来助拳的人，杨柳青怒气未息，立即吩咐道：“管他来多少人，咱们杨家都能款待，带他上来！”那家丁有点奇怪，禀道：“来的只是一个人呀。”杨柳青喝道：“听到没有？带他上来！”

过了片刻，那家丁带了一个人上来，杨柳青说道：“呀，王老头，原来是你。”江南认得他就是在凉亭卖茶的那个老头儿，心道：“这老家伙像我一样爱管闲事，想必是找个藉口来瞧热闹来了。要不，怎么单单拣别人比武的时候，前来送礼呢？”

但见那老头儿抱着一个长方形的铁匣，匣上贴有一张白纸，写的是：“烦交海若大师亲启。”郝浩昌在那间凉亭里喝过茶，认得这个王老头，诧异之极，立刻把那铁匣抢了过来，说道：“我便是海若和尚。”将那铁匣摇了一摇，里面好似藏有铁器之类的东西，当当作响，郝浩昌迟疑了好一会子，竟自不敢打开。

藏灵上人道：“让我看看是什么礼物？”将铁匣从郝浩昌的手中接过，他自恃武功，自忖即算匣中藏有暗箭，也伤不了他，当下暗运金刚指力，将铁盖揭开，但见匣中藏的竟是一条黑黝黝的手臂。郝浩昌猛地尖叫一声，将那条手臂取出，在桌上一敲，发出当的一声金属声响，竟将桌子敲去了一角，原来是一条铁臂。

郝浩昌哭道：“师兄，你果然是给人害了！”原来他的师兄董太

武林碩
天旋地轉不知處 柳暗花明遇故人
一九八五年一月五至画云海玉弓缘
得張贻来先生一印大喜过望即用之也

郝浩昌将铁臂拿来细看，上面果然有八个大字，写的是：“死于冰川，与人无尤。”

清自从在三十多年之前，被杨柳青的父亲打断了一条手臂，他是装上了铁臂，练好了铁臂神功之后，才去找杨柳青报仇的。郝浩昌当然认得他师兄这条铁臂。

藏灵上人道：“咦，这条铁臂上好像还刻有字呢!”郝浩昌将铁臂拿来细看，上面果然有八个大字，写的是：“死于冰川，与人无尤。”后面还有两行小字，说董太清上珠穆朗玛峰求取仙草，在冰川冻毙的事情。年月日时，与谁同行等等，都写得很清楚。但却没有署名。

郝浩昌惊疑不已，抓着那卖茶的老头儿问道：“这铁匣子是谁托你送来的?”那老头儿道：“是小三子。”郝浩昌道：“小三子是什么人?”那老头儿道：“小三子么?嗯，他是我隔邻看牛的那个娃娃。”邹绛霞忍不着“咭”的一声笑出来。郝浩昌怒道：“你开什么玩笑?”那老头儿叫道：“冤哉枉也，我王老汉生平未说过一句假话，不信你问问咱们的杨大小姐。”郝浩昌道：“这铁匣子当真是那个看牛的娃娃送来的?”那老头儿道：“千真万确是我从他的手中接过来的。”藏灵上人道：“你有没有问明是谁托他带来的?”那老头儿道：“他自己说啦，是路上的一个叫花子请他送来的!”藏灵上人面色一变，道：“叫花子也会送礼?”那老头儿道：“嗯，听小三子道，这叫花还阔得很呢，赏给他的力钱就是一锭银子。”郝浩昌心中一凛，想道：“难道是丐帮的帮主出来与我作对?”急忙问道：“是不是一个老叫花，穿的是一件用许多不同颜色的碎布所缝的百衲衣?”那老头儿道：“不，听小三子说，是一位唇红齿白的小叫花，小三子还很奇怪地对我说，那小叫花的相貌看来比咱们东平县首户张百万的少爷还要齐整，却怎么做了乞丐呢?”

江南躲在匾额后面，听到这样，又惊又喜，心中想道：“这一定是金世遗了!哈哈，金世遗一来，你这个大和尚若不知进退，必定倒霉!”

郝浩昌听得不是丐帮帮主，放下了心，正想说话，忽见藏灵上人面色有异，似乎有点怯意，这位藏灵上人乃是西藏密宗的第一高手，今年七十多岁，望之却如五十许人，算起辈分还是同郝浩昌的师父一辈的。郝浩昌特地将他请来，倚作靠山，见他似露怯意，不禁大奇，想道：“难道藏灵上人还能惧怕一个小叫花不成?”正是：

神龙见首不见尾，此中奥妙没人知。

欲知后事如何？请听下回分解。

第三回　野鹤闲云无觅处
雪泥鸿爪未留痕

郝浩昌见藏灵上人将这条铁臂翻来覆去看个不休，忍不住问道："大师可看出有什么破绽么?"藏灵上人道："这几年来的确未听人说过赤神子的消息，敢情真的是在冰川里冻死了?"那条铁臂上写明董太清是"死于冰川，与人无尤"，而且指出他是与赤神子同行，一同在冰川里冻毙的。藏灵上人而今提出赤神子来作为旁证，言下之意，竟是相信董太清乃是死于冰川的了。郝浩昌连忙说道："此事荒诞不经，似乎未可深信。而且是谁将这个铁匣子送来，也古怪到极，倘非查得水落石出，岂可便善罢甘休?"藏灵上人沉吟不语，好像那条铁臂里当真是藏着什么怪异似的，只是翻来覆去地看了又看。

杨柳青也认得董太清这条铁臂，心中亦是甚为诧异，她见郝浩昌与藏灵上人窃窃私议，说个不停，正想说话，忽听得泰山帮的帮主郝达三大叫道："董太清的事情或者是一时难明，但今日所发生的两桩事情，你们杨家总不能逃脱关系了吧?"杨柳青怔了一怔，道："什么事情?"郝达三怒道："我尚未赴约，你们的人为什么就先把我的徒弟殴辱?"杨柳青道："哪有这样的事?"郝达三招手说道："韩超，你出来。"江南一看，原来就是那个被他打了一顿的胖汉，只见他面目青肿，衣服的泥污草屑都还未弄干净，杨柳青道："奇怪，你的徒弟被人打伤，关我什么事?"郝达三怒道："难道是我打他的不成?"杨柳青也发了气，正待反唇相稽，上座的那个老英雄邓乾元志在息事宁人，忙劝解道："问清楚了，再议如何处置也还不迟。你说有两桩事情，这是一桩，还有一桩呢?”盘龙拐许大猷霍地起立，怒气冲冲地抢着说道：“在座的都是武林俊彦，请问双方约期比武，有没有在事先就将对方助拳的人暗算，甚至将他杀了的道理?”此言一出，群情耸动，纷纷问道：“是谁给暗杀了?”许大猷怒叫道：“是震山帮的帮主赵铁汉给他们的人暗算了，呀，赵大哥死得好惨，他是被活生生地扼死的!”许大猷与赵铁汉是生死之交，动了真情，双眼火红，声泪俱下，似乎恨不得要扑上去将杨柳青撕成两片似的。

邓乾元忙站出来拦道：“赵帮主给什么人杀的，可有人目击?”郝达三那徒弟叫道：“杀死赵帮主的人也就是将我殴辱的那个人。”邓乾元道：“到底是什么样的人?”那胖汉道：“是一个小厮，大约还不满二十岁。”邓乾元道：“你看清楚，他在这里没有?”那胖汉道：“没有。”江南躲在匾额背后暗笑：“瞎了眼的东西，你小爷分明在这里呢!”他一面暗笑，却也有点惊慌，想不到赵铁汉果真被那个神秘人物扼杀了，事情将弄得越发不可收拾，只不知那个神秘人物究竟是不是金世遗。

邓乾元道：“既然不在这里，那就未必是杨家邀来的人。”许大猷叫道：“他暗害了赵帮主还敢露面么?我只问这贼婆娘赔命!”杨柳青大怒道：“岂有此理，你骂谁?”邹锡九连忙跟着跳出来，许大猷提起铁拐，呼的一拐就向杨柳青扫去，邓乾元急忙提椅子替她一挡，一声巨响，那张椅子登时被破开两边，余势未衰，铁拐险险打中邓乾元的额角。这时邹锡九也动了火了，“砰”的便是一拳照面击出，邹锡九是五行拳的嫡传弟子，这一拳名为“冲天炮”，刚猛之极，许大猷的铁拐也不及撤回，慌忙闪避，饶他闪得快，肩头上还是给邹锡九重重地击了一拳，跄跄踉踉地倒退几步，几乎跌翻。许大猷大喝道：“我与你拼了!”铁拐抡圆，呼呼猛扫，附近那几席的客人纷纷避开，邹锡九沉声不响，接了几招，突然化拳为掌，使出一招“铁抓”功夫，硬抢许大猷这根仗以成名的“盘龙拐”。

眼见他一抓便要抓着许大猷的手腕，忽地一股劲风，迎面击来，原来是震山帮的副帮主崔宏发出了一枚金钱镖，邹绛霞提着弹弓，正自跃跃欲试，见有人暗算她的父亲，如何忍得，立即一曳弓弦，将三枚弹子打出，第一枚弹子将金钱镖打落，第二枚弹子打中了许大猷额角，血流如注，第三枚弹子打那崔宏，因为距离过远，给崔宏避开，却把邻席的一壶热酒打翻，酒花飞溅，席上坐着的，一个是白马杜平，一个是金刀邓茂，都是郝达三邀来助拳的人，被滚热的黄酒溅得满头满面，都不禁发了怒气，大声喝骂，抢上场来。

邓乾元喝道："这成什么体统？要比武嘛也该照规矩来，学市井之徒来群殴乱打么？"他眼见调解不成，只有暂时澄清这纷乱的局面。

许大猷道："好，大家不要打岔，我要为赵帮主报仇，邹庄主要维护他的婆娘，就让我与邹庄主先分个胜负吧！"邹绛霞道："你这厮不配和爹爹比武，让姑娘来教训教训你。"许大猷给她打伤额角，只因她是个小辈，未便向她挑战，不料她却先行出头，许大猷怒道："好呀，你们两父女一齐上吧！"邹绛霞冷笑道："你要不要先裹好额角的伤？"这话乃是讥刺他刚受了伤还要口出大言，邹锡九自忖自己是主人身份，许大猷虽乃一帮帮主，究非对方首要的人物，自是不应贬低身份和他正式比试，但又怕女儿打不过，正自踌躇，震山帮的副帮主崔宏站出来道："割鸡焉用牛刀，待我替许大哥教训这小丫头吧。"许大猷见邹锡九已退了下去，也只好让出场子由得崔宏与邹绛霞动手。崔宏使的是一对判官笔，邹绛霞用的却是一把铁弓。邹绛霞道："你是客人，我先让你三招！"

邹绛霞自幼受父母的熏陶，小小的年纪，居然也知道要保持武林世家的风范，照足江湖的规矩，在正式比试时，主家先让客人三招。她说得甚是认真，座上群豪瞧着她那副带着稚气的神情，竟然没有一个人取笑她。

崔宏在绿林道上是一个有头面的人物，哪有要一个女孩子让他三招之理？偏偏邹绛霞抬出了江湖规矩，却又叫他不能不领这个人情，当下一声冷笑道："好呀，那么三招之后，你们就准备换人吧。"言下之意，他在三招之内，必定可以把邹绛霞击倒无疑。

邹绛霞将铁弓当胸一立，板着脸儿说道："闲话少说，但待赐招！"崔宏一声冷笑，双笔一分，双点她左右两胁的"期门穴"，邹绛霞溜滑得很，身躯一矮，趁着他双笔分开之际，倏地便从他的手底溜过，崔宏哼了一声，心道：“原来你还会点小巧的功夫。”轻敌之心仍然未去，双笔一分，招式未变，立刻便反圈过去，邹绛霞精灵之极，似乎早已料到他有此一招，突然向他面上一吹，杨家世传的暗器，久已在江湖上享有盛名，崔宏只道她是使出梅花针之类的微细暗器，心中一凛，不由自主地退步闪身。邹绛霞本来无法避过他这一招的，趁此时机，却轻轻易易地便跳出了圈子。崔宏大怒道：“小丫头你使的什么诡计?”邹绛霞格格笑道：“我说过不还手的，我还手了么?”她只是动口，确然没有动手，崔宏奈她不何，气往上涌，第三招蓦然使出杀手。左笔往外一绷，右笔按着待发，料她要跳起闪避，那么右手的判官笔立刻可以点中她的“涌泉穴”。

哪知邹绛霞竟是十分胆大，她不往上跳，却忽地向地上一伏，将铁弓稍稍推出，崔宏一笔敲下，刚好碰着她的铁弓，当的一声，邹绛霞趁势滚出几步，崔宏右手的判官笔刚要变式，邓乾元大声叫道：“三招已满，邹姑娘你可以不必再让了!”崔宏这一招本来是双笔连环点出，一招分为两式的，但他左手判官笔那一式已给邹绛霞挡开，虽然右手这一式未发，但邓乾元当他已是一招。崔宏以大压小，怎好意思向众人辩明那只是半招，只好硬生生地把右手那支判官笔撤了回来，眼睁睁地看着邹绛霞从容起立，傲然笑道：“不必换人，还是我和你再比下去吧。”

崔宏强抑怒气，按着双笔喝道：“进招!”话声未停，邹绛霞铁弓一拉，弓弦疾割他的脉门，这“金弓十八打”的手法，是她外公杨仲英的秘传绝技，所用的招数，都是江湖上未见过的，崔宏的真实本领虽然比邹绛霞高出好多，骤然之间，也给她一阵乱打，打得手忙脚乱。江南在上面望下来，开心极了，就可惜喝不出彩来。

不过“金弓十八打”的手法虽然奇妙，邹绛霞功力未够，时间一久，终究吃亏。到了五十招过后，邹绛霞的招数渐渐被崔宏的一双判官笔封住，邹绛霞见情势不好，施展腾挪闪展的功夫，接了几招，突然以退为进，铁弓搂头一打，倏地一个“细胸巧翻云”倒翻出去，曳开弹弓便打。杨家的神弹绝技，果然名不虚传，弹子打出，都是奔向人身的要害穴道，幸而崔宏本身也是打穴的能手，一见弹子打出，便立即知道它打的什么穴道，或用铁笔磕飞，或者飘身闪过，邹绛霞虽然越打越凶，仍是伤不了他，不过崔宏的攻势却也因此受阻了。

两人在大厅里相斗，四边都是桌子，中间腾出来的不过两丈方圆之地，崔宏紧追不舍，邹绛霞只能在一个小圈子内与他周旋，有时给他追到背后，来不及曳弓发弹，便只能回身接他几招，这样的又游斗了半个时辰，邹绛霞的弹子已将要用完了。

江南躲在匾额之后，有好几次弹子碰着匾额"卜卜"作声，吓得江南的心头也跟着"卜卜"跳响，生怕被人发现了他，他手脚不能动弹，定然要给郝达三这些人痛打一场了。幸亏在场的人都在全神贯注，防备给弹丸误伤，没有人会想到匾额后面还藏有一个江南。

座上的高手甚多，弹子飞到哪个方向，都有人接住，郝浩昌更是有意卖弄本领，手持筷子，一见有弹子飞来，立即便将它挟下，一颗颗地排列在桌子上。

邓乾元见邹绛霞形势渐危，出声说道："两位相斗已过了一百招，不如让给第二个人吧!"崔宏默不作声，邹绛霞只记着母亲的吩咐："不可损了杨家的威名。"见敌人不作声，她也不肯见好即收，仍然密密地发出弹子，继续和崔宏游斗。

弹子越打越少，邹绛霞忽地发觉只剩下两颗了，心中一慌，脚步稍慢，崔宏如影随形追到后面，邹绛霞急中生智，滑出几步，反手一弹，取崔宏的"阳白穴"，崔宏举笔一拨，第二枚弹子跟着飞来，崔宏听声辨器，知道她打的是"太阳穴"，急忙把头一歪，却不料邹绛霞有意使刁，这枚弹子看似打"太阳穴"，发出之际，她手指微微一颤，弹子射到，方位差了少许，崔宏把头一偏，额角恰恰给她打中，瘀黑了好大一块。邓乾元叫道："现在可以住手了吧?"崔宏大怒道："我尚堪一战，难道就要判我作输了么?"按照规矩，双方比武，难免有人先要受伤，只要这个人尚有反击之力，他不肯认输，旁人便没有理由要他停止。邹绛霞一弹得手，胆气陡壮，亢声说道："好，你不肯认输，再打便是。"邹锡九不禁摇头，为女儿暗暗担心。

邹绛霞只道崔宏中了她一颗弹子，威风已折，不足为惧。哪知崔宏受伤之后，猛如怒狮，越战越勇，一双判官笔疾如暴风骤雨，转眼之间，已把邹绛霞前后左右的退路完全封住。邹绛霞仗着轻巧的身法，腾挪闪展，暂时还未受伤，但圈子越缩越小，要想突围出去，已是万万不能。

杨柳青十分着急，想叫女儿认输，却又不便出口，想出去将女儿替回，对方只是二流角色，自己出去又怕被人讥笑。眼见女儿屡遇险招，急得杨柳青似热锅上的蚂蚁，端的是坐立不安。

但还有一个比杨柳青更要着急的人，这人乃是江南。他不住地在心里叫道："糟糕，糟糕，可惜我不能下去帮她！"下面越斗越紧，崔宏用了一招"长虹贯日"，左手的判官笔定住邹绛霞的铁弓，右手的判官笔立即从弓弦的半月圈中疾穿而进，邹绛霞的铁弓不能移动，眼睁睁地看着对方那枝判官笔就要点到面门！

江南正自着急无比，忽地颈项好似被人吹了一口凉气，江南蓦地一声怪叫，从梁上跌了下来，这刹那间，他忽然觉得穴道畅通，舒适无比，比平时还更心灵手巧。他刚好跌落崔宏的头上，用力一踹，崔宏痛得呱呱大叫，登时矮了半截，尚未来得及还击，江南信手一点，已点中了他颈后的"天柱穴"，崔宏的两枝判官笔脱手扔开，软绵绵地瘫倒地上。

江南这一跌下，全场哄动。邹绛霞认得他是江南，奇怪极了，问道："咦，你是怎么来的？"江南嘻嘻笑道："以前我不是和你说过吗，你有什么事情，找我好了！如今你和人打架，我心血来潮，当然要赶来帮你！"接着伸伸舌头，扮了一个鬼脸。邹绛霞掩嘴笑道："你真是一个怪人，更是一个妙人！"江南心里知道，"怪人"不是他，是那个暗中将他送到这里来而又突然给他解开穴道的人，江南自己也不明白，那个人究竟是怎么样给他解开穴道的？更奇怪全场几十对眼睛，竟也似没有一个人发现。那个"怪人"藏在哪里？他是不是金世遗呢？

一双小儿女久别重逢，竟自就在场中喁喁细语起来。郝达三这边的人已在纷纷怒骂，那个胖汉子叫道："就是这厮，他，他就是扼杀了赵帮主的那个人。"许大猷怒吼一声，提起盘龙铁拐越众而出，又有人叫道："捉住他，问是谁指使他的？""为什么来捣乱场面？"江南一俯身将崔宏提起，掷了出去，叫道："小爷是助拳来的，这厮禁不住我指头一点，怪得了谁？好呀，你们想一齐来与我打架吗？一齐上来，我也不怕！”其实他是怕的，不过邹绛霞在他身边，他把心一横，想道：“最多给他们痛打一顿，且落得个好汉的名声！”

那班人见他神态滑稽古怪，满不在乎的样子，心中都在暗暗嘀咕，不知道他是什么来历。但见江南只是一个乳臭未干的小子，听他那么一喊，谁也不好意思拥上去和他动手，只剩下一个许大猷未肯退回。

郝达三将信将疑，瞪着眼睛问徒弟道：“呸，就是这个小子将你揍了一顿么？”那个胖汉子生怕师父骂他脓包，连忙辩道：“赵帮主也只是几下子便被他扼死了呢，他呀，他的点穴功夫神妙无比！”江南听在耳中，乐在心中，朝着他拱一拱手，说道：“多谢你老哥屡次捧场，下次你冲犯了我，我不打你便是。”

许大猷勃然大怒，喝道：“你为什么暗杀了我的赵大哥？”江南本来想说明赵铁汉不是他杀死的，但心中一想：“那个怪人，不管他是金世遗也好，不是金世遗也好，总之他对我有救命之恩，我怎好将他招供出来？不如我就认了是凶手吧！”于是朗然说道：“喂，你的话说得含混不清，赵铁汉是和我正正式式的比武，给我一个重手扼死的。怎能说是暗害，谁叫他技不如人？”许大猷怒道：“你好大的本领！好，我就与你照武林规矩，单打独斗，一决死生，在场诸位英雄，我可不是以大压小，为的只是要为赵帮主报那惨死之仇！”他不说“一决雌雄”而说“一决死生”，显然是在存心要取江南的性命。

邹绛霞知道这个许大猷乃是山东绿林中数一数二的人物，武功比那个崔宏高出不知多少，甚为江南着急，正想请她父亲出头，江南却已笑嘻嘻地说道：“开饭店的不怕大肚皮，来帮拳的还怕打架么？好！你老贵姓？我领教便是！”

在他们两人骂战的时候，郝达三邀来的那班人正在围着那个胖汉子，打听江南扼死赵铁汉的经过，那胖汉子口讲指划，特别强调江南那两句话，说他们只是山东道上三四流的角色，激得那班人怒气冲天，哗哗大叫。

许大猷也听到了胖汉子那些话了，正要喝江南“进招”。岂知江南却斯斯文文地问了他一声：“你老贵姓?”许大猷只好强按怒气，大声说道：“我姓许，叫许大猷，你记住了，到阎罗王那里去告我吧。快点亮出兵器领死。”

江南动身之时，陈天宇怕他带着长剑碍眼，只给他一柄护身的匕首，江南一看许大猷那把盘龙铁拐又长又大，想必沉重无比，不如乐得大方，不用兵器，听得许大猷把话说完，立刻笑道：“我未碰到真正对手，从来不用兵器。喂，你也记住了，我叫江南，杏花春雨江南的‘江南’，我不会将你打死，留下这个名字，好让你将来寻我报仇!”江南说话本来不会那么文雅，“杏花春雨江南”这句话乃是他从陈天宇那儿听来，故意在此掉文的。许大猷给他气得七窍生烟，怒喝一声：“那是你自己找死!”呼的一拐，立即迎头打下!

江南尖声叫道：“妈呀，你想要我的命么?”边叫边跳，许大猷一拐打下，竟然没有打着。原来江南这一巧妙的身法，乃是从他主人那儿偷学来的。陈天宇两夫妻时常练习冰川剑法，冰川剑法变化精微，江南纵然有心偷学，也不解其中奥妙，不过冰川剑法最讲究轻灵翔动，避实就虚，江南没有学到剑法，却学到几式闪避对方攻击的身法。许大猷的铁拐又是当头打下，劲道虽猛，却是最易闪开，江南有意卖弄功夫，待他的铁拐离头顶不到三寸，这才一个旋身，点一点头，便钻出去了，他冲着许大猷点头之时，还咧着嘴作怪脸呢!

郝达三邀来的这班人虽是痛恨江南，但见他这副滑稽的神情，却也不禁哄堂大笑。郝达三却是心中一凛，想道：“这小子身法不俗，难道他真的是身怀绝技，有心来与我捣乱么?”

许大猷一拐不中，听得哄堂大笑，气得面红耳赤，即将盘龙拐法展开，越打越狠，越打越急，江南所会的不过是几式趋避对方攻击的身法，哪里能够抵挡?幸亏他还有些小聪明，随机应变，居然在绝险的情况之下，又避过了几招，旁人不知，还道他果然高明，竟然将许大猷戏弄，站在杨柳青这边的人都给他喝起彩来!

许大猷的铁拐展开，宛如狂风暴雨，越来越猛，在喝彩声中，他也蓦地大喝一声，铁拐抡圆，端的似一条虬龙，凌空扑下，将厅中腾出的那两丈方圆之地，完全笼罩在他的杖影之下！江南饶是大胆，亦自慌了手脚，心中叫道："糟糕，糟糕！这回真个是要了我的命了!"就在这时，许大猷的手腕忽然似给蚂蚁叮了一口似的，微微一痛，铁拐稍稍格歪，江南正自暗叫"糟糕"，忽见那根铁拐贴着他的肩头扫过，对方也好似立足不稳的样子，身子向他倾来，江南福至心灵，未暇思索，信手便是一点，恰好戳中许大猷胸口的"璇玑穴"，"咕咚"一声，许大猷那高大的身躯，便似一根木头般的倒了下去。他心知肚明，情知是受了别人的暗算，却已说不出话来。

许大猷的朋友急忙将他拖回，替他解穴，怎知江南这一点穴手法，乃是金世遗所授的独门点穴法，别人哪里晓解？郝达三的眼光算是锐利了，他看到了许大猷被点的部位乃是胸口的"璇玑穴"，便在相应的穴道上施解。不替他解穴犹自罢了，一替他解穴，许大猷脸上的神情却越来越痛苦，沁出的汗珠，都触手冰凉。郝达三大惊，急忙住手，江南嘻嘻笑道："我说过不要他的性命的，过了十二个时辰，他的穴道自解，你慌什么？不过你若胡乱替他解穴，把他弄死了，可休要怪我!"郝达三大怒，便要出去与他相斗，却有一个人先跳出来。

江南一看，只见来的是个书生，唇红齿白，一表人才，手中拿着一把折扇，含笑说道："小兄弟，你的点穴手法确是不俗，待我来领教领教。"江南见他温文儒雅，先自有了好感，急忙抱拳说道："不敢，不敢！我江南学的只是几手粗浅功夫，还望相公你不吝指教。"他一点也不知道，这个人看来一表斯文，其实却是个有名的心狠手辣的采花大盗，名叫杜平，他的扇子点穴功夫，在北五省是数一数二的人物，他刚才看了一场，见江南的点穴法虽然有点古怪，但出手不快，自忖可以赢得江南，他是有心要以其人之道还治其人之身，准备在群雄之前大显神通，便用江南最擅长的点穴功夫来制江南的死命。

杨柳青这边有一位老英雄，名叫郭从龙，嫉恶如仇，平生最恨采花的淫贼，一见杜平出场，勃然大怒，跳起来道："这种下流的淫贼怎可以让他混在这儿?”杜平笑道:“郭老爷子,我可没有偷到你的闺女,你无谓发这样大的脾气啊!”郭从龙“砰”的一声,拍了一下桌子,须眉俱张,大声喝道:“小兄弟你暂且让开,待我来教训教训这个淫贼!”杜平道:“这位兄弟已答应与我过招,郭老爷子,你是懂得规矩的人,别搅乱这个场子好么?下一场我准向你领教便是!”江南听说杜平是个淫贼,吃了一惊,心道:“此人好眉好貌,却怎的是个坏蛋?怪不得公子常说不可以貌取人。”

杜平虽然暂时用说话将郭从龙压住,也还真有点害怕引起公愤,他知道郝达三这边的人想把江南拿下,好为赵铁汉和许大猷报仇,心中想道:“我且先把这小子打倒,也好博得他们的好感。那老匹夫的铁砂掌虽然霸道,谅也赢不了我。”主意打定,生怕江南退场,立刻将扇子在手背一敲,躬腰笑道:“小兄弟,你进招呀!”

江南见他彬彬有礼,虽然恨他是个淫贼,但却又想到陈天宇平日对他的另一个教训:“人敬你一尺,你便要敬人一丈。这叫做礼尚往来。”于是他恭恭敬敬地施了一个礼,说道:“我年纪小,你年纪大,还是请你先指教为是。”

杜平道:“好说,好说,客气,客气!”他话未说完,扇头一指,蓦然间就向江南胁下一戳,手法快如闪电,又狠又准,江南即算施展浑身本领,亦是招架不住,何况他此刻乃是冷不及防,但听得“嚓”的一声,江南胁下的“肺愈穴”给他重重地戳了一下,这“肺愈穴”乃是人身的死穴之一,江南给他戳中,哼也未哼一声,登时向后便倒。邹绛霞失声惊叫,郭从龙拍案大骂。

杜平捧着扇子,四方一揖,朗声说道:“既是比武,必有死伤,怎能怪得小弟?”“小弟”那两个字刚吐出口,乍觉劲风飒然,来自脑后,江南嘻嘻笑道:“不错,不错,小弟也是这个意思!”这时杜平正背向着江南,而且他做梦也想不到“死”了的江南竟然能活转来,并且向他“暗算”,冷不及防,被江南在他的“肩井穴”上重重一戳,痛得大叫一声,登时晕了过去。郝达三这边的人将他拖回,后来虽然将他救醒,但他已给江南重手点穴,而且捏碎了琵琶软骨,那身武功是再也不能恢复了。

原来江南在黄石道人门下的时候,就只学会了一招“颠倒穴道”

的功夫，杜平点中他的“死穴”等于给他抓痒，他却借此机会，故意诈死，终于将杜平弄得残废。这一手法，他在惩治那个胖汉子之时也用过的，不过那个胖汉亦恨杜平是个淫贼，故此没有提醒他。

这一下突如其来的变化，令到全场都大大吃惊，郝浩昌看了藏灵上人一眼，道：“这小子的来历有点古怪。”藏灵上人并不回答他，只是翻来覆去地把玩那条铁臂。

江南这次打胜，全凭自己的功夫，心中高兴之极，郭从龙向他拱手道：“你废了这淫贼的武功，当真是大快人心！我给你道谢。”江南道：“不敢，不敢！这小子出言无状，我不过替你老先生教训教训他罢了。”郭从龙掀须大笑道：“打完之后，我和你痛饮一场。”

郝达三排开众人，走入场心，冲着江南叫道：“你还敢不敢和我再比一场？”江南笑道：“我为人为到底，送佛送到西，既然来此助拳，岂有不打架之理？打，打，当然打！”邹锡九站起来道：“江南，你这一场让与我吧，你已经打了两场，也该歇歇了。”原来郝达三乃是山东绿林中第一位高手，邹锡九自忖也未必赢得了他，故此急着要把江南换下。

江南正在兴头，哪肯罢休？抢着说道：“刚才那两个脓包，我胜来不费吹灰之力，哪里用得到歇息？我还未打得过瘾呢！邹庄主，我是诚心来给你助拳的，你可不能禁止我打架啊！”邹锡九摇了摇头，杨柳青低声向他说道：“今天这个局面真有点古怪，就让江南再试一试吧。”她是识得江南的底细的，心中已隐隐起疑，但只不知是什么高明人物，用的是什么古怪办法，在暗中助他。

郝达三亮出一柄金光闪闪的大刀，说道：“要见真章，最好比拼兵刃，你用什么兵器？”江南本来不想动用兵器，但听得郝达三那么说法，好像说刚才赢那两场不算真功夫似的，心中着恼。邹锡九又抢着说道：“江南，这里十八般兵器，应有尽有，你到兵器架挑一样合手的用吧。”

江南朝那边的兵器架一瞧，忽地笑道：“不必挑选了，这一件很合手。”身形一晃，抢上两步，一伸手，就把站在郝达三背后那个瘦汉子的佩剑拔了出来，那瘦汉子是郝达三的徒弟，刚才给他师傅送刀来的，还未曾退下，他绝料不到江南会抢他的兵器，而且江南的动作神情，在令人以为他是看中了兵器架上的哪件兵器，正要过去拿的，谁知他却舍远就近，冷不防的就拿了那瘦汉子的佩剑。其实若论到真实功夫，那瘦汉子还要比江南略胜一筹。

那瘦汉子空自气得七窍生烟，在师父身边，却是不敢发作，郝达三斥道："蠢材，给我退下！"他当江南是有意损他的面子，当下也就有意卖弄，把金刀一摆，刀头震动，嗡嗡作响，显见内力甚强。邹绛霞本来也是个天不怕地不怕的倔强姑娘，此时也不禁暗暗为江南担心了。

但江南自己却不担心，他想起了自己被那个神秘人物送到这里来的时候，迷迷糊糊中似听得他在自己耳边说过："你放心去打，我包你扬名四海！"他猜想是金世遗，"金世遗暗中助我，我还怕谁？"他此际担心的只是不知用什么剑法，才不致露出破绽。因为他根本未学过一套完整的剑法。

郝达三横刀一立，大声喝道："进招！"江南给他一喝，好像突然吓了一跳似的，失惊无神地蹦了起来，一剑就向郝达三的胸口插去。

郝达三才真正给他吓了一跳，原来江南被他迫出了一招"冰川剑法"，"冰川剑法"乃是桂华生夫妇当年在冰川之旁，观冰川流动之势，妙悟而来。冰川上面冰层凝结，几乎看不出它在移动，实则冰层之下，仍是暗流汹涌，冰川的奇妙，就在极静之中含有极动。江南虽然未解冰川剑法奥妙，但他看得多了，使出来也居然似模似样。郝达三一见他的剑势变幻无方，轻灵凝重，兼而有之，竟给他吓得连退三步，暗暗叫苦："想不到这小子竟是个剑术的大行家！"

江南大为得意，赶上去又是一招"星汉浮槎"，剑光闪闪，将郝达三的退路封住。郝达三根本不知道该如何招架，没奈何只好施展他拿手的刀法"三羊开泰"，用意不过是想把江南的长剑格开，江南哪敢让他戳破，急忙跳开闪过，百忙中还了一招萧青峰所教的"青城剑法"。青城剑法这一招比之冰川剑法要单纯得多，江南使起来倒是中规中矩。郝达三好生诧异，心道："这小子武功好杂，但他为什么不继续使那上乘的剑法呢？"江南这招青城剑法半攻半守，伏有凶猛的后着，郝达三未知深浅，不敢过分进逼，刀头一摆，立刻收回。虽然如此，江南的长剑给他的金刀一碰，却几乎脱手飞去！

幸而拳术剑法之中，都有一招叫做“醉八仙”，江南以前曾见萧青峰使过，觉得好玩，曾跟他学会了几招，这时他被郝达三的金刀一震，立足不稳，乘机摇摇摆摆，使出了一招“随风摆柳”，手舞足蹈，端的似个醉汉一般。郝达三不敢进迫，旁观的见江南年纪轻轻，居然在片刻之间，使得出几种不同的剑法，那“冰川剑法”更是他们从未见过的，都不禁惊奇不已，竟没有一个人看得出其中破绽。

江南心中却是暗暗叫苦，郝达三试出了他的功力不高，对他那奇诡绝伦的剑法少了几分顾忌，渐渐地放大了胆子，一刀紧似一刀。江南的剑法只是“虚有其表”，吓不倒敌人反而吓倒了自己，郝达三抡刀劈来，他哪敢硬接，只有不住地后退，心中直在埋怨金世遗：“你开什么玩笑？我急啦，你还不来帮我？”

再过片刻，郝达三觉得江南的剑法似乎只是中看不中吃，更放大了胆子，金刀挥了一道圆弧，陡然间把江南的身形都圈在刀光之内，金光闪闪，冷气森森，把江南吓得魂不附体，心中正在叫道：“我命休矣！”忽见郝达三双肩一耸，“噗嗤”一声，打了一个喷嚏，刀锋也就跟着一颤，没有砍中江南。江南大喜，喝一声“着”，刷的一剑，在郝达三的手臂上刺了一个透明的窟窿，痛得郝达三将金刀扔出，只好认输。这一场江南在众目睽睽之下，杀得郝达三大败而逃，赢得更是光彩。邹绛霞笑得合不拢口，邓乾元大叫妙哉，杨柳青夫妻惊奇不已，郝达三这边的人都垂头丧气，竟没人敢出来再向江南挑战。

郝达三的武功本来要比江南高出十倍不止，怎的却在紧要关头，反胜为败？原来他那一刀正在劈下之时，鼻孔忽似钻进一个小虫，痒得他十分难受，不由自己地打出了喷嚏来，刀锋也就跟着劈歪了几寸，就这样糊里糊涂地被江南刺伤了。郝达三心中也在怀疑有人暗算，可是他是山东绿林中坐第一把交椅的人物，给人暗算，而自己丝毫看不出端倪，那更是有失面子的事。何况他在众目睽睽之下被人刺伤，说是暗算，谁会相信？因此郝达三只好吃下这个哑亏，空自气在心头，半句话也不敢说。

郝浩昌看了藏灵上人一眼，藏灵上人殊无出手之意，反而劝郝浩昌道："海若大师，依老衲看来，这场比武，就让它到此为止了吧。"郝浩昌道："就让这乳臭未干的小子将咱们吓退了吗？哼，哼，这岂不是笑话一场？"藏灵上人道："不是怕这个小子，我看你的师兄只怕是当真死于冰川，与人无尤的。"郝浩昌道："即算如此，事到如今，亦是难以收手，若然收手，江湖上只当咱们都是给这小子打败了。"藏灵上人做出无可奈何的神气，摊开手道："好吧，那你就再去试他一试，当真可要小心！"

郝浩昌满肚皮闷气，须知他把藏灵上人请来，实是想倚他作为靠山，岂知藏灵上人反而劝他鸣金收兵，而且语气之间，还真似担心他败给江南似的，郝浩昌忍无可忍，一跃而出，大声说道："来，来，来，我与你作最后一场的比试，我若输了给你，不但今日之事就此罢休，从此江湖上也永远抹去我的名字。"

江南见他咆哮如雷，心中甚为好笑，但在场人等，却是个个吃惊，原来郝浩昌有意炫耀武功，但见他踏过之处，一步一个足印，杨柳青心高气傲，见了也不禁咋舌，她所邀来的那十位武林人物，包括邓乾元在内，更是自愧不如，其中纵然有人想出去替回江南，这时也不敢了。

江南还是一副毫不在乎的神情，冲着郝浩昌龇牙咧嘴地道："大和尚，你要比什么呢？尽管你划出道来，我江南一准奉陪便是。"

郝浩昌见他好像有恃无恐，反而给他吓住。要知江南的武功，虽然微不足道，妙却妙在虚虚实实，难以分明。你说他功夫不高吧，他使出的点穴功夫、冰川剑法、擒拿散手等等，却的确是上乘的功夫，即算郝浩昌这样大有经验的人，对江南的深浅亦是捉摸不透。他怎知道江南所以有恃无恐，乃是因为他相信金世遗定会在暗中帮忙他。

郝浩昌望了江南一眼，忽道："且慢，你和黄石道人是什么称呼？"原来他见江南适才被杜平点中死穴，居然能够立即反扑，这种颠倒穴道的功夫，据他所知，当世只有黄石道人能够，他怀疑江南或者是黄石道人的弟子。岂知江南一听他提起黄石道人，想起以前被他强迫为徒的事，立刻怒气冲冲地骂道：“什么称呼？我一见面就骂他是老不死，老怪物！”

郝浩昌大吃一惊，心道：“这么看来，他当然不是黄石道人的徒弟了。难道世上还有另外一种神奇的武功，可以被点中死穴而仍然无恙的？或者难道他这样轻的年纪，就练成了武林绝学的闭穴神功？他究竟是什么来历？那手剑法我连见也没有见过，确乎不是黄石道人的崆峒家数。”

江南见郝浩昌沉吟不语，迫上来指着他的鼻子问道：“喂，大和尚，你到底要不要比试？”郝浩昌气在心头，但眼光一瞥，却见藏灵上人双眉紧蹙，竟似带有三分惧色，郝浩昌不由得心中一凛，想道：“藏灵上人是西藏第一高手，平生极为自负，怎的这次一到杨家之后，便气焰全消？难道这乳臭未干的小子当真有什么古怪武功？”江南的手指几乎就要指到他的鼻子上来，迫得他不得不答道：“好吧，咱们就来比试一下内功。”江南道：“怎么比法？”郝浩昌想了一会，在地上踱了几步方步，以足跟为轴，画了两个圆圈，距离约有七八尺的样子。

江南道：“喂，我可不会画圆圈呀，画出来准会变成鸭蛋。”邹绛霞本来极是担心，这时也被他逗得禁不住笑出声来。

郝浩昌在圆圈当中盘膝一坐，指着另一个圆圈道：“来吧。”江南道：“比坐禅么？”郝浩昌道：“你爱怎么坐就怎么坐。咱们以一支香的时刻为限，谁先走出圈子谁便算输。”江南奇怪之极，想道：“我虽然没有耐性，坐一支香的时刻总还可以。”再问道：“若是大家都坐满了一支香的时刻，那又如何？”郝浩昌面色一沉，道：“那还用问？我岂能占你的便宜，当然算是我输。”江南大喜道：“好，你这个大和尚比他们都文雅得多，我江南就陪你坐一会吧。”于是也学郝浩昌的样子，盘膝合十，坐在圈中，桌子上早已有人点起了一支檀香。

江南见那两个圆圈距离几乎有一丈之遥，大家又不许跳出圈子动手，心想怎么也可以坐满一支香的时刻，这样比试，实在是太容易了，又不用泄出自己的底子，岂不妙哉？哪知坐下片刻，便觉有一股劲力，隐隐传来，迫得他脑胀心闷，就好似那和尚的大手压在他的胸口上一般。江南大大吃惊，心道："难道这和尚竟会妖法么?"

原来郝浩昌想出这个比试方法，其实也是为了忌惮江南。他怕江南真的会什么古怪武功，因此非但不敢和江南比兵刃，甚至连身体的接触也避免了。他想江南乳臭未干，无论如何厉害，内功必定缺乏火候。这种暗传劲力的功夫，乃是从劈空掌脱胎而来，劈空掌的一流功夫，可以在三丈以外伤人，像这样盘膝而坐，手掌并不扬起，虽然没有劈空掌那般刚猛，但在一丈之内，仍是照样伤人。

江南一见不妙，忽然想起以前唐经天为了替他解那黄石道人在他身上留下的阴邪功夫，曾传过他天山内功的正宗心法，天山内功奥妙之极，唐经天传的当然不能用来克敌制胜，但在运气凝神、抗御外邪方面却也颇有功效。江南心思灵敏，一见不妙，便立即调停呼吸，依法施为，果然感觉好了一些。

郝浩昌坐了一会，丝毫不觉得江南有内劲传来，但自己的劲力传去，却也像受了什么阻滞似的，好生惊异，想道："这个小子果然是身怀绝技，真不可小觑他了!"当下玄功默运，全力施为。江南虽然懂得天山内功的调息之法，功力太浅却如何能够抵挡?但觉对方的劲力像一个个浪头似的相继打来，几乎就要坐不稳了，心中叫道："糟糕，糟糕！金世遗呀金世遗，你怎么还不来帮我?"

江南心中着急，座上那些武学名家，见这支檀香烧了将近一半，江南居然还能够支持，却已是大出意外。尤其是深知江南底细的杨柳青，更是大为惊诧，想道："原来这小子的武功竟是大大长进了。"但杨柳青毕竟是个行家，看了一会，见郝浩昌纹丝不动，江南的衣裳却像被春风吹拂的湖水一样，荡起微波，便知郝浩昌的内家劲力已传到他的身上，江南不过只有招架之功，毫无还击之力，一旦招架不住，必将命丧当场。杨柳青以前对江南的印象不好，嫌他既多嘴，又多事，但今日江南前来给她助拳，纯真憨直之中，显出一派侠义心肠，不禁令杨柳青大大地改变了对他的观感，这时，她为江南而焦虑的心情实不在她的女儿邹绛霞之下。

藏灵上人仍是不住地将那条铁臂翻来覆去地把玩，大家都在聚精会神地注视着郝浩昌与江南比试内功，谁都没留意他，他却忽然离座而起，到了杨柳青面前，喃喃自语道："不错，不错，董太清的确是死于冰川，与人无尤。"杨柳青蓦吃一惊，站起来道："大师，你说什么?"藏灵上人将那条铁臂递过去道："你看这上面的许多小孔，老衲在西藏住了多年，知道这正是被冰川侵蚀的现象。这条铁臂的确是从冰川中取出来的，依此看来，董太清当然也是在冰川中浸死的了!"

杨柳青做梦也想不到藏灵上人会帮她说话，大喜说道："既然如此，海若大师与我的梁子该可以解开了吧?"这话乃是说给郝浩昌听的，冤仇既解，郝浩昌与江南还何必比什么内功?

郝浩昌正自占尽上风，眼看举手之间，便可将江南挫败，怎肯罢休?他诈作全神运气，听而不闻的样子。江南但觉一股大力压来，胸口似被一道铁箍箍住，十分难受，正想跳出圈子，心念方动，忽觉腋下奇痒，不由得举起手来，就在这时，陡然间听得郝浩昌大叫一声，跳起丈许，江南身上的压力完全解除，但见郝浩昌落下来时，忽地狂笑不休，手舞足蹈，状若疯癫!

这突如其来的变化，登时令得座上群雄都耸然动容，凡是懂得点穴的人都知道郝浩昌是被点中"笑腰穴"了，但他好端端的坐在圆圈里，众目睽睽之下，人人都看得清清楚楚，根本就没有人走近他，他怎的却会被人点中了"笑腰穴"?唯一的解释，就是江南在举手之时，用了"凌空点穴"的功夫将他制住。但这"凌空点穴"的功夫只是武林中的一种传说，据说内功练到出神入化之境才能练这种功夫，而且相传只有古代的达摩祖师会用，后世根本就失传了。江南乳臭未干，就算他未出娘胎便练武功，也断断不能学会这种久已失传的"凌空点穴"功夫!

郝达三见堂叔像自己一样，又是糊里糊涂、莫名其妙地败在江南手下，既惊且怒，急忙上前施救。"笑腰穴"并非人身大穴，本来很易解开，哪知郝达三在郝浩昌相应的穴道上一点，郝浩昌更笑得大声，笑得眼泪鼻涕都流了下来，而且乱跳乱叫，郝达三想抱住他，被他信手打了一大巴掌，半边脸蛋登时坟起，摔出了一丈开外，好不容易才爬得起来。

江南一看，便知道是金世遗弄的古怪，当下笑嘻嘻地走出去，指着郝浩昌说道：“你先跳出圈子，是你输给了我，你服不服输？”郝浩昌状若疯狂，其实心中清醒，他好几次运气冲关，都冲不开穴道，知道是被人用独门点穴手法所制，若然得不到解法，可能笑到气绝而死，只好冲着江南点一点头。

江南嘻嘻笑道：“你既然服输，我便饶了你吧。”在桌上拿起一根筷子，走到他的背后，在他颈背一点，郝浩昌的笑声登时停了下来，呼呼喘气。

这一来场中群雄更为惊诧，人人均在心中想道：“原来这小子当真懂得凌空点穴的功夫，而且经他所点的穴，无人能够解救！”

就在这时，郝浩昌喘息方过，忽地大吼一声，拍案骂道：“暗算人的王八羔子，你出来！”越骂越气，一转身在兵器架上拿了一个铁锤，竟向江南冲上两步。

邹锡九、邓乾元、雷音和尚等人动了公愤，堵在江南身前，纷纷喝道：“你认了输，还发恶么？”“你还依不依江湖上比武的规矩？”“你碰他一下，咱们就和你拼命！”郝达三这边，也有人叫道：“海若大师，使不得，使不得！”

就在众人喝叫声中，郝浩昌又是一声大吼，铁锤飞出，但却不是打向江南，而是打上屋顶，“轰隆”一声巨响，登时把屋顶撞穿了一个大洞。原来郝浩昌已知道暗算他的不是江南，乃是另有人在，他中的也不是什么“凌空点穴”的奇妙武功，而是被一种极细微的暗器刺入穴道，他从感觉判断，那个暗算他的“王八羔子”，可能就是伏在屋顶上面。

屋顶撞穿，砖泥纷落如雨，忽地有一件东西刚好跌落江南手中，江南本能地伸手接着。一瞧，是一个五寸来高的小银瓶，就在这刹那间，屋顶上发出一声长啸，俨如虎啸龙吟，震得每一个人的耳鼓都嗡嗡作响，江南失声叫道：“金世遗！金大侠！”顾不得看银瓶里装的是什么东西，便想跳上屋顶，但郝浩昌比他更快，铁锤一撞破屋顶，他便飞身跳起，敢情是想从那洞中穿出，去追那个暗算他的人。可是他刚一跳起，众人又立刻听到一声惨叫……

只见郝浩昌好像被什么重物迎头一扑似的，从半空中跌翻下来，血流如注，瘫在地上。藏灵上人忽地叫道：“毒手疯丐，你不想

人间白眼曾经惯
留得余生又若何
欲上青天摘星斗
填平东海不扬波
一九八五年一月画于羊城

只听得金世遗朗声吟道：“人间白眼曾经惯……”

与我见面么?”他动作快极，抖开了身上所披的大红袈裟，众人眼睛一亮，便似平地飞起了一朵红云，倏地从那个裂洞中穿出。

这一连串的事情，发生的太过突兀，众人目瞪口呆，一片茫然。江南叫道：“金大侠，我家公子想念得你好紧，我江南比公子更想念你，你等等我啊!”不顾危险，奋力一跳，也从洞中穿出。

就在这时，只听得金世遗朗声吟道：“人间白眼曾经惯，留得余生又若何? 欲上青天摘星斗，填平东海不扬波!”这正是以前金世遗失踪之前，在喜马拉雅山上留下的诗句，江南曾听得陈天宇念过的。但听得那朗吟之声，初起之时，就像在耳边一样，念到了最后一句，却像游丝袅空，若断若续，声音已似在数里之外。

江南站在屋顶上一看，但见星河耿耿，明月在天，极目远眺，山坡上隐约可见一片红影，那是藏灵上人的大红袈裟，至于金世遗则早已踪影不见，再一霎眼，那片红影，也似轻云一般，被风吹散了。

江南知道自己绝不可能追得上金世遗，心中十分难过，忽听得背后有人柔声说道：“江南哥哥，今夜多亏你了!”江南回头一看，原来是邹绛霞和她的母亲也跳上屋顶来了。江南今晚连战皆捷，心中一直十分痛快，他本来准备好了许多话，要和邹绛霞说。但此际却因见不着金世遗，弄得他没精打采，一反过去“多嘴”的习惯，对着杨柳青母女，半句夸炫的话也说不出来。

邹绛霞笑道：“江南，你怎么变了个锯了嘴的葫芦啦?”杨柳青过来拍拍他的肩膊，称赞他道：“小伙子，几年不见，你的武功大大长进啦!”江南苦着脸道：“绛霞，我不敢瞒你，不是我打赢的，是金世遗暗中帮我的。”邹绛霞笑道：“金世遗这个怪物居然帮你，真是意想不到。不过虽然如此，你的武功也确是比以前俊得多了。”江南被她一赞，心中稍稍快慰，却立即又替金世遗辩护道：“不，他不是怪物，我知道他，他的心肠像我一样好!”邹绛霞噗嗤一笑道：“你和他倒很知己，嗯，我刚才还见他抛什么东西给你呢。”江南这才记起金世遗抛给他的那个银瓶，急忙掏出来一看，只见瓶中盛着三粒碧绿色的丹丸，杨柳青忽地惊叫道：“咦，这是天山的碧灵丹，是用天山雪莲所制炼的解毒灵丹，不但可以解毒，还可以给人增长功力。敢情是金世遗上天山偷来的？他竟然将三粒碧灵丹送给你，这交情可真不浅啦！真是人结人缘，偏偏你这小子就有这样的造化！”正是：

喜得灵丹生白骨，却愁无处觅君踪。

欲知后事如何？请听下回分解。

第四回　海外奇闻传后世
武林秘事动雄心

江南喜出望外，叫道："真的是碧灵丹?"杨柳青笑道："我还能骗你不成? 快点服下，三粒碧灵丹，最少可当得三年功力!"江南手舞足蹈，嘻嘻笑道："明天我不用赶路啦!"邹绛霞莫名其妙，微嗔问道："赶什么路呀? 哼，原来你是准备助拳之后，马上便走的吗? 几年不见，你就不肯多留两天?"

江南伸伸舌头，扮了一个鬼脸，说道："你的性子比我还急，你也不问清楚，我只说了一句话，你便连珠炮似的埋怨人家。"邹绛霞鼓起小嘴儿道："好，那么我便问你，你要赶上哪儿去呀?"江南道："去问唐经天取一朵天山雪莲。"邹绛霞笑道："你真是妙想天开。唐哥哥虽然慷慨，也不见得随便就肯将一朵天山雪莲给你。好啦，好啦，如今这三粒碧灵丹不求自得，快点服下吧。"

江南道："不，我还要带回家去，这三粒碧灵丹我是要留给大嫂服用的。"邹绛霞道："咦，你哪里来的嫂子?"江南道："我叫我家公子做大哥，他的妻子不就是我的嫂子吗?"邹绛霞道："呀，我记起来了，你家的公子就是那个姓陈的，叫陈天宇的不是?"江南道："不错，不错，我们早已结拜，成为异姓兄弟啦。"邹绛霞道："哈，原来你是要孝敬义兄，兼及义嫂，却也不用送这样难得的灵丹妙药呀!"江南道："你不知道，不送不成! 她得不到天山雪莲就活不了命!"杨柳青见他们愈说愈缠夹不清，笑道："江南，你好好地说，霞儿，咱们且莫打岔。"

江南说了好半天，才把事情说得明白。邹绛霞这才知道陈天宇的妻子中了毒箭，故此江南才要去求取天山雪莲的，心中有点为他惋惜，但转念一想，更佩服江南的义气，于是笑道："那么，三粒碧灵丹你不服也罢。武功是练出来的。唐经天的父亲唐晓澜当初还是我外公的弟子呢，如今我们杨家的武功虽然远远不及他们天山派了，但修习内功的途径，却与天山派殊途同归，都是正宗的内功。你愿意学的话，我教你从头学起。"杨柳青笑道："霞儿，你不害臊，江南的本领比你强得多呢，你要收他做徒弟？"江南却一本正经地向邹绛霞作了个揖，叫声"师父"，说道："我欠缺的正是扎根基的功夫，你从头教起，那是最好不过！"邹绛霞一笑避开他的大礼，月光下只见她的杏脸泛起淡淡的红晕。

邹锡九走出庭院，仰头叫道："喂，你们还在上面做什么？快下来送客吧。"杨柳青笑道："江南，你今晚技压群雄，他们都想见你，我给你一一引见吧。"江南道："不，我不下去了。"杨柳青诧道："怎么，这么大的孩子还害羞呀？"

江南道："不，今晚替你打败敌人的，本来就不是我，我一到下面，听到别人称赞，这个称我一声英雄，那个道我一声好汉，你说我能够不脸红耳赤吗？不，不，我不下去！"杨柳青笑道："别孩子气啦！"江南连连摇头道："不，不！我要找金世遗去。最少，我也得见他一面。"杨柳青道："他好像鬼魅一样，来去无踪，你到哪里找他？"江南道："你不知金世遗的脾气，他知道我诚心找他，也许他就会跟在我的背后，悄悄地拍我肩膊，吓我一跳，然后就与我哈哈大笑一场！"邹绛霞笑道："好，你说得这样有趣，我也跟你去，看看这个人人怕他，人人骂他，而只有你称赞他的风尘奇丐。"

杨柳青摇了摇头，说道："你们这两个孩子，真是任性胡为，就像我年少之时一样。好吧，反正天就快要亮了，天亮之后，你们若找不见那个疯丐，快快回来！"

江南说得那样满怀自信，其实心中殊无把握，他和邹绛霞从屋后溜入山中，在树林里大叫大嚷，却一点也听不到回声。江南渐渐有点沮丧，邹绛霞笑道："你还是省点力气吧，金世遗走得远了，他听不见你了。"江南道："说不定他现在就在我的背后呢。他会听得见我叫他的。"邹绛霞道："若他跟在你的后面，你不必叫他也知道。”江南的声音也叫得嘶哑了，听邹绛霞说得有理，便不再叫，心中想道：“金世遗难道真的走得远了，听不见我叫他吗?”

金世遗没有去远，不过他也并未听到江南叫他。这时他正踏在东平湖后面最高的那座山峰，纵声长啸！江南功力太浅，叫喊的声音传不到那座山峰，金世遗的啸声，却传到了下面，可惜有夜风呼啸，江南根本就听不出来。

金世遗暗中暗助江南，将郝浩昌那班人大大作弄一场，心中快意之极，而最得意的则是，他将那三颗碧灵丹送给了江南。那三颗碧灵丹乃是当年唐经天托冰川天女，暗中给他留下的。这几年来他一直想把碧灵丹还给唐经天，可是他怕见冰川天女，因为他自认冰川天女是他平生唯一的知己，而冰川天女却已嫁给唐经天了。

此际他已把三粒碧灵丹送给了江南，他知道江南本来是想上天山求取雪莲，用来救陈天宇的妻子的，心中想道：“我用你的灵丹救你的好友，哈哈，唐经天呀唐经天，我总算未曾沾过你的恩惠了!”

另一件快意之事，是他使江南出尽风头，使江南赢得了邹绛霞的芳心。然而他得意之余，却又不禁感到有些怅惘!

唐经天有个冰川天女，陈天宇有个幽萍，连江南也有了个邹绛霞。他自己呢？他至今还是独往独来，要在茫茫人海中寻求知己！这一瞬间李沁梅的影子也曾在他心头闪过，他也知道李沁梅在寻觅他，他把李沁梅比作天上的浮云，而将自己比作波涛汹涌的大海。他是在海岛长大的，大海一望无尽，海的尽头与天衔接，只有在海天相接之处，白云才捉着了绿波，像锦缎一样，铺平了奔腾的海浪。海与云是两种不同的性格，云似动而实静，海呢，海在表面静止的时候，它的心脏也是在无休无止地激荡之中，云单纯而海复杂，云虽然时常耐心倾听海的呼啸，但她懂得海的秘密么？懂得海的心情么？

李沁梅是在父母溺爱中长大的，她未见过人世的丑恶，也未尝过人世的辛酸，她还只是个初解风情的少女；而金世遗呢？金世遗虽然也不过比她大五六岁，但他却历尽了人生的沧桑。他感激李沁梅对他的关怀，正是由于怜惜她，他要避开她。因为他愿意在江湖上流浪终生，像大海的波涛一样永无休歇。要李沁梅终生陪伴着他，他隐隐觉得这是一种罪过。

天色渐渐亮了，雾锁群山，云絮浮涌，金世遗所站立的这座山峰，就像在云海中包围的孤岛一样，他禁不住又发声长啸，他头上的云絮，像是被他的啸声吓得惊起，一朵朵飘开了。

轻云浓雾之中忽然见有红影闪动，那是藏灵上人的大红袈裟。金世遗一下子收束了他联翩的浮想，霎眼之间，藏灵上人到了他的面前。

金世遗忍不住哈哈大笑，藏灵上人抖开袈裟，冲着金世遗也哈哈大笑。金世遗将铁拐一顿，冷冷说道："你笑什么?"藏灵上人道："你又笑什么?"金世遗道："我笑你刚才不敢与我动手，如今却又追来。你是怕当着众人面前栽筋斗吗?"藏灵上人道："我笑你大祸临头，却还不知!"金世遗道："我只知道你是西藏密宗的第一高手，原来你还会算命看相么?"藏灵上人道："你的命还用算么，你注定要遭杀身之祸，谁叫你身上藏有独龙尊者的遗书?你的踪迹一露，只怕就有追魂夺命的恶鬼跟着来了!"金世遗冷笑道："你要追我的魂么?夺我的命?好极，好极!我正活得不耐烦了，你不妨前来试试。"藏灵上人道："我不是恶鬼，我是替你消灾解难的人，不但可令你逢凶化吉，而且可令你成为一派宗祖，做一个古往今来无人能及的武学大宗师，为祸为福，这就全看你了。"金世遗早就猜想他要说些什么话，岂知他这一番离奇古怪的说话说将出来，金世遗也只猜到了一半，另有一半却是茫然不解。

金世遗知道这几年来，有几个邪派中极厉害的魔头，在暗地里追踪他。原来正邪的分别，固然是由于行为的判断，但在内功的修习上，两派所走的路子也极不相同。正派的内功，讲究的是纯正和平，内功越深，对自己的益处越大。邪派的内功讲究的是凶残猛厉，所谓"残"乃是一动便能令人伤残；所谓"厉"乃是伤人于无声无息之间，有如鬼魅附身，无法解脱。所以邪派的内功常比正派的内功易于速成，但内功越练得高深，对自己便越有害，所谓"走火入魔"，便是其中之一。金世遗所练的本来也是属于邪派的内功，幸亏他在"走火入魔"之时，恰巧得唐晓澜以天山的正派内功救了他，

梁羽生之武俠小
說雲海玉弓
緣一九八三年畫
于楚庭退之
記于野味齋
也

金世遗冷笑道：“……他挨得起我的三百拐杖，我甘心情愿拜他为师！”

并且给他服下了五粒碧灵丹，那时他正昏倒在珠峰脚下，醒来之后，虽然知道是唐晓澜救了他，却并不知道曾服下了他的五粒碧灵丹，所以这几年来，他不但完全没有再发觉“走火入魔”的迹象，而且觉得内功好像一天比一天精纯，连他自己也暗暗有点奇怪。

但那几个极为厉害的邪派魔头，却不知道其中因果，他们探听到毒龙尊者有一本《毒龙秘笈》留给金世遗，只道其中载有解除邪派内功所留下的祸患之法，这种祸患大可以丧身，小亦可残废，正是每一个邪派中人，内功练到极高深之时，最最担心的事情。他们之所以追金世遗，便是为了想要这本《毒龙秘笈》。岂知连毒龙尊者也是死于“走火入魔”，《毒龙秘笈》所载的武功虽然极为厉害，却没有解除这种祸患的方法。

金世遗只道藏灵上人是暗中追踪他的那几个大魔头之一，不料藏灵上人却说要助他成为一派的大宗师，这可不能不令他大为诧异了。

藏灵上人望了他一眼，说道：“你不信么？我问你，古往今来，不是名门正派出身，而武功练得最高的是谁？”金世遗纵声大笑，藏灵上人道：“我知道你笑些什么，你以为我是说你的师父毒龙尊者吗？若是说你的师父，你自然用不着我帮助你了。”金世遗“哼”了一声，傲然说道：“不是我的师父，还有谁人？”藏灵上人道：“尊师武功虽然厉害，但他最多能够消除邪派内功留给已身的祸患，他能够将正邪两派融合贯通，练成一种非邪非正，而又超出邪正两派之上的内功么？”金世遗冷笑道：“若练到这种境界，那已经是超凡入圣，压倒古往今来任何一位的武学大师了！”藏灵上人道：“不错，我正是想你成为这样一位古往今来无人能及的大宗师！我就知道有这样一个人，你愿意与我一同去拜他为师么？”金世遗冷笑道：“你与我约他定期比武，他挨得起我的三百拐杖，我甘心情愿拜他为师！”

藏灵上人笑道：“你想打他三百拐杖吗？但可惜他已死了将近三百年了！”金世遗怒道：“你万里迢迢地从西藏赶来，就为的是开这个玩笑吗？”藏灵上人道：“不，不，这绝不是开玩笑之事。你听过乔北溟这个名字吗？他是明朝成化年间的人，是当时邪派的领袖，连天山派始祖晦明禅师的师父霍天都也曾败过在他的手下，他的奇行怪迹，虽然年深代远，却至今还有流传！”金世遗道：“他当时与大侠张丹枫的徒弟作对，曾掀起滔天的风浪，后来被武林各正派群起而攻，最后死于张丹枫的剑下。霍天都是天山派剑术的始创者，至晦明禅师才正式开宗立派。至于乔北溟的武功，则早已失传了。你要我拜一个死人为师吗？老实说，即算乔北溟复生，我也不佩服他！”

藏灵上人道：“你只知其一，不知其二。乔北溟并没有死在张丹枫剑下，他只是受了重伤，后来逃到东海一个小岛上。不管你佩不佩服他，但他那融会正邪两派的绝世武功，对你对我，对一切不是从正途出身的人，都有极大的好处！”藏灵上人所说的“不是从正途出身的人”，实即是指邪派中人，金世遗听了不觉心中一动，忍不住问道：“你怎么知道他后来逃到海岛？三百年前的事情，你凭什么敢说得这样确凿？”

藏灵上人道：“后来有一个海客，在海上遇到暴风，漂流到那个海岛，其时乔北溟已过百岁，自知死期不远，他做了一口厚木棺材，棺材中贮备了最好的香料，可以令他死后尸身不朽，你道他为什么这样重视他这副臭皮囊吗？”金世遗道：“因为他住在荒岛太久了，他想念故乡的心情就非常强烈。”这也正是他小时候和毒龙尊者同住在蛇岛之时，所体会到的他师父的心情。藏灵上人道：“不错，他生前不能回归中土，死后也盼望能够回去。那时他已将正邪两派的内功合而为一，敢信古往今来无人能及，就可惜没有传人。而他又为人的自然寿命所限，那时已是衰老不堪，自知无法再漂洋过海，回归中土。于是发下誓愿，谁能够将他的棺材运回中土埋葬的就算是他的隔世弟子，将获得他的绝世武功。可惜那海客是个生意人，对武功一窍不通，也无意学武。不过他和乔北溟在海岛上同住了三个月，听乔北溟谈说武林中的奇闻异事，以及自古以来武学上所勘不破的几大难题，例如邪派内功必将留下祸害，无法克服，就是其中之一。据乔北溟说，这几个武学上的大难题，他都解决了。那海客听他讲得津津有味，对他的说话也记得许多，当然这只是说他记下他的说话而已，并非说他已懂得了其中的奥妙。”金世遗听他越说越是离奇，但看他的神情，却又绝不似信口开河。

金世遗半信半疑，问道："那海客其后如何？"藏灵上人道："乔北溟帮他伐木结筏，第二年春天，季候风一起，他就回国了。"金世遗冷笑道："你这个故事编得很好，可惜终于露出了破绽了。"藏灵上人道："破绽何来？"金世遗道："那海客回国，若是中途沉没，秘密便永沉海底。即算他邀天之幸，木筏居然能渡过大海，归回中土，那时距离乔北溟的失踪不过几十年，只要他一透露出在海岛的经历，武林中人自必闻风而来，岂有直至二百余年之后，还没有人知道的道理？"

藏灵上人道："你问得很对，可是这海客根本就没有回到中国，而是漂流到波斯湾去了。后来这个海客在波斯娶妻生子，他的后代也变成了波斯人，不再回国了。"金世遗道："既然如此，你又如何知道？"藏灵上人道："三十年前，我得尼泊尔国王的邀请，观光佛国的无遮大会，会中认识了一个波斯武士，散会之后，我和他取道阿富汗，顺道便到波斯一游。事情便有那么凑巧，在波斯我遇到了这个海客的后人，他们这一家早已忘记了中国话，中国字更不认识了。"金世遗道："他的中国话都不会说了，却还记得他的祖先，曾经在一个荒岛，遇见过一个叫做乔北溟的人么？"

藏灵上人道："那个海客曾经写了一本航海日记，在荒岛上那段遭遇，后来也补写在日记上了。那海客的后人在波斯遇见了我，听说我是从中国来的，非常高兴。"金世遗道："因此，他便说起他的祖先也是中国人，并且将他祖先的这本航海日记给你看了？"藏灵上人道："你猜得一点不错，正是这样。现在你该相信了吧？"金世遗道："相信你那又怎样？"藏灵上人道："想那乔北溟既曾留下诺言，谁能将他的棺材运回中土，那人便是他的隔世子弟，这样说来，想必他的棺材里藏有秘密，极可能是他将毕生的心血，钻研所得，写下来，留在棺材里了。要不然他身死之后，如何还可以传授弟子？"

金世遗冷笑道："你既然知道这个秘密，何以自己不去寻找，却要与我同享？我和你有什么交情？"藏灵上人道："有三个原因，我要与你合伙。第一，我不会航海，而你却正是在东海的蛇岛上长大的；第二，你也知道我的内功不是依着正途修练的，现在已有迹象，我在这三年之内，随时都可能走火入魔。你既能避过走火入魔这场劫难，想必是令师的遗书中，载有解救的方法，我不敢向你借书，但望你指点我逃过此劫。要不然，也许我未寻到乔北溟的棺材，自己便先进了棺材了。”金世遗道：“你怎知道给我留有遗书？”藏灵上人道：“实不相瞒，那是董太清生前曾告诉我的。”

金世遗恍然大悟，笑道：“原来你为郝浩昌助拳，其实是想探明董太清的生死。”藏灵上人道：“不是为此，难道我当真要与杨柳青一个妇道人家作对吗？董太清生前曾对我说，他在蛇岛寻到尊师的一册遗书，后来交给你了。据他所言，《毒龙秘笈》所载的乃尊师一生所创的武功，而那一册经他手交给你的遗书，则是破解走火入魔的秘法。”金世遗暗暗好笑，原来董太清在蛇岛寻到的不过是他师父的一本日记，日记上最重要的一页，乃是预测蛇岛的火山将在他死后十年左右爆发，并留下消弭这个祸胎的办法，根本就没有涉及武功的奥妙。而且那本日记，也不是董太清亲手交给他的，而是冯琳从董太清手中夺去，后来冯琳交给了唐晓澜，唐晓澜在喜马拉雅山上遇到金世遗，再交回给他的。董太清所以要向武林同道说谎，大约是想煽动几个邪派的大魔头与他作对。金世遗勘破了其中因果，并不揭穿董太清的谎话，却对藏灵上人嘿嘿冷笑道：“原来你打的是这个如意算盘，要是董太清没有死，大约你就要找董太清合伙了。”藏灵上人尴尬笑道：“不，我不过是想打探得更确切些罢了。”顿了一顿，又道：“金世遗，你何必多疑？咱们这个交易，彼此均有好处，你助我破解‘走火入魔’的祸患，我助你去发掘乔北溟棺材中的秘密，说不定你就可以因此成为古往今来无人能及的武学大师！”

金世遗纵声笑道：“多谢盛情，照这样说来，我得的好处比你更多了。”藏灵上人道：“可不是吗？”金世遗道：“你说了两个原因，还有一个呢？”藏灵上人道：“你我两人联手，天下还有何人能敌？这就是我找你合伙的第三个原因。”金世遗道：“原来你是怕有人知道风声，要我做你的帮手。”藏灵上人道：“你不要忘记，目前便有几个大魔头暗地里追踪你，你要我做你的帮手，比我要你做我的帮手更为迫切。”

金世遗又哈哈大笑，藏灵上人道：“喂，你到底心意如何？”金世遗道：“你对我这样好法，我岂有不愿之理？好，我现在就帮助你破解走火入魔的隐患！”藏灵上人大喜，问道：“有什么秘诀传授么？”金世遗道：“不用，你伏下来。”藏灵上人道：“做什么？”金世遗道：“我要打你三下屁股！”藏灵上人呆了一呆，勃然大怒，金世遗不等他发作，抢先说道：“藏灵上人，你何必多疑？你不知道我师父武功的奥妙，这三下屁股一打，可令你百穴畅通，真气从尾闾逆贯天庭，一切在你体内潜伏的祸患，尽都消解！”藏灵上人半信半疑，道：“你不是开玩笑的？”金世遗道：“你要不信，那就算了。”藏灵上人没奈何，只好伏在地上，让他打三下屁股。

金世遗提起拐杖，直起直落，“卜卜卜”的连打了他三下屁股，忽地哈哈笑道：“我当真是和你开玩笑的！”

藏灵上人一气非同小可，一跃而起，倏地取出了一大铜钹，双钹一碰，震耳欲聋，向着金世遗立刻便是一招“双风贯耳”，金世遗一跳跳开，叫道：“你不与我合伙了吗？”藏灵上人大怒骂道：“岂有此理！我一片菩萨心肠，你却将我戏弄！”金世遗冷笑道：“你若是菩萨心肠，我就是大慈大悲的佛祖啦。我打你三下屁股，并不乘机将你打死，这还不够大慈大悲么？哼，哼，我金世遗独往独来，何至于与你这等小人合伙！”

藏灵上人怒不可遏，双钹盘旋飞舞，狠狠攻击，金世遗见他势沉力猛，招数奇妙，也自不敢轻敌，躲过了他的三招之后，金世遗一声喝道：“我打了你三下屁股，让了你的三招，你若再打，我可不留情啦！”藏灵上人双钹一合，轰轰然发出极强烈的噪声，又向金世遗当头压下，金世遗道：“你虽无过错，面目可憎，钹声吵耳，尤其讨厌！”举起铁拐，重重一敲，但听得金铁交鸣之声，震得群峰四响，耳膜欲裂，藏灵上人连退几步，突然飞身而起，双钹展布了丈许方圆的一团寒光，将金世遗罩得风雨不透，金世遗冷笑道：“你当真要和我拼命吗？”将铁拐一拉，再拔出了一柄铁剑，左手使拐，右手使剑，强攻猛打，打得山摇地动，星月无光，不过片刻，藏灵上人的钹声渐渐嘶哑，那团寒光也被击破得流散不定。金世遗猛地大喝一声，铁拐起处，一招“五丁开山”，再重重地一敲，登时发出一声极难听的巨响，藏灵上人的那对铜钹竟被震裂，分成四片，眼耳鼻口，都流出血来！

藏灵上人也真了得，受了内伤，居然还能够举步如飞，边逃边骂：“金世遗，你这不通情理的怪物，死到临头，还不自知！不必我自己报仇，等下你那几个对头到来，就要将你化骨扬灰！”金世遗哈哈笑道：“你留下一口气看吧，你再动怒，只怕你就要先到阎罗王处报到，等不及看我被化骨扬灰啦！”

藏灵上人果然不敢再骂，转眼之间就逃得踪迹不见，金世遗狂笑了一会，忽然想起藏灵上人所说的那段武林秘密，心头怦然而动，急忙追下山去。正是：

绝世武功何处觅？且看东海又扬波。

欲知后事如何？请听下回分解。

第五回　海外仙山藏隐秘
洞中儿女两无猜

江南在树林里走了半夜，哪里寻得见金世遗的影子？残星明灭，东方天际已露出一片曙光，邹绛霞道："金世遗若肯见你，他早就应该来了。天快亮啦，还是回去吧。"江南仍不灰心，说道："也许金大侠在考验我的诚意呢？再等一会儿吧，等到天亮了若还不见，我再与你回去。"邹绛霞道："呀，你这人真是有点傻气！"江南嘻嘻笑道："你怕你妈妈责骂，你就先回去吧。"

邹绛霞噘起小嘴儿道："让你一个人在这里，谁知道你还要闯出些什么祸来？没办法，只好再陪你一会儿。走呀，找你的金世遗去！"江南笑道："我的好姐姐，我知道你一定会陪我的，就像我知道金大侠一定会见我一样！"邹绛霞脸上一红，佯嗔说道："不害臊，谁是你的好姐姐呀？"

江南伸伸舌头，正要和她开个玩笑，忽然肩头给人拍了一下，江南大喜若狂，叫道："金大侠，你果然来啦，多、多谢你、你……"转头过来，那句多谢的说话尚未说完，蓦然吓了一跳，尖声叫道："我的妈呀！你、你是谁？"

这人哪里是金世遗？只见他满脸血污，眼眶鼻子仍然不断淌出血来，过了一阵，江南认得出他是那个红衣番僧。

这刹那间，邹绛霞也吓得呆了。待到她拔出剑来，只见那红衣番僧已牢牢地抓着了江南的琵琶骨，沉声喝道："将剑收起，你敢动一动，我就要他的命！"

江南动弹不得，哭丧着脸道："喂，我可没得罪你呀！我不敢和你比武，我认输行不行?”藏灵上人哼了一声，道：“不行!”江南道：“我刚才虽然打败了你的好朋友，其实那是金世遗帮忙的，你可不能找我报仇呀，照江湖的规矩，你要找就应该找金世遗去。”藏灵上人气往上冲，喝道：“谁与你讲江湖规矩? 你再多话，我捏碎你的琵琶骨，再挖掉你的眼睛!”

江南吓得魂飞魄散，邹绛霞定了定神，说道：“藏灵上人，我听过爹爹说的，你是当今有数的武学大师，何以与小辈为难?”藏灵上人道：“你既知道我的身份，就该听我的话!”江南道：“你要什么?”藏灵上人道：“随我来!”将江南拖进了一个附近的山洞，邹绛霞亦步亦趋地跟在后面，紧紧捏着剑柄，但听得藏灵上人不住地喘气，似乎是受了很重的内伤。

进了山洞，天色已经大白，阴沉沉的山洞里透进一些亮光，照见藏灵上人那狰狞的面孔，越发显得可怖！只听得他喘了几口气，忽地提高声音说道：“将碧灵丹拿出来!”江南怔了一怔，道：“什么?”藏灵上人道：“你这小子敢装糊涂，金世遗刚才扔给你的那个瓶子，内中藏的是碧灵丹不是?”

江南道：“哎哟，这碧灵丹可不能给你!”藏灵上人五指紧扣，大怒说道：“不给灵丹，便给性命，你要哪一样?”江南给他抓着琵琶软骨，痛得冷汗迸流，忽地大声说道：“你再迫我，我就把这瓶子摔破，碧灵丹见风即化，你纵然杀了我，也得不着灵丹!”原来他有一只手还能活动，趁着藏灵上人说话的时候，早已悄悄地把那只小银瓶捏在手中。

藏灵上人吃了一惊，想不到江南竟敢以死要胁，反而叫他没了主意，虽然恶狠狠地瞪着江南，手指却不由得不稍稍放松了。

江南说道：“这灵丹我是要拿去救我义嫂的性命的，如今我已看得出来，想必你也是受了重伤，急需灵丹活命。你若不是这样凶霸霸地对我，倒还有得商量。”藏灵上人道：“你将碧灵丹给我，我将平生本领都传授给你。”江南道：“我不稀罕你的武功。”藏灵上人道：“那你要什么?”江南道：“我什么都不要。我是可怜你!”藏灵上人大出意外，道：“你可怜我?”江南道：“我听说你是西藏第一高手，却给人伤成这样，而且还要孤伶伶地死在异乡，只有我江南来给你掘土埋葬，难道这还不够可怜？”江南的确是有怜悯他的心情，说起话来，分外凄凉。

藏灵上人叫道：“不要再说啦！”江南道：“不，你听我说，我可怜你，所以我确实想救你的性命。”藏灵上人道：“既然如此，还多说作甚，将银瓶交出来便是。”江南道：“不，你还是要听我说……”藏灵上人叫道：“好，你说，你说！”江南道：“你这样大声吓我，我又说不出啦。”藏灵上人给他弄得啼笑皆非，放低声音说道：“我的小爷，你说吧。”

江南道：“我听唐大侠说过，不论多重的内伤，只除开是本身的走火入魔，否则有三颗碧灵丹都能活命。我的义嫂内功深湛，有两粒碧灵丹想来可以够用，你的内功比我的义嫂更要高出许多，想来有一粒碧灵丹便可以保住性命了。”藏灵上人道：“好吧，一颗也聊胜于无，你将瓶子给我吧，我就只服一颗。”江南道：“你刚才对我太凶，我不敢信你。霞姐，你过来接了这个瓶子，拿出一粒来，要即刻送入他的口中。”藏灵上人暗暗算计，待他们交接瓶子的时候，一有机会可乘，便立即先抢瓶子，然后毙掉他们的性命。

邹绛霞走到江南身边，正要伸手去接那瓶子，忽听得有极尖锐的叫声从山风中远远传来，邹绛霞但觉这叫声入耳钻心，难听之极！而江南却听出是有人用西藏话呼唤藏灵上人，这声音不是金世遗的，但这传音入密的上乘内功，却也不在金世遗之下。藏灵上人双眼一睁，眼光中露出无限恐怖，忽地叫道：“我要你的命！”立即便向江南抓去！

江南见他神色有异，早就暗暗留心，趁着他听得外面呼唤的声音，稍稍分心之际，突然缩肩塌腰，脱出了藏灵上人的掌握。他在地上打了个滚，藏灵上人没有抓到他，“嚓”的一声，抓裂了一块岩石。

藏灵上人叫道：“好小子，你还要往哪里逃？哼，哼！你往哪里逃呀？”双手乱舞乱抓，江南害怕极了，瑟瑟缩缩地躲在一角，奇怪得很，藏灵上人竟似没有见他。

原来藏灵上人被金世遗用极厉害的内功震伤，眼耳口鼻，流血不止，这时眼球已经爆裂，不能视物了。再加上外面传来的怪叫之声，正是多年来他所要提防的人，在他武功消失之际，突然听到这个叫声，登时神经错乱，凶性大发。

忽听得“砰”的一声，藏灵上人撞着石壁，跌倒地上，尖声叫道：“你这小子敢害我的性命！”叫声凄厉，就像受伤的野兽嗥叫一般。江南又是害怕，又是奇怪，心中说道：“我是想救你性命，你却怎的说我要害你的性命？”但他实在害怕藏灵上人那副凶相，吓得连话也说不出声了。

藏灵上人的叫声越来越弱，但见他在地上挣扎打滚，一片一片的撕裂了袈裟，撕裂了衣服，过了一会，叫声停止，藏灵上人躺在地上，动也不动。

邹绛霞定了定神，歇了片刻，在江南耳边低声说道：“敢情他是死了？”江南大着胆子，叫了一声“藏灵上人”，不见答应，再叫一声，又不见答应，江南叹了口气，道：“呀，他真是死了！”

邹绛霞道：“我害怕得紧，快快离开这个山洞，回家去吧。”江南道：“不，我答应过埋葬他的，君子不能失信！”蹑手蹑脚地走到藏灵上人身边，一探他鼻息，但觉触手冰凉，这位西藏的第一高手，果然已是一瞑不视。

江南翻转他的尸身，忽听得邹绛霞叫道：“咦，这是什么东西？”江南一眼望去，只见邹绛霞正在地上拾起一卷东西，打开一看却是一幅画图，凑近亮光一看，但见画的是一个大海中的孤岛，岛上有座火山，火山口喷浓烟，邹绛霞道：“咦，山会喷火的么？”江南道：“有的，有的，我在吐鲁番便见过喷火的山。你没看过《西游记》么？孙行者借了铁扇公主芭蕉扇，才扇灭了八百里的火焰山。”邹绛霞道：“那是闲书，爹妈不许看的。”江南道：“你真傻，闲书才有趣呢。可以偷偷地看。”

邹绛霞道：“还是看这幅画吧，这个人拿着弓箭，是什么意思？”画上一个穿着明朝衣冠的人，抱着大弓，站在火山脚下，张弓搭箭，欲射未射。江南道：“我也不懂，或者他恨这座火山，想射它一箭。”邹绛霞道：“胡说八道。唔，这是一张古画。”

江南道：“想不到这个番僧，居然也懂得风雅，随身还带有古画呢。我听得义兄说过，若是出自名家手笔的古画，那就是很贵重的东西。咱们不能擅取他的，让这幅画给他陪葬了吧。”邹绛霞看了一看，说道：“也并不怎么古，这纸张是给烟熏过的，这种玉扣纸我外祖父也藏有，大约是三百年前的东西。”江南道：“不管它古也好，不古也好，是藏灵上人身上的东西，总带有晦气，我不要它。”邹绛霞道：“我也不想要，但这幅画画得太过出奇，一个巨人张弓搭箭，要射火山，这到底是什么意思？我若弄不清楚，就不舒服。”江南道：“给你这么一说，我的好奇心也给你引起来了，好吧，待我带回去给义兄一看，他读书很多，又藏有许多字画，也许他看得懂。他告诉我然后我再告诉你。”说罢又喃喃自语道：“藏灵上人呀藏灵上人，我给你掘土埋身，要了这张画当作工钱，想来你不会舍不得吧。”

邹绛霞噗嗤一笑，说道：“当心，当心，也许他在九泉之下还要咒骂你呢。呸，江南呀，你怎么总是傻里傻气的，尽说怪话，快快将他埋了，咱们回家！在这个阴沉的山洞里，对着一具死尸，不知你怎么样，我实在有点害怕！”

江南道：“我也害怕呀！好，你帮我掘土吧。”两人解下佩剑，正在挖土，忽听得怪啸之声又起，而且越来越近，就在山坳的后面，一个声音传了过来：“藏灵上人敢情是给人害了，你看这一路淌的鲜血！”另一个人说道：“不知他那幅画给人拿去了没有？哼，不管是谁，咱们合三人之力，定要将他剥皮拆骨！”这两个人说的是西藏话，邹绛霞半句不懂，但觉声音非常刺耳，令人极不舒服。

江南在西藏长大，这些话自是听得清清楚楚，心头一震，想道：“不好，不好！这几个人如此凶恶，若然给他们发现，只怕不待我说个明白，就要将我拆骨剥皮。”急忙嘘了一声，叫邹绛霞不可大声说话，两人合力将一块大石推到洞边。

过了一会，脚步声来得更近，而且停下来了。江南张眼从石隙望出，但见来的是三个奇形怪状的人，一个又高又瘦，穿着西藏服饰，发如红火，鼻孔朝天。一个身材魁伟，似是回疆的牧民，一双手脚比常人长许多，走路摇摇摆摆，手指垂过膝盖。还有一个却是又枯又瘦的老妇人，两边耳朵都吊有一串耳环，叮当作响，穿的也是藏人服饰。这三个人走到山洞前面，东张西望，那红头发的藏人说道：“咦，藏灵上人躲到哪里去了?”那长手的回人说道：“你看血迹到山边就没有了，难道他爬上山了?”那老妇人“哼”了一声，忽地说道：“就在这里，你们怎么嗅不出来?”

江南吃了一惊，心道：“这老妖妇的鼻子好灵!”只听得那老妇人又道：“我闻得出藏灵上人那股气味，他一定躲在附近。”那个红头发的藏人用西藏话大叫道：“藏灵上人，我等并无恶意，请来相见!”连叫数声，并无答应。那手长脚长的回人说道：“咦，附近又没有山洞，他躲在哪儿?”

那老妇人叫道：“藏灵上人，你再不出来，我们可要对不住啦!”转过头对那两人说道：“他一定是躲在山石的缝隙中，咱们抓他出来!”扬手一抓，被她抓着的一块岩石应手而裂，江南大吃一惊，心道：“若给她的鬼爪抓了一下，那还了得?”但觉邹绛霞贴近了他，身躯微颤，江南伸手紧握她的手掌，小声安慰她道：“不要害怕，他们这样一闹，金大侠一定会来。”邹绛霞手心淌汗，轻轻“哼”道：“等到你的金大侠来了，咱们早已落在他们的掌中了。”

那长手长脚的回人道：“好，咱们都来动手!”扬手一个劈空掌发出，但听得“轰隆”一声，一块山石滚了下来，那红头发的藏人道：“不在这儿!”反手一掌拍出，将另一块大石震得摇摇欲坠，那回人再加上一掌，登时震天价的一声巨响，一块大岩石竟给他们连根拔起，飞了下来，震得江南和邹绛霞都几乎站立不定。

那回人叫道：“你是不是受了重伤? 赶快出声，免得耽误!”那老妇人道：“咦，我还闻得有生人的气息。莫非他是受伤之后，被人挟制着了。”忽地改用汉语喊道：“金世遗，有胆的出来!”这三人都是同一想法：能够打伤藏灵上人的，除了金世遗之外，大约没有谁了，于是纷纷喝骂，想把金世遗激怒出来。

江南暗暗祷告，但愿金世遗听见他们的骂声，心道：“你们骂得越是厉害越好!”那三个魔头骂了一阵，不见反应，嘁嘁喳喳地议论了一会，又发起劈空掌来，但听得轰轰隆隆之声不绝于耳，山坡上的石块给他们震得纷落如雨!

江南正在心惊胆战，陡然间一股大力推来，那块封着洞口的巨

只見一綠衣少女身佩
長劍衣袂飄飄從對面
山坡的一塊岩石上凌風
而降眼光如利劍一般
從三個魔頭面前
掃過 一九八五年一月
延彭畫于羊城
野味齋居

这少女正站在对面山坡的一块岩石之上，衣袂飘飘，似欲凌风而降。

石摇动起来，江南叫声“不好”，拖着邹绛霞急忙跃下，刚刚闪过一边，但听得“轰隆”一声巨响，那块大石竟给他们的劈空掌力震倒，滚入洞中，把藏灵上人的尸身压着了。那老妇人哈哈大笑道：“在这里了，在这里了！藏灵上人，你还不出来吗？”

江南和邹绛霞吓得魂不附体，只见那三个魔头一步一步地走近前来，那回人眼利，一眼瞥见躲在山洞里的竟是两个年纪轻轻的少男少女，不禁大为诧异，高声喝道：“你们是谁？”话犹未了，忽地纵身一跃，跳起丈余，那老妇人叫道：“不要脸的金世遗，你躲在洞中暗算，算得什么英雄好汉？”

江南大喜若狂，连邹绛霞也以为是金世遗到了。就在这一瞬间，“金大侠”这三个字尚在江南的舌尖打滚，未曾叫得出来，忽然听得一串银铃似的笑声从山上飘下来，紧接着有人娇声斥道：“你们自己瞎了眼睛，我明明就在这儿，谁躲在洞中向你们暗算了？”

江南惊诧得无法形容，来的竟然不是金世遗，而是一个少女。这少女正站在对面山坡的一块岩石之上，衣袂飘飘，似欲凌风而降。

那三个魔头的惊骇更在江南之上，他们都有一身极厉害的武功，耳目的灵敏比之常人，自是要胜过十倍百倍，然而竟看不出这女子是怎样来的。那长手长脚的回人怒喝一声，把手一扬，一支箭状的东西疾飞而出，原来这就是那少女刚才向他暗中射出的一枝枯枝，被他接到手中，此时反打回去。那红头发的藏人和老妇紧接着发出劈空掌。但见狂风起处，砂石飞扬，那绿衣黄裳的少女就在砂飞石走之中，倏地飞身扑下，这三个魔头竟自拦截不住，霎眼之间，就被她抢到山洞的前面。

那少女眼珠一转，利剪一般的眼光从那三个魔头面上扫过，微笑说道：“你们就想动手了么？我一准奉陪就是！”那红发藏人惊疑不定，问道：“尊师是哪一位？你是特地来与我们作对的么？”那少女道：“昆仑散人，我劝你们三位还是回去吧。你忘记了三十年前和一位武林前辈的誓约了吗？桑木姥，你这一大把年纪，又何苦还要到中原生事？还有你，金日磾，以你自己的修行，亦尽可以开宗立派，又何必还觊觎别人棺材里的武功？”

这三个魔头吃惊非小。原来那红头发的藏人名叫昆仑散人，三十年前来到中原兴风作浪，与吕四娘斗剑，败在吕四娘的剑下，吕四娘迫他立下誓言，要他有生之日不许踏过昆仑山南面，他是听得吕四娘前年已经坐化，这才敢来的。那老妇人叫做桑木姥，她有个妹妹叫做桑青娘，是灵山派长老云灵子的妻子，这次她本来要邀云灵子夫妇一同来的，云灵子夫妇却正在闭关修练一种厉害的武功，因此她才和那两人合伙。至于那长手长脚的回人，则名叫金日磾，他天赋异禀，曾练过西域各派的武功，确乎有独创一家的资格。

昆仑散人双目一张，问道："你是吕四娘的什么人？"那少女道："我恩师的名字岂是你叫得的！"桑木姥大笑道："我可不曾听得吕四娘收过什么徒弟，你以为冒她的名头就可以吓走我们吗？哼，哼！就是吕四娘复生，我亦不惧！"吕四娘平生未曾收过徒弟，此事武林中人所共知，怪不得桑木姥不肯轻信。可是昆仑散人却是暗暗起疑，心中想道："她怎么知道我在三十年前向吕四娘立下的誓言？莫非她真是吕四娘的关门弟子？"

三个魔头之中金日磾年纪较轻，而又最为自负，他久已听说吕四娘和冒川生是中原的武林泰斗，常常惋惜自己没机缘会见他们，见识他们的武功，而他们都死了。这时听这绿衣少女自认是吕四娘的弟子，昆仑散人面上又带着惊疑的神气，他按捺不住，打量了这少女一眼，对昆仑散人道："你一定认得吕四娘的武功家数，我替你去试一试她！"

话声未了，只听得"砰"的一声，一道电光倏地从他手中飞出，江南躲在洞中，眼睛被这光亮刺了一下，大吃一惊，心道："这是什么妖法？敢情是掌心雷么？"心念方动，但见那少女凌空飞起，连人带剑化成了一道碧色的光华，江南还未曾看得清楚，但听得一片繁音密响，好像敲击乐器一般，金日磾叫了一个"好"字，手掌一翻，又是"砰"的一声，震得好些砂石飞进洞来。

江南揉揉眼睛，看了一会，这才看得清楚，原来金日磾手中拿的是一件极其古怪的兵器，不知是用什么金属做的怪棒，挥动之际，发出红白黄三色的闪闪光华，而那"砰砰"之声，则是他的掌风激荡所致，只因他出手太快，旁人看来，便像打雷一般！

金日碑精通西域各派的武功，而且融会贯通，练成了“雷电棒法”，久矣乎就想到中原争雄，哪知第一次来到中原，就碰到了这个少女，转瞬之间，斗了二三十招，竟是占不到丝毫便宜，心中暗暗吃惊，生怕在同伴面前失了面子。他初上来时，不过是想试那少女的武功，还未曾施展出全身本领，这时已不敢当作试招，招数一变，陡然间大喝一声，一招“雷母照镜”，怪棒一挥，电光疾闪，霹雳声声，棒端戳到了少女胸前的“璇玑穴”，棒法的怪异，江南看不出来，但那声势的猛烈，却已吓得他心惊胆战。

忽听得邹绛霞叫道：“快看，快看！妙啊，妙啊！”只见那少女长剑一展，风雷之声，登时静止，那少女的长剑搭着怪棒，绞了几绞，剑把一翻，金日碑突然发出一声怪叫，跄跄踉踉地倒退几步，接着光华闪闪，剑棒再交，又是一片断金戛玉之声，震得各人的耳鼓都嗡嗡作响！

昆仑散人越看越是吃惊，那少女所使的正是吕四娘的“玄女剑法”，变化精微，功力深厚，看来已是尽得吕四娘的传授，心中一想：“若给她再过十年，岂不又是一个‘吕四娘’出现，我哪里还有出头之日？”

昆仑散人如此一想，杀机陡起，竟然不顾一派武学宗师的身份，突然一跃而上，手掌一翻，向那少女当头拍下。

昆仑散人练的是西藏红教的“大手印”功夫，比起正派武功中的“金刚掌”“摔碑手”等刚猛掌法，还要厉害得多，这一下突如其来，本以为非中不可，哪料这少女竟似背后长着眼睛一样，霍地一个“凤点头”，反手便是一剑，碧莹莹的剑光，正迎着昆仑散人的掌心，昆仑散人认得那是吕四娘生前所用的“霜华剑”，有断金切玉之能，单单一柄宝剑，昆仑散人尚不惧怕，但那少女以正宗的内功运用宝剑，却正是金钟罩铁布衫之类“横练功夫”的克星，昆仑散人怎敢冒险尝试？急忙将按下去的大手印撤回，但听得“轰”的一声，那堵着洞口的大石，被他的掌力所震动，又向里面滚进了一丈多，这一来，那洞口更是完全敞开了。

江南紧紧握着邹绛霞的手掌，两人的掌心都是不断地淌出汗来，又冷又湿。但江南的心头却是一片温暖，反而不觉得有刚才那样害怕了。就在这时，忽地又听得砰砰几声，好几块拳头大的石子，被昆仑散人的掌风激起，飞进洞来，打中了江南身后的石壁。

昆仑散人接连两掌，都被那少女轻轻巧巧地避开，心头火起，立意要将她置于死地，当下把全身真力，凝聚掌心，呼的一声，又是一个“大手印”按下，这时金日磾的怪棒正使到一招“八方风雨”，棒影千重，将少女前后左右的退路全都封住。昆仑散人得意狂笑，眼看她已完全在自己掌力的笼罩之下，纵有天大神通，也难逃脱。

哪知这少女不但武功高强，人也机灵到极，就在这千钧一发之际，使出一招极巧妙的剑法，剑尖在金日磾的棒端一引，而自己却以迅捷绝伦的身法闪到了金日磾的背后，这一来就把金日磾变成了她的挡箭牌，但听得“砰砰”两声，昆仑散人的掌力已将金日磾震得倒退三步，但他自身也给金日磾的怪棒迫得几乎立足不稳！这少女何等灵敏，立即一剑刺去，只听得“嚓”的一声，昆仑散人乱蓬蓬的头发被剑尖削去了一片，但随即又是“嚓”的一声，这少女的霜华宝剑，也给金日磾的怪棒荡开了。

这少女的武功，若然是单打独斗的话，要比金日磾与昆仑散人都稍胜一筹，但以一敌二，则最多不过能抵挡五六十招，幸而她刚才机智绝伦，使得这两人的内力互相对耗，如此一来，仗着她那绝顶轻功与上乘剑法，竟然与这两大魔头，打了一个平手。

江南伏在洞中，但觉风声震耳，好像在大海之中，被狂涛卷得起伏不定；望将出去，但见一道刺目的红光与一道青碧色的寒光互相纠结，那是金日磾的怪棒和少女的宝剑所发出的光华，人影都在光华笼罩之下，江南根本就看不出来，更无从知道谁占上风了。只是看了一阵，好像那团光球越滚越近，心中不由得七上八落，暗暗担心。邹绛霞忽地低声说道：“有一条人影，向咱们这个山洞行来，你看这是谁?”

江南的眼睛被光芒刺得极不舒服，但他比邹绛霞稍能忍受，冒着强光，睁眼一瞧，心中暗暗叫道：“但愿是金世遗那就好了。”哪知看清楚了，来的却并非金世遗而是那个老妇。江南这一惊非同小可，想道：“糟糕，糟糕！这个老妖妇最为恶毒，她一进来，不知如何炮制我们。”邹绛霞但听得江南的牙齿打战，忽然用一双手紧紧地搂着她，邹绛霞不知道发生的是什么事情，脸红直透耳根，想推开江南又没有力气，一时间反而忘记自身所处的险境，甚至忘记了自己刚才叫江南所做的事情了。

原来桑木姥见金日殚和昆仑散人合战那个少女，相持不下，忽然起了一个念头：“我不如让他们两败俱伤，待我坐收渔人之利。对，就是这个主意，我先入洞中，取了藏灵上人那张画图再说。”

桑木姥趁着他们激战正酣，蹑手蹑脚地绕到他们后面，正想走入山洞，金日殚忽地叫道：“对，咱们用车轮战法困毙这个妖女，昆仑散人，你要不要先歇一会?”他只道桑木姥是上来助阵的，一口将她的行动喝破。昆仑散人比他深沉，一听之下，心头一凛，料想桑木姥不怀好意，乘机说道：“好，我就先歇息一会。”飞身一跃，跳出圈子，抢先奔向山洞。

幸而这两个魔头各怀私心，要不然桑木姥若是偷施暗算，那少女因为力敌两人，全神贯注，根本就不会察觉她。昆仑散人走开，她所受的压力，登时减弱，长剑一挥，将金日殚迫退两步，蓦地反身一跃，一招“大漠孤烟”，剑光直射如矢，倏地便刺到了桑木姥胸前！桑木姥又气又恨，飘身一闪，摘下了两串耳环，向那少女射出。这两串耳环乃是她的独门暗器，一共十只，带着呜呜的啸声，一只接着一只，在空中散开，互相碰击。有的斜飞，有的直射，有的相碰之后，竟然拐弯飞到！而且不知是有意还是无意，这两串耳环，都布在山洞的面前，固然拦住了那个少女，同时也令昆仑散人受阻，不能抢在她的前面先入山洞。

那少女人在半空，见耳环交叉袭到，她一个“鹞子翻身”，霜华剑倏地飞出一片寒光，有四只耳环被她的剑光一卷，登时绞碎，一片一片的，好像洒下了满天花雨。昆仑散人双掌齐挥，拍出了两个“大手印”，掌风激荡，呼呼轰轰，将另外六只耳环以及那满空碎片都震散得飞出数丈开外。然而他被这样地阻了一阻，桑木姥已抢在他的前面，先到洞口。

忽听得那少女娇声喝道：“来而不往非礼也，你也接我这个!”铮的一声，一溜银光向桑木姥飞去，桑木姥长袖一挥，施展铁袖功夫，想卷住这枚暗器，哪知这少女的劲力竟是大得出奇，“嗤”的一声，暗器穿过衣袖，激射而上，铲去了她的半边耳朵，原来这暗器乃是少女的头簪。桑木姥失了半边耳朵，虽无大碍，但她那耳环形的暗器，从今之后，却是休想挂上去了。

桑木姥辈分甚高，被一个小辈铲去半边耳朵，引为奇耻大辱，解下一条腰带，迎风一抖，当作软鞭使用，向那少女横扫过来，同时叫道：“这妖女太过无礼，咱们何必与她讲什么武林规矩，干脆先毙了她，连车轮战也不必了。杀了她，咱们再一齐进这山洞去搜索藏灵上人！”金日磾心肠虽然较直，却也不是笨人，见桑木姥与昆仑散人刚才好像要抢着先入山洞，猛然醒觉，猜到了他们的用心。想道：“三人合力杀这丫头，虽是不大光彩，但却可以防止自己人先起内讧。”于是首先响应，怪棒一挥，疾攻而上，而且大声嚷道：“对，对！咱们有福同享，有祸同当！杀了她再入洞寻宝！”昆仑散人见他们已经说开，当然不好意思再入山洞。于是这三大魔头，都撕下了面子，不顾武林身份，合力对付一个籍籍无名、初出江湖的少女。

桑木姥姐妹练的是西藏密宗的“柔功”，她的妹妹桑青娘昔年就曾以一根腰带，与冰川天女恶战过一场，虽然败在冰川天女剑下，也曾斗到百余招外。桑木姥的功夫比妹妹更高，这条腰带挥舞起来，有缠、打、圈、扫、箍、卷、沾、拖八法，可柔可刚，比之寻常软鞭，厉害何止百倍！这少女对付一人绰有余裕；对付两人，也还勉强可以支持；对付三人，则已是力不从心，只有招架之功，毫无还手之力！

激战中昆仑散人一个“大手印”将少女的剑尖震歪，桑木姥的腰带见缝即钻，好像毒蛇吐信一样，倏地便穿了进来，卷着这少女的手腕，虽然不是持剑的那一只手，但受了牵制，这少女的身法登时迟滞不灵，金日磾怪棒一挥，将她的宝剑封出外门，昆仑散人一声怪笑，立即一掌向她的额门拍下！

那少女霍地一个“凤点头”，头上的一股银钗倏地飞起，昆仑散人见过她这暗器的功夫，早有防备，左手一招，发出了一股阴柔的掌力，右手拍出的那个刚猛之极的“大手印”，仍然原式不变，向那少女的头顶直拍下来。

以昆仑散人的功力而论，他所发出的那股阴柔掌力，本来可以卸掉银钗的激射之势，将它招入手中。哪知就在这一瞬间，他左手的手腕忽似给利针刺了一下似的，掌势一偏，掌力登时减弱了一半，那股银钗飞上，正好迎着他拍下来的右掌，“波”的一声，插入了他的掌心，拍下来时，不但失了准头，力道亦已大大减弱。这少女何等机灵，一个“盘龙绕步”，立时闪开，利剑一挥，先把桑木姥缚着她左手的那根腰带割断，随即一招“推窗望月”，把金日磾的怪棒荡开。

这两个魔头还未知道昆仑散人受了暗算，被这少女出其不意疾攻几招，几乎吃了大亏，弄得莫名其妙。昆仑散人掌心鲜血淋洒，大怒骂道：“好妖女，你用的是什么恶毒的暗器？今日非要你的命不可！”一咬牙，忍着疼痛，拔出了掌心的那支银钗，取出了一对判官笔，右笔盘旋飞舞，护着胸口咽喉等处要害，左笔立即抢入内圈，戳那少女的命门要穴。

就在这时，忽听得山坡上有人哈哈大笑，朗声说道：“瞎了眼的老妖怪，刚才不是我打你，你却算在我的头上，现在分明是我打你，你却又赖别人。好笑呀，好笑！像你这等有眼无珠的老糊涂，居然也敢在这里丢人现世。”

江南大喜如狂，登时忘了害怕，拉着邹绛霞的手道：“我说他一定会来，你瞧这不就是他来了！”便要爬出洞口去看，恰好金日磾一棒打来，击中洞中的岩石，石片碎落如雨，江南身上的衣裳也给石片划破了几处，吓得连忙再躲进去。邹绛霞笑道：“你安分些吧，等你的金大侠打赢了，你再出去见他也还不迟。”外面金世遗的声音传进来道：“江南，你这小子倒很有良心，居然还惦记着我，好，就看在你的分上，我叫这三个混蛋一齐滚蛋便是！”邹绛霞笑了起来，心道：“爹爹妈妈将金世遗说得多么可怕，却原来是这样有趣的人。”江南更是乐不可支，对着邹绛霞指指自己的鼻子，意思是说：“你瞧，我没有吹牛吧？金世遗是看在我的面上才来的哩！”

其实金世遗乃是为那少女来的，那几个魔头骂他的时候，他已经来了。他发现那少女躲在山上，他却又躲在少女的身后。那几个魔头没有发觉少女；那少女因为全神贯注在那三个魔头身上，也没有发觉金世遗。金世遗想看这少女的功夫，故意不露声息，后来看到这少女的武功好得出奇，大为诧异，因此直等到她最危险的时候才现出身来。正是：

独战三魔人不识，风尘怪客费疑猜。

欲知后事如何？请听下回分解。

第六回　某水某山迷姓氏
一钗一珮断知闻

这三个魔头乍然见到金世遗之时均是一怔，严阵以待，不料隔了许久，金世遗竟似没事似的，仍隔着山洞和江南说笑。看那股神气，根本就没有将他们放在眼内。金日磾大怒，正想上前挑战，陡然间，忽见金世遗身形一晃，怪声笑道："你想打架吗?"呼的一声，铁拐朝他的头顶没头没地地劈下来，看似完全不成招数，其实却是一招极厉害的杀手，拐头连点金日磾的七处大穴，拐身打他的脑盖，拐尾又撞他颈项的脊椎。金日磾大吃一惊，怪棒一挥，施展了一招"雷电棒法"中的护身招数，但见光华闪闪之中，"轰"的一声巨响，金日磾大叫一声，倒纵出一丈开外。金世遗叫道："再来，再来，你这一棒使得很不错啊!"原来金日磾固然给他震得虎口流血，但金世遗那一招极其复杂、极其厉害的杀手，却也给他在一招之间全都化解，而且那反震之力，亦自不弱，令得金世遗也晃了几晃。

昆仑散人与桑木姥一见金世遗出手，不约而同，一齐反击，昆仑散人的大手印先行拍到。金世遗忽地叫道："哎哟，不好!"突然一个筋斗翻出去，昆仑散人从未见过这样古怪的打法，一掌拍空，心头一凛，金世遗一个筋斗翻出，顺手将拐柄向他小腿一勾，昆仑散人站立不稳，一跤跌倒，桑木姥的两条腰带交叉卷到，本来是对准了金世遗的两条手臂，哪料金世遗在地上一滚滚开，恰巧昆仑散人跌下，桑木姥那两条腰带竟然将他捆上了。

金世遗哈哈大笑，金日磾急忙抡棒抢上，拦在桑木姥前面。金世遗笑道："我从不伤害失了抵抗能力的人，你怕什么?"说话之间，桑木姥已是松了腰带，昆仑散人一跃而起，他这一怒非同小可，取出一对判官笔疾攻而上，便要和金世遗拼命，一棒双笔，同时杀到，势道极为凌厉!

金世遗的铁拐中空，里面藏着一柄玄铁短剑，他将短剑拉出，铁拐一挥，荡开了金日磾的怪棒，铁剑一封，又把昆仑散人的一对判官笔拦过一边。桑木姥一见金世遗的两般兵器都与对手相持，她那两条腰带立刻乘隙穿进，腰带挥得笔直，上刺金世遗的双目，并有极为厉害的后着，准备一刺不中，便立刻放软腰带，锁实他的咽喉。

金世遗叫道："好一个狠毒的老虔婆!"桑木姥的腰带未到，他先倒下地去，那少女本来一直在旁观战，这时也不禁暗暗替他担心，生怕金日磾与昆仑散人会乘机施展杀手，果然金世遗一倒，昆仑散人一对判官笔便立刻向他背后心插下。

江南和邹绛霞这时正从洞中探头出来，眼睛一张，便见金世遗遇险招，不禁失声惊呼。那少女身法快极，飞身掠起，一招"铁锁拦舟"，长剑一展，将昆仑散人的双笔封出外门，就在这一瞬间，金世遗一个筋斗已翻出数丈开外，哈哈笑道："你的剑法果然不错!"那少女心中一动，这才知道金世遗是有意开玩笑的，即使自己不替他挡这一招，昆仑散人的双笔也决计点他不中。

金世遗将铁拐一顿，一个筋斗又翻回来，而且故意翻到了桑木姥的跟前，口中叫道："江南，江南，我教你一个怪招!"桑木姥双带翻卷，金世遗将铁拐竖起，桑木姥的两根腰带都缠在拐上，金世遗突然跳起，伸手在她脸上一摸，哈哈笑道："你的脸上满是鸡皮肉瘤，这一大把年纪早该在家纳福啦，何以还到江湖上来惹事生非?"桑木姥气得眼睛发黑，腰带松开，金世遗早已笑嘻嘻地跳开了。江南笑得在洞中打跌，大声叫道："喂，喂，我还未看清楚啊!"金世遗道："我这个怪招只能使一次，第二次就不灵啦，谁叫你不留心?"他这话倒不是和江南说笑，以桑木姥的武功，原不容易受他戏弄，只是他刚才出其不意，招数来得太怪而已。

邹绛霞低声说道："请他快点将这三个魔头打发了吧，我不想听他们的鬼叫。”金世遗道：“对啊，我也不想听他们的鬼叫。喂，喂！你为人为到底，送佛送到西，帮我打完这一场架吧。你若不帮，我一个人可打发不了他们。”后面那段话是对那少女说的。原来那少女恼他刚才捉弄，同时也有点惊诧他那身怪异的武功，颇想袖手旁观，看金世遗能否以一敌三，看金世遗还有什么古怪的招数。她心念一动，剑招稍缓，金世遗便已猜出了她的心意。

江南叫道：“江湖上义气为先，姑娘呀，金大侠刚才帮了你，你怎可以不理他？”那少女听这两个宝贝一吹一唱，不禁“噗嗤”一声，笑了出来。金日磾挽了一个棒花，一招“雷电交轰”，砰的一声，一棒打下，金世遗展剑挡开，低声说道：“姑娘，你正正经经打架吧。要命的玩意儿可开不得玩笑啊！”这少女面上一红，心中大骂岂有此理，明明是金世遗一直嬉皮笑脸，却反说她没有正经打架。这少女心中有气，又想抽身退出，岂知金世遗古怪精灵，所使的招数半虚半实，一方面故意拦着少女的退路，一方面却自然而然地将那三个魔头的招数都引得向少女这方面攻过来。这三个魔头的武功都已到了一流境界，那少女稍一松懈，险险被他们所伤，只得抖擞精神，展开极精妙的剑法，将他们的攻势，接了十之七八。

金世遗正是要她如此，他故意让那少女挡着正面，将这三个魔头的招数接了十之七八，他却在旁边东打一拐，西刺一剑，状如戏耍，漫不经心，其实却是在暗暗留心那个魔头的破绽。

那少女正自心中有气，猛听得金世遗大喝一声：“着！”铁拐翘起，一招“举火燎天”，昆仑散人一个“大手印”刚刚拍出，被他的铁拐戳个正着，痛彻心肺，手掌翻了起来，不能平复。金世遗哈哈大笑，倏地一个转身，“呸”的一声，一口唾涎，向桑木姥喷去，桑木姥识得厉害，连忙一个“细胸巧翻云”，倒纵飞出，金世遗如影随形，跟踪跃起，手起拐落，在她的屁股上重重敲了一下。桑木姥大叫一声，翻身落地，和衣滚下斜坡，站起来时，只见昆仑散人已越过她的前头，如飞疾跑，原来他手腕的筋脉已被金世遗震断，非得苦练三年，那“大手印”的功夫是不能恢复的了。桑木姥有生以来，从未受过如此侮辱，气得要死，可是她到底还有自知之明，见昆仑散人已经先逃，深知自己回去拼命，也只是更受金世遗的戏侮而已。于是，她也学昆仑散人那样，三十六计走为上计，抛下了金日磾便即飞逃。

金日磾孤掌难鸣，被那少女杀得连连后退，金世遗将铁拐一顿，说道："你这小子倒还有几根硬骨头，就看在你这点硬分上，我倒舍不得打你了。喂，喂，你还不走，更待何时?"金日磾长叹一声，收了怪棒，恨恨说道："我若不能独创一派武功，从今之后，再也不到中原。"金世遗笑道："也不必如此发誓，来，来，来，咱们交个朋友!"伸出手去，金日磾心道："他若有心杀我，我反正也逃不了。"坦然伸出手来，与他一握，但觉金世遗的掌力倏地迫来，金日磾心头一凛，急忙运劲相抗，掌力方吐，霎然间金世遗的掌力消失得无影无踪，他的手掌也似游鱼一般从金日磾的掌握中滑了出来，金日磾骤失重心，踉踉跄跄地向前奔出几步。金世遗笑道："你居然没有跌倒，好，凭你这副根基，可以开创一派了，你回去吧，好自为之!"金日磾这才知道金世遗是有意试他的真实功夫，满面通红，啼笑皆非，疾奔而去。

江南跳出洞来，大声嚷道："打得真妙！最妙的是打那老妖妇的屁股!"金世遗忽地板起脸道："江南，你赶快躲回洞去，再做一会老鼠。我还未打得过瘾呢!"江南正想问道："你还要和谁打呀?"但见金世遗话声未停，忽地向那少女拦腰一拐!

江南叫道："糟糕，糟糕！金大侠中了邪了!"那少女骤出不意，吃了一惊，但她轻功绝顶，金世遗那一拐虽是突然其来，却也打她不中。

未及喝问，金世遗第二招又到，这一招拐剑兼施，更为厉害，那少女只得施展浑身本领，霍地晃身上跳，金世遗的铁拐"呼"的一声，贴着她的弓鞋扫过，铁剑用了一招"潜龙升天"，戳她的小腹，那少女身子悬空，居然能够扭转身躯，霜华剑借这拧身之势，斜斜削出，"铮"的一声，双剑相交，少女飞身落地，叫道："喂，你这是什么意思?"

话声未停，金世遗铁拐再起，一招"大鹏展翅"，铁拐指东打西，铁剑指南打北，拐剑展开，端的似大鹏的两只翅膀一般，扇起了一股强风，呼呼轰轰，砂飞石走，江南"哎哟"一声，额头被一粒石子擦过，慌忙躲入洞中，邹绛霞拉着他一看，吁口气道："还好，还好，没有受伤。呀，这金世遗真是怪得难于理喻。"江南道："他一定是中了邪了，我有心送回一颗碧灵丹给他辟邪解毒，但他们打得那么猛烈，有什么办法挨近他的身边？糟糕糟糕，除非他们两人之中，有一个被对方打晕，否则这一场架是很难拆开的了！"

那少女见金世遗一招凶过一招，拐劈剑戳，有如长江大河，滚滚而上，迫得全神应付，将玄女剑法中的精妙招数一一施展出来，一面打一面奇怪，看金世遗的情形，一点也不像是开玩笑，打得简直比刚才斗那三个魔头还要凶狠，"难道他当真是突然发了疯么?"但他的招数绵绵密密，丝毫不乱，却又绝对不似心智迷乱。那少女奇怪极了，在金世遗这样凶猛的攻势之下，却又不能分心说话，只得和他哑斗。

不过一会，两人已交手了四五十招，不分胜负。激战中金世遗突然大喝一声，一拐打下，这一拐他竟然用了十成功力，四面八方，都是一片杖影，有如排山倒海一般地压下来。江南在洞中偷窥，心惊胆战，不觉失声骇叫，眼看这样一位貌美如花的少女，便要命丧他的拐杖之下。

就在这性命悬于俄顷之际，江南还未曾看个清楚，但觉眼睛一花，那少女已凌空跃起，剑尖在杖头一点一按，借着金世遗的那一股猛力，整个身子反弹起来，一个鹞子翻身，倒纵出数丈开外！

金世遗突然收了铁拐，哈哈笑道："不错，不错，你果然是吕四娘的弟子！"江南浑身冷汗，呼吸尚自不能平顺，这才知道金世遗是有意试她的武功。

原来金世遗的师父毒龙尊者和吕四娘曾有过一段根深的渊源，他是被吕四娘劝服才改邪归正的。毒龙尊者对什么人都不佩服，就只佩服吕四娘，常常和金世遗谈及吕四娘的事迹。因此金世遗很小的时候，脑海里就深深印下了吕四娘的名字。他见这少女自认是吕四娘的弟子，剑法又十分精妙，心中先自有了好感，可是他从未曾见过吕四娘的剑法家数，不敢断定这少女使的便是吕四娘的玄女剑法，换言之也就是不敢断定她便是吕四娘的弟子，不过他却记得师父和他说过的一招玄女剑法的招数。吕四娘当年初会毒龙尊者之时，曾用过这一招化解毒龙尊者最厉害的杀手，故此毒龙尊者在数十年之后，还是津津乐道。金世遗刚才试那少女的武功，便是要迫她使出这一招来。

江南探头出洞，但见金世遗将短剑插入拐中，向那少女缓缓行去，那少女横剑当胸，注视着金世遗的动静，似乎还在防备他突袭的样子。江南暗暗好笑，只见金世遗走到那少女的跟前，问道："吕四娘就只收你一个弟子么？"那少女道："不错，你问这个干么？"金世遗一脸正经，忽地向那少女俯头作揖，垂手过膝，行起江湖上最尊敬的大礼来！江湖上除了弟子向师父行下跪礼之外，其他的晚辈谒见长辈，最尊敬就是这个礼节了。那少女大吃一惊，急忙闪避，金世遗叫道："我是拜你的师父，你不可避开，更不可还礼，否则便是对我不起！"拜完之后，忽地嚎啕大哭起来。

江南心道："他知道这少女是吕四娘的弟子，赔了礼也就算了，干嘛要哭得这样伤心？难道当真是中了邪了？"要想出去劝慰，却想起金世遗刚才叫他做"老鼠"，心中有气，一只脚刚刚跨出又缩了回来。

那少女被他弄得不知所措，半晌说道："原来你知道我的师父已坐化了。"金世遗道："尊师葬在什么地方？"那少女道："就在邙山之上，我师祖的墓旁。"金世遗道："可惜我今生今世，没缘分见她老人家一面。"那少女眼睛润湿，她当然知道她师父收服毒龙尊者的事情，暗暗点头，心中想道："原来毒龙尊者这个弟子，人人称他做武林怪物，却倒是个至情至性之人。"见他哭得伤心，安慰他道："我师父却曾见过你两次，不过你不知道罢了。"金世遗道："在哪儿？"那少女道："一次是在峨嵋山上，冒老前辈结缘讲学的坛前。"金世遗记起那次他正受了妖人洞冥子所伤，逃命下山，不禁面上一红，问道："还有一次呢？"那少女道："还有一次是在喜马拉雅山上。她看见你想攀登珠穆朗玛峰，你却没有看见她。有这回事吗？"金世遗平生有过两次痛心失败的事，一次是被洞冥子打伤，一次便是攀登珠峰失败，想不到都给吕四娘看见了。

那少女道："我师父很称赞你的武功。"金世遗又是惭愧，又是

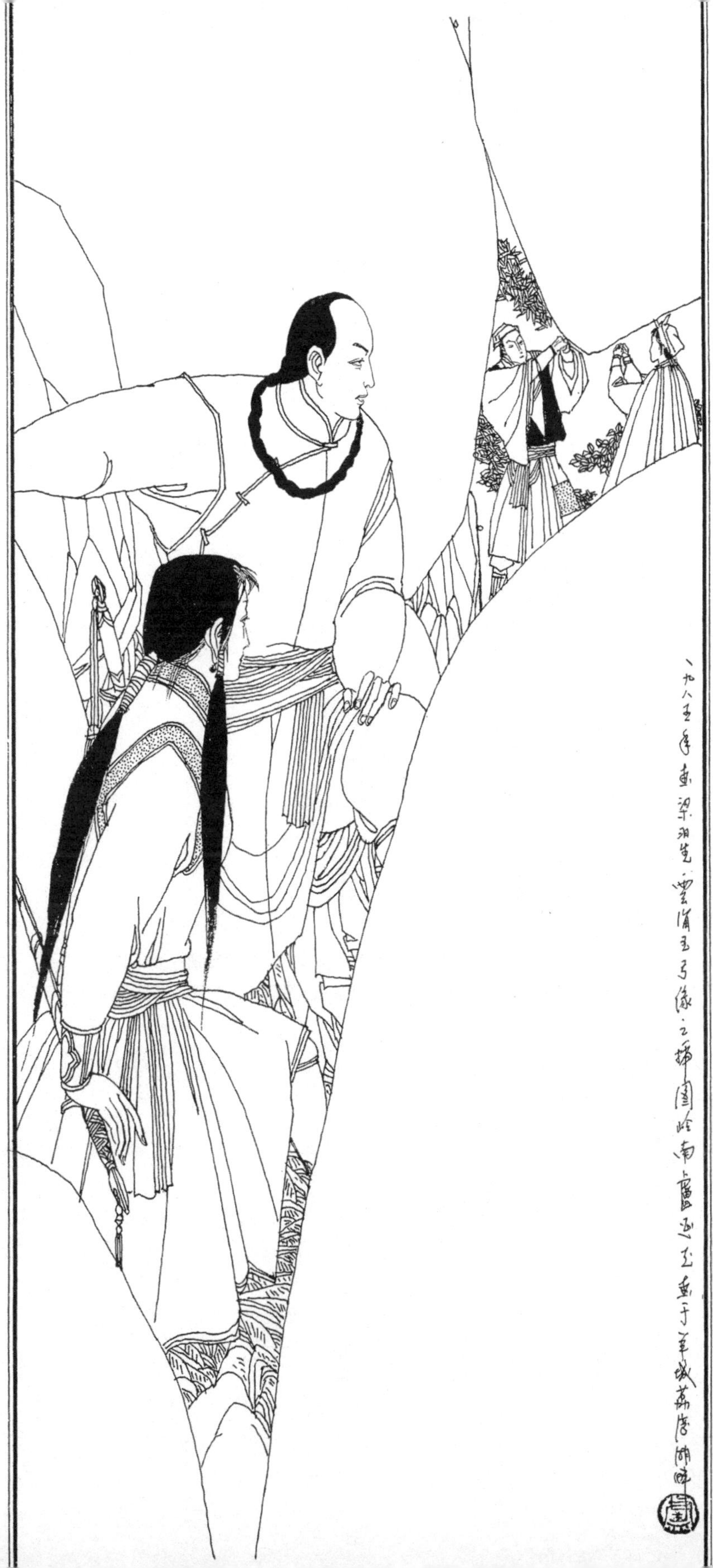
一九八五年画梁羽生·雲海玉弓缘·之插图 岭南盧延光画于羊城荔湾湖畔

只见金世遗走到那少女的跟前，问道：“吕四娘就只收你一个弟子么？”

欢喜，问道："她老人家还有什么关于我的话吗？"那少女望了金世遗一眼，说道："没有什么了。她只提到一句，希望你把尊师独创的这一派武功发扬光大起来。"金世遗何等聪明，见这少女的眼光有点奇特，猜想她一定还有什么话不肯说，若是别人，金世遗一定出言冷诮，或者想方法迫她说出来，可是已经知道了她是吕四娘的弟子，金世遗只好暗暗纳闷，不敢胡为。这还是他平生第一次约束自己。

邹绛霞悄悄说道："你这位金大侠真有意思，刚刚和人家莫名其妙地打了一场架，如今又有说有笑了。哈，就像你初初见到我的时候一般。"江南道："是么？这样说来，金大侠一定会和她交上朋友了。"邹绛霞芳心一动，杏脸飞霞，想道："原来你一见我便想和我交朋友了么？"这话尚未曾说出，只见金世遗向那少女又是深深一揖，那少女闪开了半边身子，笑道："这又是为何？"金世遗道："那三个魔头实是要找我的晦气来的，多谢你替我先挡了一阵。再说，我刚才对你无礼，也还未曾向你赔罪呢。"那少女笑道："这算得了什么。你不试我的武功，我也想试你的武功呢。如今我也试出来了，你果然是毒龙尊者的弟子。不但武功，你的性情也与令师一样。"金世遗失笑道："你几时见过我的师父？"那少女道："我的师父告诉我的。她说令师前半生的脾气，可说是天下第一怪人，后半世却渐渐改了。是这样吗？"金世遗有点忧郁，点点头道："你说得不错。"心中想道："师父碰到了一个懂得他心事的吕四娘，性情才渐渐改变了。我却没有他那样好运气。"

那少女道："你刚才救了我，我也应该谢你。"说罢大大方方地向金世遗裣衽一福。金世遗哈哈笑道："我这个人最不喜欢客套，我刚才那两拜是诚心诚意的，并不望你还礼。"看了那少女一眼，又笑道："不过，我看得出来，你这一拜也是出于诚意的。所以我也不和你客套，坦然受你一礼了。"

江南看得十分有趣，悄悄笑道："你看他们互相施礼，倒是相敬如宾呢！"江南从陈天宇那儿学来了好些文绉绉的说话，随便应用，邹绛霞"噗嗤"一笑道："相敬如宾是什么意思，你知道么？胡说八道。"江南道："我有什么不懂？我对你也是相敬如宾。"邹绛霞笑得打跌，轻轻地挞了他一下，道：“不懂就快别胡说了。”其实江南是懂得的，他是有意和邹绛霞开玩笑。

金世遗道：“你知道了我的名字，我可还没有知道你的名字呢！”那少女道：“我叫谷之华，幽谷的谷，之乎者也的之，春华秋实的华。”金世遗道：“好，这个名字很好。”那少女一笑道：“你的名字我却不大喜欢呢！”

金世遗双眼一睁，道：“为什么？”那少女笑道：“金世遗这名字听起来好像是说，你今生今世，永远要给人们遗弃一样。”金世遗这名字是自己起的，正是这个意思。那少女一笑之后，缓缓说道：“其实人们也并不像你想像的那样可怕。”金世遗仰天狂笑，说道：“这话也曾经有好几个人和我说过了。也罢，也许下半世我会将这个名字改了。”

那少女笑道：“我们家乡的习俗，即算过路投宿，碰到人家有初生婴儿，是一定要送礼的。”这话突然其来，说得甚怪，金世遗怔了一怔，只听得那少女缓缓说道：“你今日有了改名这个心愿，那便像初生的婴儿一般，不管如何，从你说这一句话开始，你和以前的金世遗总是有些两样了。”这少女话隐禅机、深含哲理，金世遗本有慧根，一点便透，纵声大笑道：“我自己也不知道什么时候再世为人哩。好吧，你说要送我礼物，送些什么？拿来一看。”

那少女道：“我是借花献佛。”金世遗道：“花呢？”那少女道：“我托你的小朋友转交给你。喂，你叫江南是吗？请把我的礼物转交给现在的金世遗。”江南吃了一惊，叫道：“喂，喂！你说什么？我几时曾收过你的礼物？”这句话未曾说完，但听得一串银铃似的笑声，那少女已经走了。

金世遗翘首云天，怅然凝望，心中不断念道：“谷之华，谷之华，幽谷有佳人，遗世而独立。嗯，她的名字和我的名字，联起来倒很有点意思。”这少女虽然只是和他匆匆一面，却已给他留下了强烈的印象。金世遗觉得她不只是和李沁梅不同，与冰川天女也不同，在此之前，他一直是把冰川天女当作他的第一知己，可是细想起来，冰川天女不过是同情他、怜悯他。这少女呢，却是把他当作同等的人看待。

江南噗嗤一笑，金世遗道：“小鬼，你笑什么？出来！”江南道：“你骂我是老鼠，老鼠要伏在洞中，不出来了。”金世遗笑道：“这就生了气吗？你知不知道，武功中便有一种老鼠功，厉害得很呢。好吧，你若生气，我便陪你做一会老鼠。”钻入洞中，捉着了江南，说道：“这一招叫做灵猫捕鼠。我要到日头正中的时候才放你出去。”不知是有意还是无意，突然斜起眼睛，向邹绛霞翻了一眼。邹绛霞何等机灵，心中一动，想道：“莫非是金世遗想传授他什么功夫。”诈笑说道：“我可不愿做老鼠，我可要出去了。”江南想去追她，但被金世遗抓着，哪里动弹得了。江南苦口苦脸，低声道：“喂，我确实没有收到她的礼物，骗你正是老鼠。”

金世遗失笑道：“小兄弟，我不是向你收礼物来的，我是给你送礼物来的。”江南喜道：“真的？”金世遗道：“你对我很好，我也欢喜你，你比那个酸溜溜的什么陈公子要好得多。”

江南想了一想，忽道：“你已经送了我最宝贵的礼物了，还要送什么给我？我不敢要了，公子说过的，为人不可贪心。”金世遗大笑道：“你倒很肯听陈天宇的话。我给你的碧灵丹本来是唐经天的，而且，不过是借你的手交给陈天宇罢了，这个不算。我另外有一份比碧灵丹更好的礼物，是专诚送给你的。你想不想学好上乘的武功？”

金世遗以为江南必定会欢喜得跳起来，哪知江南却忽然现出一副迷茫的神情，喃喃自语道：“礼物、礼物、礼物……”蓦地叫起来道：“哎哟，我想起了，那位小姐真的有一份礼物在这里，我现在就去拿给你。”

金世遗大为奇怪，说道：“她真有礼物托你转交给我？你，你不是开玩笑吗？”江南道：“我对别人开玩笑，对你从来不开玩笑。”金世遗急忙问道：“这是怎么回事？”江南道：“藏灵上人身上有一幅古古怪怪的图画，刚才我听得那三个魔头在外面叽叽咕咕地说，说要抢藏灵上人这张画。他们说的是西藏话，好在我在西藏住过十年，每一句话我都听得懂。”歇了一歇，又道：“你想，要不是那位小姐来到，和他们打了一阵，他们早已进了这个山洞，那张画也早已落在他们的手中了。所以这张画实在应该算是那位小姐的。她托我转交给你的礼物，一定是这张画了。”

金世遗好奇之心大起，推开那块大石，在藏灵上人尸体的旁边，果然发现了那张图画，金世遗打开来一看，江南嘀嘀咕咕地说道：“你瞧，这怪不怪？一个巨人拿着弓箭射火山，这是什么意思？这有什么宝贝？值得那三个魔头这样看重？”金世遗忽然“咦”了一声，久久不语，好像在沉思什么，江南被他的神气唬着，不敢再在他耳朵边嘀咕了。

原来金世遗一看画上这个海岛，岛上的火山，好生熟悉，记起了毒龙尊者带他到蛇岛的时候，航海途中，就曾经过这个海岛，那时他还只是几岁大的孩子，看见会喷火的山，奇怪得很，还曾向毒龙尊者问过呢。毒龙尊者说这是一个无人居住的荒岛，就在蛇岛的正南方，顺风的话，三日可到，不过他却一再告诫金世遗，将来长大了，也切不可到这有火山的岛上去玩，好像那荒岛上藏有什么怪异的事物。

金世遗从未上过那个海岛，其后他从蛇岛回到大陆，在海程中也从未见过有火山的海岛。如今他对着这幅图画，画中的意思他不明白，画中的海岛，却是他曾见过的那个海岛无疑。金世遗暗自想道：“莫非藏灵上人所说那番话竟是真的，三百年前果然有乔北溟其人，参透了正邪两派的武功，而最后默默无闻地死在这个荒岛上？”他并非觊觎乔北溟的武功，但想到乔北溟所遗留的武功，若然真能够解除邪派内功所生的隐患，那么对后世的武学之士，却是造福不少，思念及此，怦然心动。

当下将画卷起，对江南笑道：“这份礼物我收下了，多谢你想得起来，转交给我。投桃报李，现在我也送你一份礼物。”江南道：“喂，你刚才的话我听不大清楚，你是不是说要指点我上乘的武功？”金世遗道：“不错。”江南大喜过望，便要拜他为师，金世遗大笑道：“咱们年纪相差不远，做朋友谈笑无忌，毫没拘束；一做了师徒那还有什么意思？再说，我现在也还不想收徒弟呢。”江南嘻嘻笑道：“我知道你的心思，你是怕我这个徒弟失了你的面子。好吧，就算你不要我做徒弟，你教了我的武功，我一定用功勤练，不给你丢人便是。”

金世遗道："武功的招式不是一朝半日可以学全，而且一招一式来教，也没有什么大用。现在我要传授你的是一些武学上的口诀，你记熟之后，就要看你的悟性了。俗语说一理通，百理融。你若懂得了上乘武学的道理，将来无论学到什么招式，一出手便可以随心所欲，制胜克敌。内功方面，你已有了底子，照唐经天所传授你的天山内功心法，勤自练习，便可有成，这个我不教你了。"

武学浩瀚无边，有如大海，金世遗择最关键的诀窍之处，给他讲解了几十条口诀，江南记性甚好，每个口诀，金世遗最多讲解两遍，他便能熟记胸中，并且明白其中道理。最后金世遗又传授了他一套点穴手法，这样一来，半日之间，他所得的好处，比过去几年间一鳞半爪地学，已是胜过多多。

不说江南这番奇遇，且说杨柳青等了一夜，不见女儿回来，心中大急，生怕她出了什么意外，天亮之后，到后山寻找，好不容易才在山洞前面找到了女儿，邹绛霞一见她便叫她不要作声，弄得她莫名其妙。

直到中午时分，只听得金世遗在洞中大笑三声，与江南携手而出。杨柳青见江南容光焕发，这才猜到了是金世遗在洞中传授他的武功。杨柳青想起昨晚那场大祸，乃是金世遗暗中替她消解的，因此，虽然以往与他有些嫌隙，也只好上前道谢。邹绛霞为了江南的关系，更想请他多住两天。

金世遗道："你真的想留我住？还有几个大魔头想找我晦气，你怕不怕他们到你家中大闹一场？"杨柳青本来就没有诚意邀请他，听了这话，眉头一皱，正想说得婉转一些，顺便将他送走。金世遗哈哈大笑，朗声吟道："剑拐纵横来复去，昂头天外自高歌！"展袖一拂，飞身掠起，笑声未绝，他的背影早已没入密林丛莽之中。杨柳青道："真是个怪物。"邹绛霞道："不，我看他好像有什么伤心之事。嗯，他的武功虽然高到极点，却是孤独得很。"

不说杨柳青母女背后的议论，且说金世遗离开了他们，心中颇为郁闷。他暗助江南成名，也即是间接撮合了他与邹绛霞的姻缘，对这件事情，他本来十分得意，但想起了自己的孤零身世，漂泊生涯，却又不禁有些怅惘。不知怎的，那少女的影子一再地在他心头泛起，金世遗忽地想道：“我师父受过吕四娘的大恩，在武林之中，我最佩服的也只有吕四娘一人。而今我既然知道了她的死讯，岂可不到她的墓前吊祭一番？”其实这是他替自己找寻藉口，固然他尊敬吕四娘，但他要至吕四娘的坟前祭扫，心底里却是想见谷之华。

邙山在河南境内，金世遗离开了山东东平县，走了将近一月，从山东南部进入河南，渡过了黄河，沿着太行山边西走，这一日到了一个小镇，名叫新安，从新安再去，还有三百多里，便到邙山。

金世遗来到新安，已是黄昏时分。他本来还想再赶一程，在一家客店的门外，无意中却忽然发现了两匹骏马，颈长腿短，四蹄如雪，正是大宛马种。金世遗颇为奇怪，想道：“这两匹马的主人必定是从塞外来的了，我且看看是谁？”于是便进这间客店投宿。

晚饭过后，金世遗练了一会坐功，待至三更时分，便悄悄起身，到各间客房偷看，看了几间，房中的客人都没有什么可疑，最后到了东面尽头的一间，金世遗刚刚摸到窗前，忽听得里面有人骂道：“金世遗这个怪物，死了倒也干净！”金世遗不由得吃了一惊，要知道他的轻功，近年已练到炉火纯青之境，自信毫无声息，黑夜之中，却竟然给房中的人听了出来。

只听得另一个接着说道：“武老二，你怎么可以在背地里乱骂人？”先头那个声音说道：“我不骂他还骂谁？你想想看，咱们这场奔波，不就是为了他吗？你的好事至今未成，也不是为了他吗？哼，哼，麻烦的就是，不知道他如今到底是死是生？”

金世遗听到这里，方始恍然大悟，原来并不是自己的行踪给房内的人发觉，而是他们背后谈论他。但令他大惑不解的是：听这两人的声音，并非熟识，因何他们要诅咒他死？好像与他有不共戴天之仇！

只听得那个带点稚气的少年声音说道：“我倒盼望金世遗还活在世上，要不然只怕我的小师妹要伤心一世！”先头那个声音说道：“小师叔，别怪我说，我觉得你真是有点傻气。金世遗若果真死了，死讯确凿的话，我那小姑姑难道还能守活寡不成？嗯，你可知道你师父也属意于你，我曾亲耳听得他向沁梅的妈妈提亲呢！”

金世遗蓦然听到“沁梅”的名字，有如触电，一个活泼娇憨的少女影子登时浮现心头，他记起了在峨嵋山上与她初会的情境，想起在塞外的大草原上，曾与她两母女千里同行，想起在喜马拉雅山上她的痴情眷恋，虽然金世遗不忍扰乱一个少女的情怀，不敢接受她的柔情蜜意，但他却感激这一颗纯真的少女的心，不管如何，这个少女的影子将令他终生不会忘怀！

金世遗这时也猜到了屋内这两个人的身份。那个被唤作“武老二”的人，想必是李沁梅的表亲——比她晚一辈的那个武定球。原来冯琳的婆婆乃是天山七剑之一的武琼瑶，武琼瑶的哥哥武成化有两个玄孙，大哥叫武定周，弟弟叫武定球。算起亲戚关系，虽然已是相当疏远，但天山七剑的后人每三五年便有一次聚会，若然未至成年，更是经常见面的，所以武家兄弟和李沁梅自小就很稔熟，他们熟悉她的家事，自然是毫不为奇。

至于那个声音带点稚气的少年人，则是唐晓澜所收的唯一弟子，名唤钟展。当年冰川天女上驼峰，在会见唐晓澜夫妇之前，曾和他打过一场的。这事情金世遗曾听冰川天女说过。

金世遗知道了这两个人的来历，心中登时涌起了无数疑团，只听那个武定球续道：“那一天，我正在院子里和沁梅练剑，唐大侠走了进来，和她母亲谈起了金世遗。唐大侠说，金世遗已失踪多年，他到处托人找寻，都无消息，只怕是凶多吉少的了。接着他就谈起沁梅的婚事，哈，你猜他提的是谁？就是你呀！沁梅的妈妈素来爽直，她说她知道女儿的心意，除非确实知道金世遗的死讯，否则恐怕很难劝她移心别向，不过也担心耽搁女儿的青春，答应问过她女儿之后，再考虑这头婚事。沁梅和我在院子里，他们的谈话自是听得清清楚楚，想来她妈妈也是有意让她听到的。当时我觉得她的神色有点奇怪，但还不以为意，想不到她当天晚上，不待她妈妈找她说话，她就私逃下山去了。”

钟展叹了口气，说道：“原来沁梅师妹是因为这事逃走的！”武定球笑道：“小师叔，你不要为此难过。她私逃下山，自是去访寻金世遗的下落，等她死心也好。她遍寻不见，或者确实知道金世遗已死之后，难道她还会终生不嫁人吗？”钟展黯然不语。武定球又道：“我最气他不过的，就是金世遗这个怪物，一个疯癫的小叫花，沁梅居然会看上了他！甚至连她母亲，连你师父，也为了他的生死之谜，费了无穷心力去追究！他死了不打紧，如今沁梅又为他失踪，却连累了我们又要去寻找她了。”钟展道：“又寻找了半年多啦，还是丝毫打探不到她的消息。她素来任性，年纪轻轻的一个单身女子独闯江湖，但望她没有什么意外之事才好。”武定球笑道：“你真是一往情深，可惜她听不见。其实这也不用担心，你师父的武功天下第一，她的武功也绝不在咱们之下。江湖上能胜过她的高手能有几人？纵有胜过她的，只要一和她动手，又岂有不知她是天山派弟子之理？你想，谁敢惹咱们天山派的门下？”

金世遗在窗外听得痴了，想道：“料不到沁梅竟是对我如此情深，四五年来，还是一心不变！嗯，这姓钟的人品似乎也不坏，这姓武的却是令人讨厌。”武定球在房内还是絮絮不休，既咒骂金世遗又取笑钟展。金世遗心中一气，悄悄在阴沟里掏起了一团烂泥，倏地撕破窗纸，把手一扬，一团烂泥刚好封住了武定球嘴巴。

这一下，惊得房内这两个不知天高地厚的少年都跳了起来，钟展摘下挂在壁间的青钢剑立刻穿窗跳出，武定球跟着也跳了出来，揭去了嘴上的泥巴，气得发昏，大怒骂道：“哪里来的混账王八蛋，胆敢戏弄小爷!”骂声未绝，又是一团烂泥飞来，这回武定球闪避得快，没有给封住嘴巴，但却给糊在他的面上，烂泥又臭又湿，好不难受！

金世遗故意露出一些痕迹，引他们来追，钟展知道来人的武功远在他们之上，但武定球已追上去了，他与武定球谊属同门，休戚相关，只好一同追赶。

金世遗将他们引到郊外，时不时地掷出一颗石子或一团烂泥，将他们尽情戏弄。金世遗的轻功远比他们高明，他们追了半夜，只是隐约地见到金世遗的背影，待要不追，烂泥石子又飞了过来，弄得武定球骂不胜骂，力竭筋疲。钟展比较机灵，心中一动，想道：“莫非这人就是金世遗?”心念未已，但听到一声刺耳的长啸，前面的影子已是消失得无影无踪。

金世遗抄了另一条小路，在武钟二人之前赶回客店，一路上暗笑不休。

金世遗一路暗笑，哪知回到了客店的房间，却意外地发现了一样物事，令他笑不出来。

那是一根玉钗，金世遗一踏进房间，就发现它在床前的小几上，闪闪发亮，金世遗拿来一看，奇怪得几乎不敢相信自己的眼睛，那是一端打成蝴蝶形的玉钗，式样甚为特别，正是李沁梅头上的饰物。金世遗自从最初和她相识，直到珠峰脚下和她最后一面，都曾见她簪着这根玉钗。

“这是怎么来的？难道是沁梅找我来了？”金世遗拈起玉钗，胡乱猜测，细看之下，玉钗上还有一点淡淡的血痕，“是她受了伤么？还是她要借此表示她的心意？”

金世遗对着玉钗，就好像对着李沁梅一样，想起她的浅笑轻颦，想起她幽怨的目光，金世遗突然感到一阵悲凉，“难道这是注定的不可逃避的情孽？”

静夜之中，忽听得屋顶上有极轻微的声息，轻微得连金世遗也仅能察觉。金世遗心头一惊，“是谁有这样好的夜行功夫？不错，一定是沁梅来了！”

金世遗跳上屋顶，只见一条黑影刚刚掠过，看那身材不似女子，霎眼之间，就到了客店东面尽头的那一间房间，那正是钟展和武定球所住的房间。

但见他把眼睛贴在窗上，向内张望，忽地咦了一声，似乎是因为发觉里面没人，感到惊诧，金世遗不待他回过头来，便以迅雷不及掩耳的手法，点了他胁上的麻穴，一把将他扭转，喝道：“你是谁？你来找谁？”

那汉子惊得呆了，金世遗将玉钗在他面前一晃，又低声喝道：“这玉钗是你送来的吗？”这瞬间只见那汉子双眼大张，神情十分惊诧，金世遗料想这玉钗即算不是他送来的，也必定与他有关，立即将玉钗对准他的眼睛，沉声喝道：“你快说实话，要不然我就刺瞎你的眼睛！”

那汉子“啊呀”一声，道：“你是天山派的弟子吗？”金世遗道：“我是金世遗。”金世遗早年被人称为“毒手疯丐”，人人都当他是个怪物，这汉子听他自报姓名，吓得比碰见阎王还更害怕，抖抖索索，慌忙说道：“我不是来窥探你老人家的，我、我、我是奉命来追踪一个女子的。”金世遗道：“什么样的女子？”那汉子道：“不，不知道。”金世遗道：“是不是姓李的天山派女弟子？”那汉子道：“不，不是。”金世遗再把玉钗一晃，道：“你可认得这玉钗吗？”那汉子道：“这，这就是那女子在我们庄子里偷出来的。”金世遗听了大为奇怪，心中想道：“偷出来的？李沁梅的玉钗怎会落在他人手里？这女子又是谁？”立即又追问道：“那么你是奉谁之命来追人的？”

那汉子颤声说道：“孟，孟……”刚刚吐出一个“孟”字，忽地一声惨叫，仆地气绝。

金世遗是发暗器的高手，在那汉子吐出“孟”字的那一瞬间，他早已听出了极微细的暗器破空之声，然而他也仅仅能避开了一枚梅花针，却来不及救这汉子。

金世遗的江湖阅历何等丰富，见此情形，知道暗杀这个汉子的人，定然是他的同伴，暗伏在旁，为怕同伴吐出真情，故此杀人灭口。金世遗无暇再去搜查钟武二人的房，立即追出，在这片刻之间，那人已是逃出一里开外。但金世遗是自小便练过飞针暗器的人，耳力特别聪敏，虽然早已不见那人的背影，还可以从脚步声中，辨出他逃走的方向。

金世遗立即施展出“陆地飞腾”的上乘轻功，追了一程，忽听得前面兵器碰击的声音，金世遗加快脚步，奔前一看，只见两个少年，各使一柄长剑，正在与一个蒙面汉子缠斗，那汉子使的是一根七节鞭，这时已被削去了三节，长鞭变了短鞭，眼看就要伤在那两个少年的剑下。这两个少年正是武定球和钟展。

金世遗大喜，怕这两个少年下手不知轻重，将那汉子杀了，正想抢上前去将这汉子活捉，就在这时，忽听得那汉子大叫道：“后面这个人才是金世遗，你们拦我做什么？”钟展早已听到了金世遗疾奔而来的脚步声，闻言吃了一惊，武定球这时也瞧见了，失声叫道：“哎哟，果然是金世遗来了！好哇，小爷今日要和你拼命！”那蒙面汉子趁此时机，立即拔脚飞奔。

金世遗笑道：“你要拼命，我此刻无暇奉陪。”话声未了，忽见两道暗赤色的光华，电射而至，这是天山派的独门暗器天山神芒，金世遗曾见唐经天用过，识得厉害，钟展的功力虽然远远不及唐经天，但这两支天山神芒一发，挟风呼啸，威势亦足骇人。金世遗不敢硬接，当下用了一个“黄鹄冲霄”的身法，避开了第一支，接着用铁拐拨开了第二支，就这样的缓了一缓，钟展和武定球的双剑已是一齐刺到。

钟展和武定球虽然以前未曾见过金世遗，却早已在李沁梅口中约略知道了他的形貌和他所使的兵器，他们被金世遗戏弄了半夜，又气又恨，昏头昏脑，所以刚才一碰见那个蒙面人把他当作金世遗，斗了一阵，刚刚看出有点不对，金世遗便即到来，他们一看他使的是铁拐，神情形貌和李沁梅以前所描画的亦甚相符，当然不肯放过。两人一上来就施展师门最厉害的剑术，钟展使的是天山剑法中的追风剑式，武定球使的则是白发魔女这一派的奇诡剑招，不约而同，连下杀手！

金世遗飘身一闪，钟展刺了个空，说时迟，那时快，武定球的剑尖已挑到了他的小腹，这一剑方位倏然变换，确是奇诡无比，但却怎伤得了金世遗？只听得“铮”的一声，金世遗中指一弹，出手比他的剑招更快，武定球的长剑几乎给他弹得脱手飞出，好在钟展一剑刺空，第二剑又到，这一招是须弥剑式中的“沧海微尘”，天山剑法博大精深，这一招攻守兼备，更是天山剑中的精华所在，钟展虽然火候未到，剑光倏地铺开，亦自隐隐带着风雷之声。金世遗本来可以夺走武定球的长剑，但他也怕给钟展的剑光罩住，只得先用“大挪移身法”，避开了钟展这一剑。钟展这一剑刚刚差了半寸，没有将他刺中。

武定球叫了一声“可惜”，挺剑又上，金世遗急着要追那蒙面人，本来无意与他们比斗，可是被他们联攻，他不动用兵器，却也无法闯得过去。金世遗腾挪闪展，避了六七招，连用几种身法，始终冲不破钟武二人的“剑网”，武定球喝道：“你还不亮出兵刃，休怪我剑下无情。”

金世遗笑道：“我一用兵刃，只怕你抵挡不起。你这狂妄无知的小辈，我本该打你的屁股，看在你姑姑的份上，我今晚可以暂时饶你一次，你们快走开。”武定球怒道：“你还有脸提我的姑姑，你癞蛤蟆想吃天鹅肉！”金世遗最恼别人看小他，闻言怒道：“好呀！你是诚心送上门来讨打的了。”说话之间略一分神，被钟展一招“追风逐电”，险险将他刺中。武定球冷笑道：“还不知是谁讨打呢！”

金世遗道：“是么?”话声一出，铁拐疾起，“当”的一声，震得钟武二人的虎口发热，这还是他手下留情，怕震伤了他们的脏腑，只用了五成力量。

武定球吃了一惊，但他们学的是天山派的正宗内功，金世遗这一拐虽然震得他们虎口发热，却也还抵挡得住。他们仗着剑法精妙，全神贯注着金世遗的铁拐，避免和他接触，双剑指东打西，指南打北，兀自不肯走开。

金世遗逐渐增内力，故意卖了一个破绽，容得他们双剑攻进内圈，忽地铁拐一封，拐柄一颤，“当”的一声，登时把钟展的青钢剑震得飞上半空！

金世遗哈哈大笑，伸手一抓，疾如闪电，钟展正被他那股猛力，震得足跟疾转，似陀螺一般，直打圈圈，明明看着金世遗欺到面前，却是闪避不开，金世遗一抓抓着他的背心，往前一甩，悄声说道：“你这小子还不怎样惹人讨厌，可以免打。哼，哼！这姓武的混账小子呀，却非打屁股不成！”

钟展被金世遗猛力摔出，自分不死亦必重伤，忽觉身子一轻，试顺着那股去势在空中一个翻身，果然轻轻巧巧地落到地上，竟是毫发无伤。钟展这才知道金世遗手下留情，他这一掷力度用得恰到好处，就像把自己提起来再轻轻放下一样。

钟展呆呆发愣，就在这时，只听得“喀喇”一声，但见金世遗劈手将武定球的长剑夺去，只一抖就震断了，武定球吓得魂飞魄散，要待走时，哪里还来得及，被金世遗一把掀翻，举起铁拐，“卜卜卜”的就在他的屁股上重重地敲了三下。金世遗纵声大笑，待到钟展抢上来时，他早已走得无影无踪。

武定球一个“鲤鱼打挺”，翻起身来，破口大骂。钟展见他居然还骂得出声，而且声音宏亮，不似受了内伤，松了口气，上前一看，只见他屁股皮开肉绽，但一看之下，就知道是受了外伤，并无大碍。钟展道："武老二，不要骂啦，咱们商量一下，看怎样出这口气吧。你说这件事要不要告诉师父？"武定球道："不成，你的师父帮这疯丐。咱们另外约人，斗他一斗。"

金世遗打了武定球的屁股之后，虽然颇为快意，但也有些后悔，心道："这小子本来该打，不过，沁梅将来一定会怪我了。尤其不妥的是将钟展也挫辱了。唐晓澜有意替他们说亲，这小子匹配沁梅也还不算太差。"想到这里，自己忽然觉得有点奇怪，心内笑道："我生平做事，从无后悔，怎的今晚打了这两个小子，却居然会后悔起来？难道我的性情真的似那少女所说，在不知不觉之中变了，连自己也不知道？"

经过了刚才这一场打闹，那蒙面汉子早已不知去向。金世遗想到被蒙面汉子暗杀的那个人，临死之前吐出的那个"孟"字，心中蓦然一动，想道："莫非他所说的就是孟神通？不错，不错，这孟神通就住在太行山南面山谷的一座荒村，离这里不到一百里路。不管是不是他，我且闯到孟家庄一看。"

原来这孟神通乃是一个埋名隐姓的异人，他本来另有名字，江湖上因为他出没无常，神通广大，都称他做"孟神通"，本来的名字，反而没人记得了。近十年来，只有很少的几个人知道他的下落，金世遗就是其中之一。因为金世遗自离开蛇岛之后，直到在珠峰脚下失踪的那几年间，他立志要打遍天下英雄，曾遍访隐居各处的高人异士，比试武功，这样胡闯了几年，对江湖上的见闻，自然极为广博。孟神通的住处虽然隐秘，终也被他探听出来。不过，他去拜访孟神通的时候，孟神通恰巧没在家，是以两人虽然久已闻名，却还未曾见过。

金世遗想来想去，可疑的只有孟神通，便决意夜探孟家庄，即算李沁梅不在孟家，也可以乘机找孟神通比试一场。

从新安到太行山麓的孟家庄，约莫有一百里路，寻常人最少要行一整天，金世遗展开"陆地飞腾"的轻功神行术，不过一个多更次便到了。

孟家庄在太行山南面的山谷，有二十多间屋子，自成村落，村人都是孟神通族人和部属弟子，孟神通所住的是村中一座古堡形的大屋，金世遗以前曾来过一次，路途熟识，很容易的便找到了。孟家庄在山谷下面，金世遗在山坡上凭高望下，但见村子里静悄悄的，并没有发现有人巡逻。

金世遗沉吟半晌，正自寻思：是偷偷地摸入孟家去呢，还是光明正大地求见。忽听得附近茅草丛中，悉悉索索地响，金世遗竖耳一听，陡然间有人大声喊道："看你往哪里躲？喂，喂，我找到了这个野丫头啦!"接着啪啪两下掌声，三条黑影，从三个方向扑来。

金世遗跳到树上，他听到了这个人的话声，知道他们并不是发现他，随即想道："什么野丫头，难道茅草丛中躲的竟是李沁梅么?"

就在这时，一条黑影从茅草丛中窜出，看身形似是个女子，身材高矮与李沁梅也差不多，金世遗心头一跳，就在这时，听得这女子出声喝道："呔，贼子看剑!"叮叮当当几声兵刃碰磕之声，三条大汉都给她迫退了几步。

这声音并不是李沁梅的，金世遗好生失望。这女子面上蒙着一层薄纱，面容看不清楚。金世遗看了一阵，心道："她虽然不是李沁梅，武功却也不在李沁梅之下。咦，今晚的事情怎的这般神秘，刚才有一个蒙面汉子，现在又有一个蒙面姑娘。不知他们是否一路?"

这少女的剑法虽然颇见高明，那三条大汉的武功也甚不弱，转瞬间斗了十多廿招，未见胜负。

蒙面少女似乎甚为焦急，剑走连环，疾攻几招，招数狠辣非常，却是稍欠沉稳。那三条汉子，一个使虬龙鞭，一个使青铜锏，一个使大斫刀，都是沉重的兵器，那少女意欲拼命，他们却不肯硬拼，三般兵器只是遮拦招架，就似在少女的周围砌起铜墙铁壁一般。少女的剑法虽然狠辣，却是无隙可入。那使虬龙鞭的汉子冷笑道："咱们孟家庄岂能容你随意出入？你要想逃走那是万万不能，乖乖地随我回去，听候庄主发落，也许还可免你死罪，若然顽抗到底，只怕你性命难逃。"

少女闷声不响，刷刷刷又是一连几剑，金世遗心道："这少女曾入过孟家庄，我不如先向她打听。看她的剑法，这三个汉子不是她的对手，只要她不躁急，三百招之内，总可以将他们打败。不过，纵算庄内没有后援到来，我也等不了这么多时候。"

金世遗都已有点不大耐烦，当事人自是更为心急，只见她剑法一变，攻得比以前更凶更狠，竟似完全不顾自身，激战中那使青铜锏的汉子觑准一个破绽，一锏打去，那少女正是要他拼命，趁着他的锏未及撤回，反手一剑，登时在他的肩头上刺了一个透明的窟窿。

那汉子勃然大怒，忽地发声长啸，原来这三个人都是孟神通的得意弟子，他们以三敌一，迟迟不肯呼援，乃是怕同门见笑，这时见那少女太过厉害，只好不顾颜面，发出招唤同门的啸声。

哪知他的啸声刚刚发出，忽觉喉头剧痛，登时哑然无声。原来是金世遗暗中出手，用飞针射中了他的哑穴。说时迟，那时快，那少女刷的一剑，立即将他了结。金世遗从树上飞身掠下，叫道："留这两个活口！"随手又射出两枚飞针，一枚刺入那使虬龙鞭的脉门，另一枚刺入那使大斫刀的乳下期门穴，两人的兵器都脱手飞出。

就在这电光石火的刹那之间，金世遗的叫声未停，那两人的兵器正在脱手飞出之际，蒙面少女刷刷两剑，迅捷无比，竟然把这两个汉子全都杀了。

金世遗也不禁吃了一惊，想不到这少女竟然如此心狠手辣。那少女横剑当胸，喝道："你是谁？为什么替他们求饶？"敢情她还未知道是金世遗暗中助她，金世遗笑道："也许你听过我的名字，我叫金世遗，是我……"那少女娇躯一震，原来金世遗的"恶名"早已传播江湖，那少女只当他是孟神通一路的邪派魔头。

金世遗这句话还未说完，突然听得"波"的一声，那少女左手一扬，突然飞起了一团黑雾。正是：

玉钗隐谜已难解，蒙面姑娘更出奇。

欲知后事如何？请听下回分解。

第七回　各施手段相争斗
哪识柔情已暗牵

金世遗大吃一惊，生怕这团雾乃是什么邪毒的烟雾，急忙闭了呼吸，一个“细胸巧翻云”倒翻出三丈开外。过了一会，浓雾消失，那蒙面少女的影子也不见了。金世遗这才知道这少女乃借雾遁形，却不解她为何要逃避自己，越想越觉得今晚的事情，样样透着古怪。“这女子是何等人物？”“送玉钗来的是不是她？”“沁梅妹妹是不是失陷在孟家庄内？”饶是他惯走江湖，阅历丰富，对这些问题，也觉得离奇难测，唯有到孟家庄内，或许可以探出端倪。

月影沉西，残星明灭，已经是快要天亮的时分了，金世遗踏入村子，一路上碰见好几拨人出来，那自是听到山上的啸声，赶去应援的了。金世遗心道：“经了这么一闹，里面必定防备森严，我要神不知鬼不觉的进去，可得想个法子才行。”

金世遗轻功卓绝，一听到脚步声便立即躲开，那些人赶着去应援，根本就没有发觉有人偷入村庄。不过金世遗想到像孟神通这样厉害的大魔头，庄内所伏下的高手必定比这些二三流的弟子高明得多，他虽是技高胆大，亦不敢稍存轻敌之意。

过了一会，待到那几拨人都过去了，金世遗悄悄地摸到庄前，只见两个披着黑毡的汉子正在那里巡逻，有一个道：“昨夜居然有人敢偷入庄子，而且还是女子，这种事情，我在孟家庄侍候师父，十年来都未见过。”他的同伴道：“听刚才山上传下来的啸声，咱们那三位师兄，好像还不是那女子的敌手呢！”先头那汉子道：“听说前几天另有一个少女，不知哪里来的，被师父捉住，囚禁起来，这事情是真是假？”他的同伴嘘了一声，说道：“你切不可在师父背后谈论这件事情，我和你说还不打紧，你若走漏了风声，师父定然要你的命。”那汉子伸伸舌头，道：“那你就不说也罢，要不，你在我耳朵边悄悄地说吧。”

这两个汉子贴着耳朵说话，金世遗的听觉虽然极为灵敏，可是距离他们三丈有多，半个字也听不见，但见刚才提问的那个汉子张目结舌，神情既骇怕而又诧异。

金世遗想道：“还有一个被囚禁的女子？孟神通敢将她捉来，却又这样戒惧，那定是大有来头的人物。嗯，莫非就是李沁梅？刚才这蒙面的少女，可能是要去救李沁梅的？最少这两件事情会有关联？不过，那蒙面少女的武功，却又完全不像是天山派的。”摸出两枚银针，那两个汉子耳语未毕，忽觉乳下的“期门穴”好像被大蚂蚁叮了一口似的，全身麻软，话也说不出来，糊里糊涂地就被金世遗制服了。

金世遗从暗黝处跳出，手掌贴着那个汉子的后心，解开他的穴道，低声说道：“切莫呼喊，你出半句声，我就一掌震断你的经脉。”他说话的声音冷峭之极，好像利针一般，直刺入那汉子的五脏六腑。这个汉子武功虽然不算很高，但他曾在孟神通门下习艺多年，敌人的武功深浅，却还不至于全无分晓。一听金世遗用上乘内功迫出的声音，登时令得他心头大震，仰面望着金世遗，颤声问道：“你、你是谁？”金世遗道：“大丈夫行不更名，坐不改姓，我就是七年之前找过你师父的那个金世遗！”那汉子吓得面如死灰，讷讷说道：“毒，毒……”忽然发觉不妙，声音说不出来，金世遗冷笑道：“不错，我就是人称毒手疯丐的金世遗，我问你的话，你有半句不实，我就要下毒手，要你受尽千般痛苦，求生不得，求死不能！”其实金世遗不必吓他，他听到金世遗的名字，早已吓得半死了。

金世遗道：“你师父囚禁的那个女子叫什么名字？”那汉子道：“小人实、实在不知道。”金世遗道：“是不是天山派的？”那汉子道：“这，这也不知道。”金世遗道：“好，你这也不知，那也不知，那女子的相貌你总可以说出一个轮廓吧？”那汉子道：“我、我没见过……”金世遗双眼一瞪，那汉子讷讷说道：“我，我听大师哥透露过一点，那女子最多不过二十岁左右，剑法好到极点，是瓜子脸型，眉清目秀。”

金世遗一想，这不是李沁梅还是谁？又问道：“她是怎么失陷在你们庄中的？”那汉子道：“大约是五六天之前，她单身探庄，没人发觉，直给她闯到庄主练功的静室，那时我的大师哥随侍在侧，先和她动手，给她刺伤，后来我师父出手，才把她捉获。这事情我是昨天才听得师哥说的。就因为这个女子的缘故，这几天庄中才加紧防备。”金世遗道：“这女子囚禁在什么地方？”那汉子道：“我师哥不肯说。师父绝对不许透露风声，大师哥和我交情最好，他也只肯说一点梗概。”金世遗道：“你师父住在什么地方？”那汉子道：“在后面园子里第三棵柏树旁边的那间石屋。”金世遗道：“你叫什么名字？”那汉子迟疑半晌，被金世遗目光一瞪，那汉子低声说道：“求你不要说出是我讲的，我叫葛中。”金世遗道：“好，借你的毡衣一用。”顺手又解开了另一个人的穴道，说道：“你们两人仍在这里巡逻，不许声张，否则我取你们的性命，有如拾芥。”说罢，将毡衣一披，不再理会他们，径入孟家庄院。这两个汉子面面相觑，果然不敢声张，但盼金世遗被他们的师父杀了，这秘密不至于泄露出来。

金世遗跳过围墙，身如飞鸟，庄子里虽然防卫森严，但他身形太快，而且又披着庄中武士惯着的毡衣，里面的守卫有一两个人发觉，也把他当作自己人，忽略过去了。

转瞬间金世遗已溜入后园，正行走间，忽听得衣襟带风之声，来到背后，金世遗心中一凛：这人武功不弱！只听得那人问道：“葛中，还未到换班的时候，为什么这样快便回来，是外面发生了什么事情么？”金世遗反手一戳，“咕咚”一声，那人哼也不哼，便即倒地。这人是孟神通的二弟子，武功虽然远不及金世遗，但假若他不是因为误会金世遗是他的师弟，丝毫未加防备的话，大约也可以抵敌金世遗的十招八招。金世遗的踪迹就将不免被人发现了。

金世遗低声笑道：“过了一个时辰，你穴道自解。”将他抛入一个假山洞内，心中想道：“孟神通竟敢囚禁我的沁梅妹妹，我非找他晦气不可!”照着葛中的指示，经过了三棵柏树，果然见有一座石室，屋内隐隐透出谈话的声音。

金世遗伏在假山后面，从窗上的玻璃格子偷窥进去，隐隐约约可以见到三个人影，两老一少，金世遗听人说过孟神通的形貌，认得那个身材高大的驼背老人乃是孟神通，料想那个中年汉子大约便是他最亲信的大弟子，另外一个老人，却就不晓得他的身份了。

金世遗将耳朵贴在假山石上，凝神细听，江湖高手“伏地听声”的本领，可以听出二三里外人马行走的声音，屋内这三个人说话的声音虽然不高，但只要不是无声的耳语，金世遗便可听得清清楚楚。

只听得孟神通说道：“昨夜来的那个女子，八成是厉樊山的女儿，目前弄不清楚的是，天山派的女弟子，不知与她有无关系？那股玉钗也不知是不是她替冯琳的女儿传递出去的?”金世遗心头一跳，“冯琳的女儿”这五个字从孟神通口中说出，李沁梅在孟家庄那是无疑的了。金世遗心中想道：“孟神通既然知道了沁梅的来历，还敢将她囚禁，胆子确是大得可以。”只听得孟神通问他的大徒弟道：“你昨夜前去追踪，可发现拿走玉钗的人么?”那中年汉子道：“没有，但却意外的发现了另一个人。”孟神通道：“谁?”他徒弟道：“是金世遗!”

孟神通咦了一声，道：“这家伙居然又在江湖上现身了，难道他还想来找我比试么？金世遗虽然讨厌，好在他与天山派并无渊源，你且说说，是怎样发现他的?”那弟子道：“我追到了新安镇上，发现两匹大宛马，恐怕是天山派的弟子住在里面，便进去探望!”孟神通焦急问道：“究竟是不是天山派的?”

那弟子道：“那是天山派中的两个小辈。”孟神通“啊”了一声，说道：“他们拿到了那根玉钗么?”那弟子道：“没有，玉钗在金世遗手上。崔玖被金世遗擒获，要迫他说出玉钗的来历，是弟子见机得早，用毒针将他射杀了。”孟神通道：“好，好，金世遗虽然与天山派无甚渊源，给他知道了总是不妙。可是金世遗怎么会得到那根玉钗，而且又要这样穷追究竟呢？真是奇怪!”那弟子道：“不但如此，他还苦苦的追赶我呢。那两个天山派的小辈不在房中，后来我在中途与他们相遇，听得他们一路咒骂金世遗，碰见了我，起初还把我当作金世遗呢!”于是把昨晚的遭遇，详细告诉了师父，孟神通沉吟半晌，道：“原来金世遗也惹了天山派的弟子，咱们可以少担一点心事了。不过，此事若给他们查出，这人爱管闲事，终须传到天山派弟子的耳朵中，那就不妙了，所以咱们还是得想个法子对付金世遗才行。”

金世遗阅历丰富，将听到的说话互相参详，在心中琢磨，当即猜到了几分来龙去脉。心中想道：“那蒙面少女的父亲大约是和孟神通有仇，在这蒙面少女之前，李沁梅误闯孟家庄，孟神通认错了人，将她擒获。后来李沁梅将头上的玉钗，不知托什么人传出庄去，大约是拿来当作信物，向本门中人求援的。帮她带走玉钗的人，可能就是那个蒙面少女，也可能是另有其人，这点暂时不必管它。拿着玉钗的人看见客店门外的马，猜到有天山派的弟子在里面，却误送到我的房间。”只是还有两事未明，第一件是李沁梅为什么要闯入孟家庄？第二件是孟神通如今既明知道了李沁梅的身份，却怎的还敢囚禁她呢？

金世遗正在琢磨，忽听得另一个苍老的声音说道：“孟师兄，咱们何苦去惹天山派的人，给她赔个罪，早早放掉了她，也省得担许多心事。”这正是金世遗想要知道的原因，竖起耳朵细听，只听得孟神通干笑一声，说道：“阳师弟，你倒说得容易，莫说以我的身份怎能向一个小辈赔罪；就是放她出去，她母亲是个有名的泼辣娘子，也未必便肯放过咱们。而且还有三个大原因，我不能放她出去。”

被他唤作“阳师弟”的那个老人，似乎有点诧异，说道：“师兄你说，咱们再来参详。”孟神通道：“第一，我不愿将隐居的地方泄漏出去，你应知道是因为我除了厉樊山之外，还有很多仇家；第二，我怀疑这个姓李的天山派女弟子和厉樊山的女儿必有关系，极可能就是她替厉家的姑娘先来探听我的下落；第三，这次捉获了她，也许不是大祸而是大福，哈哈，你应该猜想得到，这小姑娘对咱们实有大大的好处!”

那老人道：“怎的是福非祸，小弟还是莫测高深。”孟神通道：

“你所练的修罗阴煞奇功，练到第几重了?”那老人道：“小弟天资愚鲁，远远不及师兄的勇猛精进，现在还只练到第五重。”金世遗吃了一惊，心中想道：“我师父在生之时，纵谈各派武功，曾说过有这么一种修罗阴煞功，但却是久已失传的了。据说这是一种很厉害的邪派武功，最初从印度传来，后来经过西藏白教喇嘛一位大师的钻研，更为完备，才正式定名为‘修罗阴煞功’。佛教传说中有九重地狱，这种修罗阴煞功也分为九重境界，若练到第九重之时，厉害无比，用来伤人，便像打入九重地狱一样，永世不得超生。这当然是一种比喻，究竟有没有这样厉害，却是无人得知。因为这位白教喇嘛没有留下传人，明代中叶以后，武学的典籍中也只是留有这种武功的名字，不曾听说有人懂得。现在听孟神通所说，难道他居然懂得这种久已失传的武功，而且还练到第五重以上?”

金世遗心念未已，只听得孟神通说道：“你练到第五重，那暂时还不必担心。为兄练到了第七重，走火入魔的迹象已经显露。据我静中参透，只要练到第八重，本身的定力镇压不住，就必然走火入魔，功亏一篑。除非获得最上乘的正宗内功的心法，或者可以免此灾难。”

他师弟道：“我明白了，敢情师兄是想迫那女子，将天山派的内功心法默写出来。”孟神通哈哈笑道：“你猜得一点不错。可惜冯琳这个女儿硬得很，我将她饿了三天，她还是半个字也不肯写。不过，我总有办法迫她写出来。只要我将修罗阴煞功练到第九重，哈，哈，我还怕什么仇家?纵使唐晓澜夫妇亲自到来，我也未必便输了给他!”他师弟道：“虽然如此，我还是担心!”孟神通道：“我若得了天山内功心法，立刻将这女子杀掉。咱们再避地隐居，天山远在万里之外，即算唐晓澜和冯琳找到咱们，那时我的功夫也练成了。”

金世遗这才恍然大悟，原来孟神通之所以囚禁李沁梅，最主要的原因还是要获得天山派的内功心法。所以他怕李沁梅那根玉钗传到外面，过早泄漏秘密，被天山派高手在他功夫未练成的时候便找上门来。

孟神通歇了一歇，将一个弟子叫来，吩咐他道：“你将我这白蟒鞭拿去，那女子若还不肯默写，你早午晚三个时辰，每次打她十鞭。这白蟒鞭打下，她周身奇痛难禁，谅她饿得软了，多好内功，也经不起三鞭!”他师弟惊道：“如此一来，和天山派的仇恨就结定了!”孟神通道：“缚虎容易放虎难，事已如斯，别无他法。徒儿，去吧!”

金世遗又惊又怒，无心再听下去，一见孟神通的徒弟持鞭走出，立刻悄悄地跟在他后面。

但见那汉子走到了另一座假山前面，咳了两声，低声唤道：“六师弟，七师弟。”听不到回答，似乎有点诧异，随即伸出手掌，在假山石上转了两转，那两块石头忽然分开，露出了一道门来。金世遗大喜，想道：“原来他们把沁梅妹妹关在山腹之中，要不是这厮，实是难以发现。”

就在这时，忽听得园中警钟大鸣，有人叫道：“金世遗进庄来啦!”“各人守在原地，不要慌乱，等师父出来拿他。”那汉子正要跨进山洞，蓦然听得金世遗入庄，吃了一惊，不由自己回头张望，哪料得金世遗就站在他的后面!

说时迟，那时快，金世遗不待他叫出声音，右手一招“敬德夺鞭”，使个擒拿手法，扣着了他的手腕，左手骈指一戳，用重手法点了他的“窍阴穴”。那汉子的白蟒鞭停在半空，全身瘫软，金世遗夺下了他的白蟒鞭，一脚将他踢开，回头一望，但见黑影幢幢，却还未见有人奔向他所藏匿的这个方向。原来并不是因为金世遗跟踪这个汉子被人发现，而是金世遗入庄之时，点倒了孟神通的二徒弟，当时金世遗不忍令他残废，只用了一种“对时闭穴”的手法，估量他要在一个时辰之后，穴道方能自解，却不料孟神通那个二徒弟已得了师父的三成本领，居然给他运气冲关，不到半个时辰，便解了穴道。他一能够开声，金世遗的行踪自然便给抖露出来了。

金世遗趁着孟神通未到，心道：“好坏也得把沁梅先救出来。”当下把白蟒鞭一抖，伸入洞中，一个泼风旋打，但觉鞭梢所触，乃是地上的两个人体，竟然毫无抵抗，不似活人，金世遗心中一凛，跨入洞中，凝神一望，朦胧中可以分辨得出躺在地上的乃是两个男子，金世遗用脚一踹，全无反应，探出早已气绝多时。金世遗惊奇之极，心道：“这两个汉子想必就是那厮所叫的六师弟、七师弟，却是谁人把他们杀了?”

此时此地，时机急迫之极，金世遗无暇推究，聚拢目光，向里一望，只见洞角有个瘦削的影子，蜷缩一隅，金世遗又惊又喜，低声叫道：“沁梅妹妹，是我来啦!”

那黑影忽地出声说道：“我知道是你来啦!”就在这电光石火的刹那之间，金世遗蓦觉手腕一紧，虎口竟给一道钢爪抓着，这时金世遗已看清楚了，原来并不是李沁梅，而是昨夜那个蒙面少女，金世遗从她的身材体态，还可以认得出来。这时她的面纱已经除下，一对眼睛在暗黝的山洞里闪闪发光，冷冷说道：“不要走近来，否则我一用力，就先把你的腕骨抓碎，你纵杀了我，你也变残废啦!”

金世遗有生以来，这还是第一次受人暗算，只听得那个女子又道：“你是不是为了救天山派的那个姓李的女弟子来的?”

金世遗暗运内劲，突然冷冷笑道：“你道行还浅，要暗算我可还不成!”他用的是独门缩骨功夫，那少女刚刚警觉，钢爪未曾抓紧，他的手掌已经滑了出来。

金世遗笑声未歇，那少女早已收回钢爪，接声笑道：“我的道行固然还浅，你的道行却也不深！枉你号称毒手疯丐，连自己中了毒也未知道么?”金世遗心中一凛，但觉脉门微微发痒，试运真气一冲，手腕登时疼痛如割，金世遗在蛇岛长大，虽然本人不喜欢使用毒物，却是精于此道的大行家，知道这少女所言不假，想必是她的钢爪上喂有剧毒，自己刚才只图挣脱，却不留神给她抓破了皮肤了。金世遗按下怒气，冷笑说道：“我在毒发之前，一样可以将你毙掉，你信不信?”声到人到，双臂交叉一剪，立刻穿到了那少女的胸前，左右一分，执着了她的两条手臂，故意圆睁双眼，贴到她的脸上去瞪视她，想要她受尽惊吓，慢慢将她折磨。金世遗的脾气就是这样：如果别人狠毒，他就要比人家更狠毒一些。

以那少女的武功，虽然还不是金世遗的对手，但若要抵抗的话，总可以支撑一些时候，金世遗自己也未料到一动手便将她擒获，见她全无抵抗，颇感意外，再看她那对眼睛，竟然并未显露丝毫惧意。金世遗大感泄气，只听得那少女微笑说道：“你要将我杀掉，这点本领，我绝对相信你有。不过，咱们却何必两败俱伤？你还未答复我的话呢，你是不是为了救天山派的那个姓李的女弟子来的?”

金世遗急于知道李沁梅的下落，只得答道：“不错。那位李姑娘往哪里去了?”那少女道：“如此说来，你也是要找孟神通的晦气来的?”金世遗道：“快说，你到底见着那位李姑娘没有?”那少女却慢条斯理地说道：“何必心急，这个园子很大，他们万万想不到你会躲在这个囚人洞中，在孟神通找到你之前，咱们尽有时间说话。”金世遗一生戏弄别人，这回却给她弄得啼笑皆非，恨恨说道：“你有什么话说?”

那少女道：“昨夜我弄不清楚你是帮谁来的，后来我瞧见你制服孟神通的弟子，偷入孟家庄，这才猜到了几分。敢情昨晚围攻我的那三个汉子，也是你暗中将他们打发的?”金世遗道：“你知道就好啦，你何故恩将仇报?”

那少女笑道：“我当时未知道呀。何况人心险诈，你又是个著名的魔君，你我萍水相逢，你就要我对你推心置腹，完全相信你吗?”两人身体贴得很近，一说开了话，金世遗觉她吹气如兰，不由得减了几分敌意，而有点不好意思起来，于是稍稍挪开，但仍然紧执她的双手，说道：“如今你已知道我是为了找那位李姑娘来的，也是为了找孟神通的晦气来的，你要怎么样呢?”

那少女说道：“我们的来意不同，不过要找孟神通的晦气却是彼此一样。好吧，咱们今日同舟共济，你助我报仇，我助你脱险，谁也不必谢谁。你答应与我联手，我马上给你解药!”

金世遗道：“且慢说这些事情，姓李的那位姑娘究竟怎么样了?为什么不见了她，却是你在这洞中?”那少女笑道：“你这么着急要见她么?不过最早也要等到今天晚上了。”金世遗道：“她不在这庄子里吗?”那少女道：“今天晚上三更时分，你到太行山的金鸡峰顶，在那棵老柏树下等候，她自然会来找你。”金世遗道：“你怎么知道?”那少女道：“是她与我约定的!”金世遗急忙问道：“你见着她了?究竟是怎么回事?”那少女道：“不但见着了，她还是我放走的。”金世遗道：“那么，这守洞的两个人都是你杀的了?”那少女点点头道：“幸亏你在庄外接连制服了孟神通的几个弟子，我才得以混进来。我本来要找她联手的，岂知入洞杀人之后，这才发现她已饿得有气无力，对我全无用处，只好叫她走开。她却以为我是专诚来解救她的，向我千多谢，万多谢。我一想与天山派结纳也还不错，她目前做不得我的帮手，将来总有用处，便与她约定今晚三更，在太行山顶相会。”金世遗道：“她已饿得有气无力，你却让她一人独走，这，这……”那少女笑道：“我本来就不打算保护她，她留在这儿，又做不得帮手，岂不要令我分神照管？不过，你尽可放心，她武功虽然一时未得恢复，逃跑的轻功还是有的。好啦，话已说完啦，你打算怎么样？”

金世遗冷笑道：“我不打算与你联手！”这一答大出那少女意外，诧然问道：“你不想要解药了么？你真的想与我两败俱伤，这岂不便宜了孟老贼？”金世遗道：“我平生从不受人挟制，你将我暗算，然后要我帮你的忙，哼，哼！你心术未免太坏了。”那少女道：“咦，这种话好像不应出自你口中，你也讲起心术来了。哈，哈，我知道啦，你是害怕孟神通的修罗阴煞功。”金世遗道：“你不用激我，我生平独往独来，快意恩仇，纵横海内，决不能受人挟制！”那少女道：“那么，你要杀我？”金世遗道：“以我的功力自问还可以支持一天半日，我现在不杀你，先让你报仇，你若被孟神通所杀，我再来斗孟神通，你若杀了孟神通，我便再来杀你，这样，对你总算宽厚到极了吧！哈、哈、哈！”金世遗此言一出，笑声一发，这少女再也无法保持镇定了，眼色神情霎时间都露出恐惧来。

金世遗迫视着她，静默了片刻，那少女轻轻说道：“你这人真是邪气十足！”金世遗道：“与你相比，我还略逊一筹！”忽然间两人都感到有点滑稽，不由得都笑起来。

那少女笑了一会，忽听得外面脚步声响，有人大声叫道：“三师哥，三师哥，有人看见三师哥吗？”随即有人叫道：“好啦，好啦，师父来啦！”

孟神通在园子里大声喝道：“金世遗，你是不是要来找我比武，却又为何藏匿不出，暗中伤害我的弟子，这算是什么英雄好汉？”脚步声越来越近了。

那少女低声说道：“好，你不愿与我联手，我就独自一人去斗这老魔头。你说的话算不算数，为什么还紧紧抓住我的手?”金世遗将她擒获，本意是打算折磨她的，却不料和她讲了这么多说话，肌肤相贴，执手相看，哪里像是敌人?纵然那少女不说，金世遗也觉得不好意思，那少女一出声，金世遗慌不迭的将她放了。

这时金世遗已习惯了山洞中的黑暗，对那少女的神情看得清清楚楚，只见她脸上一片红霞，忽地嫣然笑道：“我不求你帮助，这解药给你，你可以在洞中养好气力，待我与孟神通斗得两败俱伤之时你可以乘机逃走。”

金世遗将她所给的两颗粉红色的药丸坦然服下，只觉一股热气升上心头，手腕的疼痛登时止了。那少女笑道：“好，你不怀疑我给你的是毒药了?”

金世遗看她就要跃出洞去，忽然一把将她拉住。那少女道：“怎么?”金世遗道：“不必忙着出去，你一个人不是他的对手，咱们伏在洞中，他们来一个杀一个。”那少女道：“咦，怎么你又要帮我了?”金世遗道：“刚才是你用手段挟制我的。现在是我自己愿意的，怎可相提并论?喂，你和孟神通结的是什么冤仇?”那少女道：“我父亲是他杀死的。他偷走了我家藏的三篇练修罗阴煞功的秘本。”金世遗吃了一惊，道：“原来世上当真还有这种武功流传?你姓厉，你是厉樊山的女儿是不是?”那少女奇道：“你怎么知道我父亲的名字，我家数百年来，埋名隐姓，江湖上的人物，从不会知道我们。”金世遗更觉得奇怪，说道：“我是偷听孟神通说的。”正想问她的来历，忽听得洞口外面人声嘈杂，孟神通大叫道：“金世遗你出不出来?”

金世遗心道：“难道他已经知道了我藏匿洞中?”就在这时，忽听得园子四边都有人纵声长啸，金世遗心头一凛：“怎么一下子来了这么多高手?”孟神通的弟子纷纷嚷道：“金世遗来了！金世遗来了！咦，金，金——”突然间鸦雀无声，原来这些人已来到了跟前，他们发觉并没有一个是金世遗！

金世遗也好生奇怪，从洞中的缝隙张望出去，但见来的一共是六个人，金世遗除了一个人之外，其余五人全部认得，他们是：青城派的萧青峰夫妇；铁拐仙的未亡人——夺命仙子谢云真；天山派的两个小辈——钟展和武定球。金世遗认不得的那个人则是一个年约五十左右的眇目乞丐。

在这六个人中，萧青峰和谢云真的身份很高，但孟神通却对那眇目乞丐最为客气，只见他双袖一拢，向那眇目乞丐施了一礼，说道："翼帮主不远千里而来，有何见教？萧先生，咱们也久违了！"

金世遗听得孟神通称呼那眇目乞丐做"翼帮主"，接着便发现那乞丐手中所持的铁拐，正是铁拐仙吕青生前所用的那根铁拐，也即是江南丐帮的镇帮法杖，这才恍然省起，心道："原来是铁拐仙的师弟翼仲牟，他接了铁拐仙江南丐帮帮主的大位。"

那眇目乞丐冷冷地盯了孟神通一眼，朗声说道："孟神通，你何必还明知故问？廿年前的那宗血案难道你就忘记了吗？"孟神通淡淡说道："丧生在老夫手下的英雄好汉不计其数，你提的是哪一桩？"眇目乞丐勃然大怒，单目倏张，精光电射，喝道："江南丐帮的第十七代帮主，我二师兄周骥是不是你杀的？"孟神通道："哟，原来是这样响当当的人物，待我想想，我有没有杀过他？"那眇丐怒道："当今之世只有你一个人懂得修罗阴煞功，你还想抵赖么？"

原来铁拐仙吕青和周骥、翼仲牟三人乃是一师所授，他们的师父，便是在雍正年间名震大江南北的江南大侠甘凤池。甘凤池与江南丐帮的第十六代帮主冷白涛乃是莫逆之交，冷白涛在生之时，深感丐帮人才凋落，恐防后继无人，便与甘凤池商量，要他的一个弟子投入丐帮，将来好接丐帮帮主之位，甘凤池征询弟子的意愿，大弟子吕青素性闲散，三弟子年纪还小，结果便由二弟子周骥投入丐帮，后来成为丐帮的第十七代帮主。

二十年前，周骥与两个丐帮弟子突然在山东道上被人暗杀，死时全身青紫，体冷如冰。丐帮明查暗访，竟不知是谁所害，便奉铁拐仙吕青做帮主，吕青为了要报师弟之仇，只好勉为其难，七年之前，他到西藏，一来是受冒川生之托，寻访冰川天女；二来便是为了要访查师弟的仇人，想不到竟在冰宫之中，遭了尼泊尔番僧的毒手（事详《冰川天女传》）。吕青死后，丐帮再奉吕青的师弟翼仲牟做第十九代帮主，仍然继续明查暗访，直到三年之前，由于孟神通犯下另一桩血案，死者的死状与周骥相同，当时还未知道是孟神通所为，后来，翼仲牟向一位少林长老请教，详述死状，这才知道是修罗阴煞功所伤。又再辗转访查，在数月之前，得知天下只有孟神通懂得这种功夫，至于孟神通是从哪里学来的，却仍然无人知道。

孟神通想不到二十年前的这桩血案还被人揭发出来，心中有点吃惊，可是神色仍然非常镇定，听了翼仲牟的话后，哈哈笑道："不错不错，是有这桩事情。是我做的，绝不抵赖，翼帮主，你待如何？"正是：

江湖掀起滔天浪，血案牵连杀伐多。

欲知后事如何？请听下回分解。

第八回　惊悉奇功传后世
且凭拐剑斗神魔

翼仲牟将铁拐一顿，沉声说道："你愿现场了结，还是愿随我到丐帮受审？"受审尚可申辩，若是现场了结，那便是双方各凭武功，决一生死了。

孟神通哈哈笑道："好大的口气，老夫是何等样人，可随得你处置的么？我瞧你是一帮之主的份上，以礼相待，不问你擅自闯入之罪，你却居然妄自尊大，要处分老夫？你可知道你师兄以前被我所杀，就是因为他对我傲慢不逊之故吗？"

翼仲牟怒道："孟老贼你身负血债，罪该授首，还端什么身份？你既不愿随我回丐帮受审，那么我也乐得爽快一些，咱们就在此现场了结！"

孟神通双目环扫，冷笑说道："你们都是来助拳的吗？你们是愿点到为止，还是格杀不论，你们先想清楚了！""点到为止"便是招式上分出输赢，便即作数。助拳者若是交情较浅，不愿为朋友卖命，可以在事前托请中间人向敌方言明。不过，像孟神通这样当场提出，却是绝无仅有之事，对于江湖上有身份的人物，这乃是一种绝大的侮辱。

萧青峰拂尘一展，峭声说道："久仰孟老前辈的修罗阴煞功伤人立死，我拼着这几根骨头先向你领教吧！"

钟展叫道："且慢。"一跃而出，拔出长剑，指着孟神通道："你把我师妹囚在什么地方，先放出来！"孟神通笑道："原来你是为了另一桩事情来的，谁是你的师妹？"钟展道："天山派的女弟子李沁梅，你以为囚禁了她，无人知道吗？她头上的玉钗，早已有人拿出来向我们报信了！”

原来将那根玉钗放在金世遗房中的乃是夺命仙子谢云真。丐帮高手四处搜寻孟神通的下落，谢云真首先知道消息，前几天便到了孟家庄附近打探，孟家庄的庄丁中，有丐帮的眼线，知道孟神通囚禁李沁梅之事，设法将李沁梅头上的玉钗取出，作为凭信，交到谢云真手上，好让她联络天山派的人来报仇。谢云真寻觅天山派的弟子，到了那客店之中，恰值金世遗将钟武二人引出外面戏弄，谢云真知道金世遗与李沁梅的关系，遂故意将玉钗放到金世遗房中，实行双管齐下之策，既把金世遗引到孟家庄，然后再向钟武二人说明，一齐联手。因为金世遗以前也戏弄过谢云真，谢云真对他甚为讨厌，所以虽然想得到他的暗助，却不肯现身与他相见，向他请求。

就这样，几方面的人都到了孟家庄，眼看便要展开一场惊天动地的厮杀！

孟神通暗暗吃惊，他对丐帮还并不怎样放在心上，但对天山派的人来找他的麻烦，却不能不有点担忧害怕，当下想道：“好在这两个只是天山派的小辈，一不做二不休，且把他们杀了灭口！”他为了保持身份，不便亲自出马，当下便向他的大弟子说道：“项鸿，你给我好好款待客人，天山派的高手是请也请不来的，难得光临，务必要将他们留下来了。”这几句话的意思，乃是指示他的弟子下手不必留情，绝不能让这两个天山派的弟子生还回去。

钟展初次下山，哪懂得这种江湖口吻，听孟神通说得这样客气，怔了一怔，说道：“我们并不是到贵庄来作客人的，请快把我的师妹放出来，我们还要赶回天山去呢！看在你客气的份上，我们禀明师父之后，也许可以代你求饶。”金世遗在山洞里几乎笑出声来，好不容易忍住，只听得孟神通的大弟子已是哈哈大笑，抢出场心，说道：“你的师妹要留你作伴儿呢，你要走也走不成了！”钟展这才听懂了他的意思，勃然大怒，青钢剑扬空一闪，一招“龙门鼓浪”立即向项鸿刺去。

天山派的剑术冠绝武林，这一招“龙门鼓浪”，更是天山剑法“追风剑式”中的精妙杀着，一展出来，但见剑光闪烁，端的有如浪花飞溅，千点万点直洒下来。项鸿是孟神通的大弟子，已得了他师父的三四成本领，不过因为他的修罗阴煞功只练到第二重，功力尚浅，还不敢空手对敌，当下挥动一把铁扇，用了一招“扇风反火”，扇风起处，但见剑光流散，双方都吃了一惊。钟展心道：“当着这许多前辈面前，我若是连孟神通的弟子也打不过，岂不有损我天山派的威名？”当下抖擞精神，一剑紧似一剑，把追风七十二式的精妙剑招尽数施展出来，居然将项鸿杀得步步后退。

金世遗在山洞里向那女子悄悄说道：“孟神通虚有其名，你瞧他最得力的大弟子连一个天山派初出道的小辈也打不过，你何必惧怕于他？”那女子道：“是吗？只怕你看错了，你敢和我打个赌么？”金世遗道：“赌什么？”那女子道：“我说这个天山派弟子不是项鸿的对手，他若输了，今后我有冒犯你的事情，不准你向我发气，以三次为限，你敢赌么？反过来，他若赢了，我也准你对我冒犯三次，我决不生你的气。”金世遗心道：“这女子当真邪气，连提出的赌法也是这么古怪。”当下说道：“好吧，我赌了。”两人伸手一握，那女子在他耳边“咭”的一笑，金世遗心头一凛，通过山洞的缝隙，定睛看时，果然看出了钟展有些不妙。

但见钟展的剑法，初时有若暴风骤雨，现在却渐渐软下来，内行一眼就看出是他力不从心，暗中为敌人所制了。

金世遗十分奇怪，项鸿所用的铁扇，合起来时可以打穴，张开来时可以作盾牌，有时还走出五行剑的路子，招数确是甚多变化，武功亦自不俗，但也未见有什么独特的手法，而钟展的天山剑法却是采集众妙，超越诸家，奥妙精微，与项鸿相比，不可同日而言语，论起内功造诣，钟展也不见得输给项鸿，但钟展却竟然渐渐为他所制，饶是金世遗这样的大行家，也看不出其中道理。

再过些时，但见钟展的剑招竟被对方的铁扇封住，越来越是施展不开，金世遗心头一动，说道：“莫非他也练过什么修罗阴煞功么？”那少女笑道：“正是。要不然我怎敢与你打赌。不过，他只练到第二重，比起他的师父那是差得太远了！”

原来修罗阴煞功的奥妙，只是对敌之人可以感受得到，外人决计看不出来。还幸项鸿仅仅是练到第二重，未足以致人死命，但虽然如此，钟展已感到对方那股阴寒的掌力，越来越紧，令他心神大大不宁，剑招发出，竟是不能随心所欲了。

萧青峰见状不妙，拂尘一摆，便待上前。孟神通哈哈笑道：“萧老师要指教小徒吗?”萧青峰道：“我是来向孟老前辈请教，咱们大人登场，小孩子们可以歇歇了。”孟神通掀须笑道：“天山派的弟子来向我要人，你们来向我寻仇，这本是两回事。大人有大人的打法，小孩子们有小孩子们的玩耍，你我又何必扫他们的兴?好吧，萧老师既欲赐教，阳师弟，你就去向萧老师请益吧!”

孟神通的师弟名叫阳赤符，一向少在江湖走动，不过萧青峰听说他是孟神通的师弟，自是不敢轻敌，当下将拂尘往外一甩，拖了半个圆圈，虚抱胸前，施礼说道：“阳老师，请亮兵器。”阳赤符把手一挥，笑道：“老夫不惯使用兵器，萧老师，你请!”萧青峰突觉一股暗劲袭来，遍体生寒，吃了一惊，急忙凝聚真气，护着心头，不敢说话，拂尘展处，一招“雨丝风片”，立即向敌人当头罩下!

萧青峰这支拂尘，看来似是马尾，其实却是精炼的乌金玄丝，坚韧之极，算得是武林一件异宝，这一招使出，千丝万缕，当头罩下，而且挟着飒飒风声，当真便似卷起漫天的雨丝风片。阳赤符赞道：“青城高手，果是不凡!”反腕一挥，阴掌打出，无声无息，看似软绵绵的毫不用劲，萧青峰的尘尾却忽然间无风自散，随即便听得一阵叮叮咚咚的繁音密响。这支拂尘，乃是精炼的乌金玄丝，若然绷紧之后，用手指弹拨，发出这样音响，自不足为奇，可是阳赤符的手掌，距离少说也在一丈之外，手指根本就没触着拂尘，而且毫无掌风激荡，这就不能不令人骇异了!

十数招一过，萧青峰竟然也似钟展一样，渐渐为敌人所制，招数竟自施展不开。激战中阳赤符忽地笑道：“萧老师，请歇歇吧。”双掌回环打出，使到了第五重的修罗阴煞奇功，但听得一阵急促的叮咚疾响，萧青峰的拂尘飞散，一蓬轻柔若丝的尘尾，便似拉紧了琴弦一般，突然绷断，乱草一般的飘舞空中，萧青峰猛地一个筋斗倒翻出去，面色惨白，翼仲牟与萧青峰的妻子吴绛仙见状大惊，不约而同，一齐抢出。就在这时，那一边的钟展也给项鸿迫得连连后退，几乎给项鸿的铁扇打中，武定球拔出长剑，急急忙忙上去救援。

孟神通哈哈大笑道：“你们这些名门正派的高手，却原来要倚多为胜吗?”翼仲牟喝道：“与你这般魔头，讲什么江湖规矩，你要讲规矩，把血债还来!”话是说在头里，但他仍是顾着丐帮帮主的身份，向吴绛仙道：“萧嫂子，你照料萧大哥。”拐杖点地，身子腾空飞起，直奔向孟神通。孟神通笑道：“翼帮主，你单身一人不是我的对手，你既然不要讲什么江湖规矩，那就一起上来吧!”翼仲牟大怒，铁拐一伸，一招“神龙出海”，向孟神通拦腰疾扫，大声喝道：“你先吃我一拐！挡得住再说!”

翼仲牟这一拐来得快极，可是孟神通的身法比他更快，翼仲牟一拐打去，突然不见了孟神通的人影，心头一震，急忙回拐防身，但觉微风飒然，孟神通那庞大的身躯早已从他的头顶掠过。翼仲牟急急转身，只见孟神通已在数丈之外，站在他身前的已换了阳赤符了。

孟神通笑道：“你们若要群殴，老夫自当奉陪，只是你一人嘛，嘿嘿，老夫可还没有兴致，你还是陪我的师弟玩玩吧。”孟神通并非不想快点制敌人死命，但他知道金世遗还藏匿园中，而且对方还有几名高手未出，他也不敢过早的便消耗了自己的气力。

阳赤符先抢攻势，翼仲牟只得和他交手。翼仲牟是江南大侠甘凤池的得意弟子，武功比萧青峰高出何止一倍，阳赤符连发三掌，都被翼仲牟暗运内劲化解，阳赤符见他身形纹丝未动，知道是个不容轻视的劲敌，遂把掌力逐渐加紧，将修罗阴煞功从三重加到第五重。他也只不过练到第五重，这已经是使到极限了。

阳赤符固然不敢大意，翼仲牟亦是心内暗惊，他虽然没有被敌人的掌力推动，但亦已感到遍体生凉，尤其令他诧异的，他使出沾衣十八跌的上乘内功，敌人竟然还敢欺身游斗，而且那阴柔的掌力飘忽无方，翼仲牟的真气布满全身，兀自觉得寒意袭来，呼吸紧张，心跳加剧。

翼仲牟将拐杖舞得呼呼挟风，拐杖抡圆，登时化成了一片杖林，将阳赤符困在当中。可是任他如何金刚大力，狠攻猛扑，都被阳赤符的阴力化解于无形。翼仲牟钢牙一咬，知道这一仗非同小可，若非使出看家本领，只怕难以挽救，当下杖法一变，拼着毁损真力，施展出最厉害的伏魔杖法来。这伏魔杖法乃是当年独臂神尼所创，经过了因和尚精研，加以增益，演成一百零八路杖法，每一杖打下，都有千钧之力，至猛至刚，无与伦比，但却最损耗内家真力，若然演完一百零八路杖法，必得大病一场，所以若非碰到生死关头，决不轻易使用。

伏魔杖法使开，果然非同小可，数招一过，便如天风海涛迫人而来。阳赤符脚踏五行八卦方位，双掌不停地挥着弧形推出。他这修罗阴煞功，碰到敌人的攻击，压力愈猛，他的反击之力也愈大。翼仲牟将攻势催紧，只觉对方反击的力道，也像波浪般一个浪头接着一个浪头的涌来，转眼间他已使完了伏魔杖法第一段的三十六招，双方不分胜负。伏魔杖法分为三段，每段三十六招，一段比一段厉害，第一段的三十六招一过，第二段的三十六招紧接而来，每一招用的都是内家真力，表面看来没有刚才的威猛，其实每一杖都有开碑裂石之能、伏虎降龙之力。但见阳赤符步步后退，双方的招数都似迟缓下来，头上冒出热腾腾的白气。

另一边，钟展与武定球双战孟神通的大弟子，也渐渐占了上风。项鸿的修罗阴煞功不过练到了第二重，若然以一敌一，钟展或武定球当然都不是他的对手，如今以一敌二，便渐渐有点应付不暇。武定球的本领不及钟展，但他的剑法却是白发魔女这一派的嫡传，奇诡凌厉，冠绝武林，项鸿以修罗阴煞功分开来应付二人，以右手的铁扇招架钟展的长剑，以左手的掌力消解武定球的攻势，力分则薄，渐渐封闭不住。激战中，只听得“刷”的一声，武定球一招“白虹贯日”，刺了过去，项鸿闪是闪开了，但衣襟已被剑尖刺穿，险险伤及肋骨。

山洞内那少女悄声笑道：“两个打一个，赢了也不算数。你与我的赌赛，你认不认输？”金世遗道：“我说出的话断无反悔，好，我让你犯我三次，不发你的脾气就是。”看了一看外面的形势，再对那少女说道：“如今丐帮与天山派联手，你报仇的机会来了。咱们似乎不必照原来的计划，株守洞中了。”那少女道：“让他们斗得两败俱伤之时，咱们再出去收拾残局，岂不大妙！”金世遗眉头一皱，想要说她，却又忍着，那少女已看出了金世遗的心意，笑道：

“若是咱们过早出场，孟神通的精力未曾消耗，只怕你救不了人，反要伤在他手！”

金世遗哼了一声，心道：“我就不信修罗阴煞功有那般厉害，他伤得了旁人也未必伤得了我。”再从山洞的缝隙中张望出去，只见翼仲牟与阳赤符越打越慢，酣战中翼仲牟用了一招“泰山压顶”，铁拐的势道虽然缓慢，但阳赤符已是走脱不开。这时他已使到了伏魔杖法第二段的最后一招，名副其实的就像泰山压顶一般！

阳赤符深沉喝道：“不是你死，便是我亡！”突然使出险招，双手一抓，抓着杖头，但听得他全身骨骼格格作响，翼仲牟那根碗口般粗大的铁拐给他抓着，竟然从中弯下少许，与翼仲牟同来的萧青峰、谢云真等人不禁相顾骇然。

翼仲牟的铁拐压不下去，阳赤符也脱不了身，两人苦苦相持，面色由红转白，汗水湿透衣裳，头上好像蒸笼一般散出热腾腾的白气，谢云真叫声：“不好！”生怕他们两败俱亡，翼仲牟乃是甘风池的最后一个徒弟，又是江南丐帮的帮主，陪着一个魔头送命，那可真是太不值得了。

谢云真却不知道，阳赤符乃是迫于无奈才与翼仲牟硬拼的，他的修罗阴煞功只练到第五重，与翼仲牟纯正深厚的内功相比，尚属稍逊一筹，若然翼仲牟使到最后一段的三十六路伏魔杖法，阳赤符绝对抵挡不了，如今他聚了全身功力与之硬拼，也只不过可以拖延一些时候而已。不过因为修罗阴煞功的反击力极强，在胜负未判之前，双方都现出真力消耗的险象，旁观者当然要为之惊心动魄。

谢云真见状不妙，叫声：“不好！”立即挺剑而出，意欲将这两人拆开，刹那间，孟神通忽地哈哈笑道：“你们要群殴了吗？好呀，老夫奉陪了！吴蒙，你去助大师兄一臂之力，将那天山派的两个小子收拾下来！”他早已看出了阳赤符的险象，只因顾着身份，不便出手，难得谢云真挺剑先上，他也不管对方是不是只属意图解拆，便立即咬定这是“群殴”，声到人到，脚尖一点，立即凌空扑下。

就在这时，谢云真力贯剑尖，在铁拐当中一挑，翼仲牟喝道：“去。”铁拐一挥，阳赤符一个“细胸巧翻云”，倒翻出一丈开外。翼仲牟喘声未定，倏然间但见黑影当头压下，带来的劲风几乎令他窒息，说时迟，那时快，他的伏魔杖法刚刚展出半招，铁拐便被孟神通劈手抓去，翼仲牟吃不住他夺拐的那股猛力，虎口登时震裂，哇的一声，吐出了一口鲜血！

谢云真大吃一惊，慌忙一剑刺去，翼仲牟稳住身形，大吼一声，又再扑上，孟神通哈哈笑道："叫你们识得我修罗阴煞功的厉害！"呼的一声，将夺来的铁拐又复掷出，翼仲牟不敢硬接，矮身一闪，就在这刹那间，孟神通一掌按到了他的胸前，谢云真一招"樵夫问路"，剑光疾吐，也紧紧跟着刺到了孟神通的背心！

翼仲牟凝聚了全身功力挺双掌虚抱，往前一推，忽觉对方的掌力若有若无，心念方动，孟神通这一掌突然按实，喝一声："起！"翼仲牟上身虚浮，被对方的一股大力往前一拉，收势不及，直往前奔出了数丈，这才一跤摔倒地上，但觉四肢百骸，有如刀割，好不容易才挣扎得起来。幸亏孟神通要应付谢云真攻到他背心的那一剑，若是孟神通全力施为，骤下杀手，翼仲牟焉能还有命在？

孟神通左掌摔开翼仲牟，右掌一翻，便来夺谢云真的长剑，谢云真外号"夺命仙子"，剑招又狠又准，眼看就要触到孟神通的背心，孟神通身形往前一倾，谢云真的剑尖就差了那么三寸没有刺中。就在这一瞬间，孟神通反手一挥，五指如钩，也抓到了谢云真的手腕。谢云真这一剑若是往前刺去，虽然有可能把孟神通刺伤，但她的腕骨必定要给孟神通抓裂，谢云真为救险招，无暇伤敌，使了一招"急流勇退"，剑锋圈转，飘身闪开。孟神通夺不到她的长剑，也暗暗赞了一个"好"字。

吴绛仙急忙奔上，与谢云真联剑攻敌，孟神通在她们的剑势将合未合之际，身似风车疾转，突然反击，掌势飘忽之极，似是攻向吴绛仙，又似攻向谢云真，竟是在一招之间，向两位剑术高手同施杀着，但听得"喀喇"一声，吴绛仙的那柄青钢剑又给孟神通夺去折断了。谢云真虽然再度闪开，但独木难支，被孟神通迫得连连后退。

另一边，钟展和武定球也是险象环生，岌岌可危。孟神通手下有两个弟子学过"修罗阴煞功"，一个是大弟子项鸿，练到了第二重，一个是二弟子吴蒙，只是初窥门径。可是吴蒙一上去相助师兄，

一九八五年一月画于羊城

金世遗突然从山洞里钻出来，大出孟神通意外……

变成以二敌二，形势便即扭转。武定球心浮气躁，一见形势不利，便走险招，激战中他一招“高帝斩蛇”，欺身直进，被项鸿的铁扇顺势一搭，将他的长剑引开，吴蒙的判官笔疾如电掣，一下子便指到了他的咽喉。钟展援救不及，吓得失声惊叫！

就在这绝险之时，忽听得“轰隆”一声，有如晴天打了一个霹雳，封洞的那块大石突然飞上半空，洞中跃出两个人来，孟神通的门人弟子纷纷惊呼：“金世遗来了！”

吴蒙的那一支判官笔堪堪戳到了武定球的咽喉，距离不到三寸，陡然间听得金世遗来了，不由得心头一震，笔尖往旁边一滑，钟展“刷”的一剑刺来，正正刺中了他的手腕，吴蒙痛得扔下了判官笔，便即逃跑。钟展接着一剑，又刺中了项鸿的膝盖，项鸿尖叫一声，如见鬼魅，眼睛中露出恐惧的神色，竟然不敢还招，紧跟着也逃走了。钟展大为诧异，不知他的铁扇已经张开，却何以并不招架，任由自己轻轻易易地一剑便将他刺伤？一时间猜想不透，竟不敢去追赶敌人。武定球死里逃生，大声赞道：“小师叔，你这两招天山剑法，真是精妙绝伦！”这时，那一声巨震过后，有如暴风雨来临的前刻，突然间静止下来，园子里只听到武定球叫嚷的声音，武定球也感觉到了，急急收声，但见钟展摇了摇头，一片茫然的神色。

金世遗突然从山洞里钻出来，大出孟神通意外，一见跟在他后面的那个女子，竟然不是李沁梅，更是大吃一惊，心知不妙。只听得金世遗纵声笑道：“孟神通呀孟神通，我听说你练成了修罗阴煞功，特来领教，看看是你的神通广大，还是我的手段高强？”孟神通道：“你趁着我家中有事的时候，才来挑战，算得什么好汉？”金世遗道：“我自与你比武，与他们何干？”孟神通巴不得他有此一言，立即接声笑道：“好，君子一言，快马一鞭！咱们今日就一对一决个雌雄，你可不许向我的门人暗算。”原来孟神通最忌的便是金世遗参加混战，虽然他的修罗阴煞功已练到了第七重，自忖可以立于不败之地，但金世遗的毒针厉害，他的门人弟子只怕要死伤遍地。只靠他师弟的力量，那就难以抵挡丐帮的进攻了。

金世遗铁拐一顿，笑道：“我今日并不想大开杀戒，即算要开杀戒，也得选个身份相当的人，你尽可放心，不必分神，只须顾着你自己的性命便了！”孟神通大笑道：“金世遗，你想杀我，只怕没那么容易！阳师弟，丐帮的贵宾，交给你款待了。好呀，金世遗你来吧！”金世遗举起铁拐，缓缓上前，忽听得那女子阴恻恻笑道：“金世遗，你要与他比武，我就先让你一场，只是你若要杀他，我却第一个不许！孟神通，你更可以放心了吧！”这女子话中有话，孟神通当然听得出她的意思，乃是要金世遗留下来让她亲手报仇，孟神通当然不会把这个年青少女放在眼内，可是不知怎的，一接触到这少女阴冷的眼光，却不由得孟神通机伶伶地打了一个冷战！

孟神通盯了那少女一眼，想道：“定然是厉老怪的女儿。”他心中所忌，除了天山派之外，便是厉家的后人，正在盘算应付之法，金世遗早已等得不耐烦，冷冷笑道：“为什么还不施展你的神通？”孟神通道：“若是尊师在生，我自当以晚辈之礼，先行请教。”言下之意，以金世遗的身份，还不配令他先行出手。金世遗大怒，仰天打了一个哈哈，说道：“好吧，老前辈在上，小辈献拙了！”话刚说完，铁拐打横，“呼”的一声，便朝孟神通腰间横扫，这一招名为“神龙闹海”，乃是毒龙尊者所创的“神拐十八打”杀手神招之一，不但劈腰扫胯，势猛招沉，而且那杖头在抖动的一刹那间，便连点敌人腰腿上的“神道”“悬枢”“中渎”三处大穴，端的厉害非凡。

但见孟神通身子一偏，出手如电，倏地便抓着了金世遗的杖头，金世遗心中一凛，想道：“这老贼果然大胆！”力透杖头，蓦地一抖，铁拐顺势向前猛戳，金世遗运足了降龙伏虎的神功，这一戳力道何止千斤，心想除非是吕四娘复生，或者冒川生再世，否则有谁敢用空手抓他的铁拐？

杖风起处，人影翻飞，但听得“当”的一声，孟神通的身形在铁拐上空一掠而过，他顺着铁拐扫来的方向，掌沿一按一带，身子也随着铁拐的猛劲飞腾起来，居然招式不变，又向金世遗搂头抓下。金世遗焉能给他抓着，铁拐一个盘旋，舞成一道暗黑色的圆环，孟神通只要再踏进一步，就得投进环中，各以内家真力硬拼，不是孟神通粉骨碎身，便是金世遗人亡杖断了！

孟神通似乎还不敢硬拼，身形从拐杖上端一掠而过，立即又缩了回去。金世遗见他这两招应变迅速，虽然不敢硬抓，但居然也敢用手掌与他的铁拐碰了一下，功力实是非同小可，登时令得金世遗也不禁暗暗吃惊。

激战中孟神通三次掌斫铁拐，反击之力一次比一次强劲，他的一张红脸也隐隐的透出了黑气来，金世遗一拐紧似一拐，仍然握着先手攻势，过了二三十招，忽地感到有些异状，他的那根铁拐，在这样猛疾挥动的情形之下，本来应该发热才对，但却刚刚相反过来，不但不发热，反而变得冰冷。金世遗暗暗吃惊，心道："莫非这就是他的什么修罗阴煞功?"

这时阳赤符率领孟神通的门人弟子，早已与谢云真等一班人混战起来。霎时间，园子里砂飞石走，杀声震天。

丐帮这边高手虽多，但翼仲牟、萧青峰二人受了修罗阴煞功所震，元气大损，使出来的武功及不到平时两成，吴绛仙的长剑又被折断，虽然换了一把，到底不如原来的熟手，幸在谢云真未曾受伤，仗着七十二手连环夺命的狠辣剑法，还可以替众人掩护。混战一起，阳赤符紧紧盯着谢云真，孟神通的门人弟子一涌而上，不消多久，便把翼仲牟、吴绛仙、钟展、武定球等人都围困起来。

双方大动干戈，只有那个姓厉的女子，好像置身事外的样子，提着白蟒鞭，倚着假山石，目不转睛的只是注视着金世遗和孟神通的恶斗。她手中的那条白蟒鞭本来是孟家庄的行刑用具，孟神通差遣一个弟子用这条鞭去鞭打李沁梅，被金世遗夺得，交给她的。有好几个孟家庄的人认出了这条鞭，想上去抢回，还未曾近身，便给她打倒了。

这时金世遗与孟神通已斗到百招开外，金世遗的铁拐每次被孟神通的手掌斫中，都隐隐感到有一股冷气从铁拐传入他的掌心，同时又感到孟神通的反击潜力愈来愈大。不过孟神通每斫一掌，跟着就要喘几口气，看来也似气力不加。不久，双方的招数都渐渐缓慢下来，金世遗的铁拐东一指西一划，好像挽着千斤重物似的，而孟神通亦是身形迟滞，掌法散乱无章。可是两人的神色都比刚才沉重得多。

激战中忽听得孟神通连打三个哈哈，他那张红脸本就早已隐隐透出黑气，这时更突然间变得好像锅底一般。姓厉的那个女子，见此情形，不由得“呀”的一声，惊叫起来，就在这刹那间，金世遗亦觉出不妙，他那根铁拐竟似浸在寒泉之中，其冷如冰，冷得金世遗都几乎把握不稳！金世遗突然“呸”的一声，一口浓痰吐出，夹着嗤嗤的暗器破空之声，孟神通长袖一拂，突然一跃而起，双掌齐下，掌风拐影之中，但见金世遗一个筋斗倒翻出数丈开外，紧接着是孟神通和那少女的一声尖叫。金世遗一个“鲤鱼打挺”，从地上跳起，只见孟神通双手虚推，那少女好像断线风筝一样，正从空中飘落。

金世遗跳上一步，为她防卫，那少女在空中一个转身，衣袖一扬，“波”的一声，飞出一团黑雾，随即叫道：“快走，快走！”

黑雾漫开，对面不见人影，孟家的门人弟子不敢追赶，谢云真、翼仲牟等人本来就是处在下风，当然更不敢恋战，于是趁着浓雾的掩护，都逃出了孟家庄。

一行八众，跑出了六七里外，方在树林旁边歇脚。这时正是中午时分，阳光猛烈，可是这八个人除了金世遗和那少女之外，人人都在发抖。武定球和钟展功力最弱，更是冷得牙关打战，好像打摆子一般。

武钟二人昨晚被金世遗戏耍了一晚，这时面面相对，大是尴尬。武定球摸出一个玉瓶，说道：“这是我们下山之时，唐师祖给我们预防不测的碧灵丹，这丹药乃是天山雪莲炮制，能解百毒，正好分用。”瓶中共有七粒丹丸，武定球倾倒掌心，先分给翼仲牟、萧青峰、吴绛仙、谢云真每人一粒。谢云真道：“我与吴姐姐分服一粒。翼师弟，你受的内伤较重，我这一粒给你。”翼仲牟确是伤重，不便推辞，接过来服了。

武定球的掌心还剩有三粒，将一粒交给钟展，再看了那少女一眼，说道：“姑娘，你贵姓？今天靠你脱险，你，你觉得冷吗？要不要……”那少女不待他说完，格格笑道：“多谢，我不要，留给别人吧。”武定球望向金世遗，他昨晚被金世遗用污泥涂了一面，宿恨未消，可是刚才又全靠他抵敌住孟神通，要不然更是不堪设想。武定球内心交战，要发作又不是，想送他一颗碧灵丹又不方便启口。金世遗懒洋洋地伸了伸腰，对那少女说道："你把孟神通的修罗阴煞功说得那般厉害，也并不怎么样啊。"那少女微笑道："是么？你有一枚毒针刺中了他，大约可以令他头痛几天，你总不至于怎么吃亏就是了。"金世遗心中一凛，听她言下之意，似乎还是自己要稍稍吃亏，可是他早已用上乘内功，将体内所感受的寒冷驱散，又并不觉得有什么异状，心中想道："孟神通刚才那一掌确是厉害，修罗阴煞功也的确有点邪门。可是我到底没受伤啊，怎的说我吃亏了呢？"

钟展听那少女提起金世遗的毒针，心中一动，想道："刚才莫非是金世遗暗助我们一臂之力？孟神通那两个弟子是受了他的毒针暗算，这才给我毫不费力的刺伤了？"武定球见金世遗神色倨傲，毫不睬他，心中怒气又生，讪讪的将那颗碧灵丹放回瓶内，想道："你不要，我更乐得留下来防身。"

钟展正想问那少女的来历，忽见孟家庄火头大起，那少女说道："孟老贼怕了我们，放火烧庄，大约又要率领门人弟子，另外找个地方藏身了。"谢云真道："姑娘，你称他老贼，莫非也是和他结有深仇？"那少女忽地拂袖而起，说道："有仇没仇，都是我自己的事。金世遗，你记着，今晚三更！"她面向金世遗，说完之后，不理谢云真，竟自走了。正是：

自有隐衷难启口，非关怪癖太无情。

欲知后事如何？请听下回分解。

第九回　是爱是憎难自释
为恩为怨未分明

谢云真大感没趣，摇了摇头，武定球"哼"了一声，道："这女子不知是什么来路，对老前辈的问话如此不恭，真是不近人情!"翼仲牟道："你们初走江湖，不知江湖上要避忌的很多，这女子也许有什么隐衷，我们虽然当她是朋友，她却未必敢推心置腹，一一告诉我们。"

一班人对这女子议论纷纷，大家都觉得她神秘莫测。金世遗对他们的议论，好像充耳不闻，独自站开一旁，静静思索。那女子临走时还特别提醒他，叫他记着今晚三更，说的当然是她所安排的，与李沁梅的约会了。金世遗想到今晚三更便可以见到李沁梅，自是无限欢喜，但却也是有点怀疑："这女子邪里邪气的，她不该是和我开玩笑吧?"

谢云真这一班人对金世遗殊无好感，但到底有同仇敌忾之心，不好将他当作外人，谢云真首先说道："金、金大侠，你见到沁梅没有？我听说她是被囚在孟家的。"她心中实是不愿将金世遗称作"金大侠"，这三个字在她的嘴边打了好几个盘旋才说得出来。至于那根玉钗是她放在金世遗房中的，这件事她更不肯说出来了。

金世遗微微一笑，恭恭敬敬的对谢云真鞠了个躬，说道："不必客气，不必客气，你还是照旧的称呼我做毒手疯丐吧，我听到你背后这样叫我的。至于要救沁梅脱险的事，嘿，嘿，有她本派的弟子在此，却何须要我费心?"金世遗故意装作一表斯文的与谢云真说话，话中却充满讥刺，把谢云真弄得啼笑皆非。武定球更是沉不住气，但他究竟是有点怕金世遗，怒容满面，可不敢发作。

翼仲牟打了一个哈哈，说道："天下各行各业，要数咱们做叫花子的这行最为逍遥自在。老弟，你是咱们这一行最杰出的人物，可惜今日始有缘相识，咱们亲近亲近。"他有意插科打诨，冲淡这尴尬的气氛。金世遗纵声大笑道："你是帮主，我是个小叫花。帮主大老爷，我可不敢和你亲近。哈，你真要和我亲近，我这手有毒，你知道吗？"金世遗号称"毒手疯丐"，江湖上将他说成一个疯子，疯子已经可怕，更加上"毒手"，那就更可怕了。翼仲牟怔了一怔，不知他说的是不是疯话，本能地将伸出去的手又缩回少许，金世遗大笑道："翼帮主，你好好养息吧，孟神通已经走了，我也要走啦。"走过武定球身旁，突然在他耳边轻声说道："记着以后不可背地骂人，不然以后还要你多吃烂臭泥巴！"武定球气得两眼发白，待得金世遗去远，便大骂起来。

金世遗将他们戏弄一番，痛快之极，自到附近山头去睡了一个大觉，梦中见到李沁梅捧着一朵天山雪莲，在海面上缓缓行来，大海平滑如镜，天上美丽的彩云好像就要覆到海上，突然间谷之华也来了，金世遗正想迎接她们，突然间那姓厉的女子也来了，海浪忽然裂开，李沁梅和谷之华都沉了下去，只留下姓厉的那个女子哈哈大笑！

金世遗一惊而醒，抬头一看，但见群星闪烁，明月在天，已是将近三更的时分了。金世遗自笑道："这一觉睡得好长，梦也发得荒唐！"忽地想起梦中那三个少女，李沁梅对他是一片深情，她不解世事，好像根本不知道人间的丑恶，和她在一起的时候，常常令他感到自惭形秽，也感到赤子的纯真，金世遗愿意像对待小妹妹的一样爱护她。谷之华是吕四娘的弟子，金世遗尊敬吕四娘，也尊敬谷之华，虽然只是匆匆一面，已给他留下不可磨灭的印象。谷之华见多识广，心胸宽大，和蔼可亲，金世遗虽然比她年长，总觉得她好像自己的姐姐一般。金世遗对任何人都敢嬉笑怒骂，放荡不羁，唯独在谷之华的面前，第一次见面，就令他自然而然的不敢放肆。至于这个姓厉的女子呢，奇怪得很，金世遗觉得她邪气十足，对她有说不出的憎厌，但却又忍不住去想她，好像她是自己一个很熟悉的人一样，甚至于在她的身上，可以看见自己过去的影子。一个人可以摆脱任何东西，却总不能摆脱自己的影子，这也许就是金世遗既憎恨她，而又想念她的缘故吧。总之，梦中这三个少女，虽然各各不同，却都已在他的心头占了一席位置，要不然他也不会在梦中见到她们了。

明月将近中天，金世遗也走到了太行山的金鸡峰顶，这时，谷之华和那个姓厉的女子，她们的影子在金世遗的心中淡下去了，李沁梅的影子则浮现出来，因为他就快要见到李沁梅了，但愿这不是一个梦！

星河黯淡，月色朦胧，金世遗走上了金鸡峰顶，穿过了一片树林，果然发现了一树参天古柏，在这古柏下面，果然发现了一个黑衣女子的背影。金世遗心情激荡，那姓厉的女子没有骗他，李沁梅果然早已在这里等候了。

金世遗使出蜻蜓点水的上乘功夫，悄没声的飞掠过去，想出其不意的和李沁梅开个玩笑，一口凉气向她颈项吹去。

就在这时，金世遗忽地感到有些异样，那口凉气还未曾吹出，忽听得那女子"噗嗤"一笑，回过头来，说道："金世遗你果然守信，现在正是三更！"哪里是李沁梅，还不就是那个姓厉的女子！

金世遗气得发抖，喝道："好呀，原来是你在和我开玩笑！"那女子格格笑道："金世遗，你记得你说过的话没有？"金世遗道："什么？"那女子道："你说过可以许我对你冒犯三次，你不发脾气。"金世遗给她弄得啼笑皆非，作声不得。那女子又笑道："我听说你最善于捉弄别人，我就和你开一次玩笑，也算不了什么。"金世遗道："好，玩笑你开过了，李沁梅究竟在什么地方？"

那女子道："你问我，我怎么知道呀？"金世遗道："那么你说的约她今晚三更在此相会，也是骗我的了？"那女子道："这倒并不是骗你的。"金世遗道："那末，为什么现在不见她？"那女子道："我是约她今晚三更在此相见，不过，后来我在二更时分，便在这座山头碰见了她，我突然改了主意，请她走了。"金世遗喝道："为什么？"那女子格格笑道："怎么，说过不发脾气的，又发脾气，休想我答你一句话。"

金世遗无可奈何，他又急于知道李沁梅的消息，只好忍着气再问道：“你和她说了些什么？你明明知道我要见她，为什么又叫她走了？”那女子笑道：“因为我知道要见她的，除了你之外，还有别人。我对她说，沁梅呀，你的师兄是不是一个叫做钟展的小子，她说是呀，是有这个小子。我就说，你的师兄在找你呢，还有一个姓武的小子和他一起，都是找你的。于是她向我道谢之后，便匆匆跑下山去了。”这女子一面说，一面用手势比划，她学李沁梅的口气说话，居然学得很像。

金世遗几乎便要骂她，但想到自己对她许过的诺言，只好忍着。那女子又笑道：“我自问这件事做得不错呀，人家是师兄妹，说什么都是自己人，难道她不见自己人反要先见你吗？”

金世遗道：“哼，做得不错，那么请问，你又何必要将我骗到这里来。”那女子道：“月白风清，我无聊得很，找一个人来聊聊也不坏呀。何况我知道你欢喜开玩笑，既然是偶然碰上了你，也就不妨偶然和你开次玩笑。”金世遗冷冷说道：“我今晚可没心情和你闲聊，好，你现在玩笑也开过了，对不住，我可不能奉陪啦！”

那女子忽地叫道：“金世遗，你站着！”金世遗本已迈开大步，被她一叫，心中极不愿意，可是却不由自主地脚步停了下来。那女子格格笑道：“金世遗，我刚才是开你玩笑的！”金世遗怒道：“我知道啦，不必再啰唆了！”那女子笑道：“你一点也不知道，你知道什么？我是说，我刚才所说的，今晚约你来此，只是为了找你闲聊，只是和你开玩笑的，这说话本身就是和你开玩笑的。你听懂了没有？明白的说，就是我约你来此，有非常重要的事情，一点也不是开玩笑的！”

金世遗听她说得这样庄重，半信半疑，姑且走回去道：“有什么重要的事情？”那女子道：“你的性命重不重要？”金世遗心头一气，道：“好，这是你第二次和我开的玩笑了！”那女子道：“你别胡乱算账，这次一点也不是开玩笑，我是非常认真的，你吸一口气看看，依我的说话，运气冲击你的足少阳胆经诸穴！”

金世遗姑且试试，依那少女的说话，将体内真气运转，冲击足少阳胆经诸穴，自五枢、神道、居谬以至小腿上的“阳陵穴”，运转一周，畅通无阻，正想说话斥那少女，忽觉真气所冲击过的各处穴道，竟然微微有麻痒之感，方自一惊，转瞬之间，忽觉遍体生寒，尤以足跟为甚，便似腊月寒天，浸入寒泉之内一般。

那少女笑道："如何？我不是和你开玩笑了吧？"金世遗沉吟不语，半晌说道："想不到孟神通的修罗阴煞功竟是这般厉害！"那少女道："这还是因为你的内功深厚，所以没有当时发作。不过他那修罗阴煞功的阴寒之气，却已留在你的体内，你事后虽然运气驱寒，却没有驱除净尽，那阴寒之气，向阻力最小的地方钻去，沉聚足跟，你是不是觉得足跟涌泉穴最为冰冷，这就是了！"金世遗点了点头。那少女又道："幸亏是你，若是别人，寒气攻上心头，神仙难救。即以翼仲牟而论，他受了孟神通的一掌，虽然连服了两粒碧灵丹，大约也得大病一场。你功力深厚，寒气不能上行，侵入你的心房，便下行沉聚你的足跟。你如今已经发觉，以你的功力，每日运功三次，与之相抗，可以使寒气不至上升，这样一来，性命或可保全，但最少也要半身不遂，这两条腿是从此废了。"金世遗惨笑道："这样子活着还有什么意思？何况每天还要多受折磨！"惨笑变为狂笑，转身便走。那少女道："你想做什么？"金世遗道："孟神通中了我的毒针，料他也得大病一场，我趁他功力未曾恢复，而我又尚能行走之际，且找他再恶斗一场，最多是彼此同归于尽！"

那少女冷笑道："你的性命就这样不值钱么？只想要孟神通陪你的命便作算了？再说，孟神通有他的门人弟子相护，他的师弟也已练到了第五重，你想与他同归于尽，只怕也还未必能够呢！"金世遗心中一动，听她说得有理，便留下来，想道："听她口气，莫非她能解救？"但以金世遗的脾气，连李沁梅的恩惠他都不愿接受，却又怎肯开口求她？

那少女早已看出了金世遗的心意，笑道："金世遗，我求你一件事！"金世遗道："我就要半身不遂，还能够帮你什么？"那少女道："我求你帮我复仇。修罗阴煞功我虽然没有学会，但在当今世上，却只有我一个人懂得解救。看你神情，你觉得奇怪是不是？你大约想问：你不会这种功夫却又怎懂得解救？那是因为孟神通只偷走了那三篇练修罗阴煞功的秘笈，解救的方法，却还留在我的手中。你愿不愿与我作个交易，我给你解救，你助我复仇？”

金世遗何等聪明，一听便知道这少女的心意，心道：“向孟神通报仇，谈何容易？也许三年、五年，甚至十年八年也报不了这个仇，我一许下诺言，那就得受她束缚，而且不管我喜不喜欢，都要和她交上朋友了。”但天下除了这姓厉的女子之外，又无人能够解救，难道自己甘愿从此成了废人。要知死并不难受，半死不活那才是最难受的事情。金世遗转念想道：“焉知这不是她的一番好意？她怕我不肯接受她的好意，所以才提出这个办法，说成是她求我的，免得伤了我的颜面？”金世遗猜得不错，这女子的确是两样心思都有，既想缚着金世遗，又怕他不肯接受。

那女子等了一会，不见回答，笑道：“怎么样？我求你你也不愿么？这等交易，咱们彼此都不吃亏，谁也不沾谁的恩惠，岂非最好不过？”金世遗心中叹了口气，说道：“好吧，你给我解毒，我助你报仇，就这样定了。”

那女子道：“你闭上眼睛。”金世遗道：“干么？”那女子道：“我怕你见了害怕。”金世遗大笑道：“我还不知道天下有什么足以令我害怕的事情！”那女子凝眸一笑，道：“真的？”金世遗心头一颤，不知怎的，竟然觉得这女子有几分可怕！那女子庄容说道：“我给你施术，你不但不能害怕，而且还得绝对信任我才行。”金世遗笑道：“我现在是病人，病人当然得听医生的话。你尽管施术吧，我不害怕！”那女子取出一把银针，每枝有两寸来长，说道：“你不害怕，就瞧着吧。千万不能运功相抗。”手起针落，一口银针插进了他额上的太阳穴，这太阳穴乃是人身死穴之一，金世遗心念方动，那口针已深深插入，登时引起一阵剧痛，金世遗咬牙忍住，转瞬之间，那少女在金世遗十二道死穴都插了一口银针，痛了一阵，又是一阵，剧痛接续而来，身上的寒意自然而然的不觉得了。

剧痛中金世遗想道：“这治法好生奇怪。咦，更奇怪的是为什么我竟会甘心情愿听她摆布？”针戳死穴，而金世遗并不死亡，那自是证明疗法有效。不过金世遗事先并不知道疗法有效，那女子又是邪气十足，而金世遗却并不怀疑她有坏念，也确实没有运功相抗，他这才自己发觉，他原来确是信任这个女子，并不只是口上说说而已。金世遗一生之中，除了极有限的几个人之外，很少信任别人，而现在却竟然信任这个女子，这女子又曾不止一次骗过他的，何以会如此信她，任凭她针戳死穴？连金世遗自己也莫明其妙。

剧痛渐渐减弱，那女子道："现在你把右脚伸出来。"金世遗又听她的话，那女子双手捧着他的脚跟，手指在他涌泉穴轻轻一按。

这一按下，金世遗登时觉得奇痒无比，痛还好受，痒却难耐，金世遗不觉笑出声来，说也奇怪，一笑之后，忽觉全身轻松，不但痛苦大减，连气血也畅通了。那女子格格笑道："你最少怕有六七天没洗身了吧，脚板臭烘烘的，亏你还笑呢。"金世遗道："哪里，哪里，我前天还在清溪里沐浴过来。"金世遗虽然知道这女子乃是说笑，可也觉得不好意思，那女子的手掌又软又滑，金世遗被她轻轻按摩，有一种说不出来的奇特感觉，心中思如潮涌，甚至连痕痒也不大感觉了，这才忍住了笑声。过了一会，涌泉穴上有一股热气升上，流转全身，阴寒之气渐渐散发。

那女子给他按摩了右脚的涌泉穴后，又依法施为，治好他的左脚。金世遗气血畅通，两只脚跟的冰冷之感登时大减。那女子等了一阵，看到金世遗脸色由白转红，便把插在他十二道死穴上的银针一一拔起，金世遗浑身舒服，但觉软软绵绵的，像是大病初愈一般。

那女子笑道："功德圆满了。你饿不饿？我找两只野兔来给你烤吃。再说我也还要到山溪去洗手呢，你在这里待一会儿。"金世遗自己静坐运功，气力稍稍恢复，忽然想道："我若趁这机会逃走，她奈我何？她作弄我也作弄够了，我何妨也作弄她一次。"但转念一想："不可，不可！别的可以开玩笑，她给我医好了伤，我作弄她，她岂不要疑心我是负义之人？"念头即起即灭，终于还是留了下来。

过了好一会，那女子果然打了两只野兔回来，生起火堆，把两只野兔烤熟，分给金世遗吃，她不停地逗金世遗说话，问金世遗蛇岛的风光，说道："我还未出过海洋，总想有一天能到海上玩玩，你愿意给我掌舵么？"金世遗道："我自蛇岛出来之后，也未曾回去过。好吧，将来我回去的时候，我告诉你，你可以搭我的船。"那女子正色说道："君子一言，快马一鞭。到时你可不得瞒着我偷偷地走。”

金世遗看她浅笑轻颦，忽然想起小时候一个老乞丐说给他听的一个神话，据说很高很高的山上有个魔鬼，他最喜收买世人的灵魂，你喜欢钱的他便给你金子，你喜欢做官他便助你取得功名，但他却要你的灵魂。和他签了卖身契约之后，你的一生便要听他指使了。金世遗答应了替那女子复仇，不知怎的，便似觉得与她签了卖身契约似的，竟然想起了这个荒诞的神话。

那女子凝视金世遗的眼睛，道：“你想什么？”金世遗心头一凛，道：“没什么呀。”那女子道：“你答应助我复仇，这可不是一句空话，请问你凭什么可以助我复仇？你自问你的武功能胜过孟神通吗？”

金世遗气往上涌，冷冷说道：“你救了我，我最多加上利息，还你一条性命便是。”那女子格格笑道：“听你的口气，你虽然不好意思说出来，却是承认你的武功不如孟神通了，所以打算拼掉你的性命。”金世遗道：“我助你复仇，最多也不过为你舍命而已，你还有什么不满意的？”那女子笑道：“当然不满意。你死不打紧，可是我仍然是报不了仇呀！何况你若是斗不过孟神通，你纵然失了一条性命，你对我许下的诺言，也仍然没有做到呀。”金世遗摊开双手，淡淡说道：“那又有什么法子？我所有的仅仅是一条贱命！”

那女子道：“我有法子。到你武功大大胜过了孟神通之时，助我复仇，岂不是易如反掌？”金世遗失声笑道：“我道你有什么法子？嗯，我不妨对你实说了吧，我自问若要胜过孟神通，那最少恐怕也得十年。十年之内，我武功纵有长进，大约也只能和他打个平手，不至于被他的修罗阴煞功所伤罢了。”

那女子笑道：“你现在知道修罗阴煞功的厉害了？依你现在武功的底子，确实得练十年才可以胜过孟神通，而且还得孟神通的修罗阴煞功没有长进才行，若是他练到了第九重的境界，你就是十年之后，也未必打得赢他。”金世遗大为丧气，道：“那你又有法子？”那女子道：“只要你听我的话，我可以令你在三年之内，武功便压倒孟神通。十年之内，当今之世，无人能与你抗手！不但如此，还可以令你成为古往今来第一位的武学大师！”金世遗心头一动，猜到了几分，登时疑心大起，却故意作出困惑的神气问道："你若有如此本领，何须求助于我?"

那女子挪近他的身边，两只又圆又亮的眼睛正对着他，说道："我不是和你开玩笑的。这其中自有缘故。"金世遗道："什么缘故?"那女子道："我先要你相信我不是开玩笑的。你试想孟神通的修罗阴煞功，只不过是我家传秘籍其中的三篇而已，而据我所知，我家传秘籍所载的武功，乃是根据一位前辈异人口述记录下来的，那位前辈异人的全部武功，比起我家记录下来的，有如大海之比小溪。咱们若找到了那位前辈异人所留下来的武功，纵有一百个孟神通又何足惧?"金世遗道："那位前辈异人已死了三百年了，你怎样去找他所留下的武功？你又怎知道他准有武功留下?"

那女子惊诧非常，跳起来道："你也知道这件事情？不错，我所说的前辈异人正是那位死了将近三百年的乔北溟。你知道我是谁吗?"金世遗道："正是呀，我和你认识了两天，你还没有告诉我你的名字呢。"那女子道："我叫厉胜男。我问你的意思不是这个，你可知道我是什么人?"

金世遗道："我知道你是要找孟神通报仇的人。"那女子道："这是我对你说的。"金世遗道："正是呀，你不说我怎么知道?"那女子笑道："原来你是绕着弯儿说话，如此说来，你在未碰见我之前，根本就不知道世间有我这个人了。"金世遗道："我比你早生几年，又是四方乱闯，恶名远播江湖。你知道有我这样一个人自是不足为奇。"那女子道："反过来说，你知道我的名字就奇怪了，是不是？不过我倒觉得有点奇怪呢，你知道三百年前有个乔北溟，却不知道我是谁?"两道明如秋水的眼光紧紧地盯着金世遗，好像看出了他不是说谎，这才松了口气。歇了一歇，说道："我的身世从来未对人说过，你既然知道乔北溟这桩事情，我今日就对你说了吧。"金世遗道："我猜得到你的身世大约有关武林秘密，若是这样，不说也罢。"

那女子道："咱们今后要彼此依靠，说与你听何妨。"金世遗听她说出彼此依靠的话，打了一个寒噤，心道："这卖身契约，她当我是签定的了。"只听那女子说道："乔北溟有个徒弟名叫厉抗天，一生对他忠心耿耿，他既是乔北溟的徒弟，又是他的管家，乔家的武功秘典，他都曾过目，乔北溟前半生的武学心得，也都由他记录。只因乔北溟的名气太响，所以三百年后还有人知道，至于他的管家呢，那却早已埋没无闻了。”金世遗道：“啊，原来厉抗天是你的祖先。”那女子道：“不错，他是我的上七代祖先。乔北溟是当时的第一位魔头，得罪了许多侠客。后来他伤在大侠张丹枫剑下，假装身死，逃到海外，我的先祖没有随行，他怕人向他寻仇，更怕别人抢夺他的武功秘笈，所以便隐姓埋名，而且世世代代相传，绝不在江湖上露出风声。”金世遗道：“令先祖倒善于保身，若是我就闷不住气。”那女子道：“乔北溟逃到东海的一个海岛，这消息只有我家知道。他在那海岛上留下了他一生的武功心得，也只有我家知道。”金世遗笑道：“我却早知道了。”他想起那幅怪画，本待问那女子，转念一想，又忍着不说。那女子望了他一眼，又道：“其实即算别人知道也没有用处。别人寻到了那个海岛，也没法子取得乔北溟留下的武功典籍，因为这里面还有一个秘密，只有我家知道。现在来说，就只有我一个人知道。”

金世遗道：“你是想我一同去那海岛，发掘乔北溟留下的武功?”那女子道：“不错。”金世遗道：“你何以不自己去?”那女子道：“一来我不懂航海。二来，那个海岛是个有名的魔岛，有人作伴，总比单身前往的好。”金世遗想起以前师父告诫他不要上那海岛去玩的事，心道：“难道那海岛上除了火山之外，还有什么怪异的东西。”

那女子继续说道：“还有第三个原因。我的武功根基还浅，即算得了乔北溟所留下的武功典籍，只怕也不解其中奥妙。若然自己盲目苦钻，头发白了，也未必学得成功，如何报得了仇？令师毒龙尊者是近百年来第一位武林怪杰，你所学的武功路子，和各大门派都不相同，明白的说，乃是偏门而非正宗。可能与乔北溟以前所走的路子不谋而合。你若得了乔北溟的武功典籍，定然事半功倍，不消多久，便可成为一代的武学大师。”

金世遗道：“你不是说，你家中也还留有一些武学的秘典吗？学全了那些武功，能不能制服孟神通？老实说，我听到世代相传的说法，对乔北溟此人殊无好感，不愿做他的隔世弟子。”那女子大笑道：“人人都道你行径怪僻，说你是当今之世的大魔头，想不到你与那些名门正派的弟子一样，迂腐得真可以！武林中世代相传，说乔北溟行事邪恶，那又与你何干？何况他已经死了三百年了！他留下的武功，咱们取之何伤？你不愿做他的隔世弟子，难道他的鬼魂还能附在你的身上，强你拜师不成？”

金世遗默然不语，想道：“乔北溟临死之前曾对那海客言道：谁能将他的遗棺运回中土，谁便是他的隔世弟子。我生平从不轻易受人恩惠，若然学了他的武功，我岂可忘了他的恩泽，不将他当作师父？宁欺生人，莫欺死者。对一位死去的前辈，不管他是何等样人，我对他背信弃义，总不应该。”

金世遗正在踌躇莫决，那女子又道：“我家中的一些武学秘典，不过是乔北溟前半生的心得，而且又非全部。即算学全了也比不得当今的几位武学大师。何况其中最重要的三篇修罗阴煞功的秘典，又给孟神通抢去了。”金世遗问道：“孟神通是怎样抢去的？”那女子道：“那是二十年前的事情了。不知怎的，给孟神通探听到我家的秘密，前来寻事。我父亲那时候还未到三十岁，修罗阴煞功仅练到第三重，虽然将他重伤，但中了他的暗器，自己也不治而死。当时我还没有出世，我是妈妈的遗腹女，我妈本来盼望我是个男的，谁知令她失望，所以她给我起个名字，叫做胜男。好了，话都对你说清楚了，你对我许下了诺言，算不算数？你要助我报仇，一定得去找寻乔北溟留在海岛上的武功秘典。”

金世遗想了好一会子，他虽然不愿做乔北溟的隔世弟子，但想来想去，除了这个办法，别无他法可以助她报仇，便道：“好，我依你的说话便是，三月之后的月圆之夜，你在东海海边崂山上清宫的门前等我！”

那女子道：“为什么要三月之后？”金世遗大笑道：“我只答应助你报仇，并没有答应成天跟着你呀。不必啰唆，三个月后，咱们一同出海！”说罢转身便走。那女子忽地一声怪啸，追上前来！

金世遗怒道：“我已答应三月之后与你一同出海，找寻乔北溟所留的武功秘典，你还来纠缠我做什么？”话犹未了，那女子已追到了金世遗的背后，突然骈指如戟，向金世遗背心的“志堂穴”用力一戳，这“志堂穴”乃是人身死穴之一，金世遗万万料想不到，那女子会突然间向他下此毒手，何况他毒伤初愈，精神尚未完全恢复，即算有所准备，此时也不是那女子的对手。但听得“咕咚”一声，金世遗给她戳个正着，登时倒地。晕眩中只听得那女子叹了口气，好似还说了几句什么说话，但金世遗已听不清楚了。

也不知过了多久，金世遗一觉醒来，但见晓露未干，朝阳初起，已是第二天的清晨时分。金世遗好生诧异：“我怎么还没死？难道是做梦么？”四处一瞧，那女子也不见了，地上有她用剑尖所划的两行字迹：“请记诺言，三月之后，月圆之夜，我在崂山上清宫门前等你。”

金世遗试运真力，但觉血气畅通，他随手劈下，斫裂了一块岩石，试出武功已是完全恢复，不禁又惊又喜，再一看地上留有一滩瘀血，又发觉自己的双脚脚跟都贴有药膏，这才恍然大悟，“原来那女子见我执意要走，而我体内的遗毒尚未拔尽，故此她用这个办法将我点倒，好替我治伤。修罗阴煞功怪异之极，她昨晚用银针插我的死穴替我治伤，我临走之时，她用重手法点我的死穴，想必也是与银针插穴、拔毒疗伤的治法同一道理。只是她不声不响，突然下手，却真是骇人！”但转念一想，那女子昨晚若是先说清楚，当时自己执意要走，只怕也未必肯相信她的说话。思念及此，不自觉的对那女子有点感激起来，他昨晚讨厌她的纠缠，而今不见了她，反而有点怅惘了。

金世遗走下了太行山，先去找寻李沁梅的消息，到新安镇上打听，钟展、武定球这一行人早已走了，金世遗不知他们走向何方，但想李沁梅一定是跟他们同走的，想起李沁梅对他如此痴心，渴欲见他一面，竟然当面错过，以后又不知什么时候才能见面了。想到此处，金世遗又不禁恨起那姓厉的女子来。

太行山离邙山不过两三日路程，金世遗既然找不到李沁梅，自自然然的便想起了谷之华来。他本来就是要到邙山去祭扫吕四娘之墓的，于是便渡过黄河，前往邙山。在离邙山还有六七十里的时候，金世遗想起生平坎坷遭遇，想起茫茫大地，知己谁人？正自放声高歌，忽有两骑快马赶过他的前头，听得他狂歌怪笑，马上的骑士不由得向他注视，一看之下，那两个人都发出一声怪叫，策马飞奔而去。金世遗认得这两个人，一个是路民瞻的儿子路英豪，一个是白泰官的儿子白英杰。

路民瞻与白泰官乃是吕四娘的师兄，早已去世。他们的儿子继承家学，在江湖上也挣下了响当当的名头。金世遗初闯江湖之时，专找成名的人物为难，曾打遍大江南北，许多英雄豪杰都是他手下的败将，路英豪和白英杰这两个人也曾吃过他的苦头，故此他们一认出了是金世遗，便立刻策马飞奔，不敢招惹金世遗。

金世遗哑然失笑，但随即又感到有点悲哀："原来这些名门正派的弟子，都已把我当作不可沾惹的妖魔看待！我曾做过什么坏事？最多不过戳破他们的虚名而已，他们有何道理这样忌我恨我？"殊不知这些在武林中有威望的人物，最忌的就是别人拆穿他的武功底细，金世遗到处与成名人物为难，又焉能不到处结恨？

金世遗想到此处，一种自暴自弃的心情忽然又油然而生，故意把衣裳撕破，打散头发，又在面上抹了污泥，打扮成一个乞丐模样，仰天笑道："好呀，你们把我当成毒手疯丐，我今日就恢复我毒手疯丐的本来面目！"他变容易貌之后，临流照影，自暴自弃的心情令他觉得甚为痛快，然而又有些怅惘。原来他想起了冰川天女。他在五六年前，一向是扮成"疯丐"的模样，游戏人间的。后来碰到了冰川天女，冰川天女不欢喜他这样打扮，这几年来他才以正常人的面目出现。如今想起冰川天女，不觉一片惘然，心道："除非我再碰到一个风尘知己，否则我将以毒手疯丐的身份混过这一生了。"就在这时，谷之华的影子浮上他的心头，虽然他与谷之华仅是匆匆一面，他却觉得谷之华好像比李沁梅更懂得他。

过了一会，金世遗又碰到两个熟识的人，一个是周浔的弟子程浩，一个是李源的儿子李应，这两个人也曾吃过金世遗的苦头，他们远远看到金世遗就绕道避开了。金世遗忽然想起路民瞻、白泰官、周浔、李源这几个人都是吕四娘的同门，也即是当年"江南七侠"中的人物，心中有点奇怪，想道："怎么今日尽是碰到江南七侠的门人弟子，莫非他们也是到邙山的么？"

走了一程，距离邙山仅有三十里左右了，猛听得后面马铃声响，金世遗心道：“且看又是江南七侠中哪一位的门下？”索性在路旁坐下，睁眼一看，来的共是三骑，这回来的，金世遗却是一个也不认识。前面一骑是个年近六十的老妇人，态度雍容，像个富贵人家老太太的身份。跟在她后面的却是两个十五六岁的少年，眉清目秀，稚气未消。饶是金世遗见多识广，也不禁有点疑惑，心想：“这位老太太不像江湖人物，但看她精神健铄，身手矫捷，分明又是个武功根底很好的人。这两个少年一望也是懂得武功的，不知是不是她的孙儿？”金世遗心有所疑，不禁多望了他们两眼。

那两个少年瞧着金世遗这副怪状，有点害怕，忽地喝道：“兀这恶丐，你敢向我们挤鼻子，瞪眼睛！”在马背上一个弯腰，向后折身，坐骑仍然疾跑，他们已在地上抓起两块泥土，身手端的矫捷非凡。前头那位老太太，刚刚说道：“小孩子不可多事！”那两个少年已把两块泥土向金世遗掷出。

金世遗笑道：“你们是皇太子么？怕人家看！怕人家看，就该躲在家里不出来！”伸指疾弹，“卜卜”两声，那两块泥土都给他弹了回去。那老太太吃了一惊，要知泥块软脆，难于受力，用力稍大，泥块便会碎裂，用力小了，又弹不回去，金世遗这一弹恰到好处，那老太太是位武学的大行家，见他抖露了这手上乘的武功，焉得不惊？

那两个少年刚待伸手去接，只见那块泥土将到跟前，忽然一个拐弯，向着自己打来，来势飘忽，那两个少年看见了金世遗是要打他们的穴道，却不知要打的是哪一处穴道？一个接空，吓得慌了。就在这时，那老太太突然勒住马头，她两个孙儿的坐骑正好赶上，金世遗弹回去的两块泥土也正好飞到，那位老太太扬袖一拂，姿势美妙之极，只听得“波”的一声，两块泥土在半空裂开，扬起一片尘雾。那老太太喊道：“尊驾如此功夫，怎的与小孩子一般见识！”金世遗猛地省起，叫道：“你是赵老太太么？哈，江南七侠的后人，算你最为高明了！俺化子正要领教领教！”那老太婆甚为惊异，随即便猜到了金世遗定是江湖上所说的“毒手疯丐”，冷冷说道：“我此刻没有功夫，你要找我请到涿县赵家庄，我随时候教！”刷刷两

金世遗独上岷山
卢延光记

金世遗心道："且看又是江南七侠中哪一位的门下？"

鞭，催马疾行，金世遗隐约尚听得那两个少年问道：“婆婆，这个人就是毒手疯丐吗？你为什么不给点厉害，让他瞧瞧？”

这位老太太正是江南七侠之中曹仁父的女儿，名叫曹锦儿，曹仁父在七侠之中年纪最大，所以曹锦儿在七侠的儿女们之中，年纪也最大，今年已有五十八岁了。她嫁给涿县一位姓赵的世家子弟，丈夫并不是武林中人，几十年来，她从少奶奶而变为老夫人，功夫虽然没有搁下，江湖人的气质却已淡了。所以她才不愿在大路上与金世遗打架。

金世遗哼了一声，心道：“居然向我端老太太的身份，要不是念在吕四娘和我师父有交情，又兼看在你一大把年纪的份上，我就把你拉下马来！”他一日之间，接连碰到了七八个江南七侠的门人后辈，心中已猜想到定有什么事情，当下加快脚步，赶到邙山，正是中午时分。

这时正是春夏之交，山花遍地，山峰上挂下的瀑布，在丽日下洒起金色珍珠的泡沫。金世遗精神一爽，想起等下要到吕四娘的坟前祭扫，便在瀑布旁边洗去了面上的污泥，稍稍整饰仪容，走了一会，经过一条两行槐树夹着的墓道，墓园已经在望，忽听得有人大声叫道：“毒手疯丐来啦！”

金世遗抬头一望，只见山头上高高矮矮，三五成群，江南丐帮的帮主翼仲牟和他的寡嫂谢云真也在其中，金世遗心道：“原来江南七侠的门人弟子在此聚会，刚好给我碰上了。”正想看谷之华在否，只见几个年青汉子，已是怒气冲冲地跑过来，路英豪和白英杰也在其内。

原来今日正是他们的师祖独臂神尼五十周年的忌辰，江南七侠的门人弟子，武林好友，云集邙山，路英豪和白英杰仗着人多，大着胆子上来拦阻。路英豪首先喝道：“金世遗，这里岂是你撒野的地方？”金世遗冷笑道：“邙山是你的么？我为什么不可以来？”径自前行，毫不睬他，路白二人大怒，双剑齐出，他们二人亲如兄弟，练了一套两人合使的剑法，凌厉非常，一剑刺金世遗左胁的“期门穴”，一剑刺金世遗右胁的“精促穴”。金世遗笑道：“你们不讲理，我就是不讲理的祖宗！”一个盘龙绕步，路白二人双剑刺空，只听得铮铮两声，他们手中的长剑都飞上了半空，原来就在这电光石火的刹那之间，他们的虎口都被金世遗使用“铁指禅功”弹个正着，这还是金世遗手下留情，要不然他们的腕骨都得折断!

顿时喝骂之声大起，金世遗双臂一振，又把两个汉子打翻，曹老太婆大怒，起立喝道：“金世遗你是来找我的么?”她的两个孙儿道：“今天何须你老人家出手!”话声未了，早已有十几种暗器向金世遗飞来，金世遗大怒，铁拐一挥，只听得叮叮当当之声，不绝于耳，地上一大堆破铜烂铁，所有打来的暗器都变成了碎片了。金世遗冷笑道：“你们有暗器，我也有暗器，你们再不住手，我可要不客气啦!”金世遗的“毒龙针”天下闻名，众人一想，纵能将他制服，只怕也得伤亡过半，登时气馁，果然没有一个人敢再发暗器。曹老太将龙头拐一顿，正想邀几个武功最好的同门去斗金世遗，翼仲牟赶忙说道：“曹大姐，你先问问他的来意。”声音虽小，金世遗却已听闻，哈哈笑道：“你们江南七侠的门人，素来以侠义自居，却原来这样蛮不讲理!”正是：

欲上邙山寻玉女，却惊平地起风波。

欲知后事如何?请听下回分解。

第十回　莲出污泥原不染
罪加稚子是何言

曹锦儿身为同门之长，越众而出，面向着金世遗道："你在这儿撒野，怎的反是我们不讲理了？"金世遗冷笑道："我一到来，你们就一拥而上，这是你们撒野呢，还是我撒野呢？"曹锦儿将龙头拐杖一顿，冷冷说道："我们同门在此聚集，祭扫祖师，你闯进来做什么？"金世遗指着山头上的一些宾客道："他们不也是外人吗？"曹锦儿道："这几位是我们的好朋友，和我们的师叔甘大侠、吕大侠生前都有交情，他们也是来扫墓的，要你多管闲事么？"金世遗笑道："我也是来扫墓的。"曹锦儿道："你给谁人扫墓？"金世遗道："我是给前辈女侠吕四娘扫墓来的。"曹锦儿道："我辈同门，可并不认识有尊驾这号人物！"

金世遗大笑道："是么？"将铁拐向翼仲牟一指，朗声说道："翼帮主，你还认不认识我呀？"翼仲牟走出来道："曹大姐，这位金老兄前日曾帮过我们一个大忙。"曹锦儿十分不悦，但翼仲牟是江南大侠甘凤池硕果仅存的弟子，又兼身任江南丐帮的帮主，在同门中的地位极高，曹锦儿不得不给他几分情面，当下问明了事情的经过，便对金世遗说道："既然如此，看在我翼师弟的份上，我们不再与你为难，你就下山去吧。"金世遗道："怎么？你要叫我滚蛋么？"曹锦儿道："不敢。我是客客气气地请尊驾下山。"

金世遗笑道："老太婆，你还不知道我的脾气哩！你请我不来，我来了，你也请我不走！"曹锦儿道："今日是我师祖独臂神尼的忌辰，你擅自闯来，我不治你不敬之罪，已是大大给你面子。你再不知进退，当真以为没人能制服你么?”金世遗冷笑道：“天下哪有这种道理，我来给你的长辈扫墓，居然也有罪了？好呀，你要与我较量，过了今日，我一准奉陪。今日我是看在你的长辈吕四娘的死人面上，不便在她的坟前与你动手。”迈步便走，曹锦儿将龙头拐杖一横，喝道：“金世遗，你往哪走?”金世遗无名火起，纵声笑道：“你真的不许我上坟?”翼仲牟急忙上来劝道：“金老兄，今日是我们门人弟子和至亲友好扫墓，你就改一天来吧!”

曹锦儿冷冷道：“不成，改一天也不成。吕姑姑是一代女侠，给她上坟的都是名门正派的侠义中人，我不能让一个声名狼藉之辈玷辱了她!”李源的儿子李应也道：“你非亲非故，这坟嘛不上也罢。”金世遗“呸”的啐一口道：“吕四娘生前也没有你这么气焰!”曹锦儿怕他口吐毒针，反身跃开，金世遗向前行进两步，只听得“当”的一声，曹锦儿的龙头拐杖迎了上来，金世遗将她架住，冷笑说道：“你真的要迫我在吕四娘坟前与你动手么?”

双杖相交，只听得又是“当”的一声，曹锦儿蹬、蹬、蹬的向后连退三步，路英豪、白英杰、程浩、李应等一班人急忙跑上来，刀枪剑戟，排列面前，拦住了金世遗的去路，双方剑拔弩张，看看就要大打出手，忽听得一个银铃似的声音叫道：“众位同门，且慢动手，请听小妹一言。”金世遗撤回铁拐，心头“卜通”一跳，抬眼一看，不是谷之华是谁?

只见她从一块岩石后面缓缓走出，衣袂飘飘，容光夺目，江南七侠的门下，有许多人在窃窃私议：“咦，这女子是谁？她是谁的门下?”原来她的这班同门，竟是有十之八九未见过她。金世遗又是欢喜，又是有点埋怨，“怎的这个时候才出来?”

曹锦儿双眼一睁，悄声问道：“你是何人门下?”谷之华神色有点异样，但仍然是很平静地答道：“弟子是吕四娘门下，参见掌门师姐。”谢云真听得曹锦儿问她，心中也好生奇怪，原来她在吕四娘逝世之前的一年，曾到邙山，见过谷之华。这次同门聚集之先，她早已对曹锦儿说过吕四娘有这样一位关门徒弟子，而且刚才曹锦儿来到，谷之华还招待过她；谢云真心想：“曹大姐纵然健忘，也不应这样，怎的转眼之间便忘记了!”

这时江南七侠的门人后代尚未到齐，典礼尚未开始，同门的人数太多，虽然已在彼此交谈，但尚没有按照次序，正式介绍。故此除了有限几人，如谢云真、翼仲牟等人之外，其余的人都未见过谷之华。一听得谷之华自报姓名，说是吕四娘的关门弟子，大家都不免感到有点诧异，更感到欢喜，欣慰吕四娘在晚年的时候，收了这样一位好弟子，她的玄女剑法终于有了传人。江南七侠之中，以吕四娘年纪最小，谷之华又是她晚年收的弟子，今年不过十九岁，比起曹锦儿，年龄相差三倍，许多师侄辈都比她年长，加上人又长得那样秀丽，因而也就更加引人注意。

谷之华自报姓名之后，曹锦儿面色仍是甚为严峻，眼睛瞅着谷之华缓缓问道："你有什么话说?"谷之华道："启禀师姐：我师父在生之时，曾说过她有位好友，住东海蛇岛，名叫毒龙尊者。据我所知，这位毒龙尊者便是金世遗的师父。"谢云真道："不错，我也曾听天山派的掌门人唐晓澜说过，有这件事。"谷之华又道："金世遗的师父与我的师父渊源甚深，他今日前来拜墓，似乎可以容许他厕身在亲朋之列。"揆情度理，亲朋前来祭扫，死者的后人是断断不能拒绝的，纵然他是坏人，那也只有暂时搁过一边，让他磕了头再算。曹锦儿无奈，只好说道："既是如此，就请这位金先生暂时站开，待我们祭扫之后，你再尽你的心意吧。"

曹锦儿既然以礼相待，金世遗自然不好僭越，只得退过一旁，把眼看时，只见谷之华也正望着他。金世遗面上一红，后悔自己不该扮成这个模样上山。同时，他的怒气也被谷之华温柔的眼光所溶化了。

曹锦儿见风潮已息，说道："程浩，你将名单给我。"程浩是江南七侠中周浔的大弟子，这次负责登记上山扫墓的同门名字，听得掌门师姐唤他，便将名单交出，禀道："这次已经来到的同门长幼三辈，共是六十四人。有六位因事不能来，还有三位说是要来的，现仍未到。"曹锦儿道："不必再等他们啦。咱们十年一次大聚会，以这次到的人数最多。师姐师叔地下有知，亦当欣慰。"

曹锦儿按着名单的次序，将长幼三辈同门的名字一个个念了出来，按着班辈排列。金世遗凝神细听，只听她念了一个又一个，念了约有三四十个，仍然没有念到谷之华的名字，不禁大为奇怪。要知谷之华虽然年轻，却是吕四娘的嫡传弟子，江南七侠都已去世，她的班辈便与曹锦儿、翼仲牟一样，是同门中最长的一辈了，现在曹锦儿已念到第二辈弟子的名字，仍然未见有她，这实在太过出乎常理之外。

不但金世遗奇怪，一众同门也都觉得奇怪。过了一会，曹锦儿念过她两个孙儿的名字，这乃是第三代中最年幼的两位，念完之后，曹锦儿将名单一卷，说道："你们按次序排列好，等会便到师祖墓前行礼。"

这时只有谷之华孤伶伶地站在一边，众同门窃窃私议，程浩更是惊疑之极，心道："我明明列有她的名字，难道是师姐看漏了。但即使是一时漏过，如今只剩下她一个人站在一边，也应该发觉了，怎的不见师姐叫她？"翼仲牟忍耐不住，他在同门之中，名次排在第二，挨着曹锦儿，便在她耳边悄悄问道："师姐，你是不是漏了一人？"

曹锦儿双目一张，向谷之华招手说道："你过来。"谷之华也不明白她何以漏了自己，甚是尴尬，走过来道："师姐，你有何吩咐？"曹锦儿道："把你的宝剑留下，将我吕姑姑的剑谱交出来！"谷之华大吃一惊，道："师姐，你这是什么意思？"曹锦儿道："宝剑和剑谱都是我本门之物，岂能由你带去！"此言一出，四座皆惊，曹锦儿这话分明是不把谷之华当作本门弟子，所以要她缴还宝剑、剑谱。金世遗心道："吕四娘在江南七侠之中武功第一，这老婆子莫非是觊觎吕四娘的玄女剑法，要占为己有么？"一众同门，则都知道曹锦儿虽然严厉，却很正直，断无攘夺同门剑谱之理。正是因此，越发觉得莫名其妙了。

谷之华呆了一呆，定了心神，大声问道："请问掌门师姐，弟子犯了什么过错，师姐要将我逐出门墙？"

曹锦儿冷笑道："若是你犯有过错，我岂只仅仅将你逐出门墙？"逐出门墙乃是极严重的处罚，在武林之中，这种处罚仅次于身受诛戮。谷之华再也忍受不住，朗声说道："各位武林前辈在此，请问有没有这样的规矩：并无过错，也要逐出门墙？"曹锦儿道：

"这是我本门的事情，你想请人干预么?"本来有几位武林前辈意欲仗义执言，听得曹锦儿这么一说，只好暂且忍着。

谷之华又大声说道："那么请各位同门评理，是否任从掌门人个人的好恶，便可以随意将同门驱逐?"一众同门，面面相觑，大家都觉得曹锦儿的所为太出乎常理之外，翼仲牟低声说道："师姐请再考虑，武林中历代相沿的规矩，除非是犯了伤天害理、十恶不赦的罪行，或者是叛师投敌，那才可以将他逐出门墙。咱们邙山一派，打从祖师创派至今，被逐出门墙的只有了因一人，那时他的罪行是天下咸知，并由同门公决才执行的。"曹锦儿冷笑道："仲牟，这些规矩，难道我还不知道吗?"忽地提高了声音，面向谷之华道："你当真要我说出来吗？我为你着想，还是以不说出来为妙!"

谷之华大声说道："我有什么过错，请师姐尽管说出来。若是果然罪有应得，我死而无怨!"

曹锦儿道："好，你既然迫我说，我只好说出来了。我先问你，你姓什么?"谷之华道："弟子姓谷，名唤之华，刚才不是已经禀告了师姐么?"曹锦儿道："你父亲是谁?"谷之华道："襄阳谷正朋。"谷正朋是鼎鼎有名的两湖大侠，到会之人，个个知道，心中想道："纵许这小姑娘当真犯有什么过错，看在她父亲的面上，也当从宽处理才对。"

曹锦儿面色一端，利箭般的眼光紧紧盯着谷之华，追着问道："我是问你的生父，谷正朋是你生身之父么?"谷之华道："他虽然是我的养父，但我自幼蒙他抚养，便和生身之父一般。"曹锦儿道："那么，你本来不是姓谷的了？你原来是姓什么?"谷之华道："我问过义父，义父说我姓孟。"曹锦儿突然又提高声音问道："那么你生身之父是谁?"

谷之华眼圈一红，含泪说道："弟子蒙义父收养之时，尚在襁褓之中，直到如今，还不知道生身之父是谁。"

曹锦儿冷笑道："嗯，你倒是个很有天性的孝女。你义父前年去世，他临死之时，也没有告诉你么?"谷之华难受之极，哽咽说道："我义父也不知道，若然他告诉了我，我还能不去找我生身之父么?"

曹锦儿淡淡说道："那么我告诉你，你的生父就住在太行山下，离此不过三日路程，他的真名字我不知道，江湖上都叫他做孟神通！"

此言一出，群情耸动。到会之人，谁都知道孟神通是个无恶不作的大魔头，而且行踪诡秘，二十年来下落不明，岂知他就住在太行山下，更料不到的是这个谷之华竟然是他的亲生女儿！

金世遗一生之中不知经过多少可怕的事情，只有这一次令他惊得呆了，"她，她是孟神通的女儿？她是孟神通的女儿！不，不！这事情我怎也不能相信！"谷之华就站在他的面前，气度是那么高贵端庄，他又知道她的心地是那样善良宽厚。这样的人怎么会是孟神通的女儿？不但金世遗是如此想，到会诸人也是如此想，看这谷之华的丰度神情，哪里有半丝"邪气"？其实这也无怪其然，谷之华被两湖大侠谷正朋养大，又在吕四娘门下经过将近十年的熏陶，她又怎可能带有半丝邪气？

谷之华的面色，刷的一下变得惨白如纸，喃喃说道："我是孟神通的女儿？我是孟神通的女儿？师姐，你，你这话是真的么？"

曹锦儿面向着墓园后面的来宾，招手说道："柳大哥，请你过来。"一个年约四十的灰衣男子神色沮丧，缓缓走出，谷之华一见，说道："柳行森，柳大哥，是你吗？"柳行森是谷正朋的徒弟，谷正朋一生只收有这一个弟子，谷正朋没有儿女，故此将谷之华当作女儿，与柳行森名义上是师徒，实则也如父子一般。谷之华八岁那年，就是柳行森将她送上邙山的。柳行森垂头说道："事到如今，也由不得我不说了！"

曹锦儿却向翼仲牟问道："翼师弟，周骥师兄二十年前在山东道上被害，仇人查出了吗？"翼仲牟正在心乱如麻，被师姐一问，怔了一怔，即答道："查出来了，正是孟神通。前几天我们才与他大斗一场，小弟自愧无能，让他逃了。"但他对孟神通的女儿，却怎么也恨不起来。

曹锦儿道："周师兄被害之后，你曾邀请了许多武林朋友搜查凶手，有这事么？"翼仲牟道："不错，事后我也曾禀告师姐得知。只因师姐当时远在河南，不及请师姐出来主持。"曹锦儿道："你这

一九八五年二月画于

曹锦儿淡淡说道："那么我告诉你，你的生父就住在太行山下……江湖上都叫他做孟神通。"

件事情做得很对，我不是怪责你这件事情。我只是问你，你还认得这位柳大哥吗?”翼仲牟道：“认得，他是柳行森大哥，当时他是和谷老前辈一同来的。”

曹锦儿道：“柳大哥，请你说一说当时追查凶手，在途中遇见一件什么事情?”柳行森望了谷之华一眼，说道：“当时各路英雄分头搜查凶手，我和师父一路，追到了青云河附近的一处荒野，忽然发现有一个重伤的妇人抱着一个年方周岁的婴儿，卧在荒野之中，奄奄待毙!”

听到这里，人人都觉心头沉重。柳行森叹了一口气，继续说道：“我师父动了恻隐之心，将这两母女救起，带回家中，那妇人身受重伤，不多几天便死去了。在她去世之前，我师父也曾问她身世来历，何以受伤，那妇人只说是被仇家所害，谁是仇家，她却不肯说出来。身世来历，更不肯讲；只在临死之前，指着这个孩子，说了一个‘孟’字。意思是说这个孩子姓孟。一说之后，便即咽气。我师父起了疑心，检查她所遗下的衣物，发现有孟神通的独门暗器冷焰镖，才知道这妇人是孟神通的妻子。我师父再去查问，不久之后，又打听到孟神通妻子的死因，原来孟神通和妻子中途遇敌，孟神通杀了几人，力战突围，他的妻子却受了重伤，与他失散。不过追踪她的那几个人，也都受了她的冷焰镖所伤，不敢再追。料想是她打退了敌人之后，亦已力竭筋疲，故此卧在荒野之中奄奄待毙。所以那妇人口中所说的仇家，其实就是搜捕孟神通的一班侠客!”

柳行森歇了一歇，眼光慢慢的从谷之华身上移开，继续说道：“我师父知道了她就是孟神通的女儿之后，十分为难。这婴儿活泼可爱，欲待不要，怎生舍得?师父那时曾叹了口气说道：‘父母有罪，婴儿无罪。’就这样便将她收养下来。孟神通的仇家太多，师父怕这女孩子长大之后，会有麻烦，故此将她的身世隐藏起来，连她自己也不知道。”

谷之华“哇”的一声哭了出来，感到耻辱，也感到羞惭。柳行森低声说道：“师妹，你别怪我。曹老前辈问到，我不能不说出来。有一件事情，你还未知道。半年前我本来要到邙山探你，途中遇到了孟神通的大弟子项鸿，我几乎丧生在他掌下，幸得曹老前辈解救。她要搜寻所有关于孟神通的线索，我给你隐瞒了二十年的身世秘密，不能不向她说了。”众人一直在凝神静气地听柳行森说话，这时才注意到柳行森的模样，见他面黄肌瘦，太阳穴旁边的几丝黑气还没有退净，料想他定是受了修罗阴煞功的伤害，大病过后，至今元气未复。

曹锦儿缓缓说道：“各位同门在此，柳行森的话你们都听清楚了？谷之华是孟神通的女儿，这事情已无可置疑，她父亲是本门的大仇人，我们怎放心得下，让一个仇人的女儿，混在本门之内？”

江南七侠的门人弟子，看看掌门师姐，又看看谷之华，大家都默不作声，过了半晌，翼仲牟低声说道：“吕姑姑收她做徒弟的时候，不知道谷正朋可曾将她身世来历讲明？”按照武林规矩，若然吕四娘已经知道了谷之华是本门的仇人，而还肯收她的话，那么这责任就该由吕四娘来负，除非谷之华本人再犯了什么不可饶恕的过错，否则别人无权代吕四娘来清理门户。

曹锦儿道：“柳大哥，当时是你将她送上邙山的，请你把当时的情形再说一说。”柳行森道：“我师父收了她做养女之后，心中常感不安。江湖上要向孟神通寻仇的人越来越多，我师父想她成为一个名门侠女，好赎她父母的罪愆，想来想去，当今之世，只有吕四娘是足以领袖群伦的女侠，恰巧吕四娘又曾到过我师父家中作客，见过这个女孩子。吕四娘很喜欢她，说她生有慧根。所以待到她八岁那年，我师父便命我将她送上邙山，恳求吕四娘收她为徒。我师父说，若是吕四娘查问起她的来历，你就直说。我带她见了吕四娘之后，吕四娘一句话也没有问，毫不推辞，便将她收下了。我见此情形，怕说出之后，反为弄得不妙。因此吕四娘既然不问，我也就不说了。至于以后我师父曾否向吕四娘提及，我就不知道了。”

曹锦儿道：“我吕姑姑是饱读诗书，深明礼义，平生行事，没有半点瑕疵的一代女侠，若然知道了她是大魔头孟神通的女儿，岂肯将她收留？想来谷正朋也是不曾对她说过的了。各位同门，即算她不是本门仇人的女儿，咱们就是为了四师叔生前的声誉，也不能让一个武林公敌的女儿做她的衣钵传人，玷污她一生的声誉！”

谷之华面上一阵红一阵青，收了眼泪，说道：“掌门师姐，我自问并没有做过玷污师父声誉的事情。”曹锦儿道：“现在没有，焉知将来没有？你父母是那样的人，我怎能信得你过？何况你而今已经知道了你的生身之父，他日本门与孟神通算账之时，你与他有父女之情，我又怎放心得下？现在你并无过错，只要你缴回剑谱，交还宝剑，并不废掉你的武功，对你已经是非常宽厚了，你还不服吗？”

谷之华道：“我义父曾否对我师父言及，我不知道。可是我师父仙逝之前，却曾有遗言留下。”曹锦儿道：“什么遗言？”谷之华道：“她说孟、孟神通就住在太行山下，她已知道，当时我就问，就问……”曹锦儿道：“问什么？”谷之华道：“那时我并不知道他是我生身之父，我就问、就问……”翼仲牟道：“你就问你师父，为什么不将孟神通除掉，是也不是？”谷之华点了点头，曹锦儿大声问道：“你师父怎么说？”

谷之华道：“我师父说，本门之中自然有人会与那，那，孟，孟神通算账，不必你去下手。”照礼法习俗，为子女者不能直呼父母之名，所以谷之华在说到“孟神通”的名字时，也显得有点尴尬，不过她终于直呼其名了。在场的一班江湖侠义道听来，虽然稍稍有“不自然”的感觉，但人人都是如此想道：“这女子在襁褓之中离开了父亲，二十年来她受的是两湖大侠谷正朋和吕四娘的教养，早已是我辈中人，和孟神通并没有半点关联，也没有半点相似，其实也不能把她当作孟神通的女儿了。”

谷之华歇了一歇，继续说道：“我师父在仙去之前，留下遗言道，将来若有本门中人要找孟神通算账，你可以将我所写的三篇‘少阳玄功秘诀’交给他们。我师父说，她在十年之前已知道孟神通住在太行山，不过未练成破解修罗阴煞功的本领，所以孟神通不来犯她，她也便暂时不管。后来她用了十年工夫，参悟这少阳玄功，虽然还不能破解修罗阴煞功，但却可以抵御修罗阴煞功的那种邪毒之气。有了内功根底的人，学少阳玄功，最多不过一年半载的功夫便可学成，她说只要本门中有两三位高手能练成少阳玄功，便可以制服得住孟、孟神通了。这三篇少阳玄功秘诀我已带来了，现在便交给掌门师姐。”

翼仲牟很留神地听谷之华的说话，听完之后，沉吟半晌，低声对曹锦儿说道：“听她所说的师父遗言，似乎吕师叔已知道她是孟神通的女儿，所以不让她下手，却叫她将那少阳玄功秘诀交给我们。这样看来，是否可以稍稍从宽处理？”

曹锦儿双眉一竖，说道：“这只是猜测之辞。吕师叔若然知道她的来历，又愿宽恕她的话，定然会有遗言留下与我。吕师叔在仙逝之前的几个月，你和谢云真曾上过邙山，当时她可有什么说话么？”翼仲牟道：“那时吕师叔已自知在生之日无多，她说有你做掌门人，她很放心得下，其他没有什么说话。”

曹锦儿点点头道：“这就是了。我一生正直，她老人家当然信得过我。”突然提高声调对谷之华说道：“念在你献出少阳玄功秘诀的份上，我可以稍稍从宽处理。我吕姑姑那柄霜华剑可以让你带去，至于那本玄女剑法的剑谱，那是我师祖独臂神尼的心血，是本门的宝物，你必须交出来。你脱离了本派之后，只要你不为非作恶，本门弟子也绝不会把你当作敌人！”谷之华颤声说道：“掌门师姐，你、你仍然不肯让我留在门墙之内么？”曹锦儿冷冷说道：“我的话已经说的非常清楚了，难道你还听不明白？”

谷之华道：“师父仙逝之前，将剑谱郑重的交托给我，叫我继承她的衣钵，我不能辜负她十年来栽培的心血！”曹锦儿怒道：“你敢不听我的命令吗？我叫你好好交出来，已是给了你面子，你若抗令不遵，我可要执行本门的刑罚了！”翼仲牟面色沉暗，似乎想要说话，曹锦儿望他一眼，又重复说道：“这女子乃是本门大仇人的女儿，如今她又已知道了她的生身之父，谁敢担保她不念在父女之情，与孟神通勾通？谁放心得下她混在本门之内？”

曹锦儿这番说话乃是向同门说的，同门中人虽然有若干人不以为然，但想到这也是应有的顾虑，谁都不敢说话。曹锦儿的眼光扫到了翼仲牟身上，翼仲牟也低下了头，心里十分难过。他是有点可怜谷之华，但孟神通恰恰就是杀害他师兄的凶手，又是曾经用修罗阴煞功伤害过他的大仇人，他也不便袒护她了。

谷之华的同门都默不出声，金世遗却忍耐不住，突然仰天大笑三声，走出来道：“我敢担保她！”曹锦儿道：“你是什么人，你敢干预我本门的事情?”

金世遗道:“不错，我是外人，不过，你处事不公，我便要仗义执言，不让你欺负一个孤苦伶仃的女子!”说罢又哈哈大笑。曹锦儿道:“你笑什么?我怎样处事不公?”金世遗道:“我笑你身为一派掌门，却是毫无见识!”曹锦儿气得浑身颤战，正待发作。金世遗已抢着说道:“两湖大侠谷正朋说得好:父母有罪，婴儿无罪。她在襁褓之中便离开父母，孟神通所做的事情，岂应责怪到她的身上?那三篇少阳玄功秘诀，她本来可以隐瞒不报，她却交给了你们，让你们去对付她的生身之父，这等苦心，你还忍苛责她吗?试想，若没有这三篇少阳玄功秘诀，你们哪一个打得过孟神通?”

曹锦儿勃然大怒，喝道:“你这恶名远播的疯丐，居然胆敢指责我处事不公?我今日就要先为江湖除害，把你拿下了!”金世遗哈哈大笑道:“你敢!”曹锦儿的龙头拐杖一抖，霍的便是一拐打来，路英豪、白英杰两人跟着双剑刺出，这两人刚才在金世遗手下吃了大亏，如今仗着师姐壮胆，剑招使得非常凌厉。

大笑声中，只见金世遗的铁拐一横，当的一声巨响，曹锦儿的龙头拐杖给震得弯过一边，路英豪和白英杰的双剑又一次脱手飞出。曹锦儿的长幼三代同门吃惊非小，纷纷拥上。金世遗拔出拐中的铁剑，用铁拐压着曹锦儿的拐杖，左手的铁剑一阵疾挥，只听得叮当之声不绝于耳，有六七个功力稍弱的弟子，手中的兵器都给他的铁剑削断了!

翼仲牟甚是为难，他曾受过金世遗之恩，可是眼见师姐不敌，他又岂能不去助阵。就在他踌躇之际，金世遗大喝一声，李应的一条三节棍又给他削去了两节，曹锦儿的拐杖遮拦不住，竟给他迫得连连后退。翼仲牟叫声不好，飞步上前，只见金世遗的铁剑一挥，一招“长虹经天”，将曹锦儿的几个师弟都拦在一边，那根碗口般粗大的铁拐，已向着曹锦儿直砸下来，双杖相交，火花飞溅，曹锦儿的拐杖弯成了新月弧形。

就在这时，忽听得“当”的一声，谷之华一剑飞来，往上一挑，将金世遗的铁拐挑起，曹锦儿的压力减轻，将龙头拐杖抽出，气喘吁吁，一时之间竟说不出话后来。这时翼仲牟方才赶到，挡在师姐的面前。

金世遗大感意外，双目一睁，说道："好呀，我给你主持公道，你怎敢反帮起她来了？"谷之华目蕴泪光，剑尖一指，说道："金世遗，你下山去吧！"金世遗道："你甘心受她的欺负吗？"谷之华道："这是我本门的事情，你，你看在我的份上，下山去吧！"

曹锦儿缓过口气，将龙头拐杖一拗，恢复了原形，大怒说道："谁敢放他下山？在此邙山圣地，岂能容这恶丐猖狂？非得把他拿下不可！"要知邙山一派，历史虽然不算长远，仅仅一百多年，但它的创派祖师乃是前明公主独臂神尼，传下来的江南七侠，个个都享有大名，尤其是以甘凤池和吕四娘两人，一个是武林领袖，一个是剑学大师，领袖群伦，遗芳后世。再传下来，便是曹锦儿这辈，身为帮主者，先后曾有数人之多，声势更为浩大。即算曹锦儿的后辈，也有许多是江湖上的成名豪杰。总之，邙山派的兴起之速，享誉之隆，在武林中可说是罕见的奇迹。今日恰值独臂神尼逝世的五十周年，邙山派长幼三代同门聚集于此，却不料发生了这样一件事情，被金世遗大闹邙山，连掌门人都给他打败，替曹锦儿着想，若是不将他擒获，的确是扫尽面子的事。

谷之华左右为难，是遵从师姐之命，捉拿金世遗来将功赎罪呢？还是与金世遗一同逃下山去？正在踌躇，只见几十位同门，已从四面八方，包围上来，将金世遗和她，都围在圈子之内了。

剑拔弩张，眼见恶斗又将再起，就在这时，忽听得山顶上传出号哭之声，翼仲牟抬头一望，不知什么时候，来了三个生面人，一个是老和尚，满面杀气，在他的背后，是两个锦袍玉带的官员，这三个人正在独臂神尼的墓前点燃香烛，哭声就是那个老和尚发出来的，哭得惨厉之极，好像含有满腔怨毒之气，所有来宾，无不惊奇！

这几个人刚才来到的时候，正值曹锦儿与金世遗恶战，邙山派的弟子谁都没有留意他们。来参加扫墓的各路英雄，虽然心有所疑，但彼此同是来宾身份，当然不便拦阻。直到他们哭出声来，这才个个惊奇，人人诧异！要知独臂神尼乃是前明公主的身份，如今竟有两个朝廷命官来给她哭坟，这已经十分古怪；而且邙山派的弟子尚未行礼，他们却先祭扫起来，这更是出乎常理之外了！

这件怪事突如其来，邙山派的弟子不由得都分了心神，放松了对金世遗的包围，翼仲牟道：“师姐，你认得这几个人吗？”曹锦儿皱眉思索，还未曾回答，另一件更令人骇异的事接着发生，坟地上本来遗下十多把铁铲，乃是邙山派的弟子在扫墓之前，用来铲草覆土，修整墓园的，刚才因为大家一拥而上，去对付金世遗，就把铁铲搁在地上；这三个人在独臂神尼的墓前哭过之后，随手拿起铁铲，转到吕四娘的坟前，那老和尚突然一声怪笑，戟指骂道：“犯上作乱的贼婢，你生前我不能杀你，死后也要你尸骨无存！”把手一挥，三把铁铲，一齐向吕四娘的坟门铲去！

吕四娘一生受人钦敬，谁也想不到竟会有人来挖她的坟，群雄呆了一呆，霎时间，喝骂之声，如雷震耳。说时迟，那时快，早有两个邙山弟子扑了上去，施展大擒拿手法抓那个老和尚的胳膊，那个老和尚头也不回，但见他双肩一耸，这两个弟子登时给抛上半空，参加扫墓的武林英杰将近百数，看得清楚的不过几人，其他的人根本就瞧不见那个老和尚动手，喝骂之声倏然间又静止下来。

翼仲牟大吃一惊，这老和尚所用的竟是他本门的“沾衣十八跌”的上乘内功，在江南七侠之中，以甘凤池最擅长这种功夫，翼仲牟是甘凤池的嫡传弟子，也自愧不如！

就在这时，又有几个邙山派的弟子扑上前去，这回那老和尚根本就不动手，但见那个军官模样的人抡起铁铲，噼噼啪啪的一阵乱打，几个回合下来，刀枪剑戟，撒满一地，邙山派弟子的兵器竟然都给他们打落了。翼仲牟和曹锦儿留神观看，虽然仅是几个回合，但那两个军官已接连用了好几般武艺，而且都是她本门的武功。

那老和尚哈哈大笑，朗声说道：“你们这班小辈，见了我还不磕头，居然还敢与我动手吗？”曹锦儿与翼仲牟急忙舍了金世遗，喝止了众人，走上前去，那老和尚傲岸之极，向着曹锦儿说道：“锦儿，你僭位掌门，竟然不认识我么？”正是：

灭法欺师翻旧案，凶僧气焰太嚣张。

欲知后事如何？请听下回分解。

第十一回　凶僧辣手图翻案　侠女青霜护掌门

曹锦儿怔了一怔，蓦地双眉倒竖，怒声骂道："吕师叔当年宽大为怀，只诛首恶，没问你助纣为虐之罪，你今日竟还有颜面到她的坟前捣乱！"那老和尚冷笑道："我今日此来，正是要了结当年的这桩公案！老实告诉你吧，我师父当年惨遭杀戮，我今日非给他报仇雪恨不可。我岂只'捣乱'，我还要掘吕四娘的坟墓，毁她的棺材，将她的骨头烧灰，然后整顿邙山门户！"

原来这老和尚名唤灭法上人，正是了因的徒弟。独臂神尼的门下，本来共有八人，以了因为首，除了吕四娘因为是独臂神尼的关门弟子之外，其他六人：曹仁父、李源、周浔、白泰官、路民瞻、甘凤池。他们的武功都是了因代师传授，后来因为了因大逆不道，叛师叛国，吕四娘奉了师父的金牌遗命，会合同门，在独臂神尼墓前，将了因杀死（事详《江湖三女侠》），其时了因已收有两个徒弟，吕四娘因为他们的恶迹并未昭彰，虽然也随着了因做过一些恶事，但可说是迫于师命，不敢不从；吕四娘念在同是邙山一脉，既然杀了了因，就不再追究他们了。不过经过同门公决，了因这一支人，从此被清洗出邙山派外。

了因这两个徒弟从此也就不敢再在江湖上出头露面，大约过了十年光景，了因的大徒弟早死，二徒弟出家为僧，自己取名为灭法和尚，他为人深沉之极，几十年来勤修武功，只因他畏惧吕四娘，所以在吕四娘生前，他不敢贸然发难。曹锦儿虽然知道有这一个人，但他既然销声匿迹，曹锦儿也就几乎忘记他了。想不到他在独臂神尼逝世的五十周年，竟然带了两个徒弟，突然在邙山出现！

江南七侠之中，除了吕四娘之外，其余六侠的武功，既然都是了因所授，灭法和尚继承了因的武学，也就身兼六个支派的所长，刚才他用“沾衣十八跌”的功夫，跌翻两个邙山派的弟子不过是小试其技而已。

灭法和尚表明自己的身份之后，立即大剌剌地问道：“曹锦儿，你这个掌门人的位子是谁给你立的？”曹锦儿大怒说道：“你凭什么身份敢来问我？”灭法和尚道：“我师父是独臂神尼的首徒，我是他硕果仅存的弟子，排起长幼尊卑之序，几时轮得到你？即算我谦让不为，你们推举掌门，也该先向我请示！”翼仲牟冷冷说道：“灭法和尚，你早已不是邙山派的弟子。我曹师姐接任本派掌门，乃是吕师叔生前指定，如何轮到你管？”灭法和尚冷笑道：“当年吕四娘以本门最幼的师妹身份，犯上作乱，诛戮掌门师兄，排斥我们这一支人，我今日正是要把这件案子翻过来，她的措施，我根本就不承认。所以今日掌门人的位子，非重新推定不可！”

翼仲牟斥道：“了因叛师投敌，当年本派清理门户，明正其罪，将其诛戮，武林同道，无一异议，铁案如山，岂容更改？你不念本派前辈对你赦免之恩，竟敢到此胡作非为，我邙山派岂能饶你？”灭法和尚冷笑道：“翼仲牟，你如今身为邙山派一个大宗的宗主，（按：江南七侠分为七支，各为一宗；其中又以甘凤池、白泰官两支人最盛，称为邙山派下面的两个大宗。）又是江南丐帮的帮主，在武林中也算得有点名气了，饮水思源，你对我的师父应该如何感恩戴德？你可知道，你师父甘凤他的武功也是我师父传授的吗？你今日竟敢直呼我师父的名字，只凭这一点，我就先不饶你！还有你曹锦儿，当年你以晚两辈的身份，也跟着吕四娘叛上作乱，今日又僭位掌门，更不可恕！如今我有两条路由你选择，第一条是你与我单打独斗，只要你接我的十招，我就承认你是邙山派的掌门；第二条是你向我叩头谢罪，另选掌门，另外还要为我师父建墓立碑，披麻戴孝，好了结当年那桩公案！”

曹锦儿气得七窍生烟，不待灭法和尚说完，便即举起龙头拐杖向他打去，翼仲牟提起镔铁拐杖，给师姐掠阵。灭法和尚哈哈一笑，身躯一侧，避开曹锦儿打来的拐杖，不先还手，却向着翼仲牟喝道：“咄，我师父这根禅杖你还不还给我么？”原来翼仲牟所使的这根镔铁宝拐，乃是甘凤池当年在了因身死之后，将了因的禅杖在邛山石壁之中拔出，改成铁拐，传给他的大弟子吕青的，吕青因此得了个“铁拐仙”的称号，吕青死后，这根铁拐又传给他的师弟翼仲牟，故而灭法和尚有此一言。

灭法和尚声到人到，但见他一个“盘龙绕步”，闪过了曹锦儿的一拐，立即便抢到了翼仲牟的跟前。翼仲牟一招“雷电交轰”，铁拐舞起了一道圆圈，隐隐带着风雷之声，向灭法和尚的光头击下。灭法和尚喝声：“来得好！”挺肩一接，“蓬”的一声，击个正着，翼仲牟忽觉那根铁拐向旁一滑，心中一凛，说时迟，那时快，灭法和尚早已一掌斫来，掌势飘忽之极，以翼仲牟那样的武功，竟也不知他打向哪个部位，刚刚要使“铁板桥”的功夫闪避，灭法和尚已抓着了杖头，向前一送，翼仲牟蓦觉一股大力撞来，本来以他的武功而论，虽然不是灭法和尚的对手，最少也可抵敌个二三十招，只因他在前几天受了孟神通修罗阴煞功所伤，虽得天山碧灵丹调治，元气仍未恢复，被灭法和尚顺着他后仰之势一送，翼仲牟登时跌翻，铁拐也给他劈手夺去。可是翼仲牟在跌下之时，也还了他的一掌，扫中他的手腕。

灭法和尚手腕一缩一伸，翼仲牟跌出了一丈开外，灭法和尚将那根镔铁拐杖掣在手中，哈哈笑道：“翼仲牟，本门沾衣十八跌的武功，你还得苦练勤修！”一个转身，曹锦儿的第三招“五丁开山”刚刚使出，灭法和尚手腕一抬，双拐相交，但听得金铁交鸣之声，震耳欲聋，曹锦儿虎口酸麻，不敢硬接，杖头一颤，回杖一戳，竟然用粗重的拐杖使出判官笔的招数，刹那之间，连点灭法和尚的七处大穴。可是灭法和尚继承了因的武功，曹锦儿这一招虽然厉害，却是对他无可奈何，但见他铁拐一挥，也是一招“五丁开山”，铁拐点了五下，将曹锦儿的招数尽都化开，反而戳到了曹锦儿胸口的“璇玑穴”。曹锦儿迫得回拐防身，又硬接了他的一杖，这一下的劲道比刚才更猛，曹锦儿踉踉跄跄地向后连退三步，灭法和尚如影随形，跟踪追击，一拐紧似一拐，将曹锦儿迫得透不过气来。

邙山派众弟子看得惊心动魄，要知曹锦儿是掌门人的身份，亲自与敌人动手，众弟子可不便涌上去助阵。何况灭法和尚声言要与曹锦儿较量本门的武功，邙山派的弟子若然以多为胜，当着这么多的武林英杰面前，纵然胜了，也是有伤颜面。

跟灭法和尚来的那两个军官也看得目不转睛，看到了第五招，灭法和尚已经完全占了上风，杖影如山，将曹锦儿笼罩得风雨不透，那两个军官松了口气，相视而笑。灭法和尚忽地喝道："你这两个蠢娃娃，你们到邙山是作什么来的？还不赶快掘了吕四娘的坟墓！"那两个军官应声"遵命！"拾起铁铲，立即又向吕四娘的坟头铲下。

是可忍孰不可忍！两个名叫于郊、裘玉的邙山派弟子跑了出来，他们是白泰官的得意弟子，在邙山派现存的第二代弟子中，武功仅次于翼仲牟、曹锦儿、卢道磷、林锦笙四人，如今曹锦儿正在与灭法和尚对敌，翼仲牟受伤不能再战，卢林二人这次因事未有参加，他们二人已是邙山派弟子中武功最强的两个了。

那两个军官听得背后金刃劈风之声，头也不回，拔出佩剑，反手便迎，另一只手仍然揸着铁铲铲土。

白泰官是江南七侠中的"神刀手"，他所传的刀法以快、狠、多变驰誉武林，于裘二人乃是他的入室弟子，一上来便展开师门绝技，快刀斩落，但听叮叮当当之声有如繁弦急奏，竟似有几十口刀同时斩落一般，快到难以形容。

可是那两个军官竟然头也不回，就用佩剑反手接刀，施展的也是白家的快刀绝技，剑法刀法本来大有差异，如今他们用佩剑当成短刀来使，虽然一样是白家的刀法，但因为剑有两边锋刃，斩削的部位，出手的轻重，却又与短刀不尽相同，于裘二人不懂得适应，攻得快，败得也快，斩到第十六刀，便听得嗤嗤两声，两人的手腕都给划破了一道口子。

他们虽然斩了一十六刀，却不过是晃眼的工夫，曹锦儿在这时间之内，只不过挡了灭法和尚的一招，便见这两个师弟败了下来，又惊又怒，险险给灭法和尚的铁拐打中。灭法和尚哈哈笑道："你们号称邙山派的第三代弟子，却连我的徒弟也打不过，本门武功未

那两个军官……给这个人一手一个，抓着背心，摔将出去。

免太粗疏了，你还有脸皮做掌门人吗?”

要知了因和尚这一支人若然不是给邙山派清洗出去的话，这两个军官便应该算是邙山派的第四代弟子，论起辈分，于裘二人是他们的师叔。虽然白泰官的武艺乃是了因代师所传，依序类推，了因的徒孙也就等于白泰官的徒弟，但在名义上于裘二人终是长了一辈，长辈败给晚辈，在武林中是最失体面的事情。于裘二人气得七窍生烟，以他们的功力而论，本来可以赢得那两个军官的，只因不适应他们的刀法，致遭败绩，实在感到非常不值，可是他们乃是邙山派中有数的高手，在武林中也是颇有地位的人，他们以师叔的身份败给师侄，若然不肯认输，再上去挑战，那就不唯有失体面，且是迹近无赖了。因此他们虽然怒火冲天，也只得一声不响。

就在邙山派的弟子大感踌躇，不知再派谁去之际，那两个军官又在吕四娘的坟头上铲了几铲泥土，翼仲牟大叫：“反了，反了!”挣扎起来，在他徒弟的手上夺过了一柄铁尺，便待上前拼命。他刚刚受伤，邙山派的同门岂肯让他再战，有几个人拦着他，另有几个人跑出去，在这危急关头，他们迫不得已，只好以多为胜，先制止那两个人铲吕四娘的坟再说。

正在闹得不可开交，那几个邙山派的弟子刚刚跑上墓道，陡然间忽见一个人飞身跃起，有如大鹏般凌空抓落，那两个军官，还未来得及转身，铁铲刚刚举起，便给这个人一手一个，抓着背心，摔将出去，刚刚跌在翼仲牟的跟前，跌得四脚朝天，动弹不得。

这个人正是金世遗!

金世遗这一下突如其来，大出众人意外，想不到他刚刚遭受邙山派的围攻，如今却忽然为邙山派出手，擒了那两个掘墓的军官。

灭法和尚虽然以前没有见过金世遗，但却是闻名已久，一见他这形貌举止，立即知道他便是江湖上所说的那个“毒手疯丐”，不由得心中一凛，想道:“这厮果然名不虚传，看来武功不在我下。”铁拐一挥，将曹锦儿迫退三步，随即仰天笑道:“曹锦儿，你这掌门人却原来是要倚靠外人来给你撑腰么?邙山派称名门正派，即算你请外人撑腰，也不该请一个恶名远播的毒手疯丐来呀!哈，哈，天下英雄在此，就凭这一点你已扫尽了本派面子，我今日非把你逐出门墙不可！”

曹锦儿臊得满面通红，大怒骂道：“谁请外人帮忙来了。你胡说八道，吃我一拐！”她本来想顺口骂金世遗的，但话到口边，转念一想，金世遗这一举动到底是帮了她一个大忙，便骂不出来了。何况刚才他们与金世遗由争吵以至动手的事情，到会的各路英雄亲见亲闻，又何必自辩？不过曹锦儿既不敢再骂金世遗，又没有自辩，反来复去，便只有骂灭法和尚“胡说八道”，词锋便显得软弱无力。灭法和尚越发嘿嘿冷笑，显出绝不相信、一脸鄙夷的神情。

就在灭法和尚冷笑之时，金世遗也发出刺耳的笑声，将灭法和尚的笑声直压下去，灭法和尚双眼向他一瞪，道：“你笑什么？”金世遗道：“我笑你放屁。”灭法和尚拐杖一挥，又把曹锦儿迫退三步，怒道：“我说错了你么？”金世遗冷笑道：“曹锦儿她是何等样人，岂能请得动我？”灭法和尚道：“那你到这里来做什么？”金世遗道：“曹锦儿虽然平庸，我瞧她不起；吕四娘却是我平生最佩服的人，我今日特来给她上坟，有谁敢动她的坟头的一草一木、一撮泥沙，哼，哼，我金世遗就先放他不过！”灭法和尚道：“哦，原来你只是为了吕四娘？”金世遗道：“你和曹锦儿争什么掌门，吵什么你们本派的公案，这些我全不理。不过，你刚才骂我的话，我可记在账上了！”灭法和尚听说他不管邙山派的事情，先放下了心上的一块石头，立即答道：“你要与我算账？好极，好极，待我了结今日之事，一准奉陪便是。”斜眼一瞥，但见金世遗守在吕四娘的坟前，果然并不上前帮手。

由于金世遗这么一搞，灭法和尚没有尽全力去对付曹锦儿，曹锦儿刚才又攻了两拐，虽则给灭法和尚迫退，也算是动了两招，灭法和尚一算，他和曹锦儿已先后过了八招，他有言在先，非得在十招之内将曹锦儿打败不可。

正值曹锦儿一拐打下，灭法和尚喝声：“来得好！”一招“潜龙升天”，举拐相迎，这招正是“伏魔杖法”中一招极厉害的杀手，但听得“当”的一声，有如巨棒击钟，群山回响，有些功力较弱的弟子，耳鼓都给震破，流出血来，但见曹锦儿的铁拐弯曲欲断，成了半个环形，灭法和尚的铁拐插进环中，跟着一招“翻江倒海”，铁拐旋风疾转，曹锦儿被他的大力带动，身不由己地跟着他的铁拐旋转，直打圈圈，眼看就要当场栽倒！

就在这紧急的关头，忽听得一声娇斥，但见一团白影，从邙山派众弟子的头顶飞越而过，剑光一闪，随即又是“当”的一声，这时众人才看清楚了是谷之华，但见她一剑插入，将两根铁拐分开。曹锦儿一时间仍然未能稳住身形，程浩、李应急忙抢上，将她扶了回来。

以谷之华的功力而论，本来还比不上灭法和尚，她之所以能分开两根铁拐，纯是用巧劲奏功。原来吕四娘的“玄女剑法”，乃是专门适合女子用的，女子的气力一般都比不上男子，所以这套剑法最精妙的所在就是以巧降力，以奇制胜，玄女剑法与天山剑法齐名，雄浑之处不及天山剑法，而奇巧之处则有过之。谷之华那一剑拿捏时候恰到好处，刚刚趁着灭法和尚的劲力一举尽发之际，因势利导，轻轻将他引过一边，这才能够轻描淡写的便将两根铁拐分开。这也是因为灭法和尚求胜之心太切，想一下就把曹锦儿击败，要不然若他留有三分后劲，用来防备突袭，谷之华就不那么容易得手了。

可是，这已经令灭法和尚大吃一惊，尤其看到谷之华是如此年轻的一个少女，吃惊更甚，他还未曾开口，只听得谷之华已经说道：“师姐，杀鸡何用牛刀，这个凶僧敢在我师父的坟头动土，理应由我将他打发，请师姐准我替你效劳。”

灭法和尚诧道：“你是吕四娘的弟子？”谷之华将吕四娘生前所使的那柄霜华宝剑，扬空一闪，斥道：“秃驴，我师父的名字，是你叫的么？”剑光闪处，一招“玉女穿针”，就向灭法和尚的咽喉搠去。

曹锦儿这时正在气喘吁吁，听了谷之华这一番话，心里好生为难，要待允许她吧，岂非承认她乃是本派弟子，并且是吕四娘的衣钵传人？若待不允许吧，又有谁去抵敌灭法和尚？翼仲牟低声说道：“师姐，难得谷之华自告奋勇，就让她试一试吧。”曹锦儿想了一想，提高声音说道：“谷之华你好自为之，打退凶僧，我自有区处。”这话说得甚是含糊，但不啻已承认她是本派弟子了。

曹锦儿这句话尚未说完，谷之华早已与灭法和尚动起手来，一阵阵的金铁交鸣之声，把曹锦儿的声音淹没了。

谷之华自知本身功力不及灭法和尚，一上来便采取攻势，但见她捏着剑诀，指东打西，指南打北，瞻之在前，忽焉在后，柔如柳絮，翩若惊鸿，剑势确是奇幻无方，看得众人眼花缭乱。灭法和尚将拐杖抡圆，泼水不入，谷之华的出剑虽然是快到了极点，每一剑仍然是被他格开，可是灭法和尚在她的剑光笼罩之下，一时之间，却也不易反攻。但听得叮当之声，不绝于耳，转眼之间，双方已交换了十余廿招。

参加这次聚会的一众英雄，除了一个金世遗之外，其他的人无不惊诧！灭法和尚的武功之高，有目共睹，谷之华初出来时，谁不替她担心？即算是翼仲牟等深知玄女剑法精妙的本派弟子，也只不过希望她能挡得十招八招，稍稍为邙山派挽回面子而已，岂知连邙山派的掌门人曹锦儿也挡不了灭法和尚的十招，而她却居然挡了二十招了，还是丝毫未露败象！观战的一班老英雄们，禁不住大为兴奋，她每挡一招，他们就给她喝一声彩，彩声如雷，曹锦儿听在心头，又喜又恼，面上一阵青一阵红，感到满不是味儿，金世遗偷窥她的面色，暗暗好笑。

你道灭法和尚何以在开头二三十招之内，反而给她迫得处在下风？这里面有个缘故。原来这玄女剑法，乃是独臂神尼在晚年的时候练成的，得她传授的只有吕四娘一人。独臂神尼其他各种武功一古脑儿都传给了了因和尚，就只除了这一套玄女剑法。灭法和尚继承了因的武学，对曹锦儿、翼仲牟等人的武功了如指掌，早有防备，随手破解，毫不费力，只有谷之华使出的玄女剑法，他师父未曾学过，他当然也是一窍不通。灭法和尚是存着必胜之心来的，他在未摸清楚这套剑法之前，生怕一时失手，贻笑武林，故此不敢轻敌冒进。

待到过了三十多招，玄女剑法的精华已经大半表露，灭法和尚自忖，谷之华的剑法虽然精妙，功力尚未到一流境界，凭着自己精熟的各种武功，已是有把握能够胜她，于是转守为攻，将碗口般粗大的铁拐霍霍展开，但见杖影如山，剑光似练，转瞬间又斗了二三十招。

一众英雄看得惊心动魄，彩声渐渐消沉，战到分际，忽见灭法和尚大喝一声，铁拐横扫，一招“八方风雨”，招数使出，隐隐带有风雷之声，陡然间便似有十数根铁拐同时向谷之华打来，将谷之华前后左右的退路全部封住。这一刹那，全场静寂无声，只听得旁边的人心跳！

灭法和尚使出杀手，迫着谷之华也施展一招绝妙的功夫，就在众人目眩心惊，层层叠叠的拐影将谷之华围得风雨不透之际，突见谷之华凌空飞起，“当”的一声，剑尖一点杖头，又向上空升了几尺，刚刚避开了灭法和尚从“八方风雨”转为“潜龙升天”的招数！

有几位年逾六十的老英雄，当年邙山派清理门户之时，他们也曾在场作了见证。这时谷之华以绝顶的轻功配合上乘的剑法，使出了这败中取胜的绝招，他们认得这正是吕四娘当年刺杀了因的杀着，只道历史重演，禁不住又喝起彩来。

可惜谷之华的剑术虽然已尽得师门心法，她到底是个初出道的雏儿，怎能与吕四娘杀了因之时相比？要知吕四娘初出道之时也斗不过了因，她是经过了将近十年，武功阅历都大有进境之后，又值了因和她的六个师兄恶斗了一场，功力削减的时候，这才能够把了因杀掉的（吕四娘杀了因的情形，详见《江湖三女侠》）。今日谷之华的武功，最多只能比得上吕四娘初下山的时候，而灭法和尚经过几十年的修练，却几乎比得上师父盛年。但见谷之华在半空中挽了一个剑花，凌空下刺，依样画葫芦，使出了吕四娘当年杀了因的杀手，灭法和尚大喝一声：“来得好！”掌拐兼施，“呼”的一声，左掌打出了一个劈空掌，右手铁拐一挺，趁谷之华身形降落之际，戳到了她的丹田。谷之华的剑尖被他的劈空掌震歪，身子悬空，无法闪避，眼看就要命丧在灭法和尚的铁拐之下！

彩声一变而为惊呼，然而就在这极端危险的时候，谷之华也显出了她非凡的本领，但见她身子一弓，脚尖在杖头上轻轻一点，登时倒纵出数丈开外，在场的邙山派弟子，除了曹锦儿、翼仲牟等有限几人，其他的根本就看不出来，只道谷之华已被灭法和尚的铁拐打翻，掩面不敢观看！

金世遗仰天大笑道：“妙啊，妙啊！这叫做以己之长攻敌之短！曹锦儿你看清楚了?”他用传音入密的上乘内功，震得灭法和尚的耳鼓嗡嗡作响。灭法和尚这一招杀手被谷之华逃脱，正自有点丧气，再被金世遗纵声嘲笑，禁不住心头烦乱，但他怕招恼了金世遗，在这时候又不敢惹他，只好屏气凝神，专心去对付谷之华。

说时迟，那时快，但听得谷之华一声娇叱，剑光如练，又杀上来。谷之华得金世遗提醒，这一上来，剑法又变，但见她有如蝴蝶穿花，蜻蜓点水，剑招一发便收，稍沾即走，以轻灵之极的身法，展开了迅捷多变的剑术与灭法和尚游斗。这一来与刚才大大不同，根本就听不见兵器碰磕之声，但见铁拐纵横，剑光飞舞，谷之华衣袂飘飘，在杖光剑影之中，倏进倏退，穿插往来，比起刚才的高呼酣斗，更显得惊险绝伦。

谷之华的轻功要比灭法和尚稍胜一筹，若然她要全身而退，自有可能，可是她为了师门荣辱，却非和灭法和尚决斗不可，这样时间一长，灭法和尚的功力比她高得多，灭法和尚只感到有点气喘，而她却已是香汗淋漓。

金世遗心中想道：“这老秃驴口出大言，果然有些真才实学。单打独斗，我也未必准能赢得了他。谷之华现在虽然未现败象，久战下去，终是难免一败，我既来到邙山，岂能坐视?”但他想来想去，却是想不出暗助谷之华的法子，若是施用毒针，对付一般的人，那自是不费吹灰之力；但以灭法和尚这等武功，却必定给他发觉无疑，而且也未必能够伤得了他。要知谷之华今日乃是为了师门荣辱而战，若是凭借外人之力取胜，胜了也不光彩，何况金世遗有言在先，今日绝不伸手管他邙山派的事情，即算金世遗有意与灭法和尚一决雌雄，也决不能在这个时候将谷之华替下。

过了一会，谷之华与灭法和尚又斗了一百来招，灭法和尚越战越勇，铁拐展开，呼呼轰轰，方圆丈许之内，谷之华根本无法近身，但她那一柄剑盘旋飞舞，鹰翔隼刺，轻灵迅捷，却也不减先前。在旁人看来，他们两人还是个平手相持的局面，看不出胜败的迹象；但在金世遗看来，他听那兵器偶然间碰击的声音，却听出了谷之华的真力已减弱了三成，久战下去，必败无疑。金世遗的办法还未想出，心中更为着急。

那两个掘墓的军官，刚才被金世遗用大擒拿手抓起，摔到了翼仲牟的跟前，邙山派的弟子立即将他们缚了，可是当时还没有余暇审问，这时曹锦儿见谷之华与灭法和尚短时间难分胜败，便叫弟子将那两个军官推过来，与翼仲牟商量怎样处置。应邀前来观礼的一位老英雄，是北京震远镖局的总镖头霍宝猷，忽然走过来悄悄说道："这两个人都是御林军中甚得重用的统领，得过皇上赏穿黄马褂。高的这个叫耿纯，矮的这个名叫秦岱。"

说话之间，那两个军官已被推了上来，耿纯双眼一翻，大声说道："曹锦儿，你待把咱怎样？"曹锦儿怒道："你们敢上邙山捣乱，毁墓掘坟，罪无可恕，掌刑弟子过来，将他们杖打三百，驱逐下山！"秦岱大笑道："曹锦儿，你有这个胆子？除非你敢把我们杀了，否则侮辱朝廷命官之罪，不但你担当不起，邙山派也担当不起！你们邙山派比少林寺如何？少林寺与朝廷作对，兀自给一把火烧了。若无胆杀我，我必报仇！"

要知邙山派自独臂神尼创派以来，便是以反清复明为志，吕四娘连雍正皇帝也杀了，何惧乎两个军官？可是邙山派的反清复明是暗中进行的，吕四娘刺雍正之事，武林中虽然尽人皆知，但那也只是私下传讲，绝不敢公开场合谈论。至于朝廷方面，更是引为隐讳，不肯承认皇帝是被人刺杀的。正是因此，所以朝廷虽然痛恨邙山派，却还不敢公然讨伐。

周浔的弟子程浩，在邙山派第三代的弟子中，位置仅在曹锦儿、翼仲牟之下，名列第三，他性情比较深沉，一听这两个军官的口气，暗叫不妙，便将师兄翼仲牟拉过一边，悄悄说道："吕姑姑在三十多年前刺杀雍正一事，清廷对咱们邙山派实是含恨已久，只是未曾抓到藉口来毁咱们，咱们虽然暗中反清，表面上却从未干过杀官占府之事，没有把柄落在朝廷手里，今日犯不着为了两个御林军军官，与朝廷公开作对。"翼仲牟一想，确是不能不有顾虑，心道："即算把这两个家伙杀了灭口，当着这么多人，人多口众，事情也难以隐瞒。杀又杀不得，放又放不得，这却如何是好？”

曹锦儿被这两个军官顶撞，怒不可遏，但一想到其中利害关系，却也不禁有些气馁，但为了面子，又不能放过他们，想了一想，冷冷说道：“你们到此掘我邙山派长辈的坟墓，我只按武林规矩处置，谁管你们是不是朝廷命官？”口气已然软了许多。耿纯冷笑道：“你既不承认我们是邙山派的弟子，我们也不承认你是邙山派的掌门，你向我们摆什么掌门人的身份？谈什么武林规矩、家法处置？即算我们是偷坟掘墓的强盗，你也只能送我们到官府衙门里去，岂能擅用私刑？朝廷难道是没有法律的么？”他这一番话打的官腔，却也有他的一番歪理，曹锦儿气得浑身颤抖，正待不顾一切，喝令掌刑弟子执行，那秦岱又冷笑道：“曹锦儿，你是有身家产业儿孙的人，我们拼掉舍了性命，你也难免抄家灭族之祸，我言尽于此，你要杀要剐，悉听尊便！”曹锦儿的夫家乃是涿县的名门大族，丈夫并不是武林中人，秦岱出言恫吓，正说到她心中恐惧之处，她纵然不惜自己，却不能不怕连累夫家。她眼光一瞥，只见翼仲牟与程浩面色沉重，暗暗摇头，似是示意叫她不要轻举妄动。

曹锦儿正在为难，忽听得金世遗怪声笑道：“曹锦儿，这两个宝贝是我金世遗拿来的，你怎么擅自处置？要审他也轮不到你来审！”原来金世遗趁着一部分人注意场中的恶斗、一部分人注意曹锦儿的时候，悄没声的便走了过来。

翼仲牟大喜，急忙说道：“金老兄，你尽管提去！”曹锦儿虽然气愤，却也乐得脱了关系，不作一声。金世遗哈哈大笑，一手一个，抓起了那两个军官，又回到了吕四娘的坟前，面对着灭法和尚与谷之华，这时谷之华与灭法和尚已斗了二三百招，谷之华香汗湿透罗衣，身形显得比前迟滞，剑法也没有刚才那样灵活了。

金世遗将那两个军官往地上一掼，仰天大笑三声，突然双眼一睁，满面杀气，吓得那两个军官魂不附体。

山头上所有人，登时都把目光集中在金世遗身上，连谷之华与灭法和尚这一场精彩之极的大战，也顾不及看了。

但见金世遗将那两个军官踏在脚下，大声笑道：“我一无父母，二无妻室，三无产业，四无子孙，上不怕天，下不怕地，你们的鞑子皇帝，若然撞在我的手上，也要打他三百拐杖，杀你们这两个小小的军官，只当踩死两个蚂蚁！”那两个军官吓得魂飞魄散，心里叫苦不迭，他们恃着御林军军官的身份，可以威胁曹锦儿，可以威胁所有邙山派的弟子，但落在金世遗的手里，却是毫无办法。这两个人中耿纯脾气较硬，拼着豁了性命，把心一横，骂道：“你这个千刀万剐的毒，毒……哎哟，哟……”他那“毒手疯丐”四个字还未曾骂得出口，但觉体内好像有千百条毒蛇乱窜乱咬，痛得死去活来，恨不得当真死了那还好些，偏偏却死不了，虽然奇痛攻心，神智却是清醒得很！

金世遗笑道：“哈，你这两个狗头怎么不骂了呀？你想激我杀掉你们么？哪有这样便宜的事？老子还要慢慢消遣呢！”双脚踏在他们背心的“归藏穴”上，这是奇经八脉交会之点，金世遗脚尖稍稍用力，这两个军官惨过受天下最厉害的酷刑，惨叫狂嗥，就像两只受了伤的野兽，许多心肠稍软的人，都掩了耳朵，不忍卒听。

这两个军官乃是灭法和尚的爱徒，灭法和尚叫他们上京钻营，钻到了御林军统领的位置，本来早就算定有今日大闹邙山之事，所以将他们带来，准备了一着棋子，作威胁邙山派的工具，做梦也想不到会凭空杀出一个金世遗来！这时听得自己的两个爱徒惨叫狂嚎，入耳刺心，饶是灭法和尚有几十年静修的功夫，也禁不住怒火攻心，心神散乱。

谷之华这时正处在下风，她专心一意对付灭法和尚，眼中所见，只是灭法和尚那根铁拐，耳中所听，只是为了辨别铁拐打来的方位，尽管金世遗闹得天翻地覆，她却有如不见不闻。这样一个分心，一个专注，登时将形势扭转过来，但见谷之华趁势反攻，剑气如虹，寒光匝地，刷刷几剑，把灭法和尚杀得连连后退！

灭法和尚暗叫不妙，即算他这时要抽出身来去斗金世遗，其势亦所不能，急忙定下心神，重施杀手。脚跟刚刚站定，只听得金世遗又在那边骂道：“吕四娘是我平生最钦仰的人，你们敢掘她的坟墓，我非得重重地教训你们不可。现在我有两条路给你们选择，你们若不认罪，我就拼着三天三夜不睡，陪伴你们，我有十八种刑罚，一样一样，让你们受用；你们若肯认罪，听我所言，嘿，嘿，我看在你们肯认错的份上，也许可以饶了你们。”那两个军官一听，若不认罚，要受三日三夜的酷刑，这等酷刑片刻也自难捱，何况三日三夜？急忙叫道：“我们知错了，我们认罪了！”

金世遗道：“空口认错，不能算数。先在这坟前叩三个响头，给吕四娘老前辈赔罪！”双脚提起，放了那两个军官，那两个军官爬起身来，立即叩头有如捣蒜，一口气磕了六七个响头，远远超过了金世遗所定之数。

金世遗忍住了笑，又道：“左右开弓，各打自己耳光二十，打一下要骂一声，骂你自己是混账王八蛋，瞎了眼的龟儿子！”那两个军官到底是御林军统领的身份，这样侮辱自己的话如何骂得出口？方自踌躇，金世遗突然一声冷笑，提起了铁拐，瞪眼骂道：“好呀，你们的骨头居然很硬，不肯骂吗？我倒要试试看，你们的骨头是不是真硬？”作势便要打下，那两个军官连忙左右开弓，噼噼啪啪的自打耳光！打一下骂一下，“王八蛋”、“龟儿子”之声，叫得震天价响！

灭法和尚气得七窍生烟，眼见爱徒在天下英雄面前，受金世遗这等凌辱，他这个做师父的面子何存？即算夺得邙山派的掌门之位，这耻辱也是终生难洗的了！

高手比斗，哪容稍稍分心？灭法和尚刚刚站稳了脚步，与谷之华打成平手，这时一动了气，气躁心浮，谷之华突然一招“白虹贯日”，霜华宝剑寒光疾吐，刺到他的咽喉，灭法和尚急忙倒退闪避，但听得“刷”的一声，僧袍已给谷之华一剑穿过。幸而灭法和尚仗着精纯的内功，吞胸吸腹，剑尖就差那么半寸，没有伤着他的皮肉，可也给吓出了一身冷汗！

只听得金世遗又在那边大声吩咐道：“你们这两个王八蛋果然听话，现在再骂，骂这个老秃驴，是他将你们带来的，他要做掌门，却叫你们受罪，你们理该骂他，我看谁骂得最狠，我就先放谁。”

武林之中，师徒有如父子，要徒弟亲口来骂师父，端的比任何侮辱还要难受得多！耿纯大叫道：“金世遗，你杀了我吧！”金世遗冷笑道：“呸，你不肯骂？你想死么？哪有这样便宜的事？”拐杖一戳，“卜”的一声，在他背心的“归藏穴”重重戳了一记，耿纯惨叫一声，但觉五脏六腑都好像要翻转过来，痛得在地上打滚，金世遗道："你骂不骂，不骂还有更厉害的让你尝尝。"随手又把拐杖顶着秦岱的后心，喝道："还有你呀，你骂不骂？"

秦岱吓得魂不附体，急忙骂道："贼和尚，贼和尚！"耿纯也跟着骂道："老秃驴，老秃驴！"金世遗喝道："我听不见，大声一些！好！你们两个比赛，看谁骂得狠些！"金世遗提着拐杖，瞪眼看着他们，耿纯、秦岱不敢不骂，第一句最难骂得出口，一骂出口之后，廉耻之心便已丧尽，第二句、第三句……就跟着滔滔不绝，灭法和尚所做的好些坏事，都从他这两个心爱的徒弟的口中骂出来了！

秦岱、耿纯这一顿破口大骂，邙山派的弟子听了，痛快之极，他们骂一声"老秃驴"，邙山派的弟子就拍掌叫一声"好！"灭法和尚一句句一声声听得分明，气得死去活来，既恨金世遗，也恨徒弟太不争气。

金世遗将秦岱、耿纯推前几步，双掌按着他们的背心，让他们正面向着灭法和尚，纵声大笑道："好，好！骂得痛快！再骂，再骂！"灭法和尚暴跳如雷，猛地喝道："金世遗你辱我太甚，今日不是你死，便是我亡！"正待摆脱谷之华，跳出圈子与金世遗拼命，话声未停，只听得"咔嚓"一声，谷之华凌空跃起，疾风般的一剑削过，灭法和尚的肩膊给她削去了好大一片皮肉，连肩胛骨也给剑锋割裂了！

金世遗双掌一收，笑道："你们骂得很好，可以将功赎罪了，滚吧！"秦岱、耿纯如闻大赦，以袖掩面，哪敢再看师父，急急忙忙的鼠窜而逃！

金世遗哈哈大笑，跳了出来，向着灭法和尚说道："你敢上山掘吕四娘的坟墓，你便不说，这笔账我也是要与你算的。但你今日已受了伤，我金世遗可不愿欺负受了伤的人，等你养好伤之后，我随时候教！"

灭法和尚败在谷之华的剑下，气恨之极，可是他受伤非浅，此时此际，莫说再斗金世遗，即使谷之华他也打不过了。灭法和尚一想，若要出气，只怕就得送掉老命，这口气便不由得他不咽下去。当下扔下了两句门面话，在邙山派的弟子呼喝声中，抛下铁拐，狼狈逃下邙山。

谷之华插剑归鞘，走到曹锦儿面前施了一礼，禀道：“仰仗师父庇护、师姐威风，弟子谷之华已将凶僧驱逐下山，特来缴令！”其实她这一番败中取胜，全仗金世遗的妙计将灭法和尚激怒，到会的人，谁不知道？曹锦儿心中亦自明白，谷之华这番话只是为了顾全她掌门的面子而已。

翼仲牟道：“师姐，谷之华杀败凶僧，对本门大有功劳，对她的处罚是否可以从宽，仍准她留在门墙之内？”曹锦儿毫无欢悦之容，淡淡说道：“我自有区处，师弟你不必多言。”翼仲牟讨了一个老大没趣，只好退下。

这时所有的眼光又都集中在曹锦儿身上，曹锦儿含羞带怒，避开了谷之华的施礼，站起来，缓缓说道：“谷之华，你今日驱逐凶僧，保全了你师父的坟墓，念在此处，我对你特别宽容，宝剑剑谱，都不必缴回，但你的父亲乃是邙山派的公敌，邙山派不能留你，我准你自立门户，也准你与我的吕姑姑保留师徒名分，春秋祭扫，你可以上邙山上坟，但你却不可用邙山派弟子的名义在外招摇了，好，你好生去吧！”

此言一出，即算邙山派的弟子之中，亦有许多人认为过分，可是大家慑于掌门师姐的威严，都噤不作声。翼仲牟刚刚碰了一个钉子，也不便再说了。

过了半晌，程浩走上前来，缓缓说道：“谷之华今日驱逐凶僧，为本派立了很大的功劳，请师姐开恩，是否更可以从宽处理？”曹锦儿板起面孔，冷冷说道：“我不迫她缴回宝剑剑谱，又准她自立门户，作为本派的旁支，这已经是宽大之极，还要怎样开恩？她父亲是本门的大仇人，你敢不敢担保将来有事之时，她胳膊不向内弯？心向亲父？与其将来闹出事情，何如现在防患未然，请她出去？”曹锦儿这番话纯是为本门着想，确实也有理由，程浩虽然相信谷之华不会再认那个大魔头做父亲，可是叫他担保，他却不敢负这干系，被曹锦儿说了一顿，只好默不作声。

老英雄霍宝猷自恃与邙山派两代都有交情，走出来道：“贵派清理门户，老朽外人，本来不应多说。但想吕四娘只有这个弟子，若将她的衣钵传人逐出门墙，她泉下也不心安。是否可以念在吕四娘的分上，准她留下?”霍宝猷倚老卖老，措辞失当，言下之意，倒似乎有点责怪曹锦儿了。曹锦儿勃然变色，说道：“我吕姑姑平生嫉恶如仇，若她知道误收了大魔头孟神通的女儿做徒弟，只怕她的处置比我更要严厉!”霍宝猷甚为没趣，心想：“若是吕四娘在生，她深明道理，一定不会这样做。”可是吕四娘已死，谁能将吕四娘起于地下，再去问她?

霍宝猷的拜把兄弟许安国看不过眼，走上来道：“刚才我听柳行森老弟所说，两湖大侠谷正朋收留孟神通的遗婴的时候，曾说过这样的话：父母有罪，婴儿无罪。这位谷姑娘得到两湖大侠的教养，又得吕四娘十载的熏陶，纵有恶根，亦当去尽。何况我适才看她行事，明知不敌，也肯出来拼命力斗凶僧，确是维护本门的好弟子。曹女侠请你三思，再行考虑，是否可以收回成命?”许安国这番话通情达理，曹锦儿也有点动容，可是面子难下，仍然说道：“我也但愿她是侠义中人，但她父亲是本门仇敌，此事非比寻常，我宁愿让武林同道认我严厉寡情，我也不敢给本门留下一个心腹之患!”

说来说去，曹锦儿总之是不放心。谷之华泪光莹然，好几次话到口边，又吞了回去。就在这时，忽听得金世遗哈哈大笑之声，跳出场来，将谷之华一把拉了就走。

曹锦儿吓了一跳，只当金世遗要来闹事，却见金世遗一把拉着了谷之华，仰天笑道：“大丈夫正当独往独来，一空依傍!谷姑娘，你是巾帼须眉，女中英杰，何苦受这个臭婆娘的闷气?依我说呀，她要你自立门户，那正是求之不得，去休，去休!”不由分说，拉起谷之华便走。

其实谷之华若肯再三求情，按照武林规矩，在师父墓前，向掌门师姐具下最严厉的生死甘结，发誓永远服从掌门人的命令，决不背叛本门，勾结“外人”(即使这个人是她的生父)，那么曹锦儿有了保证，再加上武林前辈的说情，曹锦儿下得了台，她必定会趁势收篷，准谷之华仍留在门墙之内。谷之华和许安国都听出了她最后那一段话，口气已有点松动，可是许安国究是外人，他不便叫谷之华这样做；而谷之华呢，她一知道了自己身世之后，虽然早就下了决心，不会再认孟神通做她的父亲，可是她在天下英雄之前，向曹锦儿如此屈辱，低头服软，并声言与她的生父为敌，她也有她少女的矜持，如何能咽得下这一口气？这也就是谷之华一直泪光莹然，好几次话到口边，又吞了回去的原因。

这时谷之华心想，事已如此，再留在邙山派内，也实在没什么意思，她被金世遗扯着了衣袖，身不由己地跟他走了几步，忽然一下甩脱，金世遗叫道："你还留恋什么？此时不走，尚待何时？"谷之华走到师父墓前，叩了三个响头，朗声说道："师姐在上，小妹今日拜别了！"

曹锦儿被金世遗骂她做"臭婆娘"，气得浑身发抖，但一来金世遗刚才替她处置了那两个军官，消除了邙山派的祸患，又因此而激怒了灭法和尚，让谷之华得以从容取胜，保全了邙山派的面子，纵然曹锦儿不便向他道谢，也总不能再叫众弟子去围攻他。二来以曹锦儿的身份，也绝不可以与金世遗胡骂一通。因此虽然气得浑身发抖，却实在拿金世遗没有办法。这时谷之华向她拜别，她把一腔怒气都发泄在谷之华身上，侧身避开，不受谷之华的礼，冷冷说道："从今之后，我不是你的师姐，你也不是我的师妹，你爱跟什么人，我管不着！"

金世遗冷笑道："曹锦儿，你瞧不起我，我更瞧不起你了。不是看在吕四娘份上，我今日就叫你吃我一顿拐杖！"曹锦儿气得七窍生烟，龙头拐杖一摆，未曾说话，金世遗蓦然双眼一翻，喝道："你敢再说半句话！"曹锦儿确是有点怕他，见他目露凶光，吃了一惊，不由自主地退了一步，话也说不出来，金世遗哈哈大笑，连呼痛快，拉着谷之华便下邙山。正是：

独往独来何足惧？是清是浊自分明。

欲知后事如何？请听下回分解。

第十二回　太息知交天下少
伤心身世泪痕多

两人走了一程，金世遗见谷之华闷闷不乐，笑道："不在邙山派内，又有什么关系？我若是你，我还不高兴认这个师姐呢！"谷之华道："曹师姐虽然气焰迫人，却也算是个正派的女侠，你刚才对她太过分了。"金世遗笑道："我就是因为瞧不过她那股气焰，特地为你出一口气的。你有没有留心她刚才的窘态？"口讲指划，描述曹锦儿的尴尬情状，想逗谷之华发笑，谷之华仍是没精打采，郁郁寡欢。

金世遗再劝解道："你今日战胜了灭法和尚，保住了邙山派的声誉，一众同门，除了曹锦儿之外，谁不感激你？你虽然被曹锦儿逐出门墙，情形却与叛师被逐的大不相同，谁敢因此看轻了你！"谷之华叹口气道："以后除了春秋二祭，我是再不能陪伴我的师父了。我答应给师父守三年坟墓，还未守满呢。"金世遗笑道："你只要心中有你的师父，学她生前的模样，在江湖上行侠仗义，那岂不胜于守在她的墓旁？"

谷之华如有所思，走了一程，又叹口气道："话是这样说，可惜我听不到师父的教诲了。"歇了一歇，忽地问道："我听翼师兄说，你们前日大闹孟家庄，你，你有与孟、孟神通交手么？"孟神通是她本门的仇敌，又是她的生父，她既不忍随众称他做"大魔头"，又不愿意称他做父亲，故此只有直呼其名。金世遗道："交过手了，以他的武功而论，只恐你们邙山派长幼三代同门，全都拥上，也未必是他的对手！"谷之华面色惨白，原来她想到异日邙山派大举寻仇之时，少不免有人死在孟神通之手，那时她帮不帮同门亲自去与父亲为敌呢？她仰首望天，欲哭无泪，恨只恨她生作孟神通的女儿。

金世遗何尝不知道她伤心的症结所在，只是不便触及，见她一直郁郁不欢，再也忍耐不住，忽地紧握她的双手，大声说道："你是你，他是他，清者自清，浊者自浊，莲出污泥，仍是花之君子，枉你是吕四娘的弟子，连这点道理也不懂么？"谷之华颤声道："旁人将怎么说？"金世遗大笑道："做人但求上无愧于天，下无愧于地，理得旁人说什么？我被人称为毒手疯丐，把我当作无恶不作的魔头，但我自问并没杀过好人，也没有做过大奸大恶之事，我便仍然我行我素，根本就不理会别人是看轻我还是看重我。我被人认为魔头也毫不在乎，何况你仅仅是魔头的女儿？你以前曾劝过我，愿我做一个初生的婴儿，好吧，我今天就将这番话劝你，你只当你的父母早已死了，在你出生的时候就已经死了，何物孟神通与你毫无关系！"

这话说得非常彻底，除了金世遗也没有人说得出来。谷之华泪下如雨，但心中却比以前好过得多了。

金世遗一口气把这番话说了出来，好像这些话在他的心头已经积压了许久许久，突然间便似滚滚山洪，倾泻而下，声音越说越大，越说越快，显见他的心情也是非常激动，说完之后，两人不自觉的更靠近起来，但听得他的回声兀自在山谷之中回旋震荡，久久未绝。

谷之华心中忽然有了一种奇妙的感觉，想道："人人都说金世遗不近人情，看来那些人根本就没有懂得他。谁想得到他貌似玩世不恭，对人却是这样的真诚亲切！"

金世遗微微一笑，说道："我平生嬉笑怒骂，只有今日说的是正经话儿。"金世遗心中也有一种奇妙的感觉，连他自己也惊诧自己为什么对谷之华的事情这样激动。

谷之华低声说道："是么？那你平生竟没有一个谈得来的朋友么？"金世遗的脑海中泛出了李沁梅的影子，想了一想，说道："可以说没有一个像你这样的朋友。其他我所认识的人，要吗就是讨厌我，当我是怪物；要吗就是可怜我，当我是个没人照顾的孩子。"

他心目中将他当作“可怜的孩子”的人，也包括冰川天女在内。

谷之华道：“可是有一个你未认识的人，她既不讨厌你，也不可怜你，而是把你当作一块璞玉，虽然行为怪异，却是可以琢磨成器的。”金世遗睁大了眼睛，问道：“有这样的人么？是谁？”谷之华道：“是我的师父。”金世遗微笑道：“不对，我虽然未见过吕四娘，但我早已从我师父的口中认识她了。尤其在今天之后，我更觉得你的师父是一个很熟悉、很熟悉的人。”谷之华道：“为什么？”金世遗道：“因为你是她唯一的弟子，是她教养出来的人。你是一个正直善良，而又心胸宽大，能够容忍一切的女子。有其师必有其徒，所以我从师父的口中认识了吕四娘，知道了你是她的徒弟之后，虽然我与你以前只见过一面，也就觉得你是已曾相识的朋友。今天看了你的行事，又更认识了你的师父。”谷之华脸泛红晕，说道：“你怎么可以将我与师父相比，我哪能及得上她。”歇了一歇，又禁不住微微笑道：“想不到你也很会奉承人。”金世遗正容说道：“不是奉承。你今日也许还比不上师父，他日却定然又是个吕四娘。”

两人目光相接，谷之华有点不好意思地转过了头。金世遗想起一事，忽然问道：“你师父坐化之前，叫你留意我这个人，我记得你好像说过这桩事情。”谷之华道：“不错，我师父一向惦记着毒龙尊者，因此她在生前也很留意你的行事，希望你能继承你师父的武学，在中原开创一派，使你师父的武功不至失传。”金世遗双眼闪闪发光，说道：“那么我想再问你一桩事情，你肯不肯如实告诉给我？”

谷之华见他说得如此郑重，微诧笑道：“你要问什么事情？你若信不过我，那也就不必问了。”金世遗道：“不是信不过你，只因此事关系武林中一大秘密，我怕你纵然知道，却或许因为某些顾忌，不愿意说出来。”

谷之华心中一动，歇了半晌，微笑说道：“你问吧。”金世遗道：“记得你我第一次见面之时，你说要托江南之手，转送我一件礼物？”谷之华道：“不错。那礼物你不是收到了吗？”金世遗道：“你知道那礼物是什么东西？”谷之华道：“我猜想是一张画图。”金世遗道："你以前见过这张画图吗?"谷之华道："没有见过。"金世遗笑道："那么你送礼也送得出奇，连你自己也未曾见过的，就拿来送给人家了。"谷之华道："我这是借花献佛，慷他人之慨。"

金世遗这个疑团已经存在心中许久，此时方有机会问她："你怎么知道藏灵上人身上有这张古怪的画图?"谷之华道："怎么古怪法?"金世遗取出来与她一看，问道："你看这画的是一座大海中的火山，一个巨人张弓搭箭对着喷火的山口，这是什么意思?"谷之华道："我早已说过我未曾见过这张画，我怎么知道是什么意思?"金世遗颇为失望，怔怔地望着她。

谷之华笑道："我虽然不知道画的意思，我却知道画的来历。你真聪明，竟然勘破了这张画的玄机，知道了它是有关武林的一大秘密。"金世遗道："那是藏灵上人吐露出来的。"谷之华奇道："藏灵上人会对你吐露他藏有这幅画?"金世遗道："他没有提起这幅画，他只是邀请我去发掘乔北溟在海岛上遗留下的武学秘典，说世上除他之外，无人知道这个秘密，他死了之后，江南在他身上发现了这张画，不想你也已知道，却叫他转送给我。这个海岛我怀疑是我的师父曾经到过的。"谷之华道："好，你先把你所知的告诉我。"金世遗遂将藏灵上人与他谈话的详细内容，以及小时候毒龙尊者告诫他不可到那火山岛上的事，都向谷之华说了，只是瞒着了最关紧要的一桩事情，那就是厉胜男的身世之谜。厉胜男是乔北溟大徒弟厉抗天的后代，当今之世，追溯起来，只有厉胜男一人是和乔北溟有关的了。

这倒不是金世遗故意要瞒着谷之华，而是因为他答应过厉胜男，决不泄漏她身世之谜。自从与厉胜男有过那番古怪的遇会之后，不知怎的，金世遗每想起她，心底深处总似隐藏着一种莫名其妙的惧怕，所以他总是抑制着自己不去想她。然而现在谷之华与他提起了乔北溟的武学之谜，厉胜男的影子便自自然然的从他的脑海中浮现出来。

谷之华静静地听他说，忽然发觉他神情有点异样，谷之华颇感诧异，就在这时，金世遗的话声停止了。

谷之华道："你是想去那个海岛寻乔北溟的武学之谜，却又有点惧怕么?”金世遗道:“不错。我想那海岛上定然是有些奇怪的物事，要不然我的师父也不会告诫我了。”其实他不是惧怕海岛上的神秘，而是因为想起了厉胜男，厉胜男好像附着他的影子，他惧怕这看不见、摸不着、只在心上感觉得到的阴影。

谷之华道:“现在看来，这个火山岛上，存有乔北溟的武学秘典，那是无疑的了。你刚才问我，我怎会知道藏灵上人藏有这张图画，我现在可以告诉你了，那是我的师父在她坐化之前的一天告诉我的，也是她的遗命，要将这张画图取来，当作礼物送给你的。那天恰值藏灵上人给你打伤，死在山洞之内，而你却未曾发现他藏有这个秘密，所以我托江南的手转送给你。”金世遗奇道:“她老人家怎么知道?”谷之华道:“令师毒龙尊者生前曾与她谈及那个海岛，说是在岛上曾发现有署名乔北溟所留的墨迹，令师不知道乔北溟是何等样人，加以那海岛久无人居，毒蛇怪兽出没其间，令师虽然不怕，却也不愿无谓冒险，是以没有深入搜查。他后来向我师父问及乔北溟其人其事，我师父就猜想到了，这三百年前的一代大魔头，可能会在海岛上留下了他的武功心得。”金世遗想道:“只怕那海岛上不只仅有毒蛇猛兽，要不然我师父不会那样告诫我。不知他曾发现了什么怪异的迹象，对吕四娘也没有说。”

谷之华继续说道:“这件事隔了好多年，令师也早已仙逝了。直到三年之前，我师父到天山探访唐晓澜，唐经天和冰川天女也在那儿，谈起了这件事情，冰川天女想起了一事，她的父亲桂华生当年为了寻求绝世的武功，远适异国，缔结奇缘，做了尼泊尔公主的驸马，得以结交各国武士，有个波斯武士告诉他，说是西藏的武学大师某年曾到波斯，向一个几代以前就已归化了波斯的中国人收买了一卷图籍，那是用中国文字写的，据说那个中国人的远祖是个海客，他有一本日记，曾记有他在某一个海岛遇见一个名叫乔北溟的奇人，那个中国人也早已看不懂他本国的文字了，不过因为这件事他家世代相传，所以还记得乔北溟这个名字。那个波斯武士知道藏灵上人是个武学大师，怀疑他所收买的图籍与武功有关，又值桂华生是中国人，故此对桂华生言及，桂华生却也不知道乔北溟是什么人，当时就记了下来，想留待他年回国之后，有机会去问武林中最渊博的吕四娘。可是桂华生终生未有机会遇见吕四娘，倒是他的女儿冰川天女遇见了。”金世遗这才恍然大悟，说道：“事情原来这样曲折，你的师父是听到了冰川天女叙述了她父亲的这件故事之后，才知道乔北溟的秘密藏在藏灵上人手中。”

谷之华道：“我师父从天山回来之后不久，自知死期将至，要我在她去世之后，留心打听两个人，一个是你，一个是藏灵上人。她说你师父的武功独创一家，许多精微奥妙之处，为中原各大门派所不及，可惜他得不到正宗内功的心法，所以终于不免走火入魔。我师父博览群书，她查考武林前辈的记述，知乔北溟是明代以来，邪派中武功第一的人物，在他和当时的大侠张丹枫第二次交手之时，他的修罗阴煞功已练到了第八重，开始进入第九重的境界了。”

金世遗道：“据我所知，孟神通现在不过练到第七重，比起当年的乔北溟尚差得远呢。孟神通已经担心他随时可能走火入魔了。”

谷之华道：“根据西藏密宗的经典所述，修罗阴煞功练到第八重之后，必然走火入魔。可是乔北溟当年踏入了第九重的境界，尚可以与张丹枫交手，而且他还能够在海岛上活到差不多一百岁才死，以此推想，他确有可能把正邪两派的内功合而为一，消除了邪派内功必然要发生的走火入魔的后患，这正是令师这一派内功所要解决的问题。是以我师父叫我在她死后找你，将藏灵上人藏有那一卷图籍的秘密告诉你，希望你能够取得乔北溟所遗留的武学。”

金世遗道：“现在我明白了，上个月昆仑散人、桑木姥和金日磾这三个魔头结伴来追踪藏灵上人，在东平县杨家附近，你和那三个魔头相遇，当时想必是你早已发现了我和藏灵上人的踪迹了？”谷之华道：“不错，我一直在暗中跟踪你们二人，你们都因为要对付强敌，没有留意到我。后来藏灵上人已死，他所藏的画图和那本海客日记，已由江南交给了你，我就不再多管了。”

金世遗笑道：“你当时未肯把秘密详细地告诉我，大约还未很相信我这个人，想假以时日，察看我的心性如何，若然果是好人，这才肯说出来吧？”谷之华笑道：“你说对了一半，另一半呢，我猜想你会到邙山来给我师父上坟。”金世遗也笑道：“你也只猜到了一半，我上邙山，除了给你师父上坟之外，心中还想见你一面。”

两人目光再度相接，柔情脉脉，秋水盈盈，当真是几番遇合，便成知己。金世遗心中一动，忽道："谷姑娘，你离开邙山之后，打算到哪儿去？"谷之华道："随意所之，并无定址。"金世遗道："你有没有乘风破浪的豪兴？我与你到海上遨游。"谷之华笑道："你是想与我一同去找寻乔北溟所住过的那个海岛么？"金世遗道："正是。"谷之华道："就只你我二人？"

要知谷之华虽然是武林女杰，胸怀坦荡，但想到孤男寡女，同舟出海，到底不便，意欲推辞，是以有此一问。金世遗听到了她这一句话，却有如晴空响了一个霹雳，蓦然间厉胜男的影子又浮现心头。金世遗情怀杂乱，抬头见到前面有座茶亭，默默无言地便走进茶亭。

谷之华颇为奇怪，跟他进了茶亭，笑道："你怎么不声不响？"金世遗道："我口渴了，想找点酒喝。"

这种在大路上的茶亭多数兼有酒卖，金世遗一坐下便叫茶亭的小厮先打三斤白干，谷之华道："我不喝酒。"要了一壶香片茶，但见金世遗一碗一碗的倒酒来喝，转眼间便把那三斤白干喝尽，又叫小厮再打三斤。这茶亭的小厮，从未见过酒量这样大的客人，睁大了眼睛说道："客官，你喝酒喝得真快！"

谷之华心头纳闷，想道："金世遗是个聪明人，他见我这样问他，料想是听出了我不愿与他一起出海，故此闷闷不乐。呀，你也不替我想想，虽说武林中人，男女之间，不必太拘礼法，但孤男寡女，又岂可以同舟共宿，不避嫌疑？"

岂知金世遗乃是想到了厉胜男与他约会，他早已答应了与厉胜男一同出海，去探索乔北溟的武学秘藏，如何又可以再邀谷之华同去？纵然谷之华不介意，但厉胜男的这一份秘密，却是他答应过决不泄漏的，可以想像得到，她绝对不会容许自己再带一个陌生的姑娘与她一齐出海。

金世遗虽然素性疏狂，却并不是个莽撞之人。你道他何以未经考虑，刚才又邀约了谷之华？要知情之为物，奇妙无比，金世遗对谷之华已是暗暗倾心，谈得投机，两难分舍，在深感到对方柔情脉脉之际，纵是天大的事情也会忘掉，哪里还记得厉胜男？

可是话一出口，厉胜男又像他的影子一样，突然在阳光之下显露出来，叫他懊悔也来不及了。谷之华尚未清楚他的往事，怎知他有如此复杂的心情？

金世遗一口气喝了六七碗酒，黯然说道：“你不去也罢，也许我会另约别的人去。”谷之华道：“探索这种绝世的武功之秘，岂可随便约人？你是怕那个海岛当真有什么怪异的物事么？”心中正在百般考虑，刚刚得了一个主意，只待金世遗再邀约她，她便可能答应各乘一舟，结伴同行。但见金世遗的神色似是苦恼之极，低下头又喝了一大碗酒，说道：“我并不怕那神秘的海岛，我是怕，怕……”谷之华道：“怕什么？”金世遗突然冲口说道：“我是怕我自己。”这话奇怪之极，谷之华笑道：“你是和我打什么禅机吗？”

金世遗端起大碗，道声：“喝酒！”骨嘟嘟地又将一碗白干喝尽，谷之华笑道：“我不是早说过我不喝么？”看了金世遗一眼，柔声又道：“你也少喝点吧！”金世遗但觉满怀郁闷，难以排遣，故意将宋人辛弃疾的一首戒酒词改了几字，高声唱道：“杯汝前来，老子今朝，放荡形骸！甚长年抱渴，咽如焦釜，于今喜醉，气似奔雷！漫说刘伶，古今达者，醉后何妨死便埋！……”

谷之华道：“大哥，你醉了！”金世遗道：“酒逢知己千杯少，这几斤白干如何醉得了我？店小二，再打三斤！”谷之华道：“金大哥，听我的话，别喝了吧！”

金世遗醉眼蒙眬，抬起头来，正好大路那边有一行人过来，金世遗一眼望去，心头一跳：“这两个人不就是钟展和武定球？”看清楚了果然是他们，金世遗忽地拍案而起，哈哈笑道：“踏破铁鞋无觅处，得来全不费功夫。原来你这两个小子就在这儿！谷姑娘，你等等我，我回来再喝！”谷之华忙道：“金大哥，你不可闹事！”金世遗道：“我要问这两个小子一桩事情，你别管我，我决不会胡闹便是！”

原来武钟二人也是到邙山参加盛会来的，和他同行的那三个人，一个叫卢道璘，一个叫林笙，是邙山派曹仁父和路民瞻的弟子，刚才程浩点名之时，向曹锦儿报告，说是有两个同门通知要来，而因事尚未来的便是他们。还有一人则是少林派的俗家弟子，名叫丘元

酒
一九八五年画梁羽生小说著作插图岭南盧延光

金世遗道：“酒逢知己千杯少，这几斤白干如何醉得了我……”

甲，是少林监寺百拙上人的高足。武钟二人在路上遇见他们，得知今日是独臂神尼逝世的五十周年，想起师门的交情，便与他们同来参加盛会。

这一行人正自谈得高兴，猛听得一声喝道："你这两个小子给我站住！"武定球抬头一看，陡然间见到金世遗拦在路中，这一惊非同小可，钟展比较镇定，急忙拔剑出鞘，沉声喝道："这条路又不是你的，你为何不让我们过去？"金世遗笑道："你这两个小子苦头还没有吃够么？在我面前居然还敢拿刀动剑？来，来，来！我问你们一桩事情，说清楚了就让你们过去。"

武定球惊魂稍定，恃着人多，大怒骂道："邙山之下，岂容得你横行霸道？你让不让开？"他郑重说出"邙山之下"这四个字，实是意欲挑起同行的公愤，那两个邙山派弟子果然大为不平，但他们不知金世遗是什么人，也不知道他与武、钟之间有什么过节，姑且退过一旁，暂时忍住，听清楚了再说。

金世遗大笑道："邙山之下又待如何？我有事情问你，你敢不说，我打断你的两条腿，叫你爬上邙山。"路民瞻的弟子林笙忍不住，说道："阁下，你是哪条线上的朋友？有什么话要问，请说便是，何必如此凶横？"金世遗双眼一翻，道："我的名字，你还是不知道为妙。我有事情问他们，谁叫他们不说，便先骂我横行霸道？你先编派我的不是，我便真个霸道，看你又待如何？"金世遗说话之时，口沫横飞，酒气熏人，林笙退后一步，心道："这厮敢情是喝醉了，前来胡闹。"便道："钟大哥，你且听他要问什么？在这邙山脚下，小弟忝为地主，断不会袖手旁观，令你们有所麻烦便是。"

钟展较为沉着，急忙用眼色止住武定球，上前问道："金先生有何事见教？"他在唐晓澜门下受过多年的熏陶，而且念及在孟家庄恶战之时，金世遗曾暗助过他，故此说话很是客气。金世遗道："好，你比这个姓武的小子懂事一些，我就问你，李沁梅呢？她到哪里去了？为什么不与你同来？"钟展道："嗯，原来你是要问我师妹吗？她，她……"金世遗道："她怎么样？"钟展道："我，我不知道。"金世遗道："看你的样子还比较老实，却在我的面前装假！沁梅她在孟家庄脱险之后，不是到新安镇找你们吗？难道没有见着?”心想:“若不是钟展说假话，那就是厉胜男说假话了。”大闹孟家庄之后，厉胜男曾用李沁梅的名义，骗金世遗到太行山的金鸡峰顶相会，金世遗质问她时，她才说出李沁梅是她故意引开，指引她去与师兄相会的，故此金世遗一见钟展与武定球，忍不住要向他们追问。

厉胜男倒没有说假话，李沁梅得到她的指引，果然找到了武钟二人，钟展本来要将金世遗的消息告诉她的，是武定球恨金世遗不过，故意捏造消息，说是金世遗已被孟神通的“修罗阴煞功”所伤，看情形旦夕不保，只怕早已死了。武定球是想断绝了李沁梅的希望，想她回转天山，李沁梅信以为真，伤心之极，但她得不到确实的消息，却怎也不肯死心，反而立即离开了师兄，又去追查金世遗的下落，钟展劝她不转，追又追不上她，事后唯有将武定球埋怨一通。

可是在金世遗的面前，钟展怎肯将实情说出，金世遗见他吞吞吐吐，越发起疑，喝道:“你这小子原来也是假老实，李沁梅在哪儿，你说不说?”武定球仗着有邙山派的人壮胆，冷笑说道:“金世遗，李沁梅是你什么人?你要苦苦追问她的下落?”金世遗大怒，正要发作，只听得武定球又冷冷说道:“告诉你吧，李沁梅早已是我小师叔的未婚妻子，不用你关心了!”钟展臊得满面通红，可是在外人面前，却又不便骂武定球胡说。要知钟展心里也的确欢喜这个小师妹，而且唐晓澜为他向冯琳提亲，这事也是有的，不过李沁梅不肯答应罢了。

金世遗呆了一呆，随即骂道:“你这小子年纪轻轻，脑袋里装的却尽是些龌龊的念头，沁梅与我，有如兄妹，我知道她在找我，我为什么不能找她?”武定球冷笑道:“什么兄妹，沁梅年幼无知，你分明是想骗她。你若要找她，为什么以前不上天山去找?现在她一人在江湖上行走，你却要找她了?”金世遗以前之不愿找李沁梅，实是有意要避开这场情孽，可是当他在客店里偷听了武钟二人的谈话之后，知道沁梅矢誓非见他不肯嫁人，痴情之处，出乎他的想像之外，他这才想道，若一直避开，也不是办法。何况他又是个感情容易激动的人，想到李沁梅的一片痴心，也不忍永远避而不见。故此他在得知厉胜男骗他之后，才会那样生气，在未上邙山之前，也曾费了好几天的工夫，在新安镇的周围，四处去找寻李沁梅。

可是现在被武定球一说，倒好像他对李沁梅存有坏心，等她在江湖上单独行走，没有父母在旁之时才想法去勾引她了。金世遗听了这话，焉能不怒？

与武钟同行的那三个人，蓦然听得武定球叫出“金世遗”的名字，都吃了一惊，林笙问道：“武兄，这厮就是江湖上人称毒手疯丐的金世遗吗？”在他想来，金世遗那么大的名头，最少也当是个中年以上的人，想不到还只是个二十多岁的年轻人。

武定球道：“正是毒手疯丐，所以才这样蛮不讲理。哼，哼！金世遗，在别的地方你可以撒野，在这邙山脚下，可不是你撒野的地方！别人的未婚妻，你少问两句吧！话已说清，你让不让路？”

金世遗双眼一翻，醉意上涌，突然一声怪笑，瞪着武定球道：“狗嘴里长不出象牙，你是不是还想尝臭泥糊口的滋味？”武定球倒退三步，恃着有人撑腰，大着胆子骂道：“你敢？”金世遗哈哈大笑，说道：“好，今日看在你是到邙山给吕四娘老前辈上坟的份上，不喂你烂泥巴，请你喝几口酒吧！”暗运内功，张口一吐，肚内那几斤烈酒似喷泉一般射将出来。武定球刚刚张口想骂，陡然见酒浪飞来，急忙闭口，眼耳口鼻，却都已有酒灌入，武定球又是个不会喝酒的人，但觉又辣又臭，再想到这是从金世遗口中喷出来的，登时胃脏倒翻，连隔夜饭都呕了出来。

金世遗仰天大笑，武定球当着外人，如何能忍得下这口气？长剑出鞘，挽了一个剑花，向金世遗分心便刺，钟展也被酒浪溅了满头满面，不过不如武定球之甚，眼耳口鼻，未曾灌入，亦自怒气暗生，一招“鹰击长空”，与武定球几乎同时出手。

钟展距离较近，剑招后发先至，金世遗知道他的天山剑法有几分火候，倒也不敢太过轻敌，当下将铁拐一挥，用了五成真力，将钟展的长剑震开，随手一挥，铁拐荡了一圈，武定球的青钢剑接着刺到，恰好插入圈中，被他的铁拐一圈一绞，“当啷”一声，登时脱手飞去。钟展急忙使了一招“大须弥剑式”，替武定球挡了一下，武定球飞身跃起，接了从半空中跌下来的青钢剑，气得哇哇叫道：“毒手疯丐，今日不是你死，便是我亡！”金世遗笑道：“凭你们这两个娃娃，焉能伤得我一根毫发？我可不想要你们的性命哩！”铁拐指东打西，指南打北，杖头所指，都是人身大穴，却又故意不戳中它，迫得武钟二人团团乱转。邙山派的弟子卢道璘见不是路，抱起铁琵琶，急忙上前助战。

这卢道璘乃是以前“江南七侠”中曹仁父的大弟子，与现在邙山派掌门人曹锦儿正是同属一宗的师姐师弟，他在邙山派第三代弟子之中，武功也仅次于曹锦儿、翼仲牟而名列第三，本来以他的身份实不欲以多为胜，但现在眼见武钟二人险象环生，他又不知道金世遗实只心存戏耍，并无意取武钟二人的性命。在他眼中看来，但见金世遗那根铁拐夭矫如龙，杖头所指，尽是人身的命门要穴，焉能不惊？心中想道：“这二人乃是天山派的弟子，若然伤在金世遗拐下，叫我邙山派如何交待？金世遗在江湖上恶名远播，我今日与天山派的弟子联手歼魔，料想武林同道，断无非议。”

金世遗见卢道璘手抱琵琶，加入战团，喝道：“不关你邙山派的事，快快退开！”卢道璘朗声说道：“他们二人乃是到邙山给我们的师祖上坟，焉能说与我无关？毒手疯丐，你横行霸道，在别的地方，我或者可以不管，在这邙山山脚，我却是非管不可！”金世遗大笑道：“好，你就管吧！”铁拐一挥，倏然间杖头就指到了卢道璘的胸口，卢道璘想不到他来得如此之快，百忙中使了个“铁板桥”的身法，腰向后弯，但听得“呼”的一声，杖风掠面而过，金世遗笑道：“好，在邙山派的弟子之中，你也算得是不错的了，可是这一招你却不应用‘铁板桥’的身法，铁板桥的身法，下盘虽然牢固，转动却不灵便，我若中途变招，移上作下，只要拐尾轻轻一扫，你的脑袋岂不碎裂了么？”金世遗口讲指划，有如教训一个后辈一般，但手底却毫不放松，就在这说话的时间，钟展与武定球二人接连遇了好几次险招。

卢道璘臊得满面通红，手按琵琶，铮、铮、铮三声，三枚透骨钉突然飞出，他这铁琵琶腹内中空，内中藏有暗器，乃是曹仁父这一家的独门兵器，在江湖上大大有名，曹锦儿因为做了掌门人之后，觉得用这种藏有暗器的铁琵琶，不合一派领袖的身份，加以她的内功也日渐精纯，自信不须借助暗器，故此将铁琵琶的绝技传给了师弟，卢道璘在这铁琵琶上苦练了十多年，已尽悉其中奥妙。

这时，他与金世遗距离不过丈许之地，料想断无不中之理，那三枚透骨钉作“品”字形排列，分取金世遗三处穴道，金世遗的铁拐又要应付武钟二人的长剑，按理极难闪避，想不到眼看那三枚透骨钉就要打到金世遗身上，金世遗忽地“呸”了一声，那三枚透骨钉竟然自己掉了下来，卢道璘先是莫名其妙，呆了一呆，忽然想起江湖上所传说的“毒手疯丐”的一项绝技，不禁冷汗直流！

只听得金世遗大笑三声，跟着说道：“我劝你不要再放暗器了吧。你若再放，我一时兴起，也用暗器奉陪，你的苦头可就要吃得大了，刚才我只是略施小技，将你的三枚透骨钉打落而已，下一次你再放的话，我的飞针可就要射入你的七窍了！”原来金世遗乃是从口中射出飞针，将卢道璘这三枚透骨钉打落的。卢道璘想起了江湖上所说的金世遗能够口喷毒针的绝技，吓得冷汗直流，心道：“我以前只当他们是故神其说，如今眼见，果然名下无虚。”试想飞针分量极轻，而竟然能够将透骨钉碰落，且不论这种飞针无声无息，极难防御，只是这一份功力，亦已到了震世骇俗的地步！卢道璘被金世遗一吓，果然不敢再放暗器。

曹仁父这一家的铁琵琶功夫，除了可以偷发暗器之外，尚有拍、打、锁、拿、弹、拨、压、送八法，在十八般兵器之外自成一家，卢道璘手挥目送，使得头头是道，钟展与武定球的天山剑法，虽然限于年纪，火候功力都还未够，却也精妙非凡，三人联手合斗，攻守联防，虽然尚未能与金世遗扳成平手，却已不似刚才那样狼狈了。

激战中，金世遗忽地又纵声笑道：“你们邙山派真是不识好坏，你们的掌门师姐还欠我一项人情，未曾道谢，如今你又用暗器打我，我看在吕四娘份上，本不想与你计较的，如今越想越气，好，我就姑且从轻发落，只打你一顿屁股吧！”手起拐落，向卢道璘的顶门打下，卢道璘被他迫得用个“弯腰折柳”的身法，俯腰转身斜闪，金世遗正是要他如此，但听得“卜”的一声，铁拐已在他的屁股上重重敲了一记，幸而臀部肌肉丰厚，金世遗又未用上真力，卢道璘还挨受得起，可是亦已痛得哇哇大叫。

林笙见师兄受辱，大怒奔来，他是路民瞻的得意弟子，路民瞻在前一辈的“江南七侠”之中，风流潇洒，与白泰官并驾齐名，林笙颇似他的师父当年，但见他在盛怒之下，挥动一管玉箫，仍是身法美妙，潇洒自如，不躁不乱，展开了一派上乘的点穴手法，他的武功在邙山派第三代弟子之中名列第四，加入战团，实力大增。

金世遗笑道：“好，打得有点味道了，还有一个呢？为什么不一齐上来？”那一个未曾上来的乃是少林监寺百拙上人的高足丘元甲，他是宾客身份，本来不想多事，如今见邙山派与天山派的四个弟子都不是金世遗的对手，金世遗又向他点名索战，他涵养再好，也不能忍受，当下说道：“金世遗，你既如此猖狂，我就让你见识见识我少林弟子的手段。”他不用兵器，凌空跃起，向金世遗便猛击一拳。正是：

力敌群英无惧色，邙山山下显奇能。

欲知后事如何？请听下回分解。

第十三回　壮志欲酬湖海愿
知音谁识坎坷人

少林寺的技击之术，素享盛名，尤其是罗汉五行神拳，更是拳术中的瑰宝，这套拳术，创自达摩祖师，千多年来，经过历代高僧不断改进，威力之强，无与伦比。这丘元甲乃是少林监寺的高足，但见他身形一起，拳风便已劈面而来，金世遗用了一个“引”字诀，顺手一带，那股力道突然煞住，金世遗想“借力打力”并不成功，反而给他一个变招，手臂一拐，拳头突然横里打来。金世遗飞起了一个“齐眉脚”，卜的一声，丘元甲的手腕给他的鞋尖踢着，金世遗的脚底也中了丘元甲的一拳，双方的身形都倒纵出一丈开外。这几招有如电光石火，当真是死生之际，间不容发，但丘元甲仅只要应付金世遗，而金世遗在脚踢丘元甲的同时，却接连击退了武定球、钟展、卢道璘、林笙几人的进攻，他用铁拐荡开了武钟二人的长剑，避过了林笙的玉箫点穴，又以劈空掌震退了卢道璘，拳脚兵器轻功，一齐施展，比起丘元甲之仅仅应付一人，那自是不可同日而语。

但金世遗到底也中了他的一拳，武、钟、林、卢四人精神大振，叫道：“丘兄，不可放过了他！”五个人分占了东、西、南、北、中五个方位，将金世遗围在中间，卢道璘喝道：“金世遗，如今你知道邙山之下不容你放恣了么？你赔不赔罪？”金世遗笑道：“好，你等着，我给你赔罪来了！”话声未了，倏地便到了卢道璘的面前，霍地一个“凤点头”，一个“头槌”磕下，但听得“卜”的一声，卢道璘的额角给他碰得坟起了好大一块，额头青肿，好像突然长了一个肉瘤，卢道璘痛得眼泪迸流，急急避开。金世遗大笑道："我给你赔罪，你怎么不敢受我的礼啊！"一个转身，左手箕张，五只手指似钢爪一般，倏地又抓到武定球肩上的软骨，喝道："李沁梅的消息你说不说？"钟展急来救护，青钢剑一招"李广射石"，刺到了金世遗的背心，金世遗笑道："你也应该略受惩戒。"反手一掌，掌势飘忽不定。钟展一剑刺空，侧身避时，正好挨了他的一掌，金世遗这一掌本要打他耳光的，结果却打中了他的肩膊，金世遗笑道："好，瞧在你闪避得快，以及瞧你师妹的分上，这一记耳光权且寄下了。"

就在这时，丘元甲的一记"龙拳"亦已击到，金世遗五指一抓，捏实了他的拳头，把他的猛力尽都消解，幸而林笙的玉箫来得及时，金世遗五指一松，用了一个"送"字诀，丘元甲踉踉跄跄的向前奔出几步，才稳得住身形，这才知道刚才金世遗对付他实是未曾展出全身本领，林笙识得厉害，玉箫一点不中，立即沾衣便退，但饶是他退走得快，被金世遗反手一抓，也抓裂了一幅衣襟。

片刻之间，金世遗连袭五人，钟展叫道："咱们并肩齐进，不可分开。"展开了天山剑法中的"大须弥剑式"，将自己这边的五个人护得风雨不透。刚才他们五个人分据五个方位，分进合击，虽然利于进攻，但防御的力量却是大大减弱，金世遗的身法比他们快得多，骤然攻击一方，其他的人救应不及，和单打独斗也差不多，当然大大吃亏。现在五个人挨在一起，摆成了长蛇阵势，集中了五个人的力量来防御，实力大增。加以"大须弥剑式"是天山剑法中最精妙的防御剑法，适合于对付功力比自己高强的人，在钟展的剑光防护之下，各施绝技，武定球以奇诡的剑法，寻暇抵隙，一有机会，就冷不防的一剑刺出；卢道璘的铁琵琶弹拨勾压，所使的招数，更是非常特别；林笙的玉箫点穴，虽然点不中金世遗，金世遗却不能不有所顾忌；还有一个功力最高的丘元甲，则以罗汉五行神拳协助钟展防守，拳风所至，飞砂走石，金世遗以单掌敌他双拳，以一拐拦截其他四个人的四般兵器，刚刚打成平手。

可是他们五个人布成了长蛇阵势，亦是有利有弊，好处是防御坚固，缺点是只能防守，不易进攻，因为大家都不敢离开同伴，上前攻击，这样一来，还是个挨打之局。

金世遗杀得性起，哈哈笑道：“这一战有点意思了！”也将全身本领施展出来，铁拐指东打西，指南打北，有如天风海雨，迫人而来，一阵狂攻猛打，打得这五个人都胆震心惊！

这五个人中，林笙最为精灵，一见败势显露，就打定了抽身之计，他眼光一瞥，本是想先觅好退路，却忽然瞧见了山坡上一棵大树之下，有一个腰悬长剑的姑娘。林笙心中一动，想道：“我曾听过翼师兄言道，吕四娘师叔收有一个关门弟子，看这姑娘的佩剑，形式奇古，似乎正是吕师叔生前所用的那把霜华剑；莫非她就是我吕师叔的衣钵传人？”

林笙猜得不错，这个少女正是谷之华。她不放心金世遗，所以金世遗虽然叫她在茶亭等候，她却跟着来了。武定球和金世遗吵架的说话，都被她听进耳中。吕四娘与冯瑛、冯琳相交甚厚，她当然知道李沁梅是冯琳的女儿，心道：“原来金世遗所说的紧要事情，就是要探问李沁梅的下落。为什么他却从来不曾向我提过？”

谷之华自思自想，随即又在心中自己责备自己道：“金世遗是你的什么人？他为什么要将他的事情都向你说？你和他只不过是见过两次面的朋友罢了。”然而古语有云：“白头如新，倾盖如故。”那意思是说，有的人相识了一辈子，仍然是像未了解的新朋友一般；有的人在路上相逢，停车问候，车盖倾侧，交谈片刻，便成知己。相知深浅，本来不可以用时间来衡量。何况他们的师门，有那么深厚的渊源，谷之华在未认识金世遗之前，早已清楚了他的来历为人，而在金世遗的心中，吕四娘更是他唯一崇拜的偶像。更加上经历了邙山的一场风波，他们两人见面虽然无多，交情却非泛泛。所以恁是谷之华自行宽解，心中却是未能释然。

林笙瞧见了谷之华隐蔽在山坡上的大树之下，断定了她是吕四娘的弟子，打好主意，激战中突然虚晃一招，逃出战团，金世遗哈哈笑道：“本来不关你邙山派的事，是聪明的就早早走开。”钟展与武定球暗地埋怨林笙不够义气，卢道璘未曾瞧见谷之华，也觉得大惑不解。金世遗越迫越紧，他们的阵脚更见动摇。

谷之华正自思潮汹涌，忽见一个人向她跑来，怔了一怔，林笙已到了她的面前，气喘喘地说道："是谷师妹吗？我在邙山第三代弟子中排行十七，名叫林笙。"谷之华道："哦，原来是路师伯的高足。"待要称呼他一声"林师兄"，蓦然想起自己现在已被掌门师姐逐出门墙之外，黯然神伤，师兄二字到了口边却叫不出来。淡淡说道："不错，我叫谷之华。"

林笙觉得有点奇怪，大声说道："师妹，你瞧见了么？咱们邙山派的人正受着金世遗的欺侮，若然在邙山之下给他打败，咱们本派的面子可就要丢清光了。"谷之华道："嗯，我瞧见了。"林笙只当她不知道金世遗是什么人，连忙解释道："江湖上有个绰号毒手疯丐的魔头，正是他。他要抢一个天山派姓钟的未婚妻子，居然敢在大路上拦截，不准他上邙山。这件事咱们不能不管。可恨金世遗竟然将咱们邙山派的弟子也打起来，凡我同门，理应拔刀相助，师妹，请你快点去吧。"

就在这时，只听得下面金铁交鸣之声震耳欲聋，但见金世遗铁拐起处，武定球与钟展的两把长剑给他震上半空，卢道璘大吃一惊要想闪开，已来不及，金世遗一声笑道："你这个铁琵琶倒很好玩，让我瞧瞧。"只一抓，就把卢道璘的铁琵琶劈手抓来，在铁拐上一敲，当当声响，金世遗道："不错，不错，声音很好听。"可怜卢道璘这件心爱的兵器被金世遗一敲，竟变成了新月形的铁环。

丘元甲见情势危急，抢上前来，双拳齐出，左拳是"苍龙出海"，右拳是"抱虎归山"，完全是拼命的招数，金世遗笑道："打了半天，你也该累了，歇一歇吧！"丘元甲与他拼命，他却有心戏耍，以绝妙的手法，突然欺近丘元甲身前，在他腋窝一抓，丘元甲失掉了钟展的掩护，饶是他浑身本领，这一抓竟然躲闪不开，但觉奇痒难堪，全身酸软，禁不住笑出声来，人也倒在地上。

这一战，天山邙山少林三派弟子，在金世遗的掌下一败涂地，金世遗正自得意狂笑，飞身跃起，要抓着钟武二人盘问，忽听得谷之华尖声叫道："金大哥，住手！"

金世遗酒意未消，愕然回顾，但见谷之华与林笙急步奔来，金世遗说道："咦，你怎么也管起我的闲事来了？"谷之华道："在这邙山山脚，请你给我一点面子。"金世遗道："曹锦儿的气你还未受够吗？你还要替她保全面子？”谷之华庄容说道：“我虽然不再是邙山派的弟子，但我师父的坟墓却还在邙山之上，这两位朋友是到邙山来给我师父扫墓的，你要盘问他们什么事情，也该等他们下了邙山再说。”

林笙听谷之华说她已不再是邙山弟子，吃了一惊，谷之华道：“这位金大哥适才曾在邙山上帮了你们掌门师姐的一个大忙，等下你们去问曹师姐自然明白。我劝你们也不要把他当作敌人了。”邙山派的弟子面面相觑，卢道璘问道：“你犯了什么过错，曹师姐要将你逐出门墙？”谷之华道：“你问你们的曹师姐去，我也不知道犯了什么过错。”

金世遗喝道：“我看在谷姑娘的分上，今日让你们过去，你们还啰里啰唆，多问什么？”他知道谷之华甚是伤心，不愿他们再挑起此事。卢道璘被他一喝，心中虽然愤怒，却是不敢多事，当然拾起铁琵琶便走。武钟二人早已离开，丘元甲闷声不响，也跟着走了。

这一行人去后，谷之华撇下了金世遗便走。金世遗追上去道：“咦，你怎么啦？”谷之华道：“你有你的去处，我有我的去处，有什么啦？”金世遗道：“你刚才不是说你还未有一定的去处吗？”谷之华道：“我现在想起来了，我义父死后，我还未曾给他上坟，我要到我义父家中探望一趟。请恕我不能陪你出海，也不能陪你寻人了。”

金世遗怔了一怔，心道：“她怎么忽然间对我冷淡起来？”谷之华道：“到了这里，咱们该分手啦，你还跟着我做什么？”金世遗笑道：“你是不是为了刚才的事，生我的气了？”谷之华面上一红，说道：“我凭什么生你的气？你我相识时日无多，你今日肯对我如此帮忙，我已是感激不尽，还会生你的气么？”金世遗刚才与邙山派弟子为难，他以为谷之华是为此事生气，在谷之华听来，却以为他说的是李沁梅的事情，以至神色不甚自然。金世遗颇为奇怪：“她怎么好端端的会面红起来？”心念一动，猜到了几分，微笑说道：“谷姑娘，我的出身和来历，你早已清楚，但有一件事情你尚未知道，我欠了人家一笔债，至今未曾偿还，甚是耿耿于心。”谷之华本要和他分路，听他这么一说，好奇心起，停下脚步，问道：“你对什么事情都满不在乎，却会记着一笔债务，这笔债想来非比寻常？欠的是什么债？债主是什么人？”

金世遗道：“债主是一位小姑娘，她叫做李沁梅。”谷之华心弦颤抖，只听得金世遗继续说道：“她也知道我的出身和来历，大约是怜我的孤独，她一直将我当作大哥哥看待。好几年前，我因为所练的内功，路子走得不对，眼看就要身罹走火入魔的灾难，她为了救我，费了无穷心力，几乎连性命也陪了。”于是将他和李沁梅结交的经过，以及李沁梅怎样为了找寻他的踪迹，冒险上喜马拉雅山的故事都一一对谷之华说了。谷之华很受感动，热泪盈眶，赞道：“真是一位可爱的姑娘。”这时她方始明白，金世遗所负的是感情上的巨债。

金世遗望了谷之华一眼，低声说道：“她将我当作大哥哥看待，我也将她当作小妹妹看待。可是我是一个注定了要在江湖上终生漂泊的人，她年纪太轻，还未能彻底的懂得我这个人。她是名门正派的弟子，又有父亲母亲的宠爱，她应该过安静幸福的日子，跟着我是不会幸福的。你懂得吗？”谷之华理解他的心情，冲口说道：“我懂得的。”随即转口说道：“这位小姑娘现在还一直在找寻你，是吗？嗯，那你怎可令她伤心？”金世遗道：“她现在年轻，将来长大了她会明白的。我只能是她一个好哥哥，却不会是，不会是……”谷之华知道他想说的是“好丈夫”三字，不禁笑道：“那也未必。”

金世遗郑重说道：“那是真的。我是一个容易激动的人，这个世界对我很奇异，我也好像总想要追寻一些新奇的东西，所以有时我又觉得这个世界好像对我格格不入。我似乎说得太玄妙了，你懂得吗？”谷之华道：“我懂得的，我并不是一个容易激动的人，可是我此刻也好似有同样的心情。”她之所以有这样的心情，那是容易理解的，那是因为她刚刚受了重大刺伤的缘故。金世遗紧握着她的手道：“你比我勇敢得多，我若是遭受与你同样的遭遇，我恐怕真的疯了！”

谷之华甚为感动，其实她这次受了这样沉重的打击，所以能够支持得住，这固然是由于她自幼即受谷正朋与吕四娘的熏陶，但金世遗的开解与鼓励，也给她增添了不少勇气。

金世遗紧紧握着她的手，一股暖流，从他的掌上传到了她的心中，谷之华低声说道：“金大哥，我懂得你，但你也不该伤害一个少女的心。”金世遗道：“所以这几年来我一直避开她，但现在却又急于要见她了。你放心，我不会伤害她的。我一生一世都会像兄长一样爱护她。她年纪太轻，我要让她知道，她应该寻求的幸福是什么。”谷之华暗暗叹息，心中想道：“你懂得自己，也懂得她，可是你却不懂得一个少女爱慕一个人的时候，她是怎样的心情。苦海变成乐园，地狱也是天堂，你说这个是她的幸福，她又岂能相信？”

金世遗凝视着她的眼睛，道：“谷姑娘，你想什么？”谷之华道：“嗯，我是觉得那个少女可怜。你什么时候出海？”前后两句不相连属，金世遗怔了一怔，心想：“难道她改变了主意了？”说道：“大约在两月之后。”谷之华道：“在什么地方出海？”金世遗道：“准备在青岛崂山脚下的一个海港出海。怎么，你愿意与我同行么？”谷之华微笑道：“不，我是想替你打探李沁梅的消息，万一在这两个月之内，我探访得她下落的话，我会赶到青岛去见你。不过这希望甚属渺茫，只怕要等到你从海外归来再说了。”轻轻的摆脱了金世遗的手掌，说道：“天下无不散之筵席，咱们到了此刻也该分手了，你还有什么话要说吗？”

金世遗但觉心头沉重如山，谷之华问他还有什么话说，他想回答的是：再说三天三夜也说不完！可是此刻他还能说什么呢？他其实不能邀她一同出海，因为他还有厉胜男的约会。要是她答应的话，他反而为难了。

而他和厉胜男之间的事情，却又是他曾向厉胜男允诺过，决不能对别人透露的。要说他欠了李沁梅的债，同样的他也欠了厉胜男的债。不同的是：李沁梅是他渴欲一见的债主，而厉胜男则是他想尽办法躲避、却又不能躲避的债主！

金世遗叹了口气，道：“谷姑娘，你自己珍重，别人的误解，一时的得失都不要放在心上。”谷之华道：“好，你这几句话胜于万语千言，我会记在心里。”

两人都自觉得心中难舍，可是却终于不得不分手了。

谷之华离开了金世遗，一路怅怅惘惘，想起自己的身世，其实和金世遗甚是相同。金世遗在这世界上没有亲人，而她呢，则有父亲比没有父亲更坏，她自幼即是孤儿，但现在却才真正尝到了孤独的滋味。

谷之华怅怅惘惘，一口气走了几十里路，眼看红日沉西，天色将晚，好在前面有个小镇，便赶到镇上投宿。

这是镇上唯一的一家客店，内外只是两进，总共只有五六间客房，铺面、客厅、饭厅合用，谷之华进店的时候，有七八个客人正在厅子里吃晚饭，忽见一个漂亮的少女进来，登时都亮起了眼睛。

客店的掌柜是一个怕事的老头儿，见谷之华是个单身女子，且又腰悬佩剑，有点顾虑，期期艾艾地道："小店的房间都，都……"他本来是想说"都客满了"，但眼前只有寥寥几个客人，不便扯谎，于是改口说道："都，都已给客人定下了。"这小镇既不是交通要道，达官贵人又不会住这种地方，一听便知是假。

谷之华也有一些江湖经验，猜到了主人的心意，微微笑道："既是定下，客人今晚未必便到，先挪一间给我吧。"掌柜忙道："这可不行，若是客人到了，我们要赔双倍的定金。"谷之华笑道："我给你三倍房钱。"伸手到怀里一掏，岂知她这次走得匆忙，根本连衣物都没有收拾，随身并没带有银子，只有几颗作为饰物用的金纽扣，她前几天捡了出来，想钉在一件汗衫上的，无意中藏在身上，便掏了一颗出来，说道："你给我一间上房，弄几味小菜，有多的给你。"这颗金纽扣有一钱多重，足值五两银子。掌柜倒是个识货的人，在手里一掂，便知是十足的赤金，虽然因此疑心更重，但却敌不过金子的诱惑，登时换了笑容，连忙说道："行，行，我把王大官人定的一间客房让给姑娘便是。"

小镇上几曾见过这样阔绰的人，且又是个漂亮的单身女子，但听得客人们都在窃窃私议，谷之华也不放在心上。忽然在嘈嘈杂杂的议论声中，听得有人用江湖"唇典"（术语）说道："大师兄，你瞧这女子是什么路道?"另一人道："别管闲事，她不是咱们所要找的正点儿!"先前那个人道："江湖上会武功的女子有限，或者有些关系也说不定。"他的同伴嘘了一声，原来谷之华正在转过头来看他们。

但见两个相貌颇为特别的人，一个是高个子，太阳穴微微凸起，另一个身材发胖，眼光却炯炯有神，那个胖子的脸上正流露着一副不以为然的神气。原来此际他心中正在想道：“大师兄也忒谨慎了，咱们说得这样细声，且又是用江湖唇典，难道还怕这女子听了去吗?”他岂知谷之华学的是上乘内功，耳目都比常人灵敏十倍，早已将他们的说话，听得清清楚楚。

谷之华进了房间，细细一想，但觉这两个人的对话，可疑之处甚多。

听他们的说话，他们似乎是要寻找一个会武功的女子，而这个女子又不是他们怎样熟悉的人，并且从语气之中隐约可以感到，这个女子大约是他们的仇敌。

谷之华在他们的对话里发现了几个可疑之点，第一，他们对于所要寻找的女子，既然并非熟悉，却又何以含有敌意？这女子是他们的仇敌呢，还是他们仅仅是代友寻仇呢？第二，诚如他们所说，江湖上武功好的女子有限，谷之华在心中一算，现在武林之中，武功最好的女子要算是冯瑛、冯琳姐妹，且又隐居天山之上，纵使有人与她们有仇，也未必有胆去找她们，更不会请这样的两个人在江湖上盲目乱找，这两个人的武功底子虽似不错，和冯瑛、冯琳相比，那却是差得太远！除了冯瑛、冯琳姐妹之外，其次便是冰川天女与她的掌门师姐曹锦儿，这两个人也还不配做她们的敌手。再其次是四川暗器名家唐赛花婆媳，这两人年纪太老，媳妇也已有五十开外，早已闭门封刀，不在江湖行走，纵有仇家，也不至于到这个时候才去报仇，而且也不应在江湖寻找。谷之华算来算去，将黑白两道中有名气的女子都算到了，不是这样不对，便是那样不对，似乎没有一个像是这两个家伙所要寻找的人。最后想到了李沁梅，但李沁梅年纪轻轻，又一向在父母庇护之下，从不会在江湖上闹事，她又怎会轻易结下仇家?

谷之华想来想去，猜想不透，心中哑然失笑：“我自己的事情还管不了，何必费神去多管江湖上的闲事。”

想起了自己的事情，谷之华心绪不宁，自己已被逐出邙山派的门墙之外，等如无家的孤儿，今后将向何处？但念头一转，又想到了金世遗，金世遗不是早已在江湖上漂泊了十多年吗？还不是那么过了。

可是她日间受了那么重大刺激，虽然自开自解，终究心乱如麻，躺在床上，辗转反侧，总睡不着，她觉察好几次有人从她的房门口悄悄走过，她自己也知道她进店之时，摸出金纽扣当作房钱，犯了江湖上“钱财不可露眼”之忌，但她身怀绝技，却也不以为意。

静夜之中，忽听得有谈话声音传入耳鼓，正是那两个人的声音。这间客店地方狭窄，谷之华和他们虽然隔了三个房间，但她耳朵极灵，对他们微细的话声仍然隐约可辨。但听得一个声音说道：“听说昨日是独臂神尼的五十忌辰，武林中人前往祭扫的不少，莫非那个姓李的女子也去了？”另一个声音道：“她若是前往邙山，咱们就不可到邙山上追踪。只可在这里等候。”先前那声音笑道：“吕四娘已死，尚何须对邙山派如此惧怕？”谷之华心头一震，既是“邙山派”，又是“姓李的女子”，不禁特别凝神，可是这两个人的声音愈说愈小，断断续续，听得不大清楚。谷之华索性起来，到他们的窗下偷听。

只听得一个略带点沙哑的声音问道：“大师兄，听说你见过那个姓李的女子一面？”那个被他称做“大师兄”的人说道：“师父那天晚上将她擒获之时，我正在旁。”师弟问道：“那么你见面之时，一定会认得她了。”“大师兄”笑道：“这个当然，要不然师父怎会把这件差事交给我。”“不过，我听说天山派有一种可以改容易貌的灵丹……”“那其实是邙山派甘风池的，后来才将制炼易容丹的法子教给了天山派的唐晓澜。”

师弟道：“见闻广博，我当然远不及你，不过这一点无关重要，总之天山派也有易容丹便是了。”大师兄又笑道：“我明白你肚子里打的主意，你是看中了前房那个女子，想去撩拨她，所以要找个藉口，是也不是？”“不是藉口，想那姓李的女子既是天山派的，你焉知她不会改容易貌？前房这个女子年纪看来也不过二十岁左右，而且腰悬宝剑。还有一点，她用金子当作房钱，一看就知道是个不懂世务、刚出道的雏儿。这种种迹象都与那个姓李的女子符合，我看八成就是那个姓李的女子。”

大师兄道：“胡说，纵使她易容换貌，身材的高矮也改变得么？眼神中显露出的武功深浅也改变得么？你看不出，我是看得出的。总之不是那个前房的女子，你休得惹事生非！”师弟“咦”了一声道：“就是我去惹事生非，师兄，你也犯不着生这样大的气呀！本门中可并没有这些清规戒律，说是不许去撩拨女人的。”

谷之华听得怒气暗生，心道：“好，我非惩戒你一下不可。”

只听得那个“大师兄”沉声斥道：“我说你真是瞎了眼睛，这个女子的武功比那个姓李的还要厉害得多，我都不敢惹她，你敢去惹？若是惹得起的，还轮到你么？”谷之华起初当这个“大师兄”是个比较正派的人，岂知同是一丘之貉，但也有点佩服他的眼光厉害，一眼看去，就居然能够知道对方武功的深浅。

师弟噤不敢声，过了一会，似乎有点气愤地道：“经过了金世遗上次这么一闹，大师兄，你的胆子好像小许多了。可是就算金世遗那么大的本领，不是也伤在咱们师父的手下么？师父说他不死也得残废。天下人都怕金世遗，金世遗则要怕咱们的师父，而你呀，你却是什么人都怕！”大师兄道：“你跟师父学了几年本事？真是不知天高地厚，当今天下，武功高出咱们师父的人，也还有好几个呢。就说金世遗吧，我也不大相信他就会因此残废。我猜想那个姓李的女子八成是他带走了的。”师弟道：“你竟然不信师父的话？师父说的，还能有假？”“你不知道，我试过金世遗的武功。还中过他的暗器，幸而那是没有毒的，至今想来，尚有余怖！”

原来这个“大师兄”就是孟神通的大弟子项鸿，另一个则是在他门下排行第十一的弟子瞿修。那日金世遗大闹孟家庄，金世遗固然受了他的修罗阴煞功所伤，但他也中了金世遗的毒龙针。当金世遗、翼仲牟、厉胜男那一班人走了之后，孟神通因为踪迹已露，且又身受毒伤，怕丐帮的人再来寻仇。便举火焚庄，率领家人弟子躲避到太行山一个早已布置好的隐秘山谷，准备伤好之后，再苦练他的修罗阴煞功。

在他心想，以为金世遗不死也得残废，至于厉胜男，虽然是他最恐惧的仇家的女儿，但年纪尚轻，本领未足，也还不怎样放在他的心上。最令他担心却是李沁梅逃脱的事情，自吕四娘死后，天山派的唐晓澜便是武林的领袖，若给李沁梅逃回天山，惹出了唐晓澜、冯瑛、冯琳等人与他作对，那可要令他食不甘味、寝不安枕了。何况，李沁梅还不一定要逃回天山，请出父母才能与他作对，天山派交游广阔，李沁梅随处都可以邀请武林中的前辈与他为难。虽说孟神通所害怕的只是有限几人，究竟是个麻烦。

因此他在太行山的幽谷之中，一面加紧运用玄功疗伤，一面派出他的师弟阳赤符和大弟子项鸿、二弟子吴蒙等人，分成几路，去追截李沁梅，项鸿和瞿修乃是一路，无巧不巧，恰好在这小客店中遇到了谷之华。

谷之华却不知道孟神通曾囚禁过李沁梅的事情，因为金世遗不愿撩起她的伤心之事，故此对于有关她父亲孟神通的事情，避免多谈，日间他向谷之华谈及结识李沁梅的经过，也避开了她被囚孟家庄的这一段。

可是，金世遗大闹孟家庄的事情，却是谷之华听说过的。这时她从项鸿与瞿修的对话中，听他们讲到了“那个姓李的天山派女子”，又提起了金世遗，他们谈话的声音虽然细如蚊叫，却有如在她顶上响起了焦雷，登时令她惊得呆了。

这个“天山派的女子”当然是李沁梅了，金世遗曾因此到过囚禁李沁梅的人家中大闹，那么这个人是谁，以谷之华的聪明，当然一猜便着，但她却不敢去想，甚至在心里也不敢将这个名字说出来。

惊恐中谷之华的脚步踏出了声响，就在这时，项鸿倏地将窗门推开，一掌打了出来，谷之华但觉一股阴冷的寒风突然袭到，不禁失声叫道：“修罗阴煞功!”项鸿的修罗阴煞功只练到第二重，以谷之华的功力当然不是惧怕他的修罗阴煞功，但是却因此证实了他们是孟神通的弟子，她惧怕的是这个她从未见过面的生身之父，邪派中有名的大魔头孟神通!

说时迟，那时快，房间里项鸿、瞿修二人早已跃出，项鸿沉声喝道：“你也知道修罗阴煞功的厉害了么?”呼呼两声，又是两掌拍出。

项鸿的修罗阴煞功虽然只练到第二重，还未有伤人立死的本领，但随着掌风发出的那股阴寒之气，也可以令人元气伤损，若是内功根基不够扎实的人，被那股阴寒之气侵入，当场就会筋酥骨软，只有束手就擒的份儿。

项鸿早已看出谷之华的功力不凡，这两掌未必能够将她打伤，可是却绝对料想不到，她竟然不闪不躲，反而迎了上来，项鸿一掌打去，谷之华明明就在他面前，不知怎的，却打了个空，谷之华一声冷笑，用了个小擒拿手法，倏地就抓住了他的肩头软骨。

这时只要谷之华掌力用实，将项鸿的琵琶骨捏碎，项鸿的武功就要被她废了，但谷之华心性仁慈，根本就没有想到要下这样的辣手，她只是想把项鸿制服，好迫他说出李沁梅的消息。项鸿既是孟神通的弟子，武功亦自不弱，一觉不妙，立即用了一招“脱袍解甲”，肩头一沉，但听得“嗤”的一声，项鸿的衣裳虽然被撕去了一大片，可是却已从谷之华的掌握之中挣脱出来，一脱身立即便是反手一掌。饶是谷之华闪避得快，臂弯的“曲池穴”也给他的指尖点了一下，登时觉得一阵酸麻，不由得机伶伶打了一个冷战。

瞿修不识厉害，见谷之华被师兄点中，料她纵有闭穴的功夫，那修罗阴煞功的寒毒之气也定能把她伤了。当下纵声笑道：“我们不去惹你，你却来惹我们，你既送上门来，我也就不客气了。哈，哈，这样漂亮的小娘儿往哪里找？”和身扑上，要捡便宜，笑声未毕，只听得“啪”的一声，被谷之华清脆玲珑地打了一记耳光，谷之华恨他口舌轻薄，这一掌打得委实不轻，打得他脸孔开花，门牙也掉了两个！

项鸿急来援救，谷之华喝道：“你也吃我一掌！”使出玄女掌法，左一招“杨花扑面”，右一招“柳絮轻飏”，掌势飘忽无方，有如落英缤纷，瑞雪飘降。项鸿但觉四面八方，都有她的掌风人影，他施展了全身本领，仍然被她迫得步步后退！

项鸿这一惊非同小可，谷之华竟然不畏他的修罗阴煞功！原来吕四娘生前早已虑到本门中无人能制服孟神通，所以用了十年功夫，参悟了“少阳神功”，虽然还不能破解修罗阴煞功，但却可以抵御修罗阴煞功那种邪毒之气。只要有两三位高手，练好了这种“少阳神功”，合力施为，就可以将孟神通制住。当时在她的心目之中，本门的三位武功最强的弟子乃是曹锦儿、翼仲牟和从峨嵋派投过来的谢云真，故此遗命叫谷之华将“少阳玄功秘诀”转赠给曹锦儿。这也就是为什么在邙山会上，虽然曹锦儿要把谷之华逐出门墙，谷之华仍然将那三篇秘诀献了给她的缘故。吕四娘生前，没有叫谷之华练这种“少阳神功”，但也没有禁止她练。谷之华不知道吕四娘另有深意，在师父死后，她终于把这种功夫练了。

谷之华在练“少阳神功”之时，乃是出于一片维护本门的心意，心想多一个人练成这种功夫，将来要制服孟神通之时也省力一些。直到曹锦儿揭破了她身世之秘，她才起了怀疑，莫非师父早就知道了她是孟神通的女儿，所以生前并不亲授她“少阳神功”，避免她将来参加诛戮亲父？她又想，师父或者以为她的身世之秘永远不会揭破，故此从未对她明言，也不便下令禁止她练，让一切付之天意？可惜师父已死，她的苦心，谷之华也永远不知道了。

谷之华练这“少阳神功”只有两年的功夫，若是用来对付孟神通，当然毫不济事，但项鸿的修罗阴煞功只练到第二重，却伤不了她。两人交手，不过十余廿招，只听得“蓬”的一声，项鸿的肩头已中了她的一掌。

店子里的客人早已惊醒，却无一人敢出来劝架。掌柜的躲在房内颤声叫道：“客官们要打架请到外面去打，莫把小店毁了！”话声未了，只听得乒乒乓乓一阵乱响，项鸿抓起了一张方桌向谷之华掷来，瞿修学他师兄的样子，也抓起了板凳茶儿之类，向谷之华猛掷。

客店地方狭窄，谷之华本来可以用掌力震碎桌凳，但她一来不想毁坏店中的东西，二来也怕破片飞入客房，误伤了其他客人，好不容易的才闪避开了。项鸿与瞿修趁此时机，跳过后院矮墙，恶声骂道：“不识死活的野丫头，有胆量你就追来！”

这刹那间，谷之华转了好几个念头，现在她已知道这两个是什么人了，尽管她在心里不承认孟神通是她的父亲，然而她总不能像金世遗说得那样“豁达”，将他当作毫无关系的人，她但愿这一生永远不会见到这个孟神通，避免和他有任何接触。

但是这样就逃避得了么？眼前这两个人便是孟神通的弟子，她要想不追，然而不知怎的，却又想知道一些关于孟神通的消息。孟神通的弟子既然在这里出现，想来他也会躲在附近。他是邙山派的大仇人，翼仲牟既然向他公开寻仇，他当然也会向邙山派报复。若然他在附近藏匿，对邙山派总是一个祸患。虽说谷之华已被曹锦儿逐出门墙，但她却不能不维护旧日的同门。即算就只这一个理由，她也应该查问孟神通的下落，好令邙山派的弟子得知。

何况她答应过金世遗替他打探李沁梅的下落。因此，也想从孟神通这两个弟子口中，获得一些关于李沁梅的消息。有这几种关系，终于还是追下去了。

谷之华的轻功比孟神通这两个弟子好得多，渐渐追上，忽听得“嗤”的一声，项鸿射出了一支蛇焰箭，一溜蓝色的火焰掠过空际，好像新年所放的烟花。谷之华也有一些江湖经验，知道这是招集同门的讯号。

项鸿冷笑道：“野丫头，你不敢追了么?”谷之华刚一止步，他回过头来飕的便是一支冷箭，箭过处，带起一股腥风，显然是喂了毒药的暗器。

这支箭当然不会射中谷之华，可也把她激怒，当下举步又追，项鸿被她迫得紧时，便用修罗阴煞功抵挡一阵，谷之华武功虽然远胜于他，但却不能在举手之间将他擒下，项鸿狡猾得很，临到谷之华追至身后时，才猛发一掌，发掌之后，便又立即飞逃。这样一追一逃，竟然挨了半个时辰，追到了离新安镇不远的玉龙山下。项鸿在路上已是发出了三支蛇焰箭了。

谷之华被他惹得心头火起，想道：“不施辣手，势必让他拖延时间，待他同门来到，再要擒他更不易了。”这一回她不等追至项鸿身后，距离数丈之外，便突然脚尖一点，凌空飞起，右手提剑斩下，左手以小天星掌力，向他颈侧的“大椎穴”击下。谷之华轻功卓绝，倏然间从空中扑下来，有如苍鹰抓兔，攻得项鸿手忙脚乱，即使他用修罗阴煞功向上发掌，那股阴寒之气也伤不了谷之华，而谷之华居高临下，一剑削来，却定能将他的手臂削断!

眼看谷之华便要一掌拍中项鸿，那“大椎穴”乃是脊椎神经交会之处，若给拍中，全身麻痹，不能动弹，就在这时，忽地一股劲风扑来，奇寒透骨，谷之华空中一个翻身，脚尖着地，定睛看时，只见一个长须老者已站在自己的面前，冷冷说道：“你的师父是谁，为何要下辣手杀我师侄？”

这个长须老者正是孟神通的师弟阳赤符。谷之华道：“令徒先用修罗阴煞功伤我，岂能怪我下手无情？何况我其实并不想杀他！”阳赤符见谷之华竟然识破了修罗阴煞功，不禁大吃一惊，打量了谷之华一眼，冷冷说道：“你又没有受伤，却为何要取他性命？你下那样的辣手，还不是想杀他么？”谷之华道：“我只是要把他拿住，问他一桩事情。”阳赤符道：“你要问什么事情？”谷之华想要问的是孟神通的下落和李沁梅的消息，却怎好对阳赤符说出来。

项鸿叫道：“她已知道了我们的秘密，师叔，你不可让她逃了！”阳赤符喝道：“你是来打听天山派弟子李沁梅的消息的么？”谷之华料想这场恶斗定免不了，朗声答道：“不错。她和你们有甚冤仇？你们何以擅自将她囚禁？”阳赤符冷笑道：“李沁梅早已走了，你正好补她的缺。好，你要打听她么，你问我的掌门师兄去！”谷之华面色大变，身形未动，阳赤符双臂箕张，倏地便扑了上来。他见谷之华居然能抵御得了修罗阴煞功，这正是他本门的克星，即算她并不知道李沁梅被囚的秘密，他也不能让她走了。阳赤符的修罗阴煞功已练到了第五重，与项鸿相比，自是大大不同！

但听得“蓬”的一声，一棵松树被震得枝叶纷飞，总算谷之华闪避得快，绕到了松树的背后，让松树做了她的替身。

阳赤符抢先一步，截住了她的退路，不让她躲入树林，第二掌、第三掌相继打来，掌风起处，方圆数丈之内，叶落枝摇，砂飞石走。谷之华抵挡不住，给他从树林旁边迫到了大路当中，阳赤符喝声：“哪里走！”双掌齐出，一掌击左，一掌击右，叫谷之华无处闪避。谷之华吸了口气，身子突然悬空拔起，就在这刹那间，她的霜华宝剑亦已拔出剑鞘，一招“鹏搏九霄”，凌空刺下，阳赤符“咦”了一声，退后三步，喝道：“原来你是邙山派吕四娘的弟子！”

谷之华道：“你既知道我师父的威名，尚敢在邙山附近横行？”阳赤符冷笑道：“吕四娘若然在世，我也许惧她三分，吕四娘已死，你还敢用邙山派吓我么？”

孟神通既与邙山派公开敌对，阳赤符知道了谷之华是吕四娘的弟子，当然更不能让她逃脱，当下一掌紧似一掌，将修罗阴煞功的威力逐渐加强。谷之华虽然练过“少阳神功”，功力尚浅，斗了二三十招，但觉胸口烦闷，呼吸不舒，然而她的剑法仍是丝毫不乱。

如此一来，阳赤符固然大为诧异，谷之华也不禁暗暗吃惊：“这老头儿的修罗阴煞功果然厉害，听师父生前所说，他只不过练到第五重，与孟、孟神通差得远甚，怪不得以前的掌门师兄、江南丐帮的帮主也死在孟、孟神通之手。”她不愿意承认孟神通是他的父亲，但是在心中念出这个名字之时，却是忍不住心头的绞痛。

阳赤符的功力其实还稍逊于灭法和尚，他的修罗阴煞功虽可占到上风，却还不能制得谷之华的死命。谷之华凭着她的轻功和精妙剑法，本来最少还可以抵御二三百招，但她想起了孟神通，生怕孟神通也会赶来，心神却不由得因而散乱，斗志大减，只想抓个机会脱身。

高手搏斗，哪容得稍稍分神，谷之华越是想逃越逃不了，这时阳赤符的修罗阴煞功已用到了第五重，掌力展开，将谷之华前后左右的退路全都封住，便像一道大铁箍似的，从四面向中间收紧！

激战中猛听得阳赤符大喝一声，掌力一发，有如排山倒海而来，谷之华一个倒栽葱跌在地上，登时不省人事。

待到她醒来之时，已是在孟神通所藏匿之处——太行山幽谷的一间石室之中了。正是：

无计相回避，难堪此日情。

欲知后事如何？请听下回分解。

第十四回　难消冤孽肝肠断　痛失奇书祸患多

谷之华醒了过来，睁眼一看，只见自己身在一间石室之中，项鸿、瞿修二人守在门口，谷之华挣扎欲起，手脚却是软绵绵的不听指挥。项鸿冷笑道：“到了这里还想逃跑吗?”就在这时，忽听得有断断续续的咳嗽声，片刻之间，那个人的脚步声已到了门口，瞿修叫道：“好了，师父来啦!”

谷之华的头顶上有如响了一个焦雷，迷迷茫茫中，只见一个身材高大、稍微有点驼背的红面老人走了进来，这个老人正是她从未见过面的生身之父，邙山派的大仇人孟神通！

项鸿垂手问道：“师父，你好了么?”孟神通哼了一声，说道：“金世遗的毒针伤得了别人，伤不了我，用不着你替我挂心！我交给你的差事怎么样，李沁梅的下落还是没有打听到么?”说了这一串话，又接连咳了几声，显见他所受的伤，尚未痊愈。

项鸿道：“李沁梅的下落虽未查访得明，却喜擒获了这个女子。她能够抵御修罗阴煞功，要不是师叔及时赶到，徒儿几乎都要给她打伤。”项鸿这几句话，一来是要表达自己的功劳，二来是想师父严刑拷问这个女子，他知道师父最忌的就是别人能够克制他的修罗阴煞功。

孟神通又哼了一声，道：“没出息的东西，连一个小丫头都打不过，还敢有面见我?”话虽如此，他心中却是不无惧意，想道：“项鸿的修罗阴煞功只练到第二重，败在她手犹自可说，阳师弟已练到了第五重，却也只是仅能将她制服，并不能令她受到内伤，这就有点奇怪了。她现在年纪还轻，已经抵御得了第五重的修罗阴煞功，将来功力深了，那还了得?”

孟神通睁大眼睛，向谷之华一望，冷冷说道：“听说吕四娘收了一个关门弟子，就是你吗?”谷之华面色灰白，闭口不答。孟神通“咦”了一声，说道：“枉你是吕四娘的弟子，一点胆量都没有！只要你说实话，我不会杀你。你怕什么?”

谷之华倏地张开眼睛说道：“我不是为自己害怕，我是为你害怕!”孟神通道：“咦，这更奇了，你竟然这样好心，为我害怕，你为我害怕什么?”谷之华道：“你有这一身武功，却从来不做好事，你，你……”孟神通一阵大笑，打断她的说话，说道：“你干脆说我是个无恶不作的大魔头好了，何须这样转弯抹角的说话。”谷之华心痛如绞，接声说道：“你已知道自己无恶不作，你，你就不怕将来受到报应吗？我，我是为你害怕，怕你没有好下场啊!”

孟神通大笑道：“我生平从来不信报应，不必你为我担心。”大笑之后，却忽然感到非常奇怪，因为在他一生之中，从来没有人用过这样的口气与他说话！明明是他的敌人，却又似乎对他十分关切。

孟神通上上下下地打量了谷之华一番，说道：“你这个小姑娘倒是有点古怪。哼，哼，你担心我没有好下场，我不妨告诉给你，以我现在的武功，大约还有两三个人可以胜得过我；待我的修罗阴煞功练到了第九重，那时天下虽大，无人能是我的对手！我怕什么?”谷之华道：“只靠武功就可以横行一世吗？你有没有听过多行不义必自毙的古话？何况天下之大，你又焉知没有可以克制你修罗阴煞功的功夫？别的我不知道，我师父就留下了克制你的法子!”

孟神通冷笑道：“我在太行山隐居了十多年，从来不去犯她，原来她却在暗中算计我！可是，吕四娘呀吕四娘，你却未免小觑我了！你生前不来与我动手，死后却叫一个黄毛丫头来与我作对，岂能动我分毫!”谷之华冷冷说道：“我现在不是你的对手，但我师父所留下的克制你的功夫，总有人在五年之内练成，前来找你！你若从现在起改恶从善，在五年之内，积下若干功德，到时你的仇家或者会饶恕你。”

谷之华醒了过来，睁眼一看，只见自己身在一间石室之中。

孟神通纵声大笑道："几十年来，只有人向我求饶，我哪会向别人屈膝？你师父生前尚不敢找我，我就不信她死后还能留下什么厉害的功夫！你说得那样厉害，你试把口诀背给我听。"谷之华道："你既然不怕，又何必要我背它？"孟神通面上一红，咳了一声，说道："你这小丫头真是不知天高地厚，我岂是为了怕它才要你背？我是要指出你师父荒谬的地方，让你这井底之蛙开开眼界！叫你知道修罗阴煞功的神奇之处，远非你师父所能料想得到！"谷之华也冷笑道："我说你才是井底之蛙。我师父的武功又岂是你能想像到？不过，其实你不说我也知道你心意，你实在是怕我的师父，也是怕有人能克制你的修罗阴煞功的！所以你要激我将这种功夫的诀窍告诉你，好让你有所防备！"

孟神通给她戳破，勃然变色，冷笑说道："你现在在我掌握之中，胆敢胡言妄语，对我不敬，你当我真的怕了你们邙山派，不敢处罚你吗？你快把口诀背出来，或者我可以对你从宽处置！"谷之华道："你就是求我一万遍，我也不会背给你听！"孟神通气得七窍生烟，大怒喝道："你要不要性命？"谷之华忽然抬起头来说："我知道你是杀人不眨眼的魔王，我很替那些枉死在你手中的人愤恨，但你若叫我死在你手中，我却是心甘情愿！"这几句话确是出自她的内心，她是在想："由你生我也由你杀我，正好了结我与你父女情分。我本来就不想有这个父亲，我也不愿你知道我是你的女儿！"

谷之华神情坦然，静待她父亲处死。可是她这一番话在孟神通听来，却不禁又是大感奇异！

忽然间在孟神通心中起了个极奇异的感觉，他凝视着谷之华，忽地觉得这个女子似曾相识，尤其是她这副既像对自己关怀、又像对自己愤恨的神情，更好像是一个自己熟识的人，呀，呀！她，她是谁呢？

项鸿在客店中与谷之华交手之时，曾被她打了一记耳光，对她恨到了极点，此时乘机报复，上前说道："师父，这种贱骨头不打是不肯说的。若将她立即处死那是太便宜了她，待徒儿给你将白龙鞭取来，重重的给她一顿刑罚，看她的骨头能不能硬得过白龙鞭！"

孟神通双眼一翻，忽地喝道："谁要你多事，快滚出去！"项鸿拍马屁却拍到了马脚上，碰了一鼻子灰，诺诺连声，急忙退出，心中奇怪之极，这女子对师父如此顶撞，师父反而好像对她有些怜惜，这实在叫项鸿猜想不透。

项鸿当然猜不到他师父想些什么。原来孟神通在这时候，竟忽然想起了自己的妻子，心中说道："对啦，对啦，正是这副神气。以前每逢我做了什么坏事，她就是用这样的眼光看我的。嗯，她死了二十年了，我也几乎忘记了，想不到今日又看到了这样相似的神情！"

孟神通在一生之中从未害怕过什么东西，然而不知怎的，他现在却突然战栗起来，避开了谷之华的眼光，急忙问道："你，你是谁？"谷之华道："你不是早知道了吗？我是邙山派吕四娘的弟子。"孟神通道："我问你姓甚名谁？"谷之华心中酸痛，费了很大的力气才压抑下来，低声说道："我叫谷之华。"孟神通道："你的父亲是谁？"谷之华道："我，我的父亲就是，就是——"孟神通喝道："快说，就是谁？"谷之华断断续续地说道："就是，就是，就是两湖大侠谷正朋。"孟神通如释重负，舒了口气道："原来你是谷正朋的女儿！咦，你为什么流出了眼泪？"谷之华再也忍受不住，哽咽说道："我想起了我的父亲，他，他，他，他已经死了。他怎知道我今日受的苦楚啊！"不错，在谷之华的心目之中，也早已是将她的生身之父当作死了。

孟神通皱皱眉头，说道："别哭，别哭，你不肯说，也就算了，我不杀你，也不打你，你不用害怕。"说出之后，他自己也感觉奇怪，这是在他一生之中绝无仅有的事情，竟会对一个"不相识"的女子大发慈悲。谷之华举袖拭泪，道："你让我走了吧！"孟神通摇摇头道："那可不成！"忽然又似想起什么，大声说道："你今年几岁？"谷之华道："二十一岁了。"孟神通身躯摇晃，好像站立不稳的样子，但随即又在心中想道："天下断没有这样巧合的事情。那年，我来不及救她，她受了重伤，母女俩遗弃在荒野之中，周岁的婴儿，没人照顾，哪能独活？可是她为什么用这样的眼光看我？她又刚好是二十一岁！"

想到这里，不觉全身战栗。谷之华道："你不杀我，又不放我，要我在这里做什么?”孟神通忽然想起了她是吕四娘的弟子，神智倏地清醒过来，想道:“吕四娘留有克制我的功夫，她的徒弟，我岂能轻易放走?嗯，也许是因为我太过思念亡妻，见她神情相似，遂触起了心事，以至事事疑心。其实天下二十一岁的姑娘不知多少，又怎会这样凑巧，恰恰是我的女儿?”

但是当他一接触到谷之华的眼光，却又不自禁的心弦颤抖。孟神通避开了谷之华的眼光，沉声说道:“我要留你在我的身边，陪我一辈子!”谷之华心头大震，喃喃说道:“陪你一辈子，一辈子，我宁愿你杀了我吧!”孟神通道:“要不然你就把你师父的练功口诀都写出来。”谷之华心头沉重之极，师父留下的“少阳神功”本来就是要克制孟神通的，若是自己告诉了他，那就等于救了他的性命。孟神通虽然是个大魔头，但他毕竟是自己的父亲，自己忍心让他将来被人杀吗?可是自己若然告诉了他，又怎对得住死去的师父?又怎对得住旧日同门?这可是背叛师门、大逆不道的事呀!谷之华在心中说道:“不行，不行，我绝对不能告诉他。我虽然没有对同门明说出来，可是我早已在我师父的坟前发了誓，不将他当作父亲了!”心痛如绞，泪珠一颗颗地滴了下来。

孟神通道:“咦，你怎么又哭起来了?我留你陪伴我，正是想把我的绝世武功传给你呀。你做我的徒弟不好吗?别的人还求之不得呢!”谷之华说不出话，只是摇头。

孟神通见她神情奇怪，不禁又起疑心，正想再问，他的二徒弟吴蒙忽然进来报道:“千手神偷姬晓风求见你老人家。”孟神通喝道:“叫他滚出去，我今日什么人也不见!”吴蒙道:“他说有非常紧要的事情。他是受了重伤来见你的。”孟神通道:“他是死是活与我何干?不论是什么紧要的事情我都不管!”

忽然听得门外有个嘶哑的声音说道:“孟神通，你知道我何以受伤?我是为你受伤的呀!你今日不救我，他日你定然丧在邙山派弟子之手!”孟神通怔了一怔，叫道:“好呀，千手神偷，你竟敢擅自闯进来了!我就放你进来，你若有半字谎言，我先把你打个半死。”

说罢，他将谷之华关进厢房，然后开门让姬晓风进来，只见姬晓风身上血迹斑斑，一只右臂吊了下来，孟神通看了一眼，道：“不错，你是受了曹锦儿的铁琵琶掌之伤。你为什么与她作对？”姬晓风道：“我从邙山大会得知消息，知道曹锦儿与翼仲牟在五年之后，便将杀你。我是为了你的缘故，才冒了性命的危险去偷她的东西！”孟神通道：“慢着，慢着，凭你的身份，也配去参加邙山大会吗？”

姬晓风道：“我不会向别人打听吗？蒋鹿樵是我的八拜之交，这次邙山之会，自始至终他都在场。会中所发生的事情，我都从他口中知道得一清二楚！”

谷之华关在厢房里面，对他的话也听得一清二楚，这一惊非同小可，心想：“这一来，他、他岂不是就要知道我是他的女儿！但蒋鹿樵是河南有名的正派剑客，这姬晓风却是武林不齿的偷儿，他们怎会结成了八拜之交？莫非是他故意向孟神通说谎？”

只听得孟神通说道：“哈，原来蒋鹿樵也参加了邙山之会，这就对啦！喂，你怎么不说下去？”谷之华听孟神通的口气，这时对姬晓风已是坚信不疑，不禁又是心头大震。

原来蒋鹿樵与姬晓风之间有过一段过命的交情，有一次蒋鹿樵为了替一家镖局讨镖，与河南的独脚大盗方君雄恶战，结果方君雄被他削去了一条臂膊，而蒋鹿樵也给他用铁沙掌打得重伤，是姬晓风从肃王府里给他偷来了一支千年首乌，这才医好了他。所以蒋鹿樵才肯折节下交，与他结为兄弟。这段秘密，江湖上知道的人很少，但孟神通却是早知道的。

忽听得“咯”的一声，姬晓风摇摇欲坠，急忙扶着墙壁，可是头颅已碰到墙上，发出声响，孟神通将他一把拉了过来，伸指将他的璇玑、玉衡、风府、归藏、维道、居谬、凤尾七处大穴封闭，给他止了流血，吩咐二弟子吴蒙道：“你替我拿两粒小还丹来，再拿续断神胶来给他驳上断骨。”

孟神通给他看了一下伤势，笑道：“幸而曹锦儿将她的铁琵琶传给了师弟卢道璘，她的铁掌功夫却还未到火候，要不然你若是受了她的兵器所伤，焉能还有命在？”

过了片刻，吴蒙将小还丹取来，给他服下，孟神通自炼的小还丹，在各家所炼的治伤药之中，见效最快，兼有培元固本之能，姬晓风服下之后，过了一盏茶的时分，面色便渐见红润，这时吴蒙又已用续断胶将他的断骨驳好。姬晓风站了起来，却不向孟神通道谢，反而是孟神通向他道谢道：“好，你果然是舍了性命去给我办事的，你要什么酬谢？”

姬晓风道：“金银财宝我手到拿来，不必你送给我。我只求你老人家将我收做弟子！”孟神通道：“你为什么要做我的徒弟？”姬晓风道：“我现在所欠的就是上乘武功，若能学到你几分本领，我再去偷东西时，就保险不会给人打伤了。哈，哈，那时就是皇宫大内的奇珍重宝，我也可以偷来孝敬师父了！”

孟神通哈哈大笑，说道：“好，你说得够爽直，我就收你做个记名弟子。”姬晓风向他叩了三个响头，叫了一声：“师尊。”喜孜孜地说道：“我这次替师父去偷东西，虽然给曹锦儿打了一顿，也总算值得了。”

孟神通道：“你将邙山大会的消息和偷的什么东西，慢慢说来，不可遗漏。”姬晓风道：“好，那我就从头说起，吕四娘收有一个关门徒弟，你知道吗？”谷之华心头怦怦乱跳，只听得孟神通的声音也有点颤抖，问道：“唔，她叫什么名字？”姬晓风道：“她叫谷之华。”孟神通道：“你可知道她父母是谁？”姬晓风道：“听说是两湖大侠谷正朋的女儿。”孟神通松了口气，“这小姑娘并没有骗我。”

谷之华也松了口气，心道：“姬晓风的拜把兄弟参加了邙山大会，他何以不知道我便是孟神通的女儿？难道是他有意替我隐瞒？我与他素不相识，他又何必替我隐瞒？莫非他是要留到最后才说？”

谷之华提心吊胆，只听得姬晓风继续说道：“吕四娘其实早已知道了你在太行山隐居，她之所以不来找你的麻烦，乃是她自问还没有必胜的把握。后来她用十年的工夫，练成了一种少阳神功，据说正是你修罗阴煞功的克星。”孟神通道：“吕四娘练功的秘密，你怎么会知道？”姬晓风道：“那是吕四娘的弟子，在邙山大会上亲口向她的掌门师姐说出来的。”孟神通道：“这种有关本门功夫的秘奥，她又为什么要在大会上当着那么多的外人说出来？这种事太过不近情理！”姬晓风道：“这我就不知道了，不过，我的义兄从来不说谎话，他也没有骗我的理由！”

孟神通哪里知道，谷之华当日是因为给她的师姐所迫，既揭露她的身世之秘于前，跟着又要立即将她驱逐出邙山派的门墙之外。谷之华在那样的情况之下，心情激动之极，哪容她考虑周详？而且她奉了师父遗命，要把少阳神功交给师姐，若是当时不交，逐出门墙之外，只怕更没有机会见到师姐。这时她听得孟神通诘问姬晓风的话，才暗暗后悔，后悔自己的江湖经验太浅，以至将本门的秘密泄漏给外人知道。但她又暗暗奇怪：“为什么姬晓风现在还不将我的本身秘密说出来呢？难道他当真不知？他既知道了我向师姐所说的话，又怎会不知道我是孟神通的女儿？”

只听得姬晓风继续说道：“师父，你若是不信，徒儿还有真凭实据。谷之华将吕四娘所写的三篇少阳神功交给了曹锦儿，这三篇秘笈，徒儿已偷到手了。”孟神通双眉一竖，道：“拿给我看。哼，我倒要看吕四娘是否真的有那等神通？”

谷之华暗暗叫苦，心想这三篇少阳神功虽然是在曹锦儿的手中所失，但若不是自己泄漏了师门的秘密，在众目睽睽之下交给了曹锦儿，千手神偷又怎会在她手中偷去？追源祸始，全是自己的过错，心中悔恨不已。

孟神通将那三篇《少阳神功》仔细阅读，最初只听得他不断的发出冷笑，千手神偷姬晓风心道：“莫非是吕四娘言过其实，这三篇少阳神功其实并不济事，所以孟神通看不起它？哎，早知如此，我也犯不着舍了性命去偷了。”过了一阵，孟神通没有冷笑了，脸上的神情也越来越见沉重，姬晓风则反而松了口气了。

原来孟神通的“修罗阴煞功”乃是邪派中的第一等功夫，且又失传已久，吕四娘的武学造诣虽然是当世第一，她也曾探听清楚受害的人死时的症状，但对于修罗阴煞功的精微奥妙之处，究竟不能深悉，所以她所创的“少阳神功”对“修罗阴煞功”是只能防御，不能破解，其中当然也有不周全的地方。是以孟神通在翻阅最初几页之时，不免轻视它了。

但看完了第三篇《少阳神功》，却不由得孟神通不悚然而惊，“少阳神功”是着重本人功力的加强，来抵御外邪的侵袭，循序渐进，由浅入深，所以越到后面，越见奥妙。孟神通心中想道："吕四娘的武学造诣果然远远在我之上，她未练过修罗阴煞功而居然想得出抵御的法子，确是令人佩服！她的少阳神功虽然尚未能破解我的功夫，可是若然有一个和我功力相当的人，练了这种少阳神功，那么我的修罗阴煞功便伤不了他了。再不然，若是集合了邙山派三四个一流高手，都练了这种功夫，也不难制我的死命！"想到此处，还怎能笑出声来？

姬晓风道："师尊，你看吕四娘这三篇少阳神功是不是还有点道理？"孟神通想到刚才怎样逼谷之华都不能令她说出一个字，现在却得来全不费功夫，再度哈哈大笑，说道："也还值得你一偷！"这时他已把少阳神功的精义都记在心中，遂把吕四娘手写的那三篇练功秘诀放在掌心，双手一合，轻轻一拍，撒下了满地纸屑，纵声笑道："吕四娘死后还想与我作对，哼，哼！我现在就教她死不瞑目！"

这几句话似利针一样刺进了谷之华的心，她师父手写的三篇少阳神功被孟神通所毁，这已足够令她伤心，而更令她伤心的是，她陡然想起，从今之后，知道少阳神功的就只有她一个人了，将来若要制服孟神通，除非是她再把少阳神功默写出来，交给师姐，或者就要由她亲自与孟神通动手了。总之，不论是直接还是间接，都要她与生身之父为敌了。哎，她能下得那样辣手，对付生身之父吗？

这刹那间，谷之华忽然起了自杀的念头，虽然她的宝剑早已被孟神通缴去，但她还可以运用内功，震断经脉，了结生命。但她究竟是经过吕四娘十多年教诲的人，死志方萌，便立即想起了她的师父，"师父她只有我一个弟子，她费了十多年的心力，将我教养成人，又把平生本领都传授给我，希望我继承她的衣钵，纵不能驱除鞑虏，最少也要做一个行侠仗义的人，我岂可辜负她的期望，便这样轻易的死去。"接着，金世遗的影子也在她的脑海中浮现出来，金世遗的声音似是在她耳边说道："莲出污泥而不染，清者自清，浊者自浊。他是他，你是你，他与你有什么相干？你只当本来就没有这个父亲，何必要为他而苦恼一世？"想到了师父的教诲，想到了金世遗的劝告，谷之华的精神又振作起来，心道："不错。除非是他要亲手杀我，那我无可如何，我却绝不能用自己的手来了结自己的生命。”不过，谷之华自杀的念头虽然打消了，心中的苦恼则仍是不能打消。

孟神通向姬晓风继续问道：“关于邙山大会，还有什么消息吗？”姬晓风道：“还有一件大事，了因和尚的徒弟灭法和尚又再出现了。”孟神通道：“哦，他销声匿迹了几十年，又出现了么？想是他知道吕四娘已死，所以敢放心出来了。”姬晓风道：“不错。他到邙山大闹了一场，听说就是为了与曹锦儿争夺掌门之位，不过终于给金世遗与谷之华赶跑了。”其实金世遗并未动手，蒋鹿樵对他说得不够清楚，他也就以讹传讹。

孟神通吃了一惊，道：“金世遗居然也到了邙山，还居然能够帮助邙山派打退灭法和尚？”在他心目中，以为金世遗受了他的修罗阴煞功所伤，不死也得残废，听了这个消息，怎不令他心中骇异？

谷之华也很奇怪，为什么姬晓风始终没有说出她是孟神通的女儿？她有所不知，原来蒋鹿樵是一个正派的剑客，他也很同情谷之华的遭遇，虽然他泄漏了好些有关邙山大会的消息给姬晓风知道，却不愿揭露别人的阴私，所以隐瞒了谷之华与孟神通的关系这一段不说。

谷之华正在心乱如麻，只听得孟神通又在外面笑道：“晓风，你一入本门，便立了功劳，我一定不会亏待你，你先去跟你的大师兄练一些本门扎根基的功夫，三日之后，我再亲自传授你修罗阴煞功。哈！哈！再过几年，待我的修罗阴煞功练到了第九重，那时，我当然是天下无敌，而你也是天下第一的圣手神偷了。”

姬晓风叩了几个响头，退出石室，孟神通笑声未绝，便打开了厢房的房门，他一眼瞥去，见谷之华面色灰白如死，禁不住又得意笑道：“你都听见了么？你也知道害怕了么？我正是要你知道，你师父的什么少阳神功，现在只有你知我知了。”

谷之华看他的神色，不由得心中一凛：“这回他大约要真的下毒手了！”果然听得孟神通继续说道：“你应该得意了吧？当今之世，除开是你，再也没有什么人能用少阳神功来与我为难了。”说到这里，眼中突然露出凶光，冷冷说道：“现在只有两条路让你选择，一条是你投入本门，甘心拜我为师，我在世一天，你就一天不能离开我。若然你还想为邙山派报仇的话，那么另一条便是死路，我要你受尽折磨，身受阴寒之毒，慢慢死去。你休怪我狠心，谁叫你是吕四娘的弟子，如今又是除我之外，唯一知道少阳神功的人？好，我现在给你一日期限，你自己去想，明日此时，定要答复。咄，你听清楚了么？”

孟神通刚才听了姬晓风的说话，姬晓风也说谷之华是两湖大侠谷正朋的女儿，与谷之华的自述完全符合，这时，他已不再怀疑谷之华是他的女儿，心中打定主意，若然谷之华不肯屈服，当真便要将她置于死地！

谷之华极力抑制下心中的悲愤，迎着她父亲的目光，傲然说道：“何必明日此时？你现在便可动手！”孟神通喝道：“怎么？你打的是什么主意？”谷之华道：“我宁愿死也不愿做你的弟子！”孟神通道：“你年纪还这样轻，就居然不怕死了么？”谷之华道：“不，我并不是不怕死，但若要我做你的弟子，那却要比死更可怕得多！”

孟神通这一气非同小可，冷笑说道：“你自恃是名门正派的弟子，就居然如此蔑视我么？好吧，你既然要死，我便成全你吧！”举起手掌，暗运修罗阴煞功，霎时间掌心变得黑如浓墨，缓缓向谷之华顶门拍下。

两人面面相对，孟神通忽见谷之华的泪珠从眼眶中滚出来，孟神通哪里知道，这不是谷之华怕死，而是谷之华痛心这一幕人伦惨变，她的生身之父在杀她之时，还未知道她便是他的女儿。

孟神通虽然不再怀疑谷之华是他的女儿，但不知怎的，见她流泪，竟然心中软了下来！他平生杀人如草，未尝眨眼，这一次竟会手软，当真是从所未有的事。谷之华闭目待死，但觉头顶上一片沁凉，好像一大块冰块慢慢压下来一样，但孟神通的手掌却始终未触着她。谷之华忍不住张开眼睛，尖声叫道：“你要杀便杀，何故迟疑？”

孟神通咬实牙龈，掌心又按下一寸，但却似有千斤大力托着，掌心离她顶门三寸之时，却怎样也按不下去了。就在这时，他的二弟子吴蒙忽然又进来报道：“谷口发现一个很奇怪的老和尚，他指名要你老人家去迎接他。”孟神通趁势收掌，说道：“你口说不怕，心中实是害怕，不必再瞒我了。我再发一次慈悲，仍照刚才的话，让你多想一天。”

谷之华叫道：“你何必要我多受一天折磨？明天我的答复也决不会有半字更改，你要杀我便快杀吧。”可是孟神通已走出石室，装作听不见她的话了。但听得“砰”的一声，那两扇厚厚的石门已经关上，室内一片漆黑。

孟神通的脚步声渐渐去得远了，谷之华隐约还听得见他咆哮的声音：“什么人这样大胆，敢要我出去接他？”

孟神通的弟子诚惶诚恐地答道：“我们本来不敢惊动你老人家，但那怪和尚似乎有点来头，我们拦他不住。”话犹未了，只听叮、叮、叮、叮的铁杖触地之声，凭着孟神通的耳力，听得出来尚在一里之外，不过片刻，竟然便像到了门前！孟神通心中一凛，说道：“不错，果然是有点来头，难怪你们拦他不住。”

他走出去看，月光之下，只见一个身材魁伟的老和尚，须眉斑白，脸上却透着红光，落在孟神通的眼中，一望便知是学过玄门正宗内功，而且根基甚为深厚的高手。孟神通不觉一怔，心道：“正派中未听过有这么一个人物，难道是少林寺达摩院的什么长老来了？”要知武林中顶尖儿的角色，孟神通纵算未曾会过，也总听人说过，大略知道他们的武功和形貌，只有少林寺达摩院的长老，有些已经闭关了几十年的高僧，那就不是江湖上所能知道的了。

可是这个老和尚却不像有道的高僧，但见他面肉横生，眉宇之间隐隐有股煞气，装束也很古怪，背着一个硕大无朋的布袋，提着的那根禅杖有碗口般粗细。

孟神通打量了那怪和尚一眼，问道：“大师深夜驾临，不知有何见教？”那和尚哈哈笑道：“无事不登三宝殿，当然是有所为而来。孟老儿，我闻你的大名已久，咱们先亲近亲近！”将布袋搁在地上，大踏步走上前来，伸出蒲扇般的巨掌，便要与孟神通握手为礼。

孟神通乃是老江湖了，当然知道他是存心较量，心中大怒，想道：“你以为练过玄门的正宗内功，我就怕你不成？”但却也不敢轻敌，将练到第七重的修罗阴煞功都施展出来，与他一握，但觉一股大力传来，两人各自退后三步，但那怪和尚退了三步，身形仍然摇晃不定，而且还禁不住机伶伶打了一个冷战，显见是他输了。

孟神通正待发话，只听得那怪和尚哈哈笑道：“孟老怪果然名不虚传，值得我给你一份厚礼！”

孟神通见这怪和尚竟然敢与他硬接一掌，并不受伤，也自好生佩服，当下说道：“天下能抵御我修罗阴煞功的尚没有几人，你也值得我亲自出来迎接了。请大师赐知法号。”那怪和尚又哈哈笑道：“你要问我的法号么？我就叫做灭法和尚！”

孟神通怔一怔，叫道：“原来你就是灭法和尚，怪道我认不出来！咱们当真是闻名已久了。”原来灭法和尚自他师父了因死后，便在江湖销声匿迹，孟神通想找他也找不着。

灭法和尚道：“你说得不错，咱们闻名已久，我早就想找你了。今日我先给你送来一份厚厚的见面礼，包你一见欢喜！”送礼的人自夸厚礼，即算在放荡不羁的江湖人物之中，也是少有之事。孟神通心道：“且看他送的什么？难道还胜过姬晓风送给我的、吕四娘手写的少阳神功？”

但见灭法和尚提起先前搁在地上的那只大布袋，倏地一下撕开，“卜通”一声，跌了一个人出来，竟然是个少女，灭法和尚骈指一戳，那少女在地上打一个“鲤鱼打挺”，跳了起来。破口骂道：“秃驴，我与你无冤无仇，你为什么欺侮我？”掣出宝剑，便要与灭法和尚拼命，灭法和尚笑道：“你看看你对面的是什么人？”那少女一眼瞥见孟神通，如见鬼魅，吓得尖叫起来，灭法和尚趁她突然受惊之际，伸指一戳。又封闭了这少女的穴道。

孟神通当真是又惊又喜，你道这少女是谁？原来这少女竟就是李沁梅！孟神通派出了他的师弟，还派出了许多门徒，四面八方去捉拿李沁梅，想不到如今却由灭法和尚将她当作“见面礼”，送上门来了。

孟神通哈哈笑道：“果然是我最喜欢的礼物，你怎么知道我要她？”灭法和尚道：“我在邙山附近，碰到你的一位徒弟，他向我打听，问我可曾见过这样的女子？我一听就知你要找的是冯琳的女儿。”孟神通皱了皱眉，心里颇为恼怒自己的徒弟太过蠢笨，随便向人打听。“幸亏是遇到灭法和尚，若然是另外一位正派门户的高手，消息岂不泄漏出去?”

灭法和尚继续说道：“这小姑娘真是胆大，她前两年独自闯荡江湖，我已知道她了。那时她未有仇家，独自闯荡江湖还算不了什么，想不到她如今结了你这样厉害的仇家，居然还想去参加邙山之会。”原来李沁梅正是想到邙山去查访金世遗的，谁料未到邙山，却先碰上了灭法和尚，被他擒了。正是：

才离虎穴龙潭地，又遇兴波作浪人。

欲知后事如何？请听下回分解。

第十五回　一女自伤身世恨　双魔会合练神功

孟神通将二弟子唤来，吩咐他道："吴蒙，把这丫头先关起来。"吴蒙问道："是不是也关在那间石室里？"孟神通想了一想，说道："好吧，就关在那间石室里，让她们两人在一起。你要严加看守，不可再让她跑了。"吴蒙道："师父放心，这一回谅她插翼难逃。"

孟神通既得到姬晓风给他偷来了《少阳神功》，如今灭法和尚又替他擒获了李沁梅，真如锦上添花，喜上加喜。蓦然想道："姬晓风是为了要我传授他的武功，所以才不惜冒了性命的危险，去偷曹锦儿的东西；灭法和尚早已进入一流高手之列，却为何也来巴结我，竟然不惜与天山派结仇？"

灭法和尚早已料到他心中的猜疑，不待他说，先自说道："老衲今日是为了三件事情而来，想与孟居士作竟夕之谈。"孟神通道："好极好极，请到里面去说。"

孟神通将灭法和尚延入静室，叫徒儿泡了一壶上好的武夷茶来，宾主坐定，孟神通道："请问是哪三件事情？"灭法和尚道："第一件是给你送个见面礼，这礼物你收下了。"孟神通道："承大师厚赐，孟某正不知如何报答？"灭法和尚道："我知道你的仇家甚多，实不相瞒，在你的仇家之中也有两个与我有仇，一个是曹锦儿，一个是金世遗。"孟神通刚才听过姬晓风所说的灭法和尚大闹邙山之事，心中想道："莫非是他来求我与他联手？"只听得灭法和尚果然说道："你我同仇敌忾，正宜彼此相助，报答二字，不必再提。"

孟神通道："邙山派的曹锦儿、翼仲牟加上那个毒手疯丐金世遗，这三个人的本领只有金世遗尚可与我一战，其他两人算不了什么。我若与大师联手，要把这三人杀掉，可说容易得很，只是我还有苦衷，目前尚不想抛头露面，请大师待我五年，待我将修罗阴煞功练至大功告成之后，再助大师复仇如何？"原来孟神通此时还顾忌着天山派的唐晓澜夫妇与少林寺的百拙上人等人，而且他的仇家实在太多，诚恐在江湖上露面之后，引起围攻，自己修罗阴煞功未曾练成，尚无必胜把握。

灭法和尚笑道："君子报仇，十年不晚。只是我怕你的修罗阴煞功未必练得到第九重。"孟神通心一凛，这正是他日夜苦思，未得解决的事情。但他却不解灭法和尚何以知悉他练功的秘密，故意问道："大师这样说法，莫非是我的修罗阴煞功尚有不足之处么？"灭法和尚道："不，你的修罗阴煞功实在已是世上无双的了。我猜想你大约是在不久之前，曾与高手拼斗，受了一点内伤，要不然，我刚才已经禁受不起了。"

孟神通心道："这和尚功力虽然稍逊于我，眼光倒是锐利得很！"便也坦白对他说道："不错，我正是受了金世遗的毒针之伤，还要两天，方能痊愈。"灭法和尚听说他是受了金世遗的毒针之伤，亦自有点骇然，暗自想道："连孟老怪竟然也给金世遗伤了，幸亏我在邙山之上未曾与他交手。"

孟神通问道："大师刚才说恐怕我的修罗阴煞功练不到第九重，不知是何所见而云然？"灭法和尚道："我虽未练过修罗阴煞功，但我师父生前却曾对我说过这种功夫。师父说，这种功夫虽然厉害之极，但一练到了第八重，却难免要遭受走火入魔之危，据他说古往今来，只有三百年前的乔北溟曾练到第九重，而他的练功秘法却早已失传了。所以我师父当年虽然也曾一度动心，想到青海去遍访白教喇嘛，求取修罗阴煞功的练功之诀，但终于也没有去。不知孟居士现在的修罗阴煞功已练到了第几重？"

孟神通叹口气道："余生也晚，可惜年青时候没机会得遇尊师，要不然倒可以向他请教，实不相瞒，我的修罗阴煞功已练到了第七重了。"

灭法和尚笑道：“那么我来得正合时了！实不相瞒，我师父晚年之时，曾对我言道，他虽然不知乔北溟的练功秘法，但若以他当时的内功修为，料想便是练了修罗阴煞功也不至于走火入魔了。”说到此处，笑容忽敛，续道：“可惜他这话说了不久，本门便生大变，他老人家竟然死在吕四娘贱婢之手，这事情想你也早已知道，不必我再说了。”

本来灭法和尚说到他师父的惨死，孟神通应该表示一点哀戚才是，可是他听了他的前半段话，早已喜不自胜，不待他说完，便跳了起来，拍一拍自己的脑袋道：“你看我岂不是太糊涂了，令师是独臂神尼的首徒，所学的是正宗的内功，绝对不在天山派唐氏夫妇之下，我何须舍近就远，早就应该找你才是！”其实那时吕四娘未死，灭法和尚又怎敢露面，纵然孟神通找到他，他怕吕四娘知道，说不定在他的功夫未练成之前将他诛戮，他又怎敢与孟神通勾结？

灭法和尚哈哈笑道：“现在是我来找你，不必你来找我了。我把正宗的内功口诀传给你，你把修罗阴煞功传给我，咱们彼此都大有好处，孟老怪，这桩交易你愿不愿？这便是我来找你的第二件事情。”孟神通大喜如狂，紧握着灭法和尚双手，得意狂笑，不必他再说话，灭法和尚已知道他是一千个、一万个愿意了。

孟神通在狂喜之中，忽地心中想道：“他愿意将正宗的内功心法与我交换，这本是对双方都大有益处，可是如此一来，我的看家本领也要传授给他，他的内功比我纯正，只怕要给他后来居上，即算我的修罗阴煞功练到了第九重，也未必是天下无敌了！”但随即想道：“这个机会万万不能错过，修罗阴煞功奥妙神奇，我只要将精华所在，稍稍变动增删，他又怎能知道？对，就是这个主意！无论如何，不能让他的本领超过我。”

孟神通老奸巨猾，心中盘算，脸上丝毫也不表露出来，笑声未歇，忽听得灭法和尚又道：“孟老哥，还有第三件事情，包管你听了要大大欢喜！”他对孟神通的称呼，由“孟居士”而“孟老怪”而“孟老哥”，也是越来越亲热了。

孟神通听了反而一愣，心道：“还有什么更值得高兴的事情？”须知他毕生苦苦思索而尚未解决的，就是如何将修罗阴煞功练得到第九重，如今忽然得到灭法和尚愿意将正宗的内功心法，与他交换，这已经是天大的喜事，他怎样也想不到，还有什么别的事情，比这个更重要的。

灭法和尚道：“孟老哥，我先向你道喜！”孟神通道：“喜从何来？”灭法和尚却不肯一下说出，慢条斯理地讲道：“我最近曾在邙山上大闹一场，想你亦早已知道？”

孟神通刚才听姬晓风说过，说他是被邙山派与金世遗合力赶下邙山的，心想：“这是他丢面之事，有什么值得高兴？”便点点头道：“有人向我说过，听说你要与曹锦儿争夺掌门之位。其实只要你我合心同力，苦练几年，天下尚有何人能与你我抗衡，区区一个掌门何足道哉？”他是想安慰灭法和尚的，灭法和尚却道：“我不是在乎一个掌门，我在邙山吃了败仗，心里却高兴得很，你猜我是败在谁人之手？”孟神通故作惊诧，说道：“谁人有这本领，能够将你打败？是少林寺的百拙上人也到了邙山么？嗯，不是，那我就真猜不到了！”其实他是不好意思说出金世遗的名字，因为金世遗近十年虽然名满江湖，但究竟是灭法和尚的后辈。

灭法和尚道：“若是少林寺的百拙上人那就不足为奇了。你怎么也猜想不到，竟然是吕四娘的弟子！”

孟神通果然大大惊奇，问道：“就是那个谷之华吗？她，她竟有这等本领？”

灭法和尚哈哈笑道：“所以我要向你道喜啦！”

孟神通有如堕入五里雾中，问道：“老兄，此话怎说？”灭法和尚道：“你还不知道吗？吕四娘的那个关门弟子，正是你的亲生女儿呀！她年纪轻轻，便学成了这般本领，还不值得你大大高兴吗？”

灭法和尚的说话有如晴空霹雳，饶是孟神通这一生经历无数风浪，也从未这样震动，但见他身躯颤抖，登时跳起来道：“你话当真？”灭法和尚哈哈笑道：“孟老哥，瞧你高兴得这个样儿！我岂会哄你欢喜，吕四娘的弟子，确确实实是你的亲生女儿！”孟神通定了定神，急忙问道：“你怎么知道？”灭法和尚道：“我到邙山之时，正巧碰着曹锦儿处理你们父女这桩案件！”孟神通道：“她怎样处理？”灭法和尚道：“就因为她是你的女儿，所以曹锦儿将她驱逐出邛山派的门墙之外了!”孟神通“哦”了一声，心道：“原来她是被曹锦儿赶下邛山的!”

既然灭法和尚亲耳听到，而且曹锦儿还因此将谷之华逐出门墙，那当然是不会假了，可是孟神通尚自不敢相信，又问道：“我听说吕四娘这个关门弟子，乃是两湖大侠谷正朋的女儿，难道那是假的?”灭法和尚道：“谷正朋是收养你女儿的人。我问你，你当年杀了丐帮的帮主周骥之后，是不是曾被人围攻?”孟神通道：“不错，有这回事。”灭法和尚道：“后来你们夫妇被他们穷追不舍，因而在青云河附近的荒野中散失了?”孟神通想起往事，切齿说道：“内人那时受了重伤，我无力照顾她母女，至今引为大恨！那时小女方才周岁，跟她母亲一起，我以为她们早已死了。”灭法和尚道：“谷正朋和他的弟子柳行森当时也是参加追击你们的人?”孟神通道：“不错，我知道有他们师徒，可未曾碰上。”灭法和尚道：“那就一点也不错了，这些事情便是柳行森在邛山上对曹锦儿说的!”

证据确凿，无可置疑，孟神通又惊又喜，但见他长须抖动，好久好久，都说不出话来。灭法和尚暗暗纳罕，他从孟神通的神色看得出来：孟神通在欢喜之中似是也带有几分恐惧。

灭法和尚尚未知道谷之华也已落在孟神通的手中，这时孟神通正在回忆刚才的情景，他明白了谷之华为什么用那样的眼光看他了，“原来她果然是我的女儿!”“她宁愿我杀死她也不愿留在我的身边，呀！你竟然如此憎恨你的生身之父吗?”孟神通思念及此，不禁潸然泪下，这还是他有生以来第二次落泪，第一次流泪，便是他在二十年前失散妻子之时。

灭法和尚道：“孟老哥，你怎么啦?”孟神通不想便告诉他，定了定神，勉强笑道：“我当真喜得流泪，谢谢你告诉我这个消息。”忽然想起一事，又问道：“曹锦儿有没有将她难为?”灭法和尚道：“曹锦儿本来要追缴她的剑谱的，听说后来因为念她对邛山派有功，免予追缴。不过当众将她逐出门墙，这已极够令嫒难受的了!”

孟神通初时一怔，随即省起：“不错，灭法和尚是给她打败的，那当然是对邛山派的大功了。可是她又怎能打得败灭法和尚呢?”

灭法和尚哈哈笑道：“孟老哥，恭喜你有这样有本领的女儿!

现在轮到我求你一件事情了。”孟神通道：“什么事情?”灭法和尚道：“为了你，也为了我，我盼望你们父女团圆，老孟，我请你立即将你的女儿找回来。”

孟神通道：“唔，那当然是要找回来的。但我还不明白你的意思，为什么说是为了你也为了我呢?”灭法和尚道：“吕四娘留有三篇少阳神功，那是用来对付你的。吕四娘那套玄女剑法，则是用来对付先师的，先师惨遭诛戮，这套剑法便是我的大患了。好在人算不如天算，吕四娘的衣钵传人竟然是你的女儿!”孟神通恍然大悟，说道：“你是盼我将女儿找回来，叫她将那三篇少阳神功给我，将那部玄女剑谱给你?”灭法和尚道：“令嫒已被邙山派逐出门墙，你将她找来，动以父女之情，谅她断无不答允之理。那部玄女剑谱只要借给我抄一个副本便成。”

孟神通心想：“你倒打得如意算盘，看来你这次前来巴结于我，要我传授修罗阴煞功还在其次；更重要的，是想假我的手，谋夺我女儿这本剑谱!”孟神通猜得一点不错，要知灭法和尚的师父了因，跟随独臂神尼最久，精通邙山派各种武功，就只这套玄女剑法，因为是独臂神尼晚年所创，他没得到。灭法和尚既然想做邙山派的掌门，这部剑谱对他就的确要比修罗阴煞功更重要了。

孟神通心道：“她肯不肯认我做父亲，尚未可知呢！你却要我利用父女之情，给你骗她的剑谱，那简直是痴心妄想!”其实即算孟神通能够从女儿手中取得剑谱，也断不会交给灭法和尚。反正《少阳神功》已到了他的手中，他何必为灭法和尚效劳，让他的本领超过自己？所以他踌躇再四，终于还是隐瞒了他们父女已经见面的消息。

可是他为了要得到正宗内功的心法，仍然不能不敷衍灭法和尚，一口答允，跟着说道：“总之咱们二人，今后如同一体，老兄但请放心，我有好处，断不会亏待你的。明日再仔细谈吧!”灭法和尚谈了半天，只得到他一个口头保证，自然不大高兴，但想反正时间还长，也就不便操之过急。

再说谷之华在石室之中，正自睡得蒙蒙眬眬，忽然觉得在自己身边，有生人的气息，蓦地一惊，急忙跳起身来，伸手一摸，摸着一头柔软的头发，立即察觉是个女子。

谷之华拔下头上的玉簪，玉簪上镶有一颗夜明珠，在漆黑的石室中发出微弱的光亮，只见那个女子比她还更年轻，瘦削的瓜子面儿，甚是动人怜爱。谷之华将她扶起，见她毫无反应，知她定是被人点了穴道，察看之下，不觉大吃一惊，这少女被点的两处穴道乃是背心的“缺盆穴”和顶门的“百会穴”，这两处穴道本是“死穴”，只有邙山派独门的点穴手法，才可以点了这两处“死穴”而不致令对方死亡，而且正因为点的是“死穴”，对方纵有多好的内功，也不能自行运气冲关，必须用邙山派本门独特的解穴功夫，才能够解救。

察看之下，谷之华惊疑不已，心中想道：“是哪一位本门弟子伤害了她？照点穴者的功力看来，只有曹锦儿与翼仲牟有这等本领。但若是他二人所点，为什么这女子又会落在孟、孟神通的手中？”

李沁梅也是惊疑不已，穴道一解，立即问道：“喂，你是孟老贼的什么人？”谷之华心中酸痛，答道：“我也是像你一样，被他囚禁在这石室的人。”“你是谁？”“你是谁？”这话同时从两人口中问出。

李沁梅先答道：“我叫做李沁梅，是天山派的。你呢？”谷之华心头大震，失声叫道：“你怎么又落在他的手中？”李沁梅道：“咦！你怎么知道我曾经被孟老贼囚禁过？”谷之华道：“我叫做谷之华，是邙山派的。”李沁梅道：“啊，那大约是翼仲牟对你说了。上次有一个姓厉的女子将我救出来，据她说，孟老贼与你们邙山派结有大仇，就在她救我出来的那一晚，翼仲牟与谢云真曾在孟家庄大闹一场。可惜我没有见着他们。”其实李沁梅被囚之事，乃是金世遗告诉谷之华的，不过谷之华不想即便对她说明。

谷之华等她说罢，赶忙问道：“你是被谁擒来的？”李沁梅道：“是一个老和尚，提着一根碗口大的禅杖，神气很凶，身材很胖！”谷之华这一惊更甚！颤声说道：“原来是灭法和尚！他，他，他，他来了这里没有？”李沁梅道：“你知道这个恶和尚的来历吗？正是他将我送来，交给孟老贼的。咦，姐姐，你为什么那样害怕他？他虽然凶恶，但孟老贼不是比他更可怕吗？咱们现在已落在魔头的手上，一个魔头和两个魔头都是一样，大不了是个死。”

她怎知道，谷之华所害怕的是比死更为可怖的事情！李沁梅的说话她根本就听不进去，心中只是想道："灭法和尚来了，灭法和尚来了，哎呀，他定然将我的身世来历对、对、对、对我所不愿意相认的爹爹说了！"这时忽觉李沁梅温暖的手掌紧紧地握着她，李沁梅则觉她的手心冰冷得简直令人难受！

李沁梅道："咦，姐姐，你怎么啦？"谷之华道："没什么。我并非害怕，你不必为我担心。"李沁梅道："你的手脚发冷，是不是衣裳穿得少了？这石窟寒气逼人，你要不要多加一件衣服？"说着话便想脱一件衣服给谷之华。谷之华本来心酸不已，这时也不禁"噗嗤"笑了出来，止住她道："多谢你的好意，我不是发冷。"她一笑之后，心情好了许多，手足也渐渐暖和了，李沁梅这才放心。

谷之华心想："怪不得金世遗欢喜她，她真是心地善良，纯真可爱。"正自思量要不要将金世遗的消息告诉她，李沁梅已先问道："我听过妈妈说，吕姑姑有一个关门弟子，是两湖大侠谷正朋的女儿，敢情就是姐姐？"谷之华道："不错，我也曾听师父说过你，很夸赞你聪明伶俐。"李沁梅喜道："想不到咱们在此见面，你师父生前和我妈妈非常要好，你便如同我姐姐一般，你愿意要我做妹妹吗？你今年几岁？"谷之华道："廿一岁了。"李沁梅道："我比你小两岁，正该叫你做姐姐。"谷之华一笑搂着她道："小妹妹，我也很欢喜你，咱们今后就做个异姓姐妹吧。"两人当真便在石室里撮土为香，结拜为金兰姐妹。

李沁梅问道："你是几时被孟老贼捉来的？"谷之华道："也是今天。"李沁梅道："想来孟老贼是要迫你将正宗的内功心法告诉他了。他以前也同样迫过我的。咱们死了也不能助纣为虐，姐姐，你说是不是？"谷之华道："你说得很对。"李沁梅道："你既是今天才被他捉来的，那么邙山大会你有参加吗？"谷之华心中一动，说道："你是不是要向我打听什么人？"

李沁梅跳了起来，叫道："姐姐，你怎的未卜先知，一下子便猜到了我的心意？"谷之华笑道："你要打听的是什么人？"李沁梅有点不好意思，说道："这个人在江湖上的名声不大好——他有个很难听的绰号，叫做毒手疯丐，可是他的心地其实却是很好的。

他……”谷之华笑道：“原来你问的是金世遗。”李沁梅忙道：“你见过他了？”谷之华道：“他还和我谈了好些话呢。”李沁梅道：“他说些什么？”谷之华道：“他说的正是你，他要我帮他寻找你的踪迹。”李沁梅道：“啊，原来他也知道我在寻找他了。可惜咱们被孟老贼囚禁在这儿，有什么办法令他知道？”

谷之华道：“你很想念金世遗吗？”李沁梅道：“姐姐，我不想瞒你，我的确很想念他。我觉得他很可怜，他没有父母，没有亲人，甚至连知心的朋友都没有。所以，我很愿意陪伴他，尽管别人笑话，我也不怕。”这刹那间，谷之华忽地觉得有点为她难过，心道：“其实你还未曾懂得金世遗的心啊。”说道：“小妹妹，你放心，只要咱们能够脱险，我一定能帮助你找到他。”

李沁梅紧握着她的双手，说道：“姐姐，你真好！”随即问道：“听说金世遗为孟老贼所伤，不知他的伤可痊愈了么？”谷之华诧道：“我见他时，他好端端的完全不像受伤初愈的样子，他在邙山还曾动手把灭法和尚的两个弟子打得很狼狈呢！你听谁说他受伤的？”

李沁梅道：“那个姓厉的姑娘和小武都是这样说的，难道他们都骗我不成？小武是我的师侄，年纪则比我大一些，他更说得活灵活现，说是他亲眼瞧见金世遗被孟老贼打了一掌，受了孟老贼的修罗阴煞功之伤，纵然不死，也得残废。”谷之华心想：“金世遗的内功根底虽然比我深厚，但若然真是受了修罗阴煞功之伤，也断不会这样快便告痊愈，但那姓厉的女子和那个姓武的又何必骗李沁梅？”觉得其中颇有蹊跷，不过她既不认识李沁梅所说的这两个人，和李沁梅虽然义结金兰，到底还只是初次见面，不便向李沁梅查根问底。

李沁梅又问道：“金世遗可曾告诉你，他要去什么地方？”谷之华道：“他说要到海外一个荒岛，去寻访三百年前乔北溟所留下的武功秘笈，据说其中可能有破解修罗阴煞功的法子。”李沁梅叹口气道：“远水不救近火，唉，他怎知咱们被囚禁在这石室，只怕今生今世再不能和他见面了。”谷之华劝慰她道：“这怎能说得准？世上往往有意料不到的事情，你上次不是也曾逃脱过一次么？”

李沁梅得到她的劝慰，很快又高兴起来，笑道：“不管怎样，我这一次被囚，总要比上一次好得多了。上一次我孤零零一个人，这一次却有你和我在一起了。”谷之华搂着她道：“妹妹，我也很喜欢你。”

李沁梅忽道：“姐姐，你欢喜金世遗么?”谷之华心头一跳，李沁梅道：“他这人虽然玩世不恭，看起来有点疯疯癫癫，其实只要你对他好，他就会对你好的，你不觉得么?”谷之华这才明白李沁梅指的并不是男女之情，笑道：“我也觉得他并不是一个坏人。”李沁梅想了一想，忽又说道：“你喜不喜欢他我不知道，可是我却知道，他一定很喜欢你!”

谷之华的心刚刚平静，听她这么一说，又剧跳起来，强笑说道：“你怎知道?”李沁梅道：“他这人骄傲得很，不是他信服的人，他绝不会轻易向别人求助。如今他不但告诉你许多关于他的事情，而且还请你帮他找寻我的踪迹，若非他把你当作知心朋友，他定然不会这样的。所以我敢说他一定很欢喜、很欢喜你，我很高兴，我欢喜的人他也欢喜，所以我更加欢喜你了!”谷之华再一次在心中赞叹：“真是一个胸无杂念，又热情又纯洁的姑娘!”她也把李沁梅搂得更紧了!

谷之华紧紧地搂着李沁梅，在欢喜之中又感到一份悲哀，连她自己也不知道，不知是可怜李沁梅呢，还是可怜金世遗，或者根本就是自己为自己可怜?一颗泪珠从她的眼角滴下来，滴在李沁梅的面上，李沁梅道：“姐姐，你为什么又哭了?”谷之华道：“我也不知道为什么，我就是想哭。”李沁梅道：“我只是孤单的时候才想哭。咦，别哭了，你听，好像有什么声音。”

忽地眼睛一亮，石门倏地打开，灯火透了进来。李沁梅跳了起来，还未曾叫得出声，又倒下去了。这个突如其来，点了李沁梅穴道的人，正是孟神通!

谷之华但觉地转天旋，摇摇欲坠，尖声叫道：“你干什么?”孟神通扶着她道：“你别害怕，我仅是要她昏睡一个时辰，咱们再谈一谈，我不想有外人打扰。”谷之华用力一挣，从孟神通的掌握中挣脱出来，眼泪簌簌而下，孟神通道：“好吧，你想哭就哭吧，痛痛快快地哭一场，哭过了咱们再谈!”

谷之华咬着牙根，心中想道：“我不能在他面前表示软弱！”忍着痛苦，将眼泪咽下，说道：“要吗你就杀我，要吗你就放我，还有什么可谈？”

孟神通叹口气道：“你到如今，还不肯认我是你的父亲么？”谷之华道：“我没有父亲，我的父亲早已死了，在我周岁的时候死了！”孟神通轻轻抚她的头发，说道：“你竟然是这样的恨我么？嗯，也难怪你恨我，我没有力量照顾你，让你的母亲惨死，让你流落外边，受了二十年的苦难！不过，这一切痛苦都过去了，如今多承老天保佑，你到底又回到我的身边来了，你可以幸福的过活了。”

谷之华道：“不，这二十年来我过得非常美满，一点没有你想像的苦难。我的义父疼我，我的师父将我教养成人，他们都是正直的人，我敬爱他们。他们虽然死了，却还活在我的心上。”孟神通面色苍白，低声说道：“我活在世上，而你却把我当作死了！”

谷之华继续说道：“我不知道你平生有没有做过好事？不过你在我周岁的时候，将我抛弃，这却真是一件好事。我不能想像有一个为许多人憎恨的父亲，若然要我与你活在一起，那才是真正的苦难！”

孟神通道：“是非好坏，各人有各人的看法，在我眼中，那些自命是侠义道的人物都是傻瓜！不过这个咱们以后再谈。无论如何，我总是你的父亲！”谷之华道：“无论如何，我不愿意与你同在一起！”孟神通冷笑道：“因为我是你们邙山派的大仇人吗？你觉得曹锦儿比你的父亲更亲吗？”

谷之华道：“曹锦儿对我好不好，那是另一件事。她纵然脾气不好，也还是个正派的人。再说，曹锦儿虽然对我不好，我的师父，她老人家对我可是恩重如山！”孟神通冷笑道：“所以你宁愿要你的死鬼师父，却不要你的生身之父了？可惜，你羽毛未丰，还保护不了你的邙山派。纵然我不动手，也有人要掘你师父的坟墓，毁你师父的棺材，将曹锦儿从掌门的位子上拉下来！”谷之华道：“我知道这个人是灭法和尚，他现在就住在你家中，他想毁我师父的坟墓，那除非是日头从西边出来！”孟神通道：“你以为你当真赢得了他？”谷之华道：“我知道我上一次是侥幸赢他的，但我只是邙山派一个未入流的弟子，他即算再战胜我，也算不了什么。”孟神通道：“不但是你，你邙山派谁也不是他的敌手，你怎敢说他要毁你师父的坟墓，那除非日头从西方出来？”谷之华道：“世间岂有只恃武功便能横行天下？何况我师父生前领袖群伦，死后亦为武林钦仰，他若敢动我师父坟头的一草一木，只怕不必邙山派的弟子出手，定然有人出来，要他死无葬身之地！”

孟神通所顾忌的，正是武林各正派高手群起而攻，所以他还未敢公开露面，他听谷之华侃侃而谈，虽然说的是灭法和尚，实际亦是说他，禁不住心头一凛，但随即冷笑道：“世间只有强存弱亡，哪有是非黑白？若然练到武功无敌，我就不信不能横行天下！”

谷之华道：“到你相信的时候已经迟了。好，不说别的，就只说这一件事情，你与灭法和尚同恶相济，我又岂能跟你一齐？”

孟神通眼珠一转，忽地柔声说道：“你若愿意认我为父，留在我的身边，我便将那灭法和尚赶了，也不向你邙山派寻仇如何？”要知孟神通现在正要靠灭法和尚，他这样说，实在已是对女儿忍让到了极点。

谷之华道：“你若真的肯这样做，我会对你好些。但我仍然不能留在你的身边，更不能认你为父。除非你有事实证明，真的改恶从善，那时你不叫我，我也会回来。”孟神通冷冷说道：“要怎样证明？”谷之华道：“最少，你先要向武林各派长老，公开忏悔谢罪，然后才谈得到其他。”孟神通大笑道：“要我向曹锦儿之类的人谢罪，你真是妙想天开！不过几年，我要他们都俯首在我脚下，岂能我向他们求饶？”谷之华面色苍白，心知要想父亲悔悟，那实在是难过登天。

孟神通又冷笑道：“看来你虽然是我的女儿，却决心与我为敌。就凭这一点，我便不能放你出去！”忽听得“叮”的一声，一根玉簪从谷之华头上跌下来，孟神通抬起来一看，认得旧物，不由得对女儿的怒气，登时消灭，心中酸痛起来。

这支玉簪镶有一颗小小的夜明珠，是谷正朋送她上邙山时交于她的，谷之华并不知道这是她母亲的遗物，但见她父亲面色忽转柔和，将玉簪拾了起来，插回她的头上，谷之华心中想道：“不管他硬

谷之華的玉簪跌落地上，這玉簪是她母親的遺物，孟神通見物思人，想起當年在格鬥中遺棄的妻女，百感交集，魔王一时之悲怆、憫人慈祥之本露于外表。一九八五年二月畫雲海玉弓緣

嶺南盧延光題記

孟神通拾起一看，认得旧物，不由得对女儿的怒气，登时消灭，心中酸痛起来。

说软说，我总不依。”

在这片刻之间，孟神通已是转了无数念头，先是想道：“我女儿遗失了二十年，除她之外，我已没有一个亲人，好侥幸如今父女重逢，我怎能又将她放走？”继而想道：“但她始终不肯依我，纵然强迫她留在我的身边，又有什么意思？何况若给灭法和尚知道，灭法和尚定然要向我追索她的剑谱，我又如何应付？她若是认我为父，我为她赶走灭法和尚，这还值得。如今她视我如仇，我若为她与灭法和尚决裂，今生今世，我的修罗阴煞功就再也别指望练到第九重了！”再又想道：“但吕四娘的少阳神功，世上只有她一人知道，放她出去，难保她不将练功秘诀再送给她的师姐师兄，这岂非仍是我的隐忧大患？”

想到利害上头，孟神通不禁踌躇难决。留她怕灭法和尚追索剑谱，放她怕传下少阳神功。真是留也不是，放也不是！当然若换是别人，最简单是一刀将她杀了，可是她又偏偏是自己的女儿！

孟神通想了又想，终于说道：“之华，我知道我在你的心目之中是个坏人，但虎毒不食儿，儿女也绝没有残害父母之理，我若放你出去，你若狠得下心，就继续与我为敌吧！”

谷之华听了他这番言语，有如利箭穿心，极力忍下眼泪，答道：“你若放我出去，我永远躲避，不再见你便是。”孟神通道：“你所学的少阳神功呢，你会不会将它交还给你邙山派的掌门师姐？”谷之华道：“我虽然被逐出门墙，我的师父她是邙山派的祖师，少阳神功是她传下来的，若是曹锦儿向我追讨，我只怕难以拒绝！”孟神通面色一沉，谷之华道：“你说过你不害怕少阳神功，你如今又害怕了吗？”

孟神通被她一激，傲气勃发，哈哈笑道：“你肯说真话，我也对你说真话吧。少阳神功的确可以抵御我的修罗阴煞功，但却破解不了。以曹锦儿、翼仲牟这几个人的微末本领，纵使他们练了少阳神功，最少也得在五年之后方有小成，那时我的修罗阴煞功已练到了第九重，何惧他们？好，你对我虽无父女之情，我对你尚有父女之义，你走吧！”

谷之华望她父亲一眼，眼光已没有刚才那么憎恨了，可是她仍然纹风不动，孟神通挥挥手道：“我放你走，你为什么还不走，你再不走，给灭法和尚知道，要走便难了，走吧，快走吧！”

谷之华将李沁梅扶了起来，缓缓说道：“你既然放了我，就将她也一同放吧。”孟神通的点穴另有一功，是以修罗阴煞功封闭对方穴道的，谷之华无法替她解穴。

孟神通摇摇头道：“不成！”谷之华道：“你现在已经有了灭法和尚，还要她做什么？”孟神通冷冷说道：“与我为敌，而能够活着从我这儿走出去的，你还是第一人，你还想得陇望蜀吗？”谷之华道：“这小姑娘心地善良，从不侵犯他人，她怎会是你的敌人？”孟神通道：“她被我擒了两次，不是我的敌人也变成我的敌人了。”谷之华道：“那是你的不是，与她何干？”孟神通冷笑道：“我不是与你论是非，而是与你说利害，俗语说得好：捉虎容易放虎难，我能够饶她，天山派的首脑人物未必就能饶我。”谷之华道：“你将她放走，我担保她不泄漏你的秘密。”孟神通又冷笑道：“人心难测，父母尚且不能担保子女，你又怎能担保得她？我从来不相信别人，你休要多说！”

谷之华道：“我知道她要与金世遗出海，最少也怕得几年之后方能回来，纵然你不相信她，但那时你的修罗阴煞功已练至第九重，她就是说给天山派的掌门知道，你也无须惧怕了。”这句话本来甚是投合孟神通的脾性，但谷之华一时不小心说出了金世遗的名字，却令他大起疑心，只听得他哈哈笑道：“你说得不错，再过几年，即算唐晓澜夫妇再加上冯琳，也不会放在我的心上了。但你刚才说到金世遗要出海，而且还要几年之后才回来，他为什么要到海外漂流？”谷之华心中一凛，她怎能说出金世遗为的就是要找乔北溟的武功秘笈来对付他？只得送他一顶高帽道：“我也不知道金世遗为什么要到海外漂流，或许他是因为得罪了你，怕你寻仇，所以要走到海外逃避。”

孟神通大笑道：“原来你一点也不知道金世遗的为人，我和他交过手，我知道金世遗正与我一样，都是天不怕地不怕的人。他到海外，绝不是为了怕我而避开，要吗就是去自练奇功，要吗就是去找人来对付我。当然，我也不会怕他。不过我不想招惹麻烦，这个女子更是绝对不能放了。”

谷之华大为后悔，正想再说，孟神通已斩钉截铁地说道：“要我放她，万万不能，你再不走，就连你也不能走了。”谷之华一想，与其与李沁梅同被囚禁，不如出外想法救她。便道：“好，那么我如今走了。我只求你两件事情。”孟神通道：“哪两件事情?”谷之华道：“第一件请你不要虐待她；第二件请你不要再做恶事了。”孟神通道：“第一件我答应你，第二件我与你看法不同，不必多说。这是你的宝剑，你拿了走吧!”正是：

天性未泯怜弱女，魔头一念发慈悲。

欲知后事如何?请听下回分解。

第十六回　机心识破生疑虑
隐秘难瞒种祸根

这把剑是谷之华被擒之时，阳赤符缴了她的，特来献给师兄，孟神通爱得不忍释手，但现在知道谷之华是他的女儿，这把剑当然要还给她了。

谷之华接过宝剑，忍耐了许久的眼泪终于滴了下来，抱剑一揖，对孟神通说道："祸福无门，惟人自召，你，你，我望你好自为之！"石室的门早已打开，孟神通挥挥手说道："不必你为我操心，走吧！"口气虽然很硬，但目送女儿的背影走出门口，饶是铁石心肠，也不禁潸然泪下。

孟神通在这幽谷里经营了好多年，屋宇甚多，谷之华照着孟神通的指示，从后园逃出，刚刚翻出墙头，忽听得一声喝道："站住！"谷之华大吃一惊，追来的正是灭法和尚！

原来灭法和尚在孟神通走后，对他的态度觉得有点奇怪，虽然不知道孟神通为的是什么，但一有了疑心，便也睡不着了。灭法和尚有几十年的内功修养，耳目灵敏，极细微的声响，他也听得出来。谷之华的轻功虽然超妙，仍然被他听出，他奇怪之极，心想：什么人敢到孟神通的家中窥探？忍不住追了出来。

谷之华脚尖还未曾点地，只听得"呼"的一声，灭法和尚已从她的头顶掠过，在半空中一个转身，倏地落了下来，碗口般粗大的禅杖，拦住了她的去路。

一打照面，灭法和尚的吃惊实不在谷之华之下，急忙问道："你是来找你的父亲吗？"谷之华喝道："我来找你！"灭法和尚怔了一怔，道："你来找我?"谷之华喝道："谁叫你想掘我师父的坟墓?"霜华剑倏地出鞘，一招"玉女投梭"，冷不防地便向灭法和尚刺去。

这里不比邙山，这里是孟神通的家中，灭法和尚在未知谷之华来意之前，自不敢冒昧的对谷之华下手，他想不到谷之华如此大胆，竟敢先发制人，谷之华这一招又狠又快，灭法和尚冷不及防，只听得"嗤"的一声，僧袍已给她一剑穿过，幸而灭法和尚内功深湛，立即吞胸吸腹，剑尖只差半寸，没有伤及他的皮肉。

灭法和尚哈哈笑道："大水冲倒龙王庙，自家人不识自家人！喂，你知不知道你父亲便住在这儿？我现在和你的父亲是好朋友，你怎么还要杀我?"谷之华"呸"了一声，斥道："胡说八道，我的父亲早已死了。"她口中说话，手底却是丝毫不缓，一剑紧似一剑，将灭法和尚杀退几步，便即夺路奔逃。

灭法和尚心想："难道她当真不知道这是她父亲的家？还是她不肯认生身之父？或者她是想将功赎罪，帮曹锦儿来追踪我，因而也闯到了此地?"心中捉摸不透，不敢对谷之华施展杀手，哈哈笑道："你既然来到此间，也不想见见你的生身之父么?"一声长啸，身形骤起，禅杖一挥，如影随形，扑到了谷之华的身后。

谷之华知道他的那声长啸，乃是通知孟神通的讯号，她实在不愿意再见父亲，可是灭法和尚的禅杖已似狂风暴雨一般扫来，将她前后左右的退路全都封住。

谷之华接了几招，忽觉灭法和尚的攻势虽猛，但每到她使出险招，准备两败俱伤之际，灭法和尚却总是稍稍让开，不敢对她施展杀手。谷之华何等聪明，见此情形，也猜到了他有所顾忌，立即放胆与他对攻，将玄女剑法的精妙招数尽量施展出来，连走险招，着着进迫。

玄女剑法本来就是独臂神尼留下给吕四娘，专门为了克制了因的！谷之华的功力虽然与灭法和尚相差甚远，但仗着这套剑法，纵使灭法和尚丝毫不让，急切间也难胜她，何况她如今只攻不守，威力无形中等如增加了一倍，激战中但听得"嗤"的一声，灭法和尚的僧袍又给她削去了一幅。

灭法和尚见拦她不住，一咬牙根，心中想道："拼着得罪孟老怪，也不能让她逃走。好，说不得我只好让她受点伤了！"主意打定，杖法一变，纵横挥霍，俨若天风海雨，迫人而来，又似在谷之华面前，筑起了一道铜墙铁壁，谷之华连冲几次，都无法突围，险些被他打伤，不由得倒吸一口凉气，这才知道灭法和尚的功力，实在高得出乎自己意料，那次在邙山与他恶战，全靠金世遗帮忙，扰乱他的心神，赢得端的侥幸。

激战中谷之华正使到一招"天女散花"，这一招剑势由上而下，抖起了六七朵剑花，可以在一招之间连刺敌人七处穴道，本来是"玄女剑法"一招精妙杀手，但因为分刺敌人七处穴道，剑法凌厉而劲道不强，对付功力比自己低的自是可以得心应手，碰到功力比自己高的那就反而给了对方可乘之机，谷之华一时情急，未暇思索，便出此招，但听得"当"的一声，霜华剑碰着禅杖，竟似被那禅杖吸着，抽不回来，灭法和尚哈哈笑道："孟小姐，扔下宝剑，随我去见你的父亲吧！"

就在此时，忽听得孟神通大声叫道："灭法和尚，你说什么？是谁来了？"灭法和尚应道："老孟快来，快来，是你女儿来了！"他一方面说话分心，一方面是因为见孟神通已经来到，自不怕谷之华逃走，自己也不愿在孟神通面前将他的女儿迫得太紧，谷之华趁此时机，使了一招"夜叉探海"，霜华剑向前一伸，解开了灭法和尚那股黏吸之劲，立刻撒腿便跑！

灭法和尚笑道："孟小姐，你爹爹来啦，你还不相信我的话吗？"这时孟神通已来到他的面前，灭法和尚心想，有孟神通来到，谷之华插翼难飞，当然不必他去追了。

孟神通故作惊诧，连声问道："你说这个女子，她当真、她当真是我的女儿？"灭法和尚哈哈笑道："一点不错，老孟，我恭喜你们父女今日团圆啦！"孟神通不待他把话说完，蓦然大叫一声，飞身掠过，俨如大雁腾空，飞鹰扑兔，倏地就追到了谷之华的身后。他装得极像，那一声叫喊，充满了惊喜的感情，灭法和尚心道："老孟欢喜得发疯啦，可不知他的女儿肯不肯认他？"灭法和尚虽然怀有好奇之念，想知道他们会面的情形，但想到他们父女相逢，必有许多话说，孟神通当然不欢迎外人插在他们中间，以灭法和尚的身份也不便偷听，当下便守在门口，等候他们回来。

谷之华被父亲追上，不知他心意如何，索性停了脚步，插剑归鞘，垂手说道：“你的好朋友不肯放过我，好，你就将我抓回去吧！”孟神通忽地伸掌一推，将谷之华凌空翻了一个筋斗，推出三丈开外。

他这一推，手法妙极，谷之华顺着他所推的这股力道，轻飘飘地落了下来，毫发无伤，方自惊诧，只听得她的父亲便似在她的耳边说道：“快逃跑，快叫你的帮手来！”谷之华怔了一怔，心道：“我有什么帮手？”心念未已忽见孟神通手臂一抡，向后一甩，“蓬”的一声，他身后十余丈地，立时升起一团火焰。这一瞬间，谷之华立即醒悟，原来她的父亲有意放她逃走，为了怕灭法和尚起疑，故此特地布下疑阵，假作谷之华有帮手同来，他向后一甩所发出的乃是硫磺弹之类的火药暗器。

谷之华倏然醒悟，更不犹疑，立即大声嚷道：“并肩子来呀！”孟神通双指连弹，东南西北四方全都起火，火头竟然落在他的房屋中间与花园之内，同时装作怒气冲冲地喝道：“好呀，你这小丫头不认父也还罢了，怎么还叫同党烧我的房子？”谷之华也尖声叫道：“我的父亲早已死了，岂有此理，你敢冒认是我的父亲！”她一面叫一面施展绝顶轻功，转瞬之间，便奔出了里许之遥，但听得后面沙沙的脚步声，端的便似有好几个人同时逃跑一般，原来那也是孟神通布的疑阵，他向四面八方飞出石子，石子擦在地上，便似轻功极好的人正在施展“陆地飞腾”的功夫一般，同时他自己也忽而向东、忽而向西地追赶，装作是被同时发现的几个敌人所扰乱了。这样装神弄鬼，闹了一通，待至灭法和尚赶来，谷之华早已去得远了。

但孟神通的弟子甚多，他们见房屋火起，也当是来了敌人，纷纷向四面八方追去，孟神通喝道：“救火要紧，都给我回去！”这一声大喝，直传出数里之外，弟子们当然不敢违拗，又纷纷回来。灭法和尚暗暗起疑，心中想道：“火势不大，孟老怪何须如此张皇失措？谷之华年纪轻轻，除了邙山派的同门之外，她还能识得几个有分量的人物？怎的能在一夜之间，约来了许多武林高手？”但灭法和尚虽是猜疑，却怎么也猜想不到是孟神通自己所放的火。

孟神通所发的乃是硫磺弹，这种火药暗器，用于对敌，可以将对方烧得皮焦肉烂；但体积甚小，所发出的火焰当然不会怎样强烈，不过一顿饭的时间，就给扑灭了。孟神通故意装作发怒，斥骂弟子们太不小心，让敌人溜入放火，正在骂得不可开交，项鸿和另外几个弟子忽然将两个受伤的同门抬了进来，一个是他的二弟子吴蒙，一个是六弟子张炎。

孟神通心道："这丫头真是不识天高地厚，我将她放走，她却还要伤人。"哪知一看之下，但见这两个人面色青中带黑，孟神通叫声"不好"！急忙将这两个人的上衣撕下，只见他们的背心都插有一枚毒蒺藜，孟神通这一惊非同小可，心道："难道当真是来了敌人？"

邙山派的人从来不使有毒的暗器，这是灭法和尚所深知的，见此情形，亦是好生惊诧，沉吟说道："难道是四川唐家的人来了？老孟，你和唐家也结有仇么？"孟神通道："不对，这不是唐家的暗器手法，唐家的暗器不发则已，一发必是打对方致命的大穴。"当下孟神通施展内功，将掌心在吴张二人受伤之处一按，将毒血都吸了出来，然后叫项鸿将他们搬进静室疗治，灭法和尚见他的内功竟然练到不畏剧毒，好生佩服，同时想道："这人的暗器手法虽然不及唐家，但他轻功如此高明，又能使有毒的暗器，也算是个厉害的人物了。咳，谷之华怎能约来这许多有本领的人？"

不说灭法和尚暗里猜疑，且说谷之华逃入林中，忽见有两个人在附近搜索，好像尚未发现她。谷之华认得其中一人是吴蒙，谷之华对他最为讨厌，正想要他吃点苦头，那两个人忽然惨叫一声，一同倒地，谷之华也是惊疑不定，心想："难道他，他为了让我逃走，竟然不惜将他心爱的弟子也暗伤了？"她怕继续有人追来，不敢察看，慌忙奔逃。

这时已是黎明时分，晨风吹来，花香扑鼻，谷之华精神一爽，回头一看，火花已熄，她走出幽谷，不见有人追来，便放慢脚步，思索今后之计，她虽然脱离了险境，可是心神仍然未定下来。

第一件紧要的事情，当然是想法去救李沁梅，谷之华心中想道："我但愿今生不再见到我的父亲，但为了沁梅妹妹，只怕我仍然不能避免见他，可是我若径去救人，纵然他不忍伤我，灭法和尚肯放过我吗？何况还有阳赤符和他的许多弟子。"她想来想去，只有去找人帮忙，找谁呢？李沁梅的母亲是当年威震江湖的三女侠之一，若是她来，当然赢得了孟神通，但李沁梅的母亲远在天山，远水不能救近火，看来唯一可以找来帮忙的只有金世遗，金世遗说过大约要两个月后才出海，有事可到青岛崂山上清宫去等他，此去崂山，用不了一个月。但估计金世遗的本领可以仅胜灭法和尚，却还赢不了孟神通，孟神通因为中过金世遗的毒针，将他恨之入骨，只怕救人不成，反而累金世遗送命，除非是自己和金世遗联手合斗，或者有可以战胜孟神通的可能，但自己又怎能亲自与父亲动手？

谷之华想得心乱如麻，踌躇难决，但想到李沁梅对金世遗的一往情深，心意立决："无论如何，沁梅的消息我一定得告诉他。"她想得出神，喃喃自语，不自觉的说出金世遗的名字。

忽听得有人噗嗤一笑，突然间一股冷风向她颈后吹来！谷之华蓦然受惊，只当是敌人偷击，习武之人，防卫自己无异本能，不假思索，立即便是反手一剑。

这一剑刺出，但听得一个清脆的声音叫道："哎哟，好厉害！"谷之华倏地转过身来，一听这声音不似含有敌意，但收势不及，第二剑又已发了出去，只见一个女子凌空跳起，谷之华的剑锋刚好从她的鞋底擦过，看来这个女子的轻功并不在她之下。

谷之华急忙收回剑势，还未来得及发问，只见那女子已落下地来，似笑非笑地望着她，娇声说道："我给你打发了两个人，你却赏我两剑，这未免太过分了吧？"谷之华这才知道，原来吴蒙和他的师弟，乃是被这个女子的暗器所伤的。

谷之华抱剑一揖，说道："多谢姐姐相助之恩，请恕我鲁莽之罪。"谷之华是出身名门正派、素性端庄的女子，心道："你与我从未见过面，第一次见面就这样戏耍，我不说你过分，你却反而说我过分？"她想是这样想，对这女子仍然是以礼自持。这女子却似是猜到她的心意，又是"噗嗤"一笑，说道："恐怕你是在心里埋怨我戏耍你吧？你却要我恕罪，这不是讽刺我吗？"谷之华面上一红，她不习惯于说假话，只好问道："不知姐姐何故戏耍？"那女子笑道："若不是我试你一下，我怎知你是吕四娘的弟子？我听说吕四娘的关门弟子名叫谷之华，你大约就是她吧？"

谷之华道："不错，我就是谷之华。未请教姐姐高姓大名？"那女子笑道："你与李沁梅同在一起，李沁梅却未曾向你谈及我吗？"

谷之华道："是厉姐姐吗？沁梅妹妹很感谢你，她说上次她被孟、孟神通幽禁在山洞里，全靠你将她救了出来。"

那少女道："不错，我就是厉胜男，哈哈，李沁梅没有忘记我，我也未曾忘记她，我猜想孟老怪一定不肯放过她，果不其然。不过，我却想不到是灭法和尚拿她来作人情。这两个怪物合伙，这可更不得了！"

上一次厉胜男救出了李沁梅，又匆匆忙忙地将她骗走，李沁梅很感激她，也觉得她很古怪，她和谷之华说起之时，两人都猜不到她的来历，在谷之华心目之中，厉胜男既敢冒险从孟神通的手里救人，一定是个本领高强的女侠，不料如今见了，与她想像中的"女侠"可并不相符，不但说话举止，都不像是个名门正派的弟子，而且眉宇之间，还似隐隐带有一股邪气，颇出谷之华意外。但她随即想道："江湖上尽多游戏风尘的侠士，金世遗就是一个例子，焉知这个女子不是金世遗这流人物？"

谷之华这样一想，又想她是救过李沁梅的人，虽然气味不很相投，也便对她坦然说道："正是呢，孟神通与灭法和尚合伙，这真是怎么得了。有什么办法将李沁梅再救出来？"

厉胜男睨她一眼，忽地笑道："你不是想去向金世遗求助吗？怎么骗我说还未想出办法？"谷之华怔了一怔，失声说道："咦，你怎么知道？"她不知道，她刚才独自沉吟，曾说出了金世遗的名字，被厉胜男偷听去了。

厉胜男笑道："我有未卜先知的本领，猜得中别人心中所想的事情。"谷之华面上一红，道："姐姐不要说笑，我是想过去向金世遗求助，不过就算找得到的话，也要一个月才得来回，而且金世遗也未必敌得过孟神通，正想向姐姐请教，还有什么别的法子？"

厉胜男不答她的话，却先问道："你知道金世遗在什么地方？"

谷之华道："听他说他想到海外去，不过时间大约要在两个月之后，在这时间之内，可以到崂山上清宫去等他。"厉胜男面色一沉，随即又笑道："金世遗是这样说吗？江湖上传说他是个不怕天不怕地的怪物，果然不错。他真敢一个人到海外去吗？他到海外去做什么？"

谷之华道："他本来就是在海岛上长大的，漂洋过海在他也算不了什么。至于他为了何事出海，这我可不知道了。"谷之华本来不习惯于说假话，但金世遗出海去找乔北溟的武功秘笈，这乃是一件大秘密，谷之华不得不瞒着厉胜男。

厉胜男心内一宽，想道："还好，金世遗并没有将我的秘密告诉她。"于是笑道："你对金世遗的底细倒知道得很清楚啊！"

谷之华面上一红，说道："金世遗的师父毒龙尊者和我的师父有过一段交情，我和金世遗也见过几次面。要不然我就不会想到向他求助了。姐姐，你和金世遗也是相识的吗？"

厉胜男笑道："我和他也是见过一两次面，可比不上你们的交情。但我听他说，他好像不打算出海了。"谷之华诧道："你最近这次是什么时候见他的？"厉胜男道："就是前天，他说他想去找一位好朋友，这个朋友住在苏州城外，那么，除非他向我说的是假话，否则他怎能在两个月之内赶回崂山，而且还要准备大船出海。"

谷之华好生诧异，心中想道："我是大前天才和金世遗分手的，竟有那么凑巧的事，他前天又和厉胜男见面了？金世遗和我说得那么确实，怎么在一夜之间，又改了主意了？"半信半疑，问道："金世遗可曾说他要找的是哪位朋友？"厉胜男道："他说去找陈天宇，那是一位他在西藏认识的朋友。"谷之华一想，她和金世遗初会面之时，金世遗正把唐晓澜留给他的碧灵丹托江南转赠给陈天宇，她也曾听金世遗提过他与陈天宇的交情，莫非陈天宇遭遇了什么意外，金世遗还要赶去会他？

谷之华心里猜疑，却又不敢不信厉胜男，于是说道："那更糟了，金世遗能来，或许还有一丝希望，他不能来，还指望谁人去救李沁梅？"

厉胜男道："我有一个法子，不过，姐姐你可得对我说实话。"

谷之华道："怎么?"厉胜男道："我看刚才孟神通是有意放你走的，是也不是?"谷之华面色灰暗，低声说道："不错，他是有意放我走的。"厉胜男道："孟老怪杀人不眨眼，落在他手上的人，他岂肯轻易放走？这其中究竟是什么缘故?"谷之华给她触动心上的创伤，难过之极，但一来想到要与她同心合力，二来想到曹锦儿已把自己的身世来历在邙山大会上公开，金世遗也知道了，那么就让厉胜男知道，也算不了什么，想到此处，把牙根一咬，说道："他，他是我的生身之父!"厉胜男吃了一惊，神色突变，眼睛中闪出仇恨的火花，只听得谷之华跟着立即说道："他虽然是我的生身之父，我却早已不把他当作父亲了。他、他是我邙山派的大仇人!"厉胜男点点头道："他和邙山派结仇的这件事情，我也知道。"

谷之华将秘密说了出来，心情反而感到轻松了，这时她才注意到厉胜男的面色有异，但她想这本来是一件令人骇异的事情，因而也就不怎样放在心上。她做梦也料想不到，厉胜男和孟神通也有血海深仇，此时正在打算一个最残酷的报复主意。

但见在片刻之间，厉胜男的面色又恢复如常，微笑说道："原来你是孟神通的女儿，那就有法子可想了。"

谷之华道："不行，我不能去求他!"厉胜男道："我不是要你去求他，咱们今晚一同去，只要孟神通他不敢伤你，我便有办法。你引开孟神通，我去救人。"谷之华道："还有一个灭法和尚呢!"厉胜男道："我把李沁梅救出来，我们两人足可以对付得了灭法和尚。"谷之华道："他、他的修罗阴煞功非常厉害，万一我绊不着他，他将你伤了呢?"厉胜男道："这个你不用担心，我虽然敌不过孟神通，他的修罗阴煞功却还未能伤得了我。总之，你与我同往，我便有办法。"

谷之华心想："难道她也练有抵御修罗阴煞功的本领？嗯，她上次敢到孟家庄去救人，也许真有出奇的本事。"

厉胜男笑道："我瞧你昨晚一定没有好好睡过，咱们先到前面的小镇找点吃的，你歇息一会，养好精神，咱们晚上再去吧。"

两人一同下山，一路上厉胜男用言语试探，探出谷之华果然不知道她与金世遗之间的秘密约定，这才放心。谷之华也想探问她的来历，但厉胜男却什么也没有露出来。谷之华料想她有难言之隐，便不再刺探了。她觉得奇怪的只是听厉胜男所说，厉胜男与金世遗的交情似乎不浅，为什么金世遗从来没有提过她。

原来厉胜男上次与金世遗分手之时，金世遗约她三个月之后的月圆之夜，在东海海边崂山上清宫会面，她当时便猜想到金世遗的用意，想道："此去崂山，不过半月路程，他为何约在三月之后，又不肯与我同行，一定是想去找李沁梅的了。"

不知怎的，她觉得有点妒忌起李沁梅来了，她探听得邙山派将在独臂神尼逝世五十周年那天，招集同门，举行盛会，届时各路英雄必定前来祭扫，她便也上邙山，想去碰碰金世遗与李沁梅。不过她迟了一天，邙山之会已经散了。她在附近探寻金世遗的踪迹，碰见几个孟神通的弟子，她暗地追踪，无巧不巧，给她偷见了灭法和尚将李沁梅擒入布袋。昨晚孟神通将谷之华"赶"出来的时候，她正埋伏林中。

此时她也是疑心大起，不但因为谷之华是孟神通的女儿，而且因为听谷之华的口气，她与金世遗的交情竟似乎不在李沁梅之下，厉胜男不觉对谷之华也妒忌起来。

两人走了一程，忽见前面一行三众，策马前来，厉胜男道："咦，不好，我碰着对头了，且躲一躲。"她正要躲进林中，谷之华忽听得一个熟悉的声音嘻嘻笑道："偷东西的女贼，我瞧见你啦!"谷之华好生奇怪。原来这个人竟是江南。

但见江南在马背上弓身弹起，半空中接连翻了两个筋斗，箭一般的就射到了厉胜男身边，厉胜男冷笑道："你这臭小子敢来惹我，我在这里，你来捉吧!"反手一点，江南还未站稳，"咕咚"一声，便倒在地上。

谷之华急忙嚷道："厉姐姐，这是熟人，他就是陈天宇的书童呀!"话犹未了，江南忽地跳起，一手抓着了厉胜男的胳膊，笑道："哈哈，还不抓着你吗？咦，谷姑娘，是你！你怎么和女贼在一起呀？"原来江南曾跟黄石道人学过"颠倒穴道"的功夫，他是故意让厉胜男点中穴道，然后冷不防的将她抓着，这正是江南最拿手的功夫。但他的本领到底与厉胜男差得太远，刚抓着她的胳膊，又顾着说话，给厉胜男用了个“脱袍解甲”的招数，肩头一沉，双臂一振，又把他摔了个筋斗。

江南跳了起来，张口要骂，厉胜男笑道：“不是瞧你和谷姐姐认识，摔坏你的骨头!”江南一想，果然是对方手下留情，便不骂了。谷之华道：“江南别闹，这究竟是怎么一回事情?”江南道：“我的义兄义嫂来了，你怕我打谎，你问问他吧，她昨晚真的想来偷我们的东西呀。嗯，还有，我、我早已不是书童了，金世遗尚未曾告诉你吗?”谷之华忍着笑道：“对不起、对不起，我忘记了。”

和江南一道的那青年夫妇，这时已走上前来，谷之华心道：“江南称他们为义兄义嫂，想必是陈天宇夫妇了。厉胜男说金世遗去找他们，怎么他们却来了此地?”

江南道：“这位是谷姑娘，那天帮金世遗打退藏灵上人等三个魔头，救了我性命的，便正是她!”陈天宇拱手说道：“多谢姑娘相助之恩，我正是陈天宇。”陈天宇的妻子幽萍也上来谢道：“全靠金大侠和谷姑娘帮了江南这个大忙，他才得以将碧灵丹送来救我一命。”一方面向谷之华致谢，一面却用眼角瞟厉胜男。厉胜男面上泛起一朵红云，尴尬笑道：“原来是贤伉俪，失敬，失敬！昨晚我是和你们开玩笑的。”

江南道：“还说开玩笑呢！昨晚要不是我发觉得早，几乎给你将我嫂嫂的宝剑偷去了。”原来昨晚厉胜男与陈天宇夫妇同在小镇上的一间客店投宿，幽萍那把宝剑乃是冰川天女的母亲——尼泊尔的华玉公主，当年用万年寒玉，自炼了一把冰魄寒光剑之后，又将所剩下的玉屑，混合万载玄冰，炼成了九把寒冰剑，分给侍女。幽萍那把，正是九把寒冰剑中最好的一把，厉胜男见她剑匣之中隐隐透出寒光冷气，好生奇怪，便想去偷她的。

厉胜男在那客店投宿，等到半夜，悄悄起来，用“鸡鸣五鼓返魂香”迷倒了陈天宇夫妇，将那把寒冰剑偷了出来，还未及抽出来看，却被江南发现，大叫大嚷，拼命追来，厉胜男早已看出江南武功不高，她只求将宝剑偷走便算，所以不想多费时间，下手之时，就忽略了隔房的江南，没有将他迷倒，哪知江南的武功虽然不高，却很有些奇特的本领，竟然锲而不舍的一路追来。厉胜男将他摔了好几次，他兀是不肯罢休。厉胜男动了怒，正想让他吃点厉害的苦头，陈天宇夫妇仗着精纯的内功，迷香的药力不到一盏茶的时刻便给他们自行解了，追了上来，幽萍一把“冰魄神弹”，迫得厉胜男扔下了寒光剑，连忙逃跑。

这时，陈天宇夫妇见她和谷之华一道，不想再提昨晚的事，陈天宇斥道：“江南，你休得胡说八道，厉小姐若真的是贼，昨晚早就将你打坏了。”江南暗里嘀咕：“还说不是贼，不过不是心狠手辣的贼，这却是真的。”

厉胜男笑道：“倒不是江南胡说，陈夫人这把剑甚是奇怪，我确是想偷看一下。这玩笑是开得有点过分了。”幽萍笑道：“我这把剑是中土所无，怪不得姐姐觉得奇怪。”江南道：“嫂嫂，你就借给她看一看吧。”要知道这把寒冰剑出匣便有奇寒之气，武功寻常的，看一看也要生病，江南料想她或者不至于生病，但那冷气却未必禁受得住，有意让她吃吃苦头。

厉胜男道：“姐姐若不介意，请借一观，开开眼界。”幽萍本想说出这把剑的奇特之处，但怕厉胜男误会自己看轻了她，又想起昨晚那把冰魄神弹，虽然没有打中她，但她经受得起冰魄神弹的寒光冷气，想必也不至于被宝剑所伤，便将寒光剑拔了出来，让她观看。

厉胜男将宝剑移近眼前，弹了两弹，啧啧赞道：“非金非铁，这是什么做的？”话犹未了，打了一个寒噤，连忙移开了一些，笑道：“这股奇寒之气，看来倒是有点像孟神通用修罗阴煞功所发的冷风。”插剑归鞘，交回给幽萍。

幽萍见她只不过打了一个寒噤，面色依然不改；而谷之华在她身边，更是丝毫不动，对她们二人的本领好生佩服。她哪知厉胜男早有准备，看剑之时，已用家传的独门内功，运真气护着心头；而谷之华则因为练过少阳神功，不畏阴寒之气。

当下大家叙起话来，陈天宇听说谷之华是吕四娘的衣钵传人，更为钦敬，说道：“可惜我来迟几天，不及参加贵派的盛会。”谷之华因为与他们初会，不好提及自己被逐出本派门墙，便把话岔开，转问他们的来意。

陈天宇道：“内子多蒙金大侠慨赠灵丹，得占不药，我与他多年不见，正想寻他道谢，我也知他行踪不定，若是找不到他，便到天山去拜访唐经天夫妇，希望能打听到他的消息。”

谷之华诧道：“金世遗也正去找你们，你们在路上没有碰头吗?”陈天宇连忙问道：“他是什么时候，在什么地方动身的?”厉胜男道：“我前天在新安镇上遇到他，听他说的，可惜你们却在路上错过了。”江南“咦”了一声，说道：“奇怪，我们前天正是在新安镇上歇宿，新安镇地方不大，只有两间客店，就是我们没有发现他，他也应该发现我们呀?”厉胜男道：“你们住的哪间客店?”陈天宇道：“我们住的是万利客栈，入黑之后，才赶到投宿，我们一到之后，便即在镇上打听，却不听有什么江湖人物经过。”厉胜男道：“呀，这就对了。金世遗他打扮成一个疯疯癫癫的乞丐模样，就在镇后面那间破庙里住宿，我则住在永发客栈，我是事先与他有约会的，在半夜里离开客栈，到那破庙里与他直谈到四更才回来。一回来便刚刚发现你们动身，那时天还未大亮呢。可惜我不认识你们，要不然我一定会赶回去叫他。”陈天宇听她说得那样确实，连呼可惜!

谷之华却在暗暗起疑，心中想道：“金世遗虽然貌似疯癫，却是个精细的人，他又素来爱管闲事，陈天宇他们一行三众，入黑之后才乘马到来，金世遗听得马蹄声响为什么不出来探望一下？此其一。金世遗从来没有向我提过她，金世遗虽惯于游戏人间，但不是他最知心的朋友，他又焉肯与她深夜谈心，毫不避嫌？此其二。再说，他为什么要扮成乞丐的模样，他此行是去找陈天宇，以他和陈天宇的交情，也犯不着扮作乞丐去与陈天宇开玩笑呀。此其三。何况他还早就对我说过要在两个月后出海，还约我若探听到李沁梅的消息，便到崂山上清宫去等他?”不过，谷之华虽然觉得疑点甚多，但却想不出厉胜男要说谎的道理，故此对她的说话，也不敢完全不信。

不过，陈天宇却没有对厉胜男起疑，因为他的确是在新安镇上五更时分动身的，他哪里知道，厉胜男因为想偷幽萍的宝剑，早已跟踪了他们两天了。

江南听说金世遗已去找他，大为着急，说道：“既然金大侠前天在新安镇上与咱们错过，那么，咱们来回的路程，相差不过四天，现在快马赶回去，在他未到苏州之前，总可以赶得上他，免得他到苏州扑一个空，以后不知什么时候才能碰着他了。”

陈天宇道：“你说的也有道理，谷姑娘、厉姑娘，咱们就此别过。”拱一拱手，正要跨上马背，谷之华忽道：“陈公子且慢！”

陈天宇道：“谷姑娘何事见教？”谷之华道：“陈公子可认得天山派的李沁梅么？”江南道：“我家公子与唐经天、金世遗都是好朋友，当然认得李沁梅。”陈天宇微有诧异，问道：“我听说李沁梅也正在访寻金世遗的下落，谷女侠莫非是在什么地方遇见了她么？”谷之华道：“我昨晚还与她在一起。”陈天宇忙道：“既然如此，咱们何不先去找她，然后再一道去找金世遗？”谷之华道：“可惜她现在落在一个大魔头的手中，被囚禁在一间石屋之内，我没法救她！”

陈天宇大吃一惊，问道：“什么人这样大胆，敢囚禁李沁梅？难道他不知道李沁梅的来历？”谷之华道：“他知道的，正是因此，他才不肯放她。”陈天宇道：“他不怕唐晓澜和冯琳么？”谷之华道：“也许他现在对唐冯二人还有忌惮，但这个大魔头现在正在修练一种奇异的武功，唐晓澜远在天山，等到他知道消息，再找到那个大魔头时，他的武功早已练成，那时他就未必怕唐晓澜了。所以他现在不肯放李沁梅，正是因为怕唐晓澜和冯琳在他功夫未练成之前，找他报复。”

陈天宇道：“什么人这样厉害？听你的说法，他现在虽比不上唐晓澜，却也相差不远了。”谷之华道：“正是如此，所以他才敢恣意横行。这个人么，他叫做、叫做、孟、孟神通。”陈天宇道：“孟神通？这个名字，我可还是第一次听到。谷女侠，那么你刚才说昨晚还和她在一起，那时她还没有被那个大魔头所擒么？”

谷之华道：“那时她和我都已被那个大魔头所囚禁了，我是逃出来的。”当下将孟神通与邙山派结仇，以及擒获李沁梅和自己的经过，说了一遍，但却略去她与孟神通的关系这一点不提。陈天宇听了，大为惊骇，却又有点疑心。

陈天宇心中想道：“她把那大魔头说得如此厉害，却又何以能够逃出来？若说是机缘凑巧，乘着那大魔头防备松懈，她与李沁梅同囚一室，却何以李沁梅又逃不出来？还有，她说到大魔头的名字之时，神情和声调全都变了，这又是什么道理？”不过，陈天宇虽然疑心重重，但是一想到谷之华是吕四娘的弟子，却仍相信她并无恶意。

陈天宇沉吟半晌，说道：“既然是李沁梅遇到危难，咱们岂能坐视不救？纵使那孟神通果是神通广大，也总得和他斗一斗！”

当下，大家商议，决定了还是照厉胜男原来的计划，先到前面的小镇找间客店歇息，养好精神，待到今晚三更时分，再去救人。

江南说话最多，一路上缠着谷之华说话，谷之华称赞他的武功大有进步，江南嘻嘻笑道：“还不是全靠金大侠的指点吗？不过，话说回来，你也帮了我一个大忙！”谷之华笑道：“我几时帮了你的忙？我可没有教过你一招半式。”江南道：“咦，你忘记了吗？你那日托我转送一件礼物给金大侠，起初我给你弄得莫名其妙，后来才知道是藏灵上人身上的那张怪图画，金大侠一见，欢喜到不得了，他说虽然是你送的礼物，但我也有功劳，因此才一古脑儿把他的点穴手法和上乘武学的口诀都传授了给我，可惜时间太短，他教我的，我还未能应用呢。哈哈，我江南虽然没有别的好处，但最不会忘记人家的恩义，这回我得到金大侠的好处，饮水思源，也是靠了你的帮忙，我还未曾谢你呢！”说了这话，竟然在大路上给谷之华磕了一个响头。

谷之华生怕他泄漏金世遗的秘密，但江南口若悬河，谷之华哪有办法将他的话头打断，心中暗暗着急，眼光一瞥，只见厉胜男听得非常留心，她目不转睛地望着江南，忽然问道：“那是什么怪画啊？说出来也好让我见识见识？”谷之华道：“江南最喜欢夸大，那其实也没有什么……”未曾说完，江南已叫起来道：“这回我的的确确不是吹牛，敢情你也没有见过那张怪画？大海上有一个喷火的火山，还有一个巨人站在山脚，张弓搭箭，你说这还不够古怪？我问过我家公子，他也觉得奇怪，说是不懂那画中的意思呢！”厉胜男道：“嗯，这果然是够古怪了！”就在这刹那间，谷之华忽然发觉她的脸上现出一副极其奇异的神情，谷之华大为奇怪，心想：“难

道她和这幅画有什么关系?”正是:

言者无心，听者有意。

欲知后事如何?请听下回分解。

第十七回　冰弹玉剑消阴煞
泥沼荒林困老魔

江南道："这是你借我的手送给金大侠的礼物，咦，你没有见过这幅画，却又怎知它是件宝贝？"谷之华笑道："你怎么认定它是件宝贝？"江南道："要不然金大侠怎会那么高兴？"谷之华知道江南的性格，不给他说个明白，他定然不肯罢休，但这等关系重大的武林秘密，却又怎能对他泄漏，便砌辞说道："我想那藏灵上人乃是一派宗师，他所珍藏的画定然不是寻常之物，金世遗欢喜新奇的东西，我便送给他了。"江南仍未满意，谷之华不待他问，急忙摊开双手说道："我知道的便是这么多了，你问我也没有用。"

陈天宇已猜想到画中定然牵涉到什么秘密，便将江南喝止，笑道："江南，你多嘴的脾气，几时才能改掉？"江南心里暗暗嘀咕："我说给你听的时候，你不是也称奇不已吗？现在我想问个明白，你却又来怪我多嘴。"幸好陈天宇说他，要不然他定然要吵起架来。

幽萍笑道："既然大家都不懂这幅怪画的含意，那就不必费神去琢磨它了。咱们还是赶快到前面小镇，找间客店歇息，然后再商议今晚如何行事吧。"在江南盘问谷之华的时候，厉胜男不插一语，心里却自寻思。

孟神通自他女儿走后，心中甚是不安，怕给灭法和尚看出是他故意放的。好在灭法和尚曾在邙山上亲耳听过谷之华与曹锦儿的争论，心中想道："我只道谷之华当着她的掌门师姐才故意说不认父亲，原来她真是这般强硬。"其实，即算灭法和尚知道是孟神通放的，他也无可如何，因为他正要靠孟神通。

这一日，日间孟神通传授灭法和尚修罗阴煞功的口诀，晚上灭法和尚则给孟神通讲解正宗内功的心法。将近三更时分，万籁俱寂，灭法和尚隐隐听到一种奇怪的音响，急忙停止讲授，说道：“老孟，你听听是不是有夜行人来了？”孟神通道：“是么？嗯，我还未听见。”其实，他比灭法和尚更早发现，正在心中暗暗叫苦，想道：“这野丫头真是不知天高地厚，放了又来，这岂不是故意令我为难。”要知他之肯放走谷之华，除了父女之情之外，还有另一件心事，他怕擒了谷之华之后，灭法和尚定然要索取她的“玄女剑谱”，这剑谱是独臂神尼当年留下来，专为克制了因和尚的。灭法和尚若然得了这本剑谱，又修练了修罗阴煞功，那么孟神通纵然将修罗阴煞功练到了第九重，灭法和尚也仍然要胜过他了。

就在孟神通正自打算出什么主意的时候，突然听得外面一声惨厉的呼叫，一个人跌跌撞撞地跑了进来。

孟神通定神一看，来的正是他的大弟子项鸿，但见他脸上划有一道剑伤，这还不奇怪，更奇怪的是他一进门，就带来了一股寒意，而且浑身战抖，好像发冷一般。项鸿的修罗阴煞功练到了第二重，在孟神通门下弟子之中武功最强，寻常江湖道上的一流好手也敌不过他，却怎的刚发现敌人进来的迹象，就被人伤了？

只听得项鸿叫道：“外面来了一个妖女，弟子被她所伤，哎呀，冻、冻死我了！师父，你救救我！”灭法和尚与孟神通都是见多识广的人物，这时也不禁大吃一惊，他们竟看不出项鸿所受的是什么伤。

就在这时，忽听得屋瓦作响，灭法和尚道：“老孟，我给你出去瞧瞧！”原来他也怀疑是谷之华到来，怕孟神通徇情放走，故此要亲自出去擒拿。

灭法和尚跳上屋顶，但见对面的围墙上已现出了两个夜行人的影子，一男一女，约莫二十多岁，但那女的却不是谷之华。

灭法和尚怔了一怔，立即喝道：“什么人这样大胆，居然敢到这里来了！”这对男女正是陈天宇与他的妻子幽萍。幽萍更不打话，一扬手便飞来了三枚冰魄神弹。

灭法和尚一看，见是颗亮晶晶好像夜明珠一般的弹子向自己飞来，心道：“咦，这是什么暗器?”

灭法和尚仗着他一身精纯的内功，又未闻到刺鼻的气味，知道不是有毒的暗器，他有意卖弄本领，待那三枚冰魄神弹打到面前，他才施展“弹指神通”的功夫，卜卜卜三声响过，将那三枚冰魄神弹全部弹碎!

他哪里知道，冰魄神弹乃是世间最奇特的暗器，它并不是靠准头、劲力的功夫，它所倚仗的是万载寒冷的那种阴冷之气，这三枚冰魄神弹被灭法和尚弹碎，威力正好发挥，但见冷气寒光，倏地铺开，便似在灭法和尚的头顶上撒下了一重雾网。

阴寒之气从灭法和尚七窍攻入，灭法和尚猝不及防，好像置身冰窟之中，奇寒之气刺骨侵肤，好不难受！幸而灭法和尚见机得早，一觉不妙，立刻凝聚真气，运功相抗，饶是他功力深湛，也不禁机伶伶的连打了两个冷战!

幽萍见他在寒光冷气笼罩之下，居然面色不变，也是好生骇异，说时迟，那时快，灭法和尚已是俨如兀鹰般向她扑来。幽萍一声娇斥，连人带剑，也向他飞去。寒光剑扬空一闪，迅即刺他的“太阳穴”。灭法和尚身子悬空，突然又觉得一股奇寒之气袭来，无可闪避，百忙中在半空一个翻身，挥袖拍去，但听得扑通两声，两个人都摔到地下。

灭法和尚功力深湛，刚一着地，立即便是一个“鲤鱼打挺”，翻起身来，幽萍那一跤却被他摔得重得多，刚欲跃起，灭法和尚蒲扇般的大手已经抓到!

眼看即将得手，猛听得背后金刃劈风之声，灭法和尚心中一凛，不暇攻敌，先求自保，急忙一个“盘龙绕步”，飘身一闪，迅即反脚踢出，这一招有个名堂，叫做“魁星踢斗”，刚猛之极。但见青光疾闪，一口利剑，刷的一声从他脚底削过，接着两条人影倏地分开。

向灭法和尚突袭的乃是陈天宇，陈天宇的功力和剑法都比妻子强得多，不过他用的只是一柄普通的青钢剑，那却远远不如幽萍的寒冰剑了。

幽萍得丈夫替她一挡，立即就跳起来，一招“冰川解冻”，寒光闪闪，四散铺开，她仗着冰剑的威力，不须讲究剑法的狠、准，只要近得了身，便可以威胁敌人。灭法和尚识得厉害，急忙闭了呼吸，顺着剑势，一个“穿掌”搭着剑把，施展大擒拿手法，想硬抢幽萍的宝剑。陈天宇大喝一声，青钢剑霍地一转，一招“星汉浮槎”，刺向灭法和尚的“风府穴”。

灭法和尚正在全神对付幽萍，见陈天宇剑到，信手挥袖拍去，他见陈天宇年纪不大，料想功力不深，他刚才曾用铁袖的功夫击倒幽萍，满以为依样画葫芦，也可以对付得了，哪知陈天宇自幼便跟萧青峰练童子功，后来又得到唐经天传授他天山派的内功心法，功力比幽萍不止胜过一筹，但见剑光绕处，“嗤”的一声，灭法和尚的衣袖竟被他削去了一截。不过陈天宇被他一拂，却也被迫得倒退两步，未能伤得敌人。

灭法和尚接连施展了铁腿、铁袖两种功夫，都伤不了陈天宇，这才知道他的厉害。幽萍得丈夫助阵，精神大振，寒冰剑指东打西，指南打北，剑尖所到之处，一股奇寒之气立即随之而来，灭法和尚不敢呼吸，应付得甚为吃力。拆了十余招，他以强劲的掌力将幽萍迫退几步，乘机换气。

灭法和尚接连发出了三记极其强劲的劈空掌，幽萍近不了身，陈天宇挡不住他的刚猛掌力，只好连连后退。可是他们两夫妇改用避身缠斗的剑法，当灭法和尚强攻之时，他们便即避开，灭法和尚欲要喘息之时，他们却又攻上。夫妻俩的冰川剑法配合得十分纯熟，加上有幽萍那把寒冰剑，灭法和尚仍是无可奈何。

激战中陈天宇一招“大漠流沙”，剑尖颤动，洒起了朵朵剑花，弹指之间，连袭灭法和尚七处大穴。灭法和尚使出移步换形，变招易位的功夫，在剑光笼罩之下左右开弓，左一掌“五丁开山”，右一掌“张羽煮海”，分击陈天宇夫妻。这两掌威力大得惊人，幽萍首先给他迫退，陈天宇一剑搠空，退得稍慢，被他掌力一震，登时飞了起来，幸而他内功已有火候，在半空中运气一转，落下来时，居然神色从容，并不现出狼狈之象。灭法和尚表面上虽然赢了这招，可是他用劲过猛，无法屏息呼吸，被寒气侵入，禁不住又机伶伶地打了一个冷战。灭法和尚恐怕缠斗下去，终会吃亏，正拟拼了全力，拼个两败俱伤，忽听得孟神通的声音叫道："这对妖男妖女有点邪门，且让我来收拾他们吧！"

孟神通虽然也不知道幽萍冰剑的来历，但他究竟是个武学的大行家，看了一会，便即看出了灭法和尚的危机存在，心中想道："灭法和尚的功力虽然胜过敌人，但给那女子的宝剑所克，他打得越刚猛，真气亏耗越大，纵然赢了，只怕也得大病一场！"因此趁他赢了一招的时候，请他退下，保全他的面子。

灭法和尚也知取胜不易，正好趁此收场，立即退下，给孟神通掠阵。孟神通上前喝道："你们年纪不大，胆子却真不小，赶快说个明白，来这里做什么？"

幽萍乘他张口说话之际，倏地飞出三颗冰魄神弹，孟神通焉能被她打中？他有心试试冰弹的威力，伸手一抄，把三颗冰弹都抄到手中，冰弹在他掌心碎裂，孟神通哈哈笑道："果然是有点邪门！"

幽萍这一惊非同小可，冰剑一展，抢上前去，立即便是一招"万里飞霜"，陈天宇紧接着一招"千山落叶"，这两招正是"冰川剑法"中的精华所在，威力奇大，双剑齐出，剑花错落，端的好似霜雪纷飞，充满隆冬肃杀之象！孟神通伸指一弹，"铮"的一声，将冰剑弹开，喝道："把兵刃给老夫留下！"双指一弹一扣，便要硬抢幽萍的冰剑。幸而陈天宇来得快捷，他那一招"千山落叶"给孟神通闪开，身形不变，紧接又是一招"层冰乍裂"，但听得剑尖振动，嗡嗡作响，孟神通背心的归藏、悬枢、风府、阳陵诸穴，都在他的威胁之下。孟神通一听他剑尖振动的声响，知他功力不弱，只得放开幽萍，反手一拂，使了一招"拂云手"的绝技，将陈天宇强劲的攻势完全瓦解。

孟神通竟然不畏冰弹冰剑，陈天宇夫妻不由得大大吃惊，原来孟神通所练的修罗阴煞功乃是后天的一种阴寒之气，而冰弹冰剑则是自然的一股奇寒之气，若是后天所练的功力未到，当然抵抗不了那股万载寒冰的奇冷，现在孟神通已练到了第七重，而幽萍的这把冰剑，剑质又不如她主人冰川天女那把"冰魄寒光剑"，因此就伤不了孟神通了。

可是孟神通的惊异也不在陈天宇夫妻之下，他接连发了三记劈空掌，虽然把陈天宇夫妻震退，但只见他们汗流如雨，那是功力不及的缘故，他们的脸色，却并未现出中了修罗阴煞功之后所应有的那种惨白的颜色。

原来冰川天女在授他们冰川剑法之时，也授了他们抵御奇寒之气的吐纳功夫，这种功夫用来抵御修罗阴煞也有几分效力。孟神通想在十招八招之内将他们击倒，却是不能。

但孟神通的功力究竟是远远超过他们，十招一过，陈天宇夫妻便感到应付艰难了，孟神通的掌力强劲之极，压得他们透不过气来，一方面汗流如雨，一方面又渐渐觉得遍体生寒，他们只仗着寒冰剑，终是抵敌不住孟神通的修罗阴煞功。

孟神通占了上风，哈哈大笑，指着幽萍喝道："识得厉害了么？把这把剑献上，再说明是谁指使你们来的，老夫或者可以手下留情，如再顽抗，我可要施展杀手了！"

幽萍忽地撮唇长啸，孟神通喝道："你弄什么鬼怪？"幽萍一扬手，以天女散花的手法，飞出六粒冰魄神弹，分打孟神通的六道大穴，孟神通虽然不怕，可也不愿意被冰弹打中穴道，当下手指连弹，将六颗冰弹都弹了开去，碎裂成粉，凝起了满空寒雾。这样缓了一缓，陈天宇夫妻双剑联防，面朝着孟神通，身形已向后退出了十数步。

孟神通大怒喝道："还想走么？"飞身掠起，片刻之间就追上了他们，掌力推动，恍如排山倒海，汹涌而来，陈天宇夫妻给震得摇摇晃晃，就如一叶孤舟，在惊涛骇浪之中挣扎。

孟神通正要施展杀手，忽听得一声长啸，一个清脆的女子声音叫道："陈公子不要害怕，俺厉胜男来了。"孟神通心头一震，他听出了厉胜男的声音便是以前来过孟家庄的那个黑衣女子，心道："果然是仇人的女儿！"要知他当年暗杀了厉胜男的父母，夺去了厉家的武功秘笈，这才得以练成了修罗阴煞功，他对厉家后代的忌惮，实在还在翼仲牟、曹锦儿、金世遗诸人之上。

厉胜男背后，好几条人影跟着追来，纷纷喝道："女贼，往哪里走？"忽听得"哎哟"一声，厉胜男反手一扬，孟神通的一个弟子扑通倒地，孟神通吃了一惊，心中想道：“她的梅花针居然能在三丈之外伤人，这份认穴的本领和内家的劲力，也算得很不错了，她现在不过二十左右，再过十年，那还了得？须得趁早将她除了！”孟神通起了“斩草除根”的念头，便即暗运玄功，凝聚真气，准备厉胜男一近，立施杀手。

孟神通和灭法和尚练功的地方乃是一处秘密所在，除了他的大弟子项鸿和二弟子吴蒙之外，其他的人都不知道师父便在这儿，这时他们被厉胜男引入这座跨院，忽然发现了师父也正在和敌人动手，料想这女贼插翼难飞，便都停了脚步，七嘴八舌地嚷道：“天山派那个姓李的女子被她们劫走了！”“还有一个女贼将二师哥打伤了！”“就是昨晚逃走的那个！”“阳师叔也受了伤了！”“师父留心，这女贼的暗器打得很厉害！”“后院也发现一个小贼，他放火烧庄！”

孟神通这一惊比刚才更甚，还有一个“女贼”，就是昨晚来的？那不是他的女儿是谁？就在这时，但听得外面阳赤符怒叫之声，孟神通抬头一望，但见两条人影，飞过围墙，孟神通眼光何等锐利，一瞥之下，已认出了一个是李沁梅，另一个正是谷之华。

孟神通当然害怕李沁梅逃出去泄漏他的秘密，但厉胜男是他的仇家的女儿，他也不能让她走掉，先去对付谁呢？一时之间，竟是打不定主意。

陈天宇夫妻趁此时机，双剑一冲，立即退走，幽萍发出一把冰魄神弹，孟神通的弟子哪里禁受得起？有几个功力较弱的竟然冷得瘫在地上，直打哆嗦。说时迟，那时快，陈天宇夫妻与厉胜男已会合一起，一个转身，飞身掠上墙头。厉胜男还回头笑道：“孟老贼，咱们后会有期。我也不会放过你的！”

就在这时，灭法和尚与孟神通几乎同时发动，灭法和尚叫道：“我替你将那个姓李的女娃儿抓回来！”他自问没有胜得陈天宇的把握，故此争着要去捉李沁梅，让孟神通去对付陈天宇夫妇与厉胜男。

孟神通虽然不愿灭法和尚去捉他的女儿，但转念一想，灭法和尚决不敢伤她，而眼前这个厉胜男却断不能容她逃走。

双方身形，都是快如闪电，转眼之间，孟神通已翻出了墙头，比灭法和尚更快了一步，追到了敌人，他一伸手，便向厉胜男抓去！

就在这电光石火的刹那之间，忽听得“波”的一声，好像是什么东西炸裂似的，突然从厉胜男的手上飞出一团烟雾，烟雾中杂着无数细如牛毛的梅花针，发出嗤嗤的声响。

孟神通心中一凛：“我倒忘记了厉家的歹毒暗器了！”他虽然已将近练成了金刚不坏之躯，纵算是有毒的暗器也要不了他的性命，毒烟更迷他不倒，可是若被梅花针打入穴道，要运用内功将它迫出来却也是一件麻烦的事，何况血沾上了毒，最少也得调治十天半月。

他心念一动，陡地向后翻出数丈，端的是来如闪电，去似惊飙，而且人在半空，还发了一记强劲的劈空掌。

掌风激荡，雾散烟消，杂在烟雾中的那一把梅花针，也被刮得不知去向。

原来这个暗器的名称便叫做“毒雾金针火焰弹”，乃是乔、厉二家家传的歹毒暗器之一，在弹丸里包着无数细如牛毛的梅花针，并且藏有火药，这种暗器打出之后，即自行炸裂，不但有毒火喷出伤人，那一大把杂在烟雾中的梅花针更是难以躲避，不过传到了厉胜男的父亲这一代，配制毒烟毒火之法已经失传，所以弹丸炸开，没有毒火喷出，那烟雾和梅花针其实也是没有毒的。但孟神通却不知道。

厉胜男也料到伤不了孟神通，但却还料想不到这样厉害的暗器，竟然被他凭空一掌。就打得雾散烟消，无踪无影！

但是孟神通被她挡了一下，陈天宇夫妻又已逃出了十多丈远了。

就在这时，孟家的火势已经冒出头来，烈焰浓烟，在很远的地方都可以看得见了。这一把火乃是江南放的。江南的武功虽然不算很高，但他新学会了金世遗的点穴手法，孟神通的弟子给他点倒了几个，最得力的大弟子项鸿又早已被幽萍的冰魄神弹所伤，竟是无人制服得了他，他放火放得高兴，竟然接连点起了六七处火头。

孟神通的二弟子吴蒙气急败坏地跑出来，瞧见了师父的背影，远远的就嚷道：“师父，不好，快回去救人！”孟神通喝道：“究竟是救火还是救人?”吴蒙嚷道：“火已有人救了，我是请师父回去救人。”原来金世遗所传的点穴手法十分古怪，不要说是吴蒙之辈，即算是阳赤符也没法解开。吴蒙见师叔也束手无策，生怕时间久了，更没法救治，不由得慌了起来，所以赶出去向师父求救。

孟神通听说弟子受伤，他们竟然无法救治，一时之间，又问不清楚受的什么伤，也不禁有些惊恐。

孟神通的门人弟子虽然众多，但江南点起了六七处火头，急切之间，哪能扑灭？有两三处地方，火势更是越烧越大。

孟神通眼看火焰冲天，耳中又听得弟子辈叫嚷求救，饶是他经过大风大浪，也不禁意乱心烦。暗自想道：“难道她们还邀请了什么高手前来？伤了我的门人，连阳师弟也没法解救？看这声势，只怕来的人数不少！”

这时，陈天宇夫妻和厉胜男已逃入林中，背影也看不见了。凭孟神通的本领，要追上去还追得及，可是在这样的情形之下，他又怎敢去追？而且他想到厉胜男的暗器的厉害，幽萍又有把奇怪的宝剑，陈天宇的功力亦自不弱，自己以一敌三，即算追上了，也未必有必胜的把握，何况他还害怕有强敌潜伏在他的家中，权衡轻重，只好舍弃了厉胜男，先回去救治弟子。

另一边，灭法和尚去追赶谷之华与李沁梅，谷李二人的轻功本领与灭法和尚相差不远，直追到了树林深处，才隐约见到她们的背影。

谷之华听出了只是灭法和尚一人追来，估量她父亲已被厉胜男他们绊住，心中少了好些顾忌，便对李沁梅笑道：“咱们且给这老秃驴一点厉害瞧瞧！”李沁梅日前被灭法和尚生擒，这口闷气正想发泄，两人听得灭法和尚的脚步声将要追到，在树林中故意拐了几个弯，看好了一处地形，便跳到了一棵树上。

灭法和尚追了到来，忽然不见了她们的影子，心想：“我是跟着她们的脚步声追来的，她们断不可能一下子就逃得无影无踪。”他经验丰富，也料到了她们不是躲到茅草丛中便是藏在树上。正在四处寻找，忽听得一声娇斥，两道匹练般的剑光像闪电般的从半空中刺了下来！

灭法和尚手中没有铁拐，不敢硬接，谷之华与李沁梅的长剑凌空击下，左右袭来，来势又是那样迅捷，这时候他哪还有余暇察看四面的地形，迫得施展“云里倒翻”的功夫，一个筋斗向后倒翻出去。

哪知道后面正是一个臭水洼，腐叶堆积其上，要留心看才看得出来！这臭水洼离那棵大树约有三丈左右，谷之华早算准了他必然要施展这招“云里倒翻”的功夫，而这一翻，必然落在这臭水洼内。

果不其然，灭法和尚一脚踏下，立知不妙，说时迟，那时快，谷李两人的长剑已是追风闪电般的杀来，他纵有绝顶轻功，在泥沼里也不能一跃而起，何况即算跃了起来，也正好是凑上去挨近剑尖！

在这生死俄顷、性命呼吸之际，哪还容得踌躇？但见两道剑尖交叉剪到，忽听得“咕咚”一声，灭法和尚突然不见，原来他迫于无奈，只好施展千斤坠的重身法，索性全身没入泥沼之内，因为来得太快，就像凭空消失了一般。

李沁梅怔了一怔，谷之华忽觉脚下震动，叫道：“不好！”连忙拉着李沁梅退后，但听得闷雷似的一声巨响，臭水洼内的腐叶污泥掀起了数丈高，灭法和尚像个泥鳅，突然从臭水洼的另一边冲了起来，他这一生几曾吃过这等大亏，气得哇哇大叫，一冲出来，立即便向谷之华扑去。

李沁梅见灭法和尚这等怪状，忍不住哈哈大笑，笑声未绝，忽觉一股腐臭的气味，中人欲呕，说时迟，那时快，灭法和尚的掌风已迎面劈来，李沁梅一剑刺出，剑尖给他震歪，灭法和尚伸出了满是污泥的手掌，便来抢她的长剑。但就在这个时候，谷之华的宝剑也刺到了灭法和尚的背后，她这一剑用足力量，劲风飒然，径刺灭法和尚背心风府穴。灭法和尚迫得放松了李沁梅，回袖一拍，他的衣袖上也满是泥污，一拍将谷之华的宝剑拍开，谷之华见机得早，一个“细胸巧翻云”立即向后翻出数丈，李沁梅闪得稍慢，却被臭水污泥溅上身来，幸而还没有沾上她的粉脸。

她不过仅仅被溅污了衣裙，便已气恼，灭法和尚全身湿漉漉的，好似落汤鸡一般，这一份气恼就更不用提了，怒声喝道：“洒家今日不把你这两个丫头抽筋剥骨，誓不为人！”一击不中，翻身再扑。

谷之华笑道：“臭泥鳅，臭泥尚未吃够吗，还吹大气！”她口中

一九八五年二月画于野味斋

灭法和尚一脚踏下，立知不妙，说时迟，那时快……

出言讥笑，手底却是不敢丝毫轻敌，霜华宝剑舞起了一圈银虹，护着身躯，封闭得非常严密，滴水也泼不进来。

灭法和尚没带兵器，一时之间奈何不了谷之华，转过身又去攻击李沁梅。李沁梅展开了天山剑法的大须弥剑式，全身包在剑光之中。这大须弥剑式乃是天山剑法的精华所在，用于防守，更是最妙不过。灭法和尚连劈三掌，震得李沁梅摇摇晃晃，可是她的剑法仍是丝毫不乱。要知她的功力虽然远逊对方，但由于她已得天山剑法的真传，上次灭法和尚与她交手，也是到了三十招之后方能将她擒下的，这次他没用兵器，自是难以速战速决。说时迟，那时快，谷之华又上来了。

谷之华的玄女剑法，本来就是她的祖师留下来克制了因和尚的。灭法和尚得了了因的真传，精通邛山派各种武功，就是不懂玄女剑法。若然他有铁拐在手，以他的武功，胜过谷之华不只一筹，当然不惧，现在他双手空空，那就不能不有些忌惮。

激战中，谷之华突然一声叱咤，长剑一颤，抖起了数十朵剑花，使出了“身外化身，剑外化剑”的绝技，霎时间便似有几十口利剑同时向灭法和尚刺来。灭法和尚大吃一惊，知道厉害，不敢用“空手夺白刃”的功夫接招，百忙中衣袖一挥，腾空跃起，但听得刷刷两声，他的两边衣袖，都给谷之华削去了一截。他立足未定，李沁梅趁此时机，立即改守为攻，一招“天外流星”，如影随形，跟踪刺到!

灭法和尚气道：“你这小丫头也敢来欺我!”身形未稳，便即长臂一伸，施展大擒拿手法中“敬德夺鞭”的招数，反手扣夺剑把。他因李沁梅的武功本领，与他相去甚远，未曾将她放在心上。哪知李沁梅的天山剑法，亦已有了六七分火候，这一下突然改守为攻，从“大须弥剑式”变为“追风剑式”，俨如雷霆突发，变化之快，与剑势之捷，竟然大出灭法和尚意料之外。但听得“嗤”的一声，他的手指未触到剑把，手腕上已先给割开了一道伤口，幸而他缩手得快，要不然五根指头都给割断了。

灭法和尚一念轻敌，连连吃亏，又惊又怒。这时，谷李二女乘胜疾攻，抢了先手，灭法和尚虽然全力对付，也不过堪堪打个平手了。

孟家的火势正盛，风卷浓烟，吹过林子的上空，灭法和尚更是吃惊，心中想道：“孟老怪尚未见追来，他的家中已经起火，难道当真是来了许多强敌？”昨晚孟神通故弄玄虚，骗他说有许多高手前来窥探，他当时尚是半信半疑，如今却是完全相信了。

斗了将近百招，灭法和尚空手应敌，兀是占不到半点便宜，就在这时，陈天宇夫妻与厉胜男也已跑到林中，厉胜男笑道：“哪里来的这个黑不溜湫的怪物？快来捉妖怪呀！”灭法和尚一见他们到来，哪里还敢恋战，心道：“若还不走，只怕要在阴沟里翻船！”当下猛击两掌，将李沁梅迫退几步，立即冲出。

幽萍双指连弹，发出了三枚“冰魄神弹”，灭法和尚见过厉害，转个方向奔逃。厉胜男喝道：“老秃驴，你也吃我一弹！”一扬手，发出了金针烈焰弹。灭法和尚正自心想：“除了那妖女的冰弹，还有什么暗器伤得了我？”心念未已，陡然间听得一声爆炸，眼前一团黑烟……

黑烟笼罩之下有几丝细如牛毛的光芒，灭法和尚大吃一惊，心道：“这是什么暗器？”慌忙拍出了一记劈空掌，厉胜男的梅花针虽然厉害，但不能及远，灭法和尚退得快极，加上了这一记劈空掌，梅花针当然打不中他。可是他被浓烟一熏，双眼却也红肿泪流。

厉胜男拍掌笑道：“老秃驴知道厉害，哭起来啦！”灭法和尚大怒，揉揉眼睛，正想拾起石头还击，忽听得一个清脆的声音叫道：“你也吃我一弹！”灭法和尚只当是厉胜男又发暗器，慌忙又是一记劈空掌拍出，同时向后疾退，却不料身形方起，脚踝突然一阵剧痛，好像给人挑了脚筋一般！

原来这个发暗器的人却是江南，他用金世遗教他的手法，飞石打穴。若在平时，灭法和尚焉能给他打中，只因他刚刚被浓烟熏了眼睛，视线模糊，加以他又误当作是厉胜男发来的梅花针，梅花针轻飘飘的，向敌人射出，必定是打向上三路，灭法和尚的掌力强劲非常，满以为那一记劈空掌绝对可以将梅花针尽数荡开，哪知江南狡猾已极，那颗石子却是贴地打来，一下子就打中了他脚跟的“涌泉穴”！

金世遗所授的打穴手法怪异非常，灭法和尚一觉不妙，立即封闭穴道，可是竟然封闭不住，几乎就要栽倒。灭法和尚这一惊非同小可，心想："难道是天山派的首要人物来了?"急运真气抵御，疼痛稍减，但仍是全身麻软，就好像大病初愈一般。

"涌泉穴"的神经脉络与眼神经相连，一被打中，眼中泪如雨下，比刚才受浓烟所熏更厉害，江南嘻嘻笑道："不识羞，不识羞，这么个大和尚打输了就识得哭，哈，哈，我江南本想再打你一下的，看你哭得这样伤心，饶了你吧!"

灭法和尚听得江南童音未脱，又惊又怒，用力睁开眼睛，只见对方果然是个只有十来岁的大孩子（其实江南已满了二十岁了，但他身材比较矮小，加以生成的一副孩子脸孔，看起来便更似大孩子了），正在指手画脚地耻笑他。灭法和尚气得七窍生烟，心里又暗暗发毛，连这个大孩子都这么厉害，敌人那边不知还有多少高手?

就在这时，忽听得有人远远叫道："灭法大师，灭法大师，你在哪儿? 穷寇莫追，快回来吧!"乃是阳赤符的声音。原来孟神通回去救治弟子，他放心不下灭法和尚，恐怕他吃了亏或女儿吃了亏，两皆不好，故此差遣师弟前来唤他。

灭法和尚正好落台，哼了一声道："洒家没工夫和你们纠缠，暂且放过你们这班小辈。"江南笑道："你若不服，可以再打一场呀!"

灭法和尚双眼朝天，说道："我才不与你小孩子一般见识，你让不让路? 不让路我一口气就吹倒你!"江南笑道："别人说我江南爱讲大话，却原来你比我还会吹牛。"话犹未了，灭法和尚突然张口一吹，江南但觉劲风刮面，锐利如刀，虽然没有被他吹倒，却也晃了两晃。他生怕被弄瞎眼睛，急忙闭了双目，抱头便走，尖声叫道："哎哟，我的妈呀，这老和尚果然厉害!"

陈天宇大吃一惊，只道江南受了暗算，急忙上前救护。灭法和尚则趁此时机，逃入密林深处去了。江南揉揉眼睛，说道："还好，还好，我还看得见东西。"众人围拢来一看，只见江南脸上起了几条血痕，都是不禁骇然!

其实灭法和尚被江南打中了"涌泉穴"，全身筋酥骨软，根本就不能动手过招，只要陈天宇夫妻，或者谷之华李沁梅等人，随便哪一个人出手，都可以将他生擒。甚至只要江南大着胆子，运用金世遗所教的怪异手法，去点他的穴道，欺他跳跃不灵，也可将他点倒。不过灭法和尚学的是正宗内功，吹出的那口内家真气却的确还足以震世骇俗，所以不但江南给他吓得抱头鼠窜，连陈天宇等人也看不出他已受伤。

谷之华笑着安慰江南道："你能够用石子打中他一下，也算很难得了。你没有瞧见他给我们弄得像泥鳅一样，吃饱了臭泥？今天他所吃的苦头已够他受了，你也该气平了吧？"大家想起灭法和尚那狼狈的情形，都不禁哈哈大笑。

李沁梅与陈天宇夫妻以及江南，都是在西藏的时候见过面的，久别重逢，当然非常高兴。李沁梅先向厉胜男谢了再度相救之恩，然后拉着幽萍问他们是怎样来到此地的。幽萍道："我们是寻觅金世遗来的。若是寻他不着，还准备到天山去找你和唐经天呢。"

李沁梅急忙问道："你们可有打探到他的消息吗？"陈天宇道："听说金世遗也正在找我们，可惜我们在路上错过了。"李沁梅道："真的吗？那么我们赶回去，只怕还碰得着他。"幽萍道："是这位厉姐姐说的，说是金世遗大前天才从新安镇经过。我们正想马上赶回去。希望在他未到苏州之前，就在路上追上他。"李沁梅道："厉姐姐，你的消息真灵通，上次全凭你的指点，我会见了师兄。这一次金世遗的消息，你是怎么得来的？"

厉胜男道："我是大前天在新安镇上听到金世遗自己说的。"当下将上次对陈天宇说过的谎话再说一遍，李沁梅曾得厉胜男两次相救，哪想厉胜男竟会骗她，立即说道："既然如此，我就跟你们一同走吧，我也要找他呢！"幽萍笑道："妹子肯与我们同走，真是求之不得。我们正愁无以报答金大侠的恩德，现在有你同往，那就胜于送他任何礼物了！"李沁梅心里甜丝丝的，佯嗔说道："陈家嫂嫂好不正经，几年不见，一见面你就将我取笑。"

李沁梅舍不得谷之华，又拉着她道："姐姐，你也与我们同走吧。反正你没有什么事情，和世遗哥又是认识的，大家一起去找他，也热闹一些。"谷之华笑道："不，我另外还有事情，以前没来得及对你说罢了，我义父死了几年，我还未给他上坟呢。”李沁梅正想说：此事何妨稍缓。谷之华又笑道：“金世遗的主意常常会变，只怕他走到半路，突然又改了主意，不去苏州也说不定。”李沁梅诧道：“你怎么知道他常常会改变主意?”心中在想：“我和他相处了这么久，难道还不知道他的为人？他可是从来说一不二的呀!”好在是谷之华说的，换上别人，只怕她不只诧异，还要生气了。

谷之华道：“金世遗曾对我说过，他要在一个月后出海，还叫我若得到你的消息，便到崂山上清宫去等他呢。虽然他和我说的这番话在前，和厉姐姐说的在后，但先后也只不过差了一天的时间。你说他的主意变得快不快?”原来谷之华对厉胜男的说话，越想越起疑心，但又不敢断定她是说谎，也不便当面揭破，因此只好将金世遗与她的约会告诉李沁梅，让李沁梅自己决定。

哪知道李沁梅一向对人没有疑心，听了谷之华的话，虽然也觉得诧异，但随即想道：“世遗哥和陈天宇的交情最好，陈嫂嫂又刚刚脱了灾难，也许他真的是临时改变了主意，想在出海之前见一见陈天宇夫妻，这也是情理之常。”便道：“他既然那么对厉姐姐说，自必是要暂缓出海了，谷姐姐，你要给义父上坟，也可以暂缓一缓吧?”谷之华道：“不行，我要给义父上坟的心愿已许下了好几年了，我不愿再拖延下去了。”李沁梅见她说得如此郑重，只好作罢。又问厉胜男道：“姐姐，你呢?”厉胜男道：“我也另有要紧的事情，恕我不陪你们了。”她说了之后，就向众人告辞。这一班人都和她不熟，不便问她什么事情。李沁梅感激她的恩德，再次向她道谢。厉胜男便先走了。

江南目送她的背影走得远了，对谷之华笑道：“我瞧这位厉姑娘可是有点怪里怪气!”正是：

蛾眉自有机心在，孺子无知莫乱猜。

欲知后事如何？请听下回分解。